以武悟道

奇儒武侠小说研究

陈丕武　著

暨南大学出版社
JINAN UNIVERSITY PRESS

中国·广州

图书在版编目（CIP）数据

以武悟道：奇儒武侠小说研究/陈丕武著 . —广州：暨南大学出版社，2022.1
ISBN 978 - 7 - 5668 - 3140 - 8

Ⅰ.①以… Ⅱ.①陈… Ⅲ.①侠义小说—小说研究—中国—当代 Ⅳ.①I207.425

中国版本图书馆 CIP 数据核字（2021）083622 号

以武悟道——奇儒武侠小说研究
YIWU WUDAO——QIRU WUXIA XIAOSHUO YANJIU
著　者：陈丕武

··

出 版 人：张晋升
策划编辑：杜小陆
责任编辑：曾小利
责任校对：刘舜怡
责任印制：周一丹　郑玉婷

出版发行：暨南大学出版社（510630）
电　　话：总编室（8620）85221601
　　　　　营销部（8620）85225284　85228291　85228292　85226712
传　　真：（8620）85221583（办公室）　85223774（营销部）
网　　址：http://www.jnupress.com
排　　版：广州良弓广告有限公司
印　　刷：广州市穗彩印务有限公司
开　　本：787mm×960mm　1/16
印　　张：18.75
字　　数：300 千
版　　次：2022 年 1 月第 1 版
印　　次：2022 年 1 月第 1 次
定　　价：69.80 元

序

现在所谓的武侠小说，其实应该称作新派武侠小说，学者常常以武侠小说大师梁羽生的第一部武侠作品《龙虎斗京华》作为新派武侠小说之源头，而后金庸、古龙、梁羽生自成宗师，各有特色。这些小说既称新派，自是与古典小说迥异。但同为中国之武侠小说，亦共同寓有"温柔敦厚"的教化意味。如古龙小说之重友情、重真情、尚侠、任气，金庸、梁羽生小说之爱国、仗义行侠之类，都有助于导引年轻人向善自强。以此之故，武侠小说虽向来被人视为童话，但若能使人读而有益，那也未尝不可。

武侠小说的创作与批评，已然过了它的繁荣昌盛之期，但余温尚存。20世纪中期为武侠小说创作的高峰期，而80年代后至21世纪初，则为武侠小说研究与批评的繁盛期。曹正文、罗立群、陈墨诸人均有相关论著出现。而北大教授陈平原先生于1992年出版了《千古文人侠客梦：武侠小说类型研究》，港台地区则有很多硕士生、博士生通过研究港台新派武侠小说来获得学位，淡江大学林保淳教授（现任教于台湾师范大学）则在淡江大学设立武侠小说研究室。他们的努力，似乎已使武侠小说堂皇地进入大学讲坛并拥有去"俗"为雅的地位矣！武侠小说从创作至繁荣再到批评家的自觉批评，已然形成互动关系。不管是出于无意为之的阅读批评，还是基于自觉传道的努力，就"凡是现实的东西都是合乎理性的"而言，武侠小说的创作与阅读、批评、研究，亦有其种种理由。

港台的武侠小说创作，以并称为中国武侠小说三大宗师的金庸、古龙、梁羽生为代表，亦以这三人为最有成就。而后起的新秀之中，奇儒也是被林保淳先生称为"武侠小说振衰起敝的生力军"的三位代表之一，他的小说也"令观者耳目一新"。奇儒本名李政贤，1959年出生于台湾高雄，毕业于东吴大学数学系。他曾经做过出版社主编、电视台编剧和导演，是佛教佛乘宗第三代法传人，禅风新复古武侠小说家，科学评论家，慈善家，企业家。

奇儒从 1985 年开始创作第一部武侠小说，至今出版发行 14 部小说。即《蝉翼刀》（1985 年）、《大手印》（1986 年）、《大悲咒》（1987 年）、《宗师大舞》（1988 年）、《帝王绝学》（1988 年）、《柳帝王》（1988 年）、《武林帝王》（1989 年）、《谈笑出刀》（1987 年）、《砍向达摩的一刀》（1988 年）、《武出一片天地》（1988 年）、《大侠的刀砍向大侠》（1988 年）、《扣剑独笑》（1990 年）、《快意江湖》（1986 年）、《凝风天下》（2003 年）。《凝风天下》第二部《圣陵决战》目前仍在创作中。

因他对佛学颇有研究，故其作品风格独特，幽默风趣而不流于低俗，处处充满禅理，对武学则从另一个角度来描写，自有其意境，且叙事巧妙，情节紧凑，人物众多。书中人物的对话充满佛学义理、禅宗公案。他选用的兵器别出心裁，如蝉翼刀、天蚕丝、观音泪、剑胆、凌峰断云刀、帝王七巧弄魔扇、弹珠、卧刀、头发、红丝、红豆等。小说人物因不同遭遇而形成错综复杂且紧密相连的网络，人物的意念、欲望、情绪、语言、行为各不相同，但都统摄在光明、圆满、慈悲的佛教世界中。读者因此或汗颜惭愧，或欢喜感动，或开阔胸襟，或开通思想，或提升精神，都能各据智慧而有所开悟。

而对奇儒武侠小说的研究，据笔者所知，却甚为寂寥，仅林保淳、陈墨和蔡造珉三位先生而已，三位先生无不对奇儒褒扬有加。林保淳先生是台湾师范大学教授，在台湾淡江大学创立武侠小说研究室，并在大学中率先开设武侠小说的相关课程。他曾发表《观音有泪，泪众生苦——我看奇儒的武侠小说》（《"中央"日报》，1999 年第 4 期。按：此文见于网络，笔者亦未能查到此文，现据网络所见引述）一文，对奇儒推崇备至，反复申言："不料，却又有奇儒的苏小魂，异军突起，令观者耳目一新。""在很偶然的机缘下，我先睹为快，阅读到他的近作《凝风天下》，一时颇有惊艳的悸动，深深烙下了这个被我遗忽了十年的名字。""类似奇儒的沧海遗珠……奇儒，也是我拾起遗落的第一颗珠子。"至于对奇儒作品的具体评论，就整体的创作而言，林先生认为："奇儒创作时期，略晚于黄、温二人，除了承袭古龙风格，于推理得其七分（紧凑度不够，理路也略见瑕疵）外，整体场景的跳荡腾跃、变幻莫测，也展现出相当功力。同时，奇儒也很明显地饶有温瑞安的诗情画意（不知是有意还是无心巧合）"；又认为奇儒封笔十年之后的力作《凝风天下》"处处是佛家悲悯的情怀，处处是对现世圆融的观照，处处装点出诗情画意；以禅学论武，以禅意抒文，更以人文与自然的水乳交融，寄寓着他的理想"。在人物塑造方面，林先生认为奇儒塑造了苏小魂这个新的英雄人物，并将其贯穿于百年之后的诸多英侠中，使"奇儒的江湖世界，充满了历史感"；而认为龚天下是武侠小说中未曾创造过的奇人。对武功与武学的创新，林先生则认为奇儒是"'武学哲学化'的先驱者"，能将其所学所好的佛、道思想转移于新的武学诠释，"巧妙地将佛学与老庄结合为一，令读者眼界大开"。在兵器创新方面，林先生指出奇儒在武侠小说中开创了一些新颖别致的武器，如蝉翼刀、天蚕丝、观音泪、弹珠、卧刀等。这些观点后来都融入他和叶洪生先生合著的《台湾武侠小说发展史》（远流出版事业股份有限公司，2005 年版）中。

陈墨先生是当代研究金庸小说的权威，他在林先生的推介下阅读了奇儒的小说，之后写下了随想笔记《奇儒怪侠　佛谛文心——读奇儒小说》（此文见载于《凝风天下》第四册"附录"中，宝胜国际文化出版社，2003 年版）。陈先生对奇儒小说亦多赞赏："奇儒的小说才华横溢、视野开阔、想象丰富；且变化万端、一泻千里、精彩纷呈，常常使人目不暇接。看他的小说，总是感觉到人物众多、情节复杂，千头万绪、摇曳多姿，加上节奏快捷、信息丰富，简直让人眼花缭乱。若是不明剑法、不懂'剑意'，有时真是无从把握、更无从谈起！"在这篇笔记中，他指出奇儒小说的真正特点和贡献是创造了独特的"武学"，即"凡是超一流高手的武功心法无不与佛学禅心相关"。而此种武学心法的创设，同时具有艺术想象、哲学寓言和宗教启示三重意义。在人物塑造方面，陈先生认为奇儒笔下的侠都是"佛家之侠"："不仅是指他们的武功心法来自佛学禅机，更是指他们的价值观念和心性品质符合佛家智慧与慈悲之旨。"同时又"成了一种过去少见的带点痴气而又本本真真、至情至性的形象"。此外，"奇儒的小说中，几乎没有十恶不赦的反面形象，没有真正不可饶恕的恶人，没有绝对的、不可逆转的道德分野"。这种人物形象的塑造方法，"打破了中国文学，尤其是民间通俗文学中简单化的善恶对峙、好坏分明的格局，打破了通俗文学，尤其是武侠文学中固有的那种将侠神化、将恶'鬼化'或'魔化'的童话传统。奇儒的小说不再是明显的、一目了然的'好人'与'坏人'作斗争的简单故事，而是看起来简单明了，实际上纷繁复杂的人间喜剧。这样，奇儒的小说就具有更多的'文学性'，和更值得关注的'艺术深度'"。在情节设置方面，陈先生指出奇儒小说"总是力图让自己的小说情节朝'多极化'方向发展"，"利用'多极化'中的种种'变数'，从而构想自己的小说情节，并完成小说的独特结构"。在叙事方面，认为奇儒"不仅继承了古龙似的短句段、快节奏的文体，以适应当代读者的欣赏习惯；同时还大力借鉴了电影、电视的蒙太奇结构方法，彻底改革了小说的叙事传统，进一步发展和完善了武侠小说叙事的现代化模式"，"是用蒙太奇镜头组合而成的"。当然，陈先生也认为奇儒的小说存在一些缺点。首先，他认为奇儒学习金庸和古龙，但在学习金庸的"气宗"的过程中，"奇儒'内力不足'的情形，暴露了出来——在奇儒小说中，不少的'招式'出现了明显的破绽"，即出现历史、地理和著名经典的知识性错误。其次，他认为奇儒小说中的高手，"其武学都出自佛门、禅悟"，"但武侠小说及其武功之学总要有所'区分'方见其妙"。奇儒的佛学造诣极高，但他在小说创作中，却"常常是'说'出佛理禅机"而不是通过"表现"来提示"佛理禅机"。最后，他指出奇儒的小说多有相互雷同、重复之感。

其后，陈先生又有《达摩谈禅没有声音——〈砍向达摩的一刀〉赏析》以及《看汤汤流水　波光明灭——读奇儒小说〈凝风天下〉》两篇文章［笔者按：此二文见载于网络上"奇儒的武林世界"之"名家评论"中。笔者固陋，未能考知此二文发表于何时以及何种刊物，亦不知孰为先后，更不能确定其真伪。但据《凝风天下》附录《奇儒怪侠　佛谛文心——读奇儒小说》一文所言，陈先生明确提示"我正打算要这么做（多次专门地精读细研《砍向达摩的一刀》）"，且言"作为奇儒小说的热心读者，有一点期望，那就是《凝风天下》在长度和广度方面获得进一步拓展的同时，在新意和深度方面也获得相应的突破"，则此二文当是陈先生的杰构］。陈先生在《达摩谈禅没有声音——〈砍向达摩的一刀〉赏析》中指出，"砍向达摩的一刀"的象征意义，是指"魏尘绝寻找真理的心路历程——如果他不能找到本门心法则大禅一刀门必亡！——这当然是人类命运和人类精神的一种普遍的象征"；而书中一直贯穿着一个哲学命题，就是"嫉妒与恐惧"。在人物塑造方面，塑造八路英雄使该书"具有真正的哲学深度"。魏尘绝、李吓天、董断红是江湖刀客、朝廷名捕、绿林大盗,他们组成的最佳三人组"是武侠小说之林中极为少见的绝妙搭档"。

在《看汤汤流水　波光明灭——读奇儒小说〈凝风天下〉》中,陈先生指出,《凝风天下》的自由书写,"使得小说具有明显的现代性,甚至不无后现代色彩"。制定"武林典诰"的意义"是一种政治手段,或者干脆说是当朝皇帝政治阴谋的一个重要的组成部分"。"对经济原因的重视,是这部小说的新鲜特色,因为在过去的武侠小说中,除了最简单的夺宝故事之外,极少会涉及经济的线索或主题。"而人物设置上,永乐皇帝的存在,"使得小说中的武林人间,笼罩在政治的阴云之下,也使得小说中的所有团体、人物及其所有行为纲目,都被染上了政治色彩"。龙征、足利贝姬、尹小蝶、藏大小姐、藏二小姐、李墨凝等人的形象塑造,体现了"现代的价值观念","提前发起对传统性别文化的挑战","挑战传统女性地位的局限","简直是提前五百年发起了一场'女性革命'"。唐凝风、龚天下的形象,"是这部小说最大的创意",二人"实际上互为表里";又指出二人与维摩大犬,"其实都是佛性的模拟、影子或分身"。三者形成的"三位一体","是东方佛教中所特有的佛性、人性、悟性的三位一体,或自在、自然、自由的三位一体"。同时提到书中出现的一些历史、地理知识以及情节或情理方面的问题。

蔡造珉先生的《十年磨一剑——谈奇儒〈凝风天下〉一书之慈悲思想与优劣之处》(笔者按:这是蔡先生在 2015 通识与语文教育两岸学术研讨会上提交的论文;另据网络资料可知,蔡先生又有学术讲座《武林多扰,侠梦不灭——台湾近现代武侠名家作品介说》言及奇儒小说者,笔者未知其论如何,今亦阙如),以龚天下、唐凝风、蒙古兵王、柳生未来、柳破烟为例,说明《凝风天下》一书贯穿了慈悲思想。蔡先生又指出此书的优点是言语幽默、布局巧妙、提倡女权,不足是充斥佛家思想而难以与现实世界形形色色人物的思想信仰吻合、奇儒预言创作《圣陵决战》而至今尚未兑现。

笔者闲暇之时,把武侠小说当作闲书,颇多阅读。自 2006 年至今,则以反复阅读奇儒武侠小说为乐。葛兆光先生言及读"闲书"时说:"这些闲书的阅读,也是一个以学院中学术研究为职业的人的业余爱好。职业的学术研究,照某些人的说法,应当是'荒江野老'

的寂寞事情，需要人至少像董仲舒那样'三年不窥园'，可是，像我这样活在红尘里的人却无法如此。《老子》四十七章曾说'不出户，知天下；不窥牖，见天道'，但那是太高明而超越的人，所以，世俗的我也会偶尔从象牙塔中，想着拿个板凳垫脚，找个窗户出气，往外望上一望。于是，浏览的杂书成了眺望的窗户，本该坐冷板凳的人，也像《封神榜》上说的'土遁'或'水遁'一样，借了这些印刷的纸张，溜出去长长地透一口气。"① 真固所愿也，只是一直不敢请耳。只不过，葛先生阅读的"闲书"不闲，而笔者阅读的"闲书"就太闲了而已。

又张舜徽先生说："古代遗书之传至今日者，其中多有至理名言，可以古为今用。如一部《周易》，乍接于目，苦其赜奥。初学但于平易处探其义旨，自然有得。观其叙次六十四卦，始于《乾》而终于《未济》，便有极大理论存其中。'天行健，君子以自强不息。'此教人努力进取，无有休止之时，乃以未济居末，明其未有成功也。"② 奇儒小说颇多佛禅之理，读之多能发人深省，故摘取其中能引起共鸣的话语作为文末的附录，窃亦欲效"教人"遗意者也！

许多学者的学术研究，都是从元典的细致阅读出发，然后作高屋建瓴的理论阐述。相比于他们的宏大构架，本书更多只是细致阅读文本的心得体会。而且最初的写作，也只是一些读书笔记，故可称为无心之作。唯其中的思考与写作，使笔者有机会对相关知识进行梳理整合，或纠正偏谬，或增补见闻。且因之对艰深的学术研究有一些初步的体验，这都可视作额外的收获了。

---

① 引文出自葛兆光《且借纸遁：读书日记选》的序。
② 引文出自张舜徽《爱晚庐随笔》的《读书宜于可受用处细心体会》一文。

目　录

第一章 信则有，不信则无
——异兆思想

异兆指异常的征候、先兆，这些现象在今天往往被称为迷信。在中国古代，此种思想极为浓厚，亦多见于先秦史书。而自西汉大儒董仲舒倡天人感应之论后，此种观念影响尤深，如《汉书·五行志》所载之事即多异兆之现象。

武侠小说本旨在娱乐，故作者多以故事情节安排、悬念设置、人物形象塑造、人物人生际遇的写作等来吸引读者。然武侠小说既以古代社会为背景，叙写古代江湖发生的故事，人物的行事自是受古代思想的影响。而新派武侠小说家于异兆思想之叙写多不措意，唯奇儒例外。他于书中多以此表彰各种异人，诸如大侠、枭雄、改恶从善之辈，或有功于武林之类，此实为武侠小说创作之新奇尝试。

第一节 前辈死仍不屈，晚辈和天下武林共佩

武林中，江湖热血人士有为武林的安宁而献身的。在每个时代，都有一些枭雄企图统一武林，以实现他们成为武林帝王的愿望。江湖中，一切纷争的最终解决方法都是诉之于武力而不是公法，因为，若依秩序来建立霸业需要一个漫长的过程，所以武力就成了快捷而有效的手段。然而，无论是出于维护武林秩序，还是伸张正义的目的，许多正义人士都会自觉主动地与那些邪恶者做殊死斗争。这在许多武侠小说中比较常见，在奇儒的武侠小说中同样比比皆是。

但很多小说的描绘也仅止于此，对那些为武林正义付出热血的各色人等，并未予以太多的笔墨来表彰。而奇儒却刻意为这些人物作热情的赞扬，给他们的行为设置一些神秘的光环，显示不同寻常的征候，此即异兆，如对僵门主董长命的刻画即是如此。

董长命及其帮众都有维护武林正义的热情与决心。在龙莲帮的

开帮大典上，董长命与龙莲帮的副帮主皇甫秋水的一番殊死搏杀，为侠义人士扭转局面做出了巨大的贡献，他死而不屈：

> 大悲和尚一叹，望向苏小魂，无言。所有的人也都望向苏小魂，只待他的决定。苏小魂，他还能说什么？他慢慢转身，走到董长命和他两名门下之前，抱拳道："前辈，你请安息吧！天下间恩恩怨怨，情劫情重，又夫复何言？前辈死仍不屈，晚辈和天下武林共佩！"
>
> 苏小魂话声一落，只见自董长命的七孔中流出血来，睁眼双目才一闭，便和另两名弟子轰然倒下。①

皇甫秋水的武功远胜于董长命，所以在搏杀的过程中，其难免有轻敌之意；但是董长命及其徒众合力死缠皇甫秋水，至死不放手，为大鹰爪帮帮主葛浩雄一击败敌赢得了时间。在皇甫秋水倒下之前，董长命虽死而不屈，但在苏小魂说了这一番话之后倒下："原来，原先和皇甫秋水僵持时，虽已气绝，却犹自不肯放手！"② 董长命浩气长存，未知敌人生死，则难以瞑目。

这种现象在现实中不知有没有，但若从中国古代的无神论思想来说，人的精神依附于人体，人死精神灭，并没有什么气绝而不肯放手的说法。西方医学断定一个人的死活，也同样以此人是否具有自主的意识和活动为标准，人死之后，一切精神活动也随之停止。因此，武侠小说虽然以古代社会为背景而创作，人物的行事活动均以古代为准，但作者毕竟生活在现代社会，封建时代的迷信思想不存在于作者的思维领域。而他们塑造的人物，其言行举止，自然也远离了迷信的阴影。如此说来，董长命的行为带有的迷信色彩，其实含有美化的意味。奇儒之所以让他死而不屈，自然是表彰他在正义事业面前不畏生死，为歼灭邪恶而献身的重大意义。

武侠小说人物本身向往快意恩仇，不愿遵从世俗社会的秩序。

---

① 奇儒. 蝉翼刀. 长春：时代文艺出版社，1999：463.（原书显示作者为"高庸"，实非。）按：奇儒的武侠小说，标点符号的使用间有不当者、文字偶有讹误脱漏者，笔者引用时，已作径改处理。下文引用奇儒小说，均作如此处理。

② 奇儒. 蝉翼刀. 长春：时代文艺出版社，1999：463.

此外，早期武侠小说的创作范围，大多限于所谓中原的汉族人武林之内，很少涉及外国势力对中原武林的入侵。但随着小说创作的深入，一些作家的视野逐渐扩大，家国情怀逐渐成为小说中重要的内容。如金庸的作品就涉及了汉族人与其他民族的争斗，而武林人士则参与其中，尤其是汉族人保卫汉族朝廷的事，比如《射雕英雄传》中的郭靖。到了奇儒的武侠小说，则主要以武林人士维护大明政权为主。柳帝王诸人帮助朱元璋打败陈友谅之后，又对抗蒙古、女真等外族在江湖中的黑暗组织——修罗天堂；苏小魂、苏佛儿、谈笑、大舞、李闹佛等人则主要是对抗觊觎中原的蒙古旧地残余势力；李北羽则主要是抵御倭寇。在封建社会，对抗外族就是保卫自己的国家。

在奇儒的武侠小说中就有为国牺牲的武林英雄，他们为维护国家的和平与安宁抛头颅、洒热血，得到侠义之士的敬仰。同时，也得到上天的垂怜，上天予异兆以表彰。在《蝉翼刀》中，冷枫堡少堡主冷知静本来也与其父冷明慧一样，有联合托喀王朝叩关中原、趁机夺取武林霸权的野心。但是，在被苏小魂诸人挫败阴谋之后，冷知静已厌倦武林的仇杀，欲退出江湖，后得唐羽仙之谅解并与之结为伉俪。冷知静护送京十八至蒙古成功求药后，助京十八重掌洞庭七十二寨，使庞虎莲企图夺取洞庭湖以联合倭寇斋一刀独霸中原的野心落空。在《大手印》一书中，冷明慧也返回武林侠义道，率领中原武林人士对抗重新掌权的东海狂鲨帮帮主斋一刀对中原的入侵。在洞庭湖诸事安定之后，冷知静与京十八在湖边倾谈江湖风云。而为了打击中原武林对抗力量的主要策划者之一的冷明慧的积极性，斋一刀派出杀手暗杀了冷知静。当时，亦有异兆出现：

明宪宗，成化七年十二月二十九日，夜。

冷知静死于安徽白兔湖畔孔城乐渊楼！

是时，据说曾有极大流星自东北面往西南投，最后消失于洞庭湖北端。

又由乡野传说，是夜，洞庭湖北端湖水暴起一水柱直扬半空洒下，如天之泣。

其所洒的范围，竟是只在知静斋唐羽仙坟左右三丈内！

又传说，唐羽仙墓旁的柏榕两株，本相分离六尺，竟在一夜之间各长高十丈，且相互盘绕不已。①

　　流星陨落于西南，洞庭湖水暴起半空，柏榕树"在一夜之间各长高十丈，且相互盘绕不已"，其意指冷知静之死能感动天地。后者往往让人想起焦仲卿和刘兰芝双双殉情后的情形："两家求合葬，合葬华山傍。东西植松柏，左右种梧桐。枝枝相覆盖，叶叶相交通。中有双飞鸟，自名为鸳鸯。仰头相向鸣，夜夜达五更。"② 这种写法就是通过异兆来表达人们的美好愿望以及对逝者的告慰。出现在冷知静身上的异兆当然是因为他父亲冷明慧与苏小魂诸人正努力联合中原武林抗倭，而他正助京十八重掌洞庭七十二寨，使这股力量成为阻击绿林与东海狂鲨帮的重要力量。

　　靖北王林忠义北征蒙古，也是为国尽忠，后为黑旗武盟总护法韦悍侯所杀。林忠义之女林俪芬则隐身于玉凤堂中，后与杜鹏结为伉俪。他们与李北羽、玉珊儿、蒋易修、间间木喜美子一起对抗扶桑浪人的龙虎合盟。林、杜二人按计划赶赴中原与八大门派联合，以对抗龙虎合盟杀手的暗杀行动。在慕容世家，他们遇到了宣九九暗杀慕容摘星，彼时林俪芬为宣九九所劫而死：

　　　　她含笑，望着杜鹏丢下了刀，一步、一步艰辛地走向自己。她伸手、他伸手；两只手紧紧握住……握住……紧紧地……紧紧地……

　　　　握不住的，是死亡的召唤……

　　　　万历四十一年，六月二十一日，林俪芬死于舞阳慕容世家。是夜，天狗咬月，全城暗淡无光，狂风四卷！③

　　在龙虎合盟中，位极副盟主，有"第一军师"之称的宣九九，是盟主九田一郎最为倚重的人物。宣九九居于内陆作为九田一郎的策应，平素以老学究身份行走天下。所以，杜鹏与林俪芬的行动，

　　① 奇儒. 大手印. 郑州：中州古籍出版社，1994：747. 按：原书作古龙的《剑胆》，实非。

　　② 逯钦立，辑校. 先秦汉魏晋南北朝诗. 北京：中华书局，1983：286.

　　③ 奇儒. 快意江湖. 澳门：毅力出版社，1982：877. 按：原书著者作司马翎，实非。

除了维护中原武林的安宁之外，更重要的是阻止倭寇入侵大明的野心。不幸的是，林俪芬竟为宣九九所擒，她牺牲了自己，为的是让杜鹏能够斩杀这个为祸中原武林、为祸大明朝廷东海沿岸的巨奸。"天狗咬月，全城暗淡无光，狂风四卷！"这些天象征兆象征着上天被武林义士的忠贞爱国行为所感动，是对林俪芬的哀悼。

武林世界与世俗社会一样复杂。每个武士都以铁血和热情来建立其江湖地位，许多武士以武行走江湖，看起来洒脱率真，但江湖世界本来就有许多尔虞我诈，或者说，每个人都挟艺自重，自然而然有傲人的资本，他们在交往之中，往往还裹挟了一些私心防范而很难以真情相对。因此，对于难得的生死友情，奇儒也通过异兆来赞赏他们。如冷知静除了为国牺牲之外，亦有其他值得武林人士敬仰的地方，即弃妻负友交战千里。

京十八被庞虎莲下毒并击伤之后，求助于冷知静。其时，冷知静已决定退出江湖，与唐羽仙隐居。庞虎莲追踪而至，擒得唐羽仙为胁。唐羽仙傲笑而立，自断心脉而死！不得已，冷知静负友战千里，以护卫被绿林、洞庭湖、东海狂鲨帮势力重重追杀的京十八到蒙古求药，危急之际，遇到武当俗家第一高手叶本中：

冷知静惨笑道："京总寨主命在旦夕，冷某唯有顾义！"

叶本中脸色一正，道："冷兄当真义薄云天……"

冷知静苦笑道："赎罪罢了……"

冷知静默默递过冷无恨，忽一翻身，挟着京十八跃上车子前的马上，一挥手，斩断缰绳。

叶本中抱着冷无恨，似是欲言又止！眼中见那冷知静背影，不觉泪盈眼眶将出。

冷知静忽一回头大叫："叶兄请记得——这孩子叫冷无恨……是她娘取的名字……"

冷知静说完，又一仰天长啸，便自策马而去。①

负友战千里成为江湖流传数十年的美谈："冷知静背负京十八千里转战求药。这是三十年前最让武林热血沸扬的一段事迹。至今，

① 奇儒. 大手印. 郑州：中州古籍出版社，1994：223-224.

武林人提起至交时，最深的友谊都用四个字：'冷京之交'。"① 三十年来，中原最具人望的大侠苏小魂和钟玉双，每年都到冷知静与唐羽仙的坟墓前来祭拜，"我们每年来，是为了向两个可敬的朋友致意"②。"冷京之交，一个可以负友转战千里，一个可以因友死站立痛嚎传千里，亦立毙。"③ 这是冷知静受到武林尊敬的原因，也是他死时出现异兆的原因之一。

冷知静妻死家破，女儿冷无恨又被第五剑胆劫走，但他义无反顾。一路经历艰难险阻，幸得六臂法王、苏小魂等人相助，最后回到洞庭湖：

> 京十八和冷知静漫步到后庭园中，便临池坐了下来。
> 京十八对那一轮明月缓缓道："想半年前，多蒙冷兄和苏兄等人的相助……否则，又岂有今日的京十八？"
> 冷知静一笑，道："湖王莫做此言。'朋友'两字，本来就是生死谈笑……"
> 京十八朗声大笑，道："京某五十六年来，唯听这'生死谈笑'四个字最是豪壮！"④

不只"京某"如此，江湖中人，谁不是如此："'朋友'两字，本来就是生死谈笑……"这是冷知静历经种种人生之后的了悟。

京十八是不是也把朋友当作"生死谈笑"？且看冷知静被无限界狙杀之后，京十八的反应：

> 京十八抱着冷知静，茫然地抬头仰望天空星辰和那轮明月，心里只是抽搐不已。
> 方谈着，"生死谈笑"，而却，前后片刻，已是天人永隔。
> 他又垂首，端详冷知静那抹嘴角淡淡笑意。
> 忍不住是，夺眶而出的泪水，斗大地滴在臂中恩人衣上。

---

① 奇儒. 谈笑出刀. 呼和浩特：远方出版社，1999：584.
② 奇儒. 谈笑出刀. 呼和浩特：远方出版社，1999：584.
③ 奇儒. 谈笑出刀. 呼和浩特：远方出版社，1999：584.
④ 奇儒. 大手印. 郑州：中州古籍出版社，1994：745.

　　京十八全身颤抖，双臂已将持之不住；终是，仰天哀号一声，声贯十里内外；扑通一声，京十八跪倒于地，随那嚎恸，一口血激得老高、老远……

　　明宪宗成化七年十二月二十九日，夜。

　　京十八大恸于冷知静之逝，亦随之嚎悲而死。①

　　京十八面对冷知静之死，肝胆俱裂，嚎悲而死，其时亦出现了异兆：

　　冷明慧仰首见一道划空流星往西南而去时，不由得心中大震。

　　…………

　　冷明慧仰天，长长叹一口气，蓦地，耳中传来极恸哀号！

　　接着，又一道流星壮阔雄伟，往那洞庭湖方向而去！

　　京十八！京十八也死了吗——？

　　冷明慧只觉身子冷了起来，眼前，那第五剑胆竟也有了一丝诡异和庄重："京十八啊——京十八！于情、于义，你当真可称得上是奇男子一个！"②

　　千里之外的冷明慧感应了其子冷知静的死亡，而且也看到了京十八嚎悲而死的异兆：坠落的是代表京十八的那颗流星。京十八与冷知静的友谊真正是生死谈笑的友谊，朋友为义而死，他也不独活，此情动天地。一个人物的死去，能与天上的星宿相联系，在古人看来，这就是一种异兆，是一种不可思议的现象。

第二节　百年武林一安石

　　江湖号称铁血江湖，是因为很多时候，最终解决问题的方法都诉诸武力。而有的江湖人其生存就是为了武学的精进。他们毕生除了提高武技之外，别无他求。人之择业如此，也是天赋的使命所致。

　　①　奇儒. 大手印. 郑州：中州古籍出版社，1994：747-748.
　　②　奇儒. 大手印. 郑州：中州古籍出版社，1994：749-750.

而武功之于人，何尝不是如此？有的人天生就适合练某种武功，而有的人即使天赋异禀，但就是无法达到武功的最上乘境界。

其实，这样的人才是值得表彰的。武林史的进境，江湖的进步，有江湖人理念的日益昌明为动力，也有嗜武者提高武技的信念在推动。他们不争权不夺利，却是对武林史作出巨大贡献的人。

在奇儒的武侠小说里，作者就以异兆的方式对这些人进行赞赏。武二樵就是这样一个人：

> 大舞盯住那两把刀的变化，心中却浮现武二樵二十年前成名的一段传说。
>
> 据说，二樵先生原本是个单纯的樵夫，一生未曾学过武。直到他二十五岁时，在深山中砍柴时劈伐了某棵巨木。
>
> 那木高大入云，足足花了他八天八夜方才斩断。
>
> 玄奇的是，这株神木断裂之处竟然中央是个凹洞，而且藏了一本刀笈以及两把短刃。
>
> 更玄妙的事是，刀笈上头竟然有函留言道"大明宪宗成化十年，河北人氏武二樵发现此笈于斯"！
>
> 那年，果然是明宪宗成化十年。
>
> 那人，亦果是武二樵无误。
>
> 自是，武二樵照秘籍所言闭门苦学笈册武功，说也奇怪的是，这秘籍似乎是天生就给他练的，（他）六年之内已是幡然大成。[①]

诚如武二樵这样的樵夫，一生未曾学武，自然毫无根基可言。如果他没有得到这本书，他的一生也许不过是一个砍柴的樵夫而已，有谁认识他？而他又谈何成为一个用刀大家？人世间，包括游离于世俗社会的江湖世界，没有所谓的巧合，所有巧合的背后，都有合乎逻辑的必然性。但是，二樵先生的所遇所见，却又是无法解释的事实。这种情形，不如称之为缘。人生的缘分实在是一件很难说清的事。刀法成全了武二樵，其实，也是武二樵成全了这种刀法。正是武二樵的出现，使这种刀法重现江湖。所以，作为这种刀法传承中的一环，武二樵作出了贡献。他理应得到天地的垂爱。

---

① 奇儒. 宗师大舞. 台北：长明出版社，2001：996 - 997.

其实，奇儒更愿意让上天垂怜那些非侠义道中的创新者，这或许是为了平衡他们的社会地位吧！他们因行事违背世俗礼仪而遭受侠义道的指责，但他们对武学的创新确实是对武林的贡献，因此作者认为他们理应得到世俗之人的认可。也可能是因为他们不为世俗社会所理解，所以认为自己所做的一切唯有上天才能了解！

在奇儒的小说中，那些一心想要称霸武林，或者在世俗之人眼中大逆不道的人，他们也有机会享受这种荣耀。米字世家的革新者米藏、米尊、米凌，是这个家族中最具创新天赋的人：

> 米小七看得特别仔细。因为，她忽然发觉，米尊、米藏、米凌虽然都是米字世家的人，但是他们的武功和智慧却已大大超越数百年来世家中的规范。
>
> 他们是属于改革的一派，而在世家中却不受重视，甚至是遭到了排挤。
>
> 别说方才米尊可以以本家的心法解开"彩虹销灵散"，就是眼前米凌这种手法，亦是创千古所未见。[1]

米尊依其智慧，在练习米字世家的武功时，发觉本家心法有极大的漏洞，但他的这种想法竟被视为大逆不道。他后来与独孤世家合作，剑挑少林；逼杀米家掌门人米龙；伪造掌门人信物天芦笛和凤眼；联合九重鬼寨攻打米字世家重囚所在地的血野林，最后终被米字世家视为罪大恶极之人。

但是米尊所做的一切，都不是为了他个人的利益，恰恰相反，他这么做是要拯救米字世家：

> 米尊大笑着，双目狰狞地望着米小七，冷冷道："你知不知道，若是米某人三番两次不杀米龙。嘿、嘿——米字世家早已消失江湖——"
>
> ⋯⋯⋯⋯⋯⋯
>
> 米尊叹了一口气，沉沉道："修为到了某种层次之后，当一个人体内气机超过了他本身的天赋，只怕会做出许多出人意表的事——"

---

[1]　奇儒. 大悲咒. 珠海：珠海出版社，1999：223.

他冷诮地接道："你有没有想过，为什么本家中顶尖高手先后犯下大错，一个个进了血野林？"

…………

米尊话说至此，似乎悲愤异常地嘶吼道："我错了吗？米尊一心为的是米字世家上下千万条人命，我这么说是错了吗？哈……什么是天理，什么狗屁欺师灭祖？米龙不死，我米尊如何领导米字世家重创百世风格？"①

不得不说，米尊的智慧与见解都是超一流的。他以自己的智慧和实践以及现实的情况发现了米字世家心法的失当。当他以正常的方法来改变这个局面时，他不仅得不到欣赏，反而背上了欺师灭祖的罪名。

最后，米字世家的掌门人米龙终于明白了米字世家武学的漏洞，而甘愿死于米尊手下。但是，天下又有几人能够明白米尊？这一代枭雄，最后竟是在天下人的误解中悄然死去的。米龙甘愿为米尊所杀，能够作为一种补偿吗？

补偿什么，米尊没有说出来，便大大狂笑一声而逝，这一刹那，据闻传说有一道彗星光团由东往西狂奔，其声咻咻直震天际。

明孝宗弘治五年八月十四，中秋之前夜，米尊死于碧寒宫雕雪小院之内！

后代武林史中异人篇所载的评语是："斯人也，不可谓之英雄，但可许之为'百年武林一安石'！"

宋丞相王安石变法失败，岂非正如米尊耶？②

米尊死了，死得如此凄凉寂寞，死得如此悲怆，死得如此悄无声息。不过，不幸中的大幸是，他临死之时遇到了米字世家的当代掌门人米小七。至少，他对米字世家武学的创新设想，可以借此一代传人实现。而他对这个家族乃至武林的贡献也因此得到承认。上天有眼，苍天有爱，当世俗社会看不到这些巨人推动武林进步的汗

---

① 奇儒. 大悲咒. 珠海：珠海出版社，1999：389－390.
② 奇儒. 大悲咒. 珠海：珠海出版社，1999：392.

水与业绩时，上天补偿了他们。米尊就是天上的彗星光团，他将永远照亮米字世家的家族史，照亮千古武林史。

在奇儒的武侠小说中，云南老字世家基本上是作为一个非正义的世家而存在的。他们一直是武林中一股不可忽视的力量，大多行事邪僻。不过，他们对武林的贡献也是很大的，尤其在暗器、火药、武功等方面的创新上，其中的暗器"不生"就是一项独特的创造，可谓老字世家对武林的一大贡献。此暗器初出江湖，即重创米字世家最富智慧的米尊。

但是，老字世家在武林中的代表老鹰，在江湖中行走，通过实战来检验老字世家武器的性能时，直至付出了生命的代价才发现这种暗器存在的漏洞。为表彰他的贡献，他死时也出现了异兆：

老鹰颤抖道："告诉……他……这……武器……有……缺……缺……陷……"

梅四寒和后枫岚在悲伤中，咬牙接过了"不生"名器……

她们忍着，只听老鹰闭眼中缓缓地说道："去……去吧！你……们以后……退出……江湖的……杀……伐——"

便此一句，这位叱咤近五十年的一代高手便葬魂于斯！这瞬间，暴起一股旋风卷起一排水柱冲往上天。

纷纷映耀于月光中的水珠，正似展翅翔去的巨鹰！①

老鹰把这种暗器带入中原，使中原武林对老字世家的创新又有了深一层的认识，也在暗器研创史上留下了老字世家的业绩。所以，他死时出现了飓风激水上天形似巨鹰之象，这是表彰老字世家中人开创了武林暗器史的新纪元。

专杀杀手的刀斩门门主雷杀一样受到上天的眷顾。因为雷杀不知道杀妻仇人是谁，所以他创建了刀斩门，希望通过暗杀来了解各家各派的武功套路，以期找出凶手。最后他查明是李北羽的父亲李承佛误杀了自己的妻子。但李承佛当时也是误以为雷杀之妻有通敌朝鲜之意而误杀良民，而李北羽现下则以中原武林之力对抗倭寇的入侵。雷杀的报仇愿望显得遥不可及，且其奔波江湖二十年，连女

---

① 奇儒. 大悲咒. 珠海：珠海出版社，1999：231 - 232.

儿葬玉、埋香都不能相认，这又是令人可怜可叹的。所以，他已厌倦江湖杀戮，留书与刀斩门长老萧饮泉之后坐逝，其时也有异兆出现：

> 明，神宗万历四十年，十二月十五日，午时。
> 刀斩门一代宗师，雷杀仰天狂啸，立殁于大洪山雪地之中！
> 据说，是时天地色变。
> 本是晴朗的天空，霎时风云汇集，大雪纷飞达九天九夜。
> 到了第十天凌晨，东方天际更有流星雨落，时达两个时辰之久！①

大仇不能报，人生老去，只能遗憾终天。天地色变、大雪纷飞、流星雨落，都是叹于这位刀斩门门主的悲苦。是上苍愧对雷杀，愧对雷家儿女。他们本来没有错，但是所谓的侠义道英雄使他们家破人亡，逼他们投身于杀戮的江湖。

当然，除此之外，刀斩门虽为杀手组织，但其武技于武林亦有所贡献。何况，雷杀之女葬玉、埋香虽投身暗杀组织，但后来亦参与武林人士抗击倭寇入侵的行动，而刀斩门第二代门主萧饮泉更娶埋香为妻，改过向善，与李北羽诸人一起剿灭变质的黑旗武盟。这些都足以让武林人士向雷杀致敬。

在这类可以表彰的人物里，还有一个为了独霸武林而不惜与邪恶势力合作的叶老豹。叶老豹曾在苗疆设计过玉风堂堂主玉满楼，与羽公子合作扩张势力，最后在抢夺冷明慧秘藏用以救济沿海居民的财物时，被化名悟回的刀刀、化名悟法的米无忌所败，他死后，也出现了异兆：

> "记……住……"叶老豹喘着气，勉强续道："天星……拾叶……剑法的漏……洞……"
> …………
> 叶老豹摇了摇头，一把抓住了叶浓衣道："记得……天璇……天和二脉……要倒……转回……逆行……气……"

---

① 奇儒. 快意江湖. 澳门：毅力出版社，1982：389.

"倒……转……回……逆……"

便此再度一句重复里，这位叶字世家百年来最悍狠的主人猛然张口喷血，长啸上天，逝！

俄顷，恒山山林中一暴风滚滚横断有树三百之多。

后世为之名曰："豹儿风"。[①]

叶老豹为称霸武林而不惜与外族勾结，欲引关外民族入侵中原，以制造混乱，使他可以趁机一统武林。其人，本死不足惜。但是，他死时的异象，似乎又是上天对其振兴叶字世家的奖赏欤？还是因为他对天星拾叶剑法的改良有益于武林技艺的进步？显然，后者更应当得到上天的认可。

其实，江湖人物确实不应该与外族勾结，特别不应该引起杀戮、战争，使百姓处于动乱与死亡的威胁中。他们一旦有这样的行为，都应该受到谴责。我们也应该看到，他们作为武林中人，毕竟是武林的一分子，他们的所作所为，同样推动了武林历史的前进。就叶老豹而言，亦复如是。他对叶字世家的天星拾叶剑法的改良与创新，以及临死时发现的此种心法存在的漏洞，同样有助于武技的改进。在武学的传承上，他亦是有功于武林的。这或许就是作者赋予此人异兆的原因吧！

北宋时代的王安石力主改革创新，他的诸多改革措施虽有利于北宋王朝的强大新变，但因改革理念的不同以及下层官吏施政时的不得法，而遭到许多同僚如司马光诸人的反对。创新求变反而被称为异端，这在江湖世界亦同样如此。老鹰、叶老豹固有不足道者，但武二樵、雷杀诸人在武技上的创新，为武林所作的贡献亦不应抹杀。特别是米尊对武学的革新，不只为家族计，其行事不仅震动了整个武林，对大明朝廷的稳定亦有巨大的影响，尤其是米小七听了米尊的临终遗言，而后创新米家武技，并为后来多次阻止蒙古人入侵中原作出了巨大的贡献。米尊无愧于"百年武林一安石"之赞。

---

① 奇儒. 宗师大舞. 台北：长明出版社，2001：1056 – 1057.

第三节　千古扬大善于恶表象中第一人

在奇儒的小说中，有绝对慈悲、怜悯众生的大侠英雄，却没有绝对的坏人。前者如柳帝王父子、苏小魂诸人皆为一世楷模；而后者诸如秘先生、应人间、第五剑胆、羽红袖、羽公子、兵王羽墨等人，虽然都有不同的邪恶行径，但他们的人格里也有许多可歌可泣的地方。因此，对于那些能够弃恶从善，改过向新，放下屠刀，立地成佛的人，奇儒是努力歌颂的，亦不惜予以异兆警示世人。

刀斩门杀手葬玉就是这样一类人。刀斩门并不是侠义的门派，如前所述，它是雷杀为报妻仇而建立的一个杀手组织，其行事并不考虑正义与邪恶之别。结果就引起了另一类人的不满，也就有了狄雁扬的"专杀杀手的杀手"这种正义门派的存在。

但葬玉、埋香二人在执行门主的命令时，自有不能违背的原则，以致她们行事亦不免陷入邪恶。但接触了正义之人，如李北羽、杜鹏、蒋易修之后，她们的性格也发生了一些改变，趋于向善之境。李北羽为救玉珊儿而甘愿被她们二人的暗器所伤时，所表现出的对爱情的忠贞、对生命潜能的发挥，感动了两位冷血的杀手，使她们在日后的行事上具有一些人性中的善性。蒋易修与间间木喜美子从百里怜雪手中救出她们，并告之将有东海一行以除倭寇。一是出于感激救命之恩，二是心中尚存家国大义，葬玉、埋香二人亦愿在日后除寇时有所报答。只是天不从人愿，往往是，当一个恶人有向善之心时，又会在此时受到上天的惩罚：

万历四十一年，三月初二，夜。

葬玉含笑死于其妹怀抱之中。死前，未有一语，只以目光微茫，述尽一生多少情恨。

是夜，杭州城内据传有一百一十三处的玉器破裂；无人知其所以。

是夜，杭州城内传之为"葬玉夜"！①

----

①　奇儒. 快意江湖. 澳门：毅力出版社，1982：589.

万历四十一年六月初二，酉时。埋香死于幕阜山下龙马小庄南侧木屋庭园。是时，萧饮泉仰天狂呼达半个时辰之久；其泪至后，竟是血珠！

同时，洞庭湖无来由地狂风大起，暴涨水波达十丈之高。父老相传，其后称之为"泣情涛"。①

"杭州城内据传有一百一十三处的玉器破裂"，"洞庭湖无来由地狂风大起，暴涨水波达十丈之高"，是不是因为苍天有愧？曾经大恶的人，向善之时竟也是死亡之时。如果这样，如何劝善导善？天警未必能补偿，但总可视作一种惩罚之后的补偿吧！

黑旗武盟第一代盟主宇文真，本是有心之人。他也想统一武林，但是，他的意图却不是号令天下，他"将十数年来那些大恶之人聚集成立黑旗武盟，是为了有所节制他们"②。宇文真的做法，未免过于天真，因为统一武林谈何容易；何况就算统一了，到时他的真正想法如何还不得而知；再说，就算他最初的意图没有改变，难保他手下的那些大恶之人没有异想。事实上，在他的束缚之下，归入黑旗武盟的部分巨恶已有悔过之意，如韦悍侯、袁洪和顾索，但诸如黑旗武盟副盟主骆驼一类是无法归化的。

无论如何，宇文真确实努力约束了他能够约束的人。只可惜，最后他还是无法得到武林正道的谅解。在骆驼篡位之后，黑旗武盟攻击玉风堂和中原八大门派时，他只能以死谢罪：

"多谢！"宇文真此话一落，便仰天长笑，其声隆隆，和着一口血竟上三丈之高。

是时，本是风清日丽的天气，竟然俄而狂风暴雨急至，尚有一盏茶时间的地震撼摇！

明，神宗万历四十一年三月初三，洛阳发生奇异天变。后世人在《志异》一书中曾提及，题号称之为"天哭地痛"！谓，宇文真以死明志，其义之高，天地亦为之变色！③

---

① 奇儒. 快意江湖. 澳门：毅力出版社，1982：807.
② 奇儒. 快意江湖. 澳门：毅力出版社，1982：603.
③ 奇儒. 快意江湖. 澳门：毅力出版社，1982：609–610.

这些异事皆因宇文真之死而起，是警于善人之死的天兆也。至于武林史及武林野史的记载，亦同样是为了表彰宇文真对武林的贡献。

葬玉、埋香以及宇文真都不是侠义道中所谓的侠义之士，他们身在"非侠义"的环境中，日常行事自不免有过激和不合人情的地方。但他们心性中的善根未泯，在民族大义和大是大非面前，在某些机缘下，他们幡然醒悟，回归大善侠义中。他们日积一善，与人为善。故其作为，印证了佛家所谓"放下屠刀，立地成佛"之意，成就了自己，也为后之来者提供一种新生的期待。他们的大善真美隐藏在"恶"的表象之下，不易为世人所了解，甚至为人所误解。所以，唯有其死时所显现的异兆，才能表彰他们的大善。

第四节　若无新变，不能代雄

南朝萧子显在《南齐书》中说："若无新变，不能代雄。"[1] 文学如是，武侠小说亦复如是。武侠小说自金庸、古龙、陆鱼、秦红、温瑞安、黄易之后，代有创新，故武侠小说能维持鼎盛之势，但盛极而衰之势已潜藏其中。如何延续武侠小说创作的繁荣，是每一个有志于创作武侠小说的作家所面临的问题。解决之法，当然还得回到创新本身。

奇儒自1985年创作第一部武侠小说《蝉翼刀》开始，即有意识地在继承与创新之间寻求突破。他曾经说过："在我个人创作的过程，如果没有新意，是不可能去写一部小说的——因为对自己、对读者都是极大不负责任的行为。"[2] 引入异兆思想，即为一种有益的尝试。

《蝉翼刀》中就出现了本文开头提到的关于董长命和皇甫秋水的情节，这说明奇儒本就有这种创新的意识。在现实生活中，我们经常被这一类神异事件所误，或者听说过太多这类事，所以往往对此

---

①　萧子显. 南齐书. 北京：中华书局，1972：908.
②　奇儒. 凝风天下. 台北：宝胜国际文化出版社，2003：序.

持一种批判的态度，却矫枉过正了。在奇儒之前的武侠小说创作中很少出现这些东西，所以，引进这些所谓的神异事件，反而成为一种求新立异的方式。重要的是，在奇儒的小说中，神异事件不仅没有成为宣传迷信思想的载体，反而成为表彰正义和贡献的力量，此亦为武侠小说创作树立了一种新模式。

异兆迷信在历史上基本是为帝王服务的。对于任何一种事物或思想，人们都是因为有太多的不了解或误解，故而对其感到神秘甚至产生恐惧。统治者明了普通人的这种心态，遂以天道灾异附会神化，使人们形成恐惧敬畏之心，最后实现臣服其民的目的。如太史公之写刘邦：

> 高祖被酒，夜径泽中，令一人行前。行前者还报曰："前有大蛇当径，愿还。"高祖醉，曰："壮士行，何畏！"乃前，拔剑击斩蛇。蛇遂分为两，径开。行数里，醉，因卧。后人来至蛇所，有一老妪夜哭。人问何哭，妪曰："人杀吾子，故哭之。"人曰："妪子何为见杀？"妪曰："吾子，白帝子也，化为蛇，当道，今为赤帝子斩之，故哭。"①

又载：

> 秦始皇帝常曰"东南有天子气"，于是因东游以厌之。高祖即自疑，亡匿，隐于芒、砀山泽岩石之间。吕后与人俱求，常得之。高祖怪问之。吕后曰："季所居上常有云气，故从往常得季。"②

而当时与刘邦一起兴兵灭秦的西楚霸王项羽反而没有异兆相随，这就告诉读者：史上的异兆迷信现象都是帝王家事。史家为了神秘皇权而做种种欺骗，结果使迷信更神秘难测。这当然只是为了愚弄普通老百姓，使人们对皇权感到神秘甚至产生恐惧，进而防止普通人对皇权产生觊觎之心。

---

① 司马迁. 史记. 北京：中华书局，1959：347.
② 司马迁. 史记. 北京：中华书局，1959：348.

　　奇儒在小说中反复描绘这些异兆，使其成为可知、可解的东西。他笔下的异兆光环的照耀对象已变得复杂而普遍，不再局限于一两个帝王般的人物，如上文所提到的众人，他们甚至只是因为改过自新就可以享受这种历史上帝王才能获得的天恩。这种创作已使神秘难测的异兆显得平民化了。

　　他的这种安排之所以不同于历史上的用法，或许可从以下四方面来考察其中的原因：首先是因为武林史上，能称为武林帝王的江湖人物较少。能称为武林帝王的人，一般是侠道中人对某一位有大贡献于武林的正道人士的敬称。但被称帝王的人又恰恰不愿强迫武林史官对他本人进行神化。所以，即使有武林帝王，其行事亦不会出现异兆。此中最有代表性的当如《帝王绝学》三部曲中的柳梦狂诸人。柳梦狂其人行事，唯在良心，所以，他即使被武林中人称为帝王，但对名利一向以淡泊处之。且看他对萧天地说的一段话：

　　柳梦狂一叹，伸手握住萧天地道："萧门主，一生功名何为？柳某名动江湖，人称'帝王'也瞎了眼，晏蒲衣驰震武林，人称'卒师'也死不得其所。再看看天下十大名剑，如今尚剩得谁？"
　　这一串话，萧天地似乎沉默了下来。
　　"就看七龙社而言，左弓帮主今日如何？"柳梦狂一叹，"郭竹箭名动天下又如何？人生一遭，尤其江湖中人难有天年终老。"
　　萧天地冷冷一哼，道："那你呢？为什么不退出江湖？"
　　"柳某正有此意！"①

　　这是《帝王绝学》第一部结尾处的一段对话。柳梦狂自十五岁时被三十岁的萧天地击败以后，即不知所踪。待其再现武林时，剑术已几为天下第一。但他此时反而厌倦了江湖的争斗，如若不是为大明江山而在武林奔波的话，他早就退隐了。此处可见其对名利的看法，与一般武林人物建功立业、留名武林的目标大不相同。

　　其次，江湖中人以武争雄，道德品格亦是各位侠义之士应当具

　　①　奇儒. 帝王绝学. 台北：长明出版社，2001：914 - 915.

备的。所以，德高望重而又武艺高强的武林人士较多，若按历史上专为帝王家作史而设以异兆的话，则群雄争耀，又当把异兆"颁"给谁？所以奇儒的安排自不同于史家。

再次，"小人物"亦能创造历史，也应当给予其必要的表彰。在江湖中，循规蹈矩的人，往往思想故步自封，难有创意，在武技上也难有所超越。许多有创新思想的人，往往最初并不为世俗社会所接纳，亦难在短期内成为激荡一时风云的武林弄潮儿；但恰恰是他们能够摆脱常规的束缚，而从别途创新武学。奇儒小说中，武林帝王柳梦狂父子反而没有享受这种异兆，而京十八、冷知静、唐羽仙、葬玉、埋香、宇文真、米尊、叶老豹、雷杀等，这些出身或行事曾经受到非议的人，反而得到了称颂。这些人的品格在世俗人看来，都有悖于传统的侠义道精神。不过，这里也可以看出奇儒的创新之处。或许奇儒就是要表彰那些"浪子回头金不换"的人，就是要表彰那些背负骂名，实际却推动武林史前进的异士，即所谓的"小人物"。

最后，奇儒把异兆引入武侠小说，最重要的一个原因是他对武侠小说中科学问题、历史问题的思考（可参《左史记言，右史记事——武林之史》）。作为虚构的文学作品，小说如何与历史相结合？或者说，小说如何使读者读出历史的真实感？这里得先看史书上记载的东西所体现出来的所谓真实之意。

史书要表现真实，要力求客观真实地再现历史，而异兆迷信即是真实历史的一部分。如《汉书》以后的众多史书都专列有《五行志》。在《汉书·五行志》中，班固开头就引《周易》曰："天垂象，见吉凶，圣人象之。"① 即上天以不同的天象来昭示人间的吉凶。如六月飞霜，即是一种反常的自然现象，说明人间出现了不公正的事情；而刘邦头顶上出现异彩，则说明此人非凡。在今天看来这些是迷信，但在古人看来，这就是真实历史的一部分。他们甚至认为，这是上天对人间社会的监督和警示，以使社会秩序重新回到正轨。

---

① 班固. 汉书. 北京：中华书局，1962：1315.

武侠小说描写古代社会发生的江湖事相，它当然也可以叙写异兆。但武侠小说所面对的读者又是生活在现代社会中的，奇儒在小说中安排这些异兆，其意义或许就是希望通过这种叙写，使虚构的武侠小说具有历史真实的元素，使武侠小说不至于"太不科学"①，从而实现"武侠有着客观历史性，它介乎史实、野史和自创小说之间"② 的终极愿望吧！

---

① 奇儒. 宗师大舞. 台北：长明出版社，2001：1124.
② 奇儒. 宗师大舞. 台北：长明出版社，2001：1125.

第二章 "因生以赐姓"与 "名以正体"
——人物用姓取名

在中国文化里，姓有特殊的意义。许慎《说文解字》卷二四"女部"谓："姓，人所生也，从女、生，生亦声。"① 班固《白虎通德论》曰："姓者，生也。人禀天气所以生者也。"②《左传·隐公八年》曰："天子建德，因生以赐姓。"③ 这都说出了"姓"的本义是"生"。因此人们普遍认为，姓最初是代表有共同血缘、血统、血族关系的种族称号，简称族号。族号不是个别人或个别家庭的，而是整个氏族部落的称号。《白虎通德论》又载："人所以有姓者何？所以崇恩爱、厚亲亲、远禽兽、别婚姻也。故纪世别类，使生相爱、死相哀，同姓不得相娶者，皆为重人伦也。"④ 可见，我们的祖先最初使用姓的目的是"别婚姻""明世系""别种族"。

姓最初既用来"别婚姻""明世系""别种族"，则很容易用于区分贵贱。事实上，姓出现之初的确只有贵族方能拥有。《尚书·尧典》曰："九族既睦，平章百姓。"孔传："百姓，百官。"⑤《国语·周语》载："官不易方，而财不匮竭；求无不至，动无不济；百姓兆民夫人奉利而归诸上，是利之内也。"注曰："百姓，百官也，官有世功受氏姓也。"⑥ 百姓即百官，就意味着黎民是无资格有姓的。只是随着社会的发展与进步，姓为越来越多的普通人所得。百姓成为黎民的代名词，而贵族则自贵其姓，姓之高贵与低贱就在社会上形

---

① 许慎. 说文解字注. 段玉裁，注. 上海：上海古籍出版社，1981：612.
② 陈立. 白虎通疏证. 吴则虞，点校. 北京：中华书局，1994：401.
③ 杨伯峻. 春秋左传注. 北京：中华书局，1981：60.
④ 陈立. 白虎通疏证. 吴则虞，点校. 北京：中华书局，1994：401.
⑤ 阮元，校刻. 十三经注疏. 北京：中华书局，1980：119.
⑥ 徐元诰. 国语集解. 修订本. 北京：中华书局，2002：48.

成了。特别是在魏晋南北朝时，大族大姓成为彼时的显著现象。

名的选取也同样有讲究。父母为儿女取名时，总是寄寓其某种期待、思想或其他特殊的含义。在他们看来，取名的好坏关乎人的祸福成败，所以取名极谨。《左传·桓公六年》载："公问名于申繻。对曰：'名有五，有信，有义，有象，有假，有类。以名生为信，以德命为义，以类命为象，取于物为假，取于父为类。不以国，不以官，不以山川，不以隐疾，不以畜牲，不以器币。周人以讳事神，名，终将讳之。故以国则废名，以官则废职，以山川则废主，以畜牲则废祀，以器币则废礼。晋以僖侯废司徒，宋以武公废司空，先君献武废二山，是以大物不可以命。'"① 《史记·晋世家》亦载："穆侯四年，取齐女姜氏为夫人。七年，伐条。生太子仇。十年，伐千亩，有功。生少子，名曰成师。晋人师服曰：'异哉，君之命子也！太子曰仇，仇者雠也。少子曰成师，成师大号，成之者也。名，自命也；物，自定也。今適庶名反逆，此后晋其能毋乱乎？'"② 古人以为用名当依此"五有""六不"的原则，就是希望避祸趋福。如《红楼梦》谓：

> 凤姐儿笑道："到底是你们有年纪的人经历的多。我这大姐儿时常肯病，也不知是个什么原故。"刘姥姥道："这也有的事。富贵人家养的孩子多太娇嫩，自然禁不得一些儿委曲，再他小人儿家，过于尊贵了，也禁不起。以后姑奶奶少疼他些就好了。"凤姐儿道："这也有理。我想起来，他还没个名字，你就给他起个名字。一则借借你的寿，二则你们是庄家人，不怕你恼，到底贫苦些，你贫苦人起个名字，只怕压的住他。"刘姥姥听说，便想了一想，笑道："不知他几时生的？"凤姐儿道："正是生日的日子不好呢，可巧是七月初七日。"刘姥姥忙笑道："这个正好，就叫他是巧哥儿。这叫作'以毒攻毒，以火攻火'的法子。姑奶奶定要依我这名字，他必长命百岁。日后大了，各人成家立业，或一时有不遂心的事，必然是遇难成祥，逢凶化吉，却从这'巧'字上来。"③

---

① 杨伯峻. 春秋左传注. 北京：中华书局，1981：115-117.
② 司马迁. 史记. 北京：中华书局，1959：1637.
③ 曹雪芹，高鹗. 红楼梦. 2版. 北京：人民文学出版社，1996：562.

"以毒攻毒，以火攻火"是无奈时的解救之法，不得已而为之，但可知古人取名之谨。

古人取名以后，还取字。人们用字，固然是为了社交时的方便，但同时，也是出于与名的互补，进而使"名字"这个符号更能调和自身人格以达到完美、圆满的境界。清王引之《经义述闻·春秋名字解诂》曰："秦白丙，字乙。丙，火也，刚日也；乙，木也，柔日也。名丙字乙者，取火生于木，又刚柔相济也。郑石癸，字甲父。癸，水也，柔日也；甲，木也，刚日也。名癸字甲者，取木生于水，又刚柔相济也。楚公子壬夫，字子辛。壬，水也，刚日也；辛，金也，柔日也。名壬字辛者，取水生于金，又刚柔相济也。卫夏戊，字丁。戊，土也，刚日也；丁，火也，柔日也。名戊字丁者，取土生于火，又刚柔相济也。"① 这是古人用五行生克的理论来指导取名用字的体现。

姓为祖辈宵衣旰食所得，人生而有姓，殊难更改；名则父母所赐，改之亦不易。所以，姓名是伴随一个人一生的符号，关乎个人的祸福荣辱，可不慎乎？

当然，在世俗社会中，人们慎于取名旨在祈福避祸。但武侠小说毕竟是虚构的作品，其中人名的取舍，是否有必要遵循世俗的观念呢？事实上，小说家虽不一定随意取名，但很多武侠小说家为小说人物取名时似乎也并没有下过太多的功夫。这从大多数武侠小说的人名较为普通以及有名有姓的人物较少即可看出。如金庸的《射雕英雄传》，他是给郭靖、杨康二人取了很有文化深意的名字，但其他人的名字都无特别新奇之处。奇儒则不一样，每一部小说人物众多，没有无名之氏，而姓名各异且新。

奇儒的小说往往着力于三五位年轻人的行事，再辅以数十位轻重人物。如柳帝王身边有楼上、楼下、夏停云、夏两忘、皮俊；苏小魂身边有大悲和尚、俞傲、潜龙、赵任远、唐雷、冷知静、冷墨；苏佛儿身边有小西天、俞灵、龙入海、赵抱天、唐玫、冷无恨、冷三楚、米小七、萧天魁；谈笑身边有杜三剑、王王石、邝寒四；大舞身边有柳无生、鲁祖宗、李吓天、魏尘绝、董断红并重，黑情人、羿死奴、潘雪楼、董九紫共尊，唐凝风、龚天下、宗王师、俞欢齐

---

① 王引之. 经义述闻. 南京：江苏古籍出版社，2000：558.

驾，等等。

在奇儒的武侠小说中，作者对人物姓名①的择取是一种自觉、刻意的行为。如对于《凝风天下》中龚天下及天下第一捕帅龙征两人的姓名，作者说：

藏大小姐冰雪聪明，立刻联想到他们的师父帮龚天下取这名字的含义。

龙为万兽之尊，以龚天下能和万物沟通心灵的异赋，取其共率天下万物合一，是姓为龚，名为天下！

龚字，又为"恭"之意；虽率天下万物，但是一心慈悲平等，对所有生命皆恭敬珍惜。②

龙征！邝山海推算出这个女人的名字，心底头忍不住想笑：好个有霸气名字的女人！③

前者有深意，后者有霸气。可以看出，姓与名的择取均有讲究，甚至有些看起来似乎很随意的姓名，实际上也是别有内涵的，也见作者的智慧妙思。

第一节　欲减罗衣寒未去，啼痕止恨清明雨

事实上，奇儒在小说中给人物取姓名时，确是别出心裁的。有诗意者，别具趣味。如《大悲咒》中独孤世家在江湖中的代表独孤斩梦，独孤世家是一个孤独的世家："他们每一代出来的剑客，总是

---

① 武侠小说涉及的人物来自不同的民族，他们都有各自的姓。汉族人的姓一般可见于《百家姓》中，以单姓以及两字的复姓为多见。而少数民族的姓往往与汉族人的姓不同，他们融入汉族之后，亦有随取汉族人单姓的，但以用复姓为常，且其姓较特别。故此处不涉及少数民族中以本族姓名争霸武林之人，但其逐鹿中原时，取用汉族人姓氏者除外。

② 奇儒. 凝风天下：第三册. 台北：宝胜国际文化出版社，2003：11.

③ 奇儒. 凝风天下：第三册. 台北：宝胜国际文化出版社，2003：121.

叫同一个名字,独孤斩梦![①]""好悲凉的名字,却又悲凉得令人心悸。"[②] "他们孤独地住在世上,孤独地浪迹天涯,孤独地消灭阻碍他们的人,然后孤独地消失在这个世界上。"[③] 在世家中,一人凭借汗水与智慧,击败他人而取得代表世家行走江湖的资格,这是至高无上的光荣;而行走江湖时展现世家数代人累积的智慧和自己的天赋,这是莫可名状的骄傲。

梦,每个武林人的梦都是灿烂绚丽的。谁不想成为大侠?谁不想一统江湖?独孤斩梦也一样,他的光荣与骄傲也是美丽的梦,但又都是建立在斩杀他人梦想的基础上的。牺牲了你,成就了我。连你的梦想都被腰斩了,你活下去的意义何在?你又怎可称作武林人?所以,当他失去米小七之后,他也设计着斩杀米小七的梦:

> 独孤斩梦颓然地在大笑中躺了下去,他犹是由口中吐出了几个字:"我得不到你,却能……让你自己……折磨……自己……"
> 便是这几个字恍如天际巨雷轰入脑门,苏佛儿和米小七整个心都提升到了腔口,竟是傻然呆愕无能一动、一言!
> 独孤斩梦果然不愧是独孤世家的传人。
> 在他一生中最后的设计里,他斩破了一个女人最珍贵的梦!
> 而这个残酷,却是一生永远。[④]

此外,一个世家中人,均以斩梦入江湖,是不是也在某个时刻想到过,在斩破他人美梦之前,先要斩灭自己的梦想?独孤世家最霸道的是"撩天十六剑",要达到更上的成就"斩天十七剑",则需要大愤怒、大悲哀方能达成。由此看来,没有斩破自己梦想的大魄力、大悲哀,又如何能代表世家行走江湖?斩梦,斩梦,斩破别人的梦,首先得斩破自己的梦。

布楚天的天下八骑,分别是赵欲减、罗衣、辛寒未、彭不卷、元啼痕、陆恨、叶叶城、潘说剑。布楚天说过:"八骑所至,天下风

① 奇儒. 大悲咒. 珠海:珠海出版社,1999:67.
② 奇儒. 大悲咒. 珠海:珠海出版社,1999:67.
③ 奇儒. 大悲咒. 珠海:珠海出版社,1999:88.
④ 奇儒. 大悲咒. 珠海:珠海出版社,1999:501 – 502.

靡，你只要记住这句话便永远不会对楚天会失去信心。"① 他们是名震天下的武林高手，在江湖的腥风血雨中建功立业。他们的姓名都很特别，组合起来更具诗意，因为，它们都出自赵令畤的词《蝶恋花》："欲减罗衣寒未去，不卷珠帘，人在深深处。红杏枝头花几许？啼痕止恨清明雨。"② 此词写闺中怀人之情。此处所引数语，本写闺中人遇春日天气变化而情感波动。作者取其中数语，缀以姓氏而为姓名，故具词情。

　　无论是好人还是坏人，每个人都很在意自己的名字，都会给自己取个有意思的名字。如夏两忘、夏停云："夏停云的轻功妙绝到令'天上的浮云'也为之错愕愣停，至于夏两忘，他的闪躲之术精妙绝伦，绝对可以让你'忘了自己忘了对方'！"③ 花家堡四大杀手花飘、花送、花行、花绵。"飘绵送行，送的是黄泉幽冥路！"④ 黑色火焰七名成员之董绝及其手下董妙、董好、董词，说是"绝妙好词"。邝寒四手下红骷髅黑道士秦自笑、秦天涯、秦飘然、秦迟留，说是"自笑天涯，飘然迟留"，四人似一人，仿佛写尽每一个人流荡江湖的孤独无奈。羽红袖的四名手下，"'抱月独饮'是他们合起来的称号。抱剑、月刀、独钩、饮拳绝对是四个大有名气的高手"⑤。县太爷伍拾枫为了一件云玉观音而包庇杀人罪犯，这样的县令也能有这么诗意的名字。还有干的是贩卖人口勾当的红虹山庄庄主红拾水亦复如是。

　　以下这些或是英雄大侠，或是无名小辈，或是所谓坏人，都有动人的名字：宣寒波、皇甫风曲、沈逐花、沈落月、韦瘦渔、韦皓雁、周竹歌、于吹烟、冬叶寒、万江月、皇甫秋水、李风雪、南宫花月、第五剑胆、柳絮、布香浓、晁梦江、褚渔隐、宗应苇、龙梅衣、沈风语、骑梦隐、萧满月、萧轮玉、喻书弦、唐追潮、唐忆、韦燕雪、慕容玉楼、夏侯风扬、梅问冬、蓝掬梦、叶浓衣、罗波起、魏迟留、何挽荷、何留云、宋把酒、玉满楼、玉楚天、白流花、萧

　　① 奇儒. 谈笑出刀. 呼和浩特：远方出版社，1999：311.
　　② 唐圭璋，编纂. 全宋词：第一册. 北京：中华书局，1999：638.
　　③ 奇儒. 柳帝王. 呼和浩特：远方出版社，2001：15.
　　④ 奇儒. 帝王绝学. 台北：长明出版社，2001：148.
　　⑤ 奇儒. 砍向达摩的一刀. 敦煌：敦煌文艺出版社，1991：706. 按：原书作金庸的《苍龙出海》，实非.

饮泉、狄雁扬、林溪居、百里怜雪、司马踏霜、司马舞风、贝尔言、贝印虹、贝雨虹、邱泊寒、陈迎浪、伍寂影、伍还情、邓雪晓、阳东临、方川映、沈梦生、柳挽云、萧独徊、张闲倾、文罗衣、魏临川、欧阳尘绝、欧阳梦香、应秋水、李墨凝、王百茶、陈相送、章单衣、白满飘、蒲红叶、慕容春风、潘雪楼、田花月、羽红袖、白飞月、花满园、冷叶、冷庭竹、麻风流。这些人物的品性不一,有侠客,有大枭雄,但奇儒给他们起的名字都极具诗意美感。这使得大侠英雄更具典雅风范,而大奸巨恶亦有可观可取之处,这正是佛家众生平等思想的体现。

有的人用名则很悲壮凄怆,仿佛与生俱来的一种宿命。令人印象最深刻的是三十年前的天下武林十大名剑之吾尔空年。其姓之用,已知本非常人,空年之名,亦有深意,即空嗟流年之逝也。前天下十剑以八风未去,故为玄天五浊木击败而不得不退出江湖。吾尔空年"当年以十四年岁一把剑在短短一年内打遍江湖无数高手,立登于天下十剑榜中"[1],但是,他四十岁时,却不得不隐遁江湖,"四十岁,对于一个男人而言正值智慧、修为的巅峰盛年"[2]。正当横行天下、建功立业时而被迫退出江湖,正是岁月蹉跎、流年空嗟之意。

最悲怆的是杀手组织百八龙的龙头、三十岁的羿死奴:

> 羿死奴的姓很特别。羿死奴的名字也特别。但是,对于这个姓、这个名字,他的心中却有莫大的光荣。……"这个孩子是武林的光荣!"阿万看着围绕在身旁的手下,扬眉道,"他将会有一个奇特的名字和一身可怕的武功,全天下都会因为他而记得他爹是怎样的一个人!"[3]

以羿为姓,很容易令人想起上古悲壮的后羿。后羿为上古夷族的首领,善射。相传夏太康沉湎于游乐,羿推翻其统治,自立为君,号有穷氏。不久因喜狩猎,不理民事,为其臣寒浞所杀。羿死奴无法选择自己的姓,因为这是与生俱来的。但是,这个姓本身就有一

① 奇儒. 武林帝王. 珠海:珠海出版社,1999:251.
② 奇儒. 帝王绝学. 台北:长明出版社,2001:9.
③ 奇儒. 武出一片天地. 呼和浩特:远方出版社,1999:47.

种无法逃避的败亡宿命。以死奴为名，则自有悲凉之意。死者，无生也；奴者，丧失人身自由，为主人从事无偿劳动之人也。此外，奴又有对人的鄙称、女子自称之义，此数义均见其凄惨之意。奴本已不幸，又复以无生之奴，心已死矣。是不是，正是这个独特的姓名，激发了羿死奴的天赋、潜能，终成就了他这个与买命庄庄主邝寒四并峙的百八龙龙头，从而使他得以与黑情人、潘雪楼一同斩杀神一样的羽公子？无须多言，羿死奴此名的光鲜独特，其行事的沉静智慧，必为读者所铭记。

此外，独孤飞月、独孤明风、独孤流水、独孤探花、独孤无踪、苗离愁、苗碎愁，都让人感觉到一股凄凉的味道。

有的人用名则气吞天下，唯我独尊。如武林帝王柳梦狂，秉持慈悲与智慧，为大明江山的稳固，联合中原武林人士与蒙古人置于江湖中的杀手组织——黑色火焰和修罗天堂对抗，一生征战永不退避。而且作为武林帝王，运用智慧对武学进行创新，他曾经说过："我绝不会用同一种剑法去对付两个人！""而且我一生中的出手从来没有重复过！"[1] 其实，柳梦狂之为柳梦狂，其为人处事所表现出来的随意洒脱以及乐观自信更为人称道："只要是剑，我便认得。"[2]"柳梦狂淡淡一笑道：'别轻估你的敌人。嘿嘿，五成把握可以胜，一成把握一样可以胜，懂吗？'"[3] 这样的信心才足以让敌人梦中都发狂。

兵王五子是黑色火焰培育起来的后继杀手组织，其中的成员有汉族人、蒙古人。五子分别指羽墨先生、皇甫追日、封吞星、离魂、绝杀，五人一体。虽只有五人，但每个人都各具一方霸主的气象，"兵王五子武功卓绝，特别是羽墨天赋异禀、气度恢宏！"[4] 而追日，则令人想起夸父逐日的壮举；吞星，吞天上的星星。绝杀，绝灭之杀戮。至于离魂，其气势已如其名般迫人：

这是个不到三十岁的年轻人，俊挺深邃的面庞，有着这种年纪

① 奇儒. 柳帝王. 呼和浩特：远方出版社，2001：43.
② 奇儒. 武林帝王. 珠海：珠海出版社，1999：164.
③ 奇儒. 帝王绝学. 台北：长明出版社，2001：642.
④ 奇儒. 凝风天下：第二册. 台北：宝胜国际文化出版社，2003：207.

所没有的沉稳内敛。眉宇之间，竟然泛有一股王者的尊贵。

安心一生见历过太多人物，这个年轻人竟然令他心惊。不是对方要杀自己，而是那股气势让人几乎难以喘息！①

当年燕王朱棣发动"靖难之变"，三年攻下帝都南京。因怕天下人心骚动，江湖豪雄乘势起乱，是以微服造访一代大侠苏小魂。最后于银步川、鼎九然、藏别悟三人中钦点银步川为首席人选，设"武林典诰"以倡公义，安定民心！"武林典诰"每年选录一百人，这一百人将获得武林中最高的荣誉。并受永乐皇帝封为"视同进士"，阶同朝廷武学一部"训导"官阶，地位如前朝武郎官中武翼郎四品分量。安心安大先生是"武林典诰"中排名第二的高手，但他面对兵王离魂，仍感到其人气势让人"难以喘息"。追日吞星，离魂绝杀，本就是气度非凡的人间王者。

其他武士的名字也颇有气势。如萧天地、老天下、潘打天、甘连天、邱回天、余天道、龙高天、白动天、龙霸天、申屠天下、易骑天、李吓天、金天霸、沈通天、林吃天、赵抱天、萧天魁、韦应天、廖天路、常天雷、钱游天、慕容吞天、慕容摘星、慕容夺月、慕容傲世、皇甫敌星、邵顶天、赵狂天、俞望天、史天岳、王啸天、云奔日、邱喝天、雷震天、柳破烟、柳破天、柳挽云、董天下、萧闻天、何挂天、齐天剑、费天权、董天食、何飞天、林照阳、史天舞、翁洗星、席继阳、罗坐龙、唐凝风、唐断风、华山顶、黎舞岩、万驾世、庞动战、董断红、武断红、谭要命、包斩、邱索魂、武管命、邓摘命、屠无敌、龙中龙、龙威风、京虎霸、黑吞岳、阮将帅、东方风云、邝八地、柏风雷、冷杀、冷煞、冷狂、钟玉鼎、秦湘傲、管大事、管天下、富享受、柏青天、东方流星、顾人间、秦老天、宇文磐、东方寒星、龙在世。这些人的名含有与天斗、与人斗之意，别具凌厉的气势。

---

① 奇儒. 凝风天下：第三册. 台北：宝胜国际文化出版社，2003：24.

第二节　三教圆融，行己由我

　　奇儒为小说中的人物取名，看来大多是从儒、释、道三教文化中来的，其中从儒家的文化中取名最多。

　　取名于儒家文化者，为国人所常见。如明人陈友谅，名出《论语·季氏》"益者三友，损者三友。友直，友谅，友多闻，益矣。友便辟，友善柔，友便佞，损矣"①；清儒方以智，其家"四世传《易》"，"以智"之名，即出《周易·系辞上》"卦之德方以知"②；相声表演艺术家马三立，三立者，人生不朽三事也，见于《左传》"大上有立德，其次有立功，其次有立言，虽久不废，此之谓不朽"③，以上人所共知者。

　　奇儒笔下的人物，亦多有此类者。如冬七寒，七于《易》属阳数；寒者，《说卦》曰："乾为天，……为寒。"④ 知此名本至阳至刚，合于冬氏此人性格。冬七寒位居黑色火焰大喜圣殿十八长老之首，最为神秘，而后双拳击杀三天冥王训练的杀手赵不丢以及修罗长老麦火林，均有霸天夺地的气势。

　　三十年前天下武林十大名剑之首的康洗心，洗心者，《易》曰："圣人以此洗心，退藏于密，吉凶与民同患。"⑤ 洗心，洗去天下人之心，洗去名利之心。

　　刘知惕，惕者，《左传·襄公二十二年》曰："无日不惕，岂敢忘职。"杜预注："惕，惧也。"⑥ 知惧也。刘要一，其名要一，令人想起《世说新语·言语》所载："晋武帝始登阼，探策得一。王者世数，系此多少。帝既不说，群臣失色，莫能有言者。侍中裴楷进曰：'臣闻天得一以清，地得一以宁，侯王得一以为天下贞。'帝说，群臣叹服。"刘孝标注引王弼《老子注》云："一者，数之始，物之

---

① 朱熹. 四书章句集注. 增补本. 北京：中华书局，1983：171.
② 阮元，校刻. 十三经注疏. 北京：中华书局，1980：81.
③ 杨伯峻. 春秋左传注. 北京：中华书局，1981：1088.
④ 阮元，校刻. 十三经注疏. 北京：中华书局，1980：94.
⑤ 阮元，校刻. 十三经注疏. 北京：中华书局，1980：81.
⑥ 杨伯峻. 春秋左传注. 北京：中华书局，1981：1067.

极也。各是一物，所以为主也。各以其一，致此清、宁、贞。"① 争霸武林，要一不易。

以"隐疾"取名。《左传·桓公六年》认为取名"不以隐疾"，但未说明缘由。不过，我们也应当能理解。《颜氏家训》曰："名以正体，字以表德，名，终则讳之。"② 名字表现人一生行事风范、德行、智慧，或寄寓美好的期待，取名自然努力趋吉避凶。世俗中，没有人会取一个诅咒自己的名字。然而，武侠小说的人物用名，有些人并不太忌讳"隐疾"，甚至反其道而用之。特别是心性、行事不循常理或邪恶之辈，尤多用此类名，以彰显其霸天夺地的气势，或体现其性格。奇儒在每一部作品中，有姓有名的人物众多，其中以"隐疾"为名的人亦多。如修罗剑子手"不留颜面"的断头印印堂黑。旧时相面的人称额部两眉之间为"印堂"，根据印堂的气色判断人的贫富祸福。古人以印堂颜色定人吉凶，光鲜亮丽者，则有吉祥；晦黄暗黑者，则遇凶煞。前者为人们所乐见，后者则为人们所避逃。此处的印堂黑乃剑子手，专门斩杀修罗天堂的背叛者，残酷无情、冷肃剽悍。他以此为名，体现其人性格之阴暗。

又黑色火焰七名核心成员之塞外董绝。董绝本名笔，是闻人独笑的儿时朋友。他为了帮助闻人独笑，"足足被毒打了三天三夜，全身没有一块皮肤是完整的，更打废了他的一双腿"③。后来为什么改了名？书中写道：

> 董笔后来因为双腿残废而不能生育。
> 于是，董笔将自己的名字改成"绝"。
> 绝子绝孙的"绝"！
> 董绝。④

绝者，其本人断子绝孙也，以此之故而绝他人之命。此名可见董氏之绝望悲怆，也可明了他对耻笑他的人的绝情冷酷。

---

① 余嘉锡. 世说新语笺疏. 周祖谟，余淑宜，整理. 北京：中华书局，1983：81.
② 王利器. 颜氏家训集解. 北京：中华书局，1993：92.
③ 奇儒. 柳帝王. 呼和浩特：远方出版社，2001：612.
④ 奇儒. 柳帝王. 呼和浩特：远方出版社，2001：612-613.

　　此外还有：马六破、王断、赵不醒、常病、丁泣、丁哭、人死、冷无心、辛守疾、姜声咽、东方拐、黑迫命、白残生、阴鬼天、金送棺、褚怒人、晏痴、杜怨、祁剐、韩邪、韩恶、韩败、田见鬼、陈夜泣、雷葬玉、雷埋香、姚休命、莫天愁、皇甫无常、关白骨、雷难、辛苦、卜净、赵小呆、尹鬼手、夏小泪、贺白发、秦杀、贺难、庞仇心、柯不纯。这些人所用之名，如哭泣死病、小泪白发、怨痴愁难等，无不是常人唯恐避之不及的苦痛、失意、灾难、疾病，但他们就觉得无所忌讳。

　　武侠小说中的邪恶之人以"隐疾"取名很常见，侠义之士则基本不会取这种名。但奇儒笔下的侠义之士亦有乐用"隐疾"取名的。如上文所举之羿死奴。此外，布孤征的天下八骑中的宗问恨、何添残、夏斜，他们的名字都很特别。布楚天天下八骑之元啼痕、陆恨，八路英雄之柳危仇、沈破残、三十年前天下武林十大名剑之京走灾。啼恨危仇破残灾，想必都有常人难以窥知的苦衷或豪情。

　　取名佛教故事、典籍者，如夏自在（夏九幽），自在之名，源于佛教乎？自在王，即无拘牵者。自在者，佛教中讲智慧明了之佛，此心号名法性，亦名解脱，生死不拘，一切法拘它不得，是名大自在王如来。南般若，般若即汉族人所说的智慧。乔寂灭，寂灭为梵名涅槃之译语，其体寂静，离一切之相，故云寂灭。陆法眼，法眼是佛教"五眼"之一，谓菩萨为度脱众生而照见一切法门之眼。柴法缘，法缘为佛教三缘之一，指不见父母妻子亲属，见一切法皆从因缘生。修罗冥大帝阎如来，阎者，佛教称主管地狱的神，通称阎王；如来者，佛之谓也。天堂四大天王之无相先生，相，佛教谓一切事物的外观形状，无相，即无形者。广佑情，佛教所谓护佑有情众生也。阎千手，佛教有千手观音，谓其神通广大。李承佛，意指承佛之善慈智慧。杜法华，源于《妙法莲华经》，以莲花设喻，谓大乘菩萨智悲双运，为悲悯众生，而发宏愿，于五浊恶世中行难忍之行救度众生，却又不为五浊所染，如同莲花生于淤泥之中却不为其所染。李闹佛，佛心无相，闹即不闹；禅宗骂佛，闹佛何足道哉？杜禅定，禅定，佛教修行者认为静坐敛心，专注一境，久而达到身心安稳、观照明净的境界，入定生慧，度散乱以见自性，乃抵彼岸。四大神秘组织的首领雷菩萨，菩萨，梵文菩提萨埵的省称，原为释迦牟尼修行而未成佛时的称号，后泛指大乘思想的实行者。

取名于道家或道教典籍者。如天地门萧天地之长女萧鸿蒙：

这名被萧天地唤作"蒙儿"的女子，正是萧家长女萧鸿蒙。

这位长女之名"鸿蒙"，乃是取自于《庄子·在宥篇》中一位得道至人的名字。那时初生此女，萧天地正当创立了"天地门"意气风发少年得意之际。

第一位子女的诞生，他为之大悦中乃借"在宥"之意"自在宽舒"，而取其中至人"鸿蒙"为长女名。①

据此可知其名字来历。此外，李北羽，源于《庄子·逍遥游》"北冥有鱼，其名为鲲。鲲之大，不知其几千里也。化而为鸟，其名为鹏"②。陆天师，天师者，古代对有道术者的尊称。吴玄，吴即无也，此人天赋异禀，具阴阳眼，即佛家'天眼通'，见人腑脏，无玄即《老子》所谓"玄之又玄，众妙之门"也。庄齐，源于《庄子·齐物论》，或《世说新语·言语》曰："孙齐由、齐庄二人小时诣庾公，公问：'齐由何字？'答曰：'字齐由。'公曰：'欲何齐邪？'曰：'齐许由。''齐庄何字？'答曰：'字齐庄。'公曰：'欲何齐？'曰：'齐庄周。'公曰：'何不慕仲尼而慕庄周？'对曰：'圣人生知，故难企慕。'庾公大喜小儿对。"③ 唐羽仙，羽化而登仙者，得道也。庄万物，源于《庄子·齐物论》。闻逍遥，源于《庄子·逍遥游》。

第三节 取舍之间，彰显智慧

奇儒对人物姓名的安设颇有技巧，常用罕见的姓。姓既稀奇，则即使与常见之名组合，也往往能出人意表，颇显新奇。如《扣剑独笑》中的大侠孤独独笑。其姓为复姓，稀罕之姓；辅以独特的名。其姓名形成的深意，可借书中人物来述说：

---

① 奇儒. 帝王绝学. 台北：长明出版社，2001：342.
② 郭庆藩. 庄子集释. 王孝鱼，点校. 北京：中华书局，1961：2.
③ 余嘉锡. 世说新语笺疏. 周祖谟，余淑宜，整理. 北京：中华书局，1983：109.

董冷酒急快而详细地注视对方。

他真是一个男人，一个十足十充满了神秘霸气与魅力的男人——未理还乱的短髭，深邃沉蓝的眼眸，挺锐的鼻梁下是深长的人中，粗厚的下巴上是一把坚毅的嘴角。

一袭黑粗麻披风罩在宽阔的肩头上垂下，又厚又大的手掌紧紧握住那把有四个缺口的剑。

孤独独笑站在那儿，站在天地之间，似乎永远就有这么一股苍凉孤独的味道。

董冷酒忽然完完全全觉得这个男人的名字取得实在是太好。

像他这种人，笑的时候一定更加孤独。

因为这个人的命运天生似乎只有死神才是朋友！

一个只有死神是朋友的人，他的笑声怎么会不孤独？①

孤独独笑是大侠，是孤独的大侠，因为，在武技上没有一个人有资格成为他的朋友。甚至，在感情上也是如此。他剑上的四个缺口代表着他一生中四个刻骨铭心的爱人。甚至第一次见到李闹佛时，他还问李闹佛是否爱过。在武艺上，他是独一无二的，在感情上也是孤独的。独笑，笑的是武技天下第一的欣然，笑的是苍生的苦难，笑的是无奈的苍凉。姓孤独，名也孤独。

又如老字世家。老字本为常见之语词，并无特别之意，甚至仅仅是一个辅助性的词汇。作为姓，在古代有《老子》的作者老聃，此后则罕有以此字为姓的，其姓甚至不载于《百家姓》。在奇儒的武侠小说中，有一个世家初居于中原，但后以他事而迁居苗疆一地，经数十代人努力，终成为江湖中举足轻重的力量，此世家即以老为姓。因为他们居于边蛮之地，所以，为了逐鹿中原武林，他们多取僻径邪路。在行事上，颇难得以正义、大侠相许。但从他们的名字来看，这个世家在各个时代逐鹿武林的代表都气势恢宏：老天下、老子、老头子、老鬼、老赢、老几醉、老西秦、老鹰、老师、老寒辰、老行、老剑、老不死、老是赚、老天、老实。就名而言，均无特别之处。但这些常见之名，却缀于一"老"字之后，使此一姓名变得熟悉而陌生。

①　奇儒. 扣剑独笑. 台北：裕泰出版社，1990：80.

另外，米字世家亦可列于此。米姓虽见于《百家姓》，但在武侠小说中，成为一个大世家，且对武林和国家作出巨大贡献的米家中人还是较少见的。在奇儒的武侠小说中，米字世家恰恰就成为一个举足轻重的家族，演绎了可歌可泣的故事。此世家中人有米枝三、米龙、米风、米小七、米藏、米尊、米长木、米卧、米凌、米婉月、米挽岳、米断云、米艳、米天、米无忌等人。这种姓与常见的名的组合，反而让人觉得新鲜了。

姓异而致姓名独特者如下：闻人独笑、庸救、左弓弃、左弓女方、刑久轩、吾尔空年、京走灾、独孤飞月、独孤明风、独孤流水、独孤探花、独孤无踪、人生、人死、笑万、笑刀虎、羽红袖、羽公子①、黑情人、黑流星、黑吞岳、黑蝶衣、黑海造、黑好文、黑捡命、黑彪生、黑笑、黑竹媚、黑权、红满世、红玫瑰、红豆、孤主令、原晚离、原四解、大愚、大舞、连三眼、连好醉、连风幻、连乾坤、连阴阳、明慧眼、明冷香、瘦斗天、瘦垂天、瘦俗天、银步川、秋银风、刀吻、刀刀、袭时珍、鼎九然、鼎冷世、藏别悟、藏雪儿、藏雅儿、宗无畏、宗王师、须归。

姓名同音亦是取名之法。有姓与名同字者，刀刀，"不用刀的刀刀，用的是昔年陆文龙双枪的刀刀"②。百花门门主文文，赵古风的手下谢谢。有姓与名音同而字异者。人间世净世三使之唐糖，黑色火焰十八长老之沈沉、刘流留，武断红四大金刚之裔衣，魔教分子贾甲。

谐音亦为奇儒取名之法。谐音法用名，往往有言外之意，表面一义，而谐音之后有另一义，一名而具两义，见异唯知音耳。如项善、项好，即向善、向好；死亡天使倪不生，即你不生；刘下命，即留下命；京城内赫赫有名的姚两命，即要两命；梁心，即良心；韩冷，即寒冷；段布，即断布；"武林典诰"前十人布惊，即不惊；

---

① 笔者按：羽公子另有化名曰尔一屋、鹿元星。笔者初以为羽公子之姓名为奇儒所撰，后读《史记·游侠列传》其文载："北道姚氏，西道诸杜，南道仇景，东道赵他、羽公子，南阳赵调之徒，此盗跖居民间者耳，曷足道哉！"司马贞《史记索隐》："旧解以赵他、羽公子为二人，今案：此赵姓，名他羽，字公子也。"则"羽公子"之称，虽据司马贞辨明为一人之名与字，然全称已见《史记》矣。又陈墨先生以为此名乃奇儒袭自古龙小说。

② 奇儒. 大手印. 郑州：中州古籍出版社，1994：448.

八路英雄之秦老天手下布飞，即不飞；布好玩，即不好玩；郝做，即好做；郝困难，即好困难；色阴十魔之郝好人，即好好人；红衣天王仇死，即求死；卜舍德，即不舍得；卜方诚，即不方诚；卜乘风，即不乘风。

有时，单个人名看不出什么特殊的意义，若是同姓的两个或两个以上的人名组合在一起，这些名字的意义就明显了。如秘先生大喜圣殿十八长老中的赵千变、赵万化、赵女人，其名组合起来，就成千变万化的女人的意思，说明这三个人神通广大、善变。又如天外三丐白挽天、白挽地、白挽人，其意即指三才之天地人。其他如三界三虎中的巴不动、巴不来、巴不避，寒星双飞鸿丁飞、丁鸿，丁风、丁雨、丁一、丁乙，楼下、楼上，无月池镜子双方方形、方正，阴久日、阴久辰、阴久月，莫音、莫律，茅山三邪麦天昂、麦地昂、麦人昂，鄱阳三杰顾皇雄、顾皇音、顾皇律，雪天三鹰连不绝、段不断、莫不忧。

这些名并不专属所谓好人，坏人也有很好的名字。可知在作者的眼中，好的姓名并不专属于某一类人，好人固然应当有一个好的名字，至少有一个普通的姓名；但坏人难道连取一个好名字的权利都没有吗？佛家讲究众生平等，所谓平等，虽较多指人皆平等地具有成就大智慧的天赋，但世俗的因缘也同样平等具有。

奇儒每一部小说均人名众多，贩夫走卒都赋予其姓名，且其姓名之用，均非随意取之；有号而无姓名之人很少。武侠虽为虚构的作品，其中人物有好人，有坏人，有不好不坏的人，但在奇儒的笔下，他视众生如一，把姓名冠于有情众生，不分彼此。

当然，这也是他对武侠小说进行创新的一种方式。

第三章　是名士自风流

——大侠之骂相

　　武侠小说里的江湖世界，其大异于世俗社会，亦有其铁律，或者说有其自主的游戏规则。台湾早期的武侠小说家，为了避免政治上遇到麻烦，刻意使武侠小说远离官府，遂导致武侠一脉自造江湖；而江湖中人挟技行走世间，跳出"世俗"之后，在其游戏规则之内，亦可逍遥自在，放荡不羁。那么，在这种情况下，是不是还要完全遵守世俗社会所当具的君子德行？简单地说，英雄是不是只能默默为家为国而苦心焦思？大侠是不是只能持守礼仪而正襟危坐？其言行举止当如何？

　　古龙笔下的大侠，后期以浪子为本色，但其所谓浪子，只是写他们游戏风尘，行事作风洒脱不羁而已。至于其言行举止之所皈依仍本在"大侠"，即合于礼义之非礼勿言。然则，脏话可否出于大侠之口？

第一节　游侠言信行果，诺诚轻躯

　　侠的人格当如何？太史公撰《史记·游侠列传》，序曰："今游侠，其行虽不轨于正义，然其言必信，其行必果，已诺必诚，不爱其躯，赴士之厄困，既已存亡死生矣，而不矜其能，羞伐其德，盖亦有足多者焉。……今拘学或抱咫尺之义，久孤于世，岂若卑论侪俗，与世沉浮而取荣名哉！而布衣之徒，设取予然诺，千里诵义，为死不顾世，此亦有所长，非苟而已也。故士穷窘而得委命，此岂非人之所谓贤豪间者邪？诚使乡曲之侠，予季次、原宪比权量力，效功于当世，不同日而论矣。要以功见言信，侠客之义又曷可少哉!"① 古代游侠所具有的品格,亦大多为武侠小说中的英雄侠客所有:重义轻生、言信然诺、惩恶扬善、扶危济困。

此外,武侠小说中的人物亦大多秉持中国传统君子人格中的优秀品质。马来西亚籍华裔小说家温瑞安说:"武侠小说是最能代表中国传统文化精神的,它的背景往往是一部厚重的历史,发生在古远的山河,无论是思想和感情,还是对君臣父子师长的观念,都能代表中国文化的一种精神。"② 作为中国古代社会中的一分子,受儒家传统文化的影响,士人包括侠客都自觉持守儒家君子人格中的某些优秀品质。这些品质包括爱国、重情、忠信、重威仪。前面几项无须多言,重威仪这点,在《论语·学而》中就有要求:"子曰:'君子不重则不威,学则不固。主忠信,无友不如己者,过则勿惮改。'"③ 君子在言行上要表现出儒雅庄慎,进而树立威信,才能成为一世典范而影响世人,即"其身正,不令而行"之意。

在武侠小说中,许多自命为大侠的人,在江湖中行走,不管其能否慎独,但他们在世人面前一定会努力表现其处事从容淡定、谦恭逊让的形象。金庸小说中的乔峰、洪七公、郭靖、杨过等人,他们中一些人虽然游戏风尘,但总体上,都兼具家国情怀、江湖道义。毕竟,武林中人虽尽量不与官府融而为一,从而避免纠缠于社会俗事而失去无羁放荡的潇洒,但江湖也有江湖的道德荣誉评价标准,所以,武林中人重荣誉胜于生命,他们就不得不珍惜自己的羽毛。六朝人一旦为清议所贬,则终身被弃;江湖中人,特别是侠义道中人一有污点,也同样是终身难为侠义道中人所接纳的。

英雄大侠,已然成为侠义的化身,美貌与智慧并重的君子,"言为士则,行为世范"④。在许多小说家的笔下,大侠即使身负深仇,也是以武技高低决胜负、定生死,很少在言语上互相责骂。因为,一者,武林中以武技定高下,成王败寇;二者,口出粗言,虽武夫不为,况于有教养的大侠乎?所以,欧阳峰这样的邪门之人都不屑于口宣恶言,正所谓"盗亦有盗";黄药师、杨过这些亦正亦邪的

① 司马迁. 史记. 北京:中华书局,1959:3181-3183.
② 温瑞安. 古远的回声//叶洪生,林保淳. 台湾武侠小说发展史. 台北:远流出版事业股份有限公司,2005:434.
③ 朱熹. 四书章句集注. 北京:中华书局,1983:50.
④ 余嘉锡. 世说新语笺疏. 周祖谟,余淑宜,整理. 北京:中华书局,1983:1.

人，虽行事不循常规，但也有自己的原则，至少在骂人的时候会比较文雅而不粗俗；至于侠义道中人，可从洪七公责骂裘千仞的话来看：

> 老叫化一生杀过二百三十一人，这二百三十一人个个都是恶徒，若非贪官污吏、土豪恶霸，就是大奸巨恶、负义薄幸之辈。老叫化贪饮贪食，可是生平从来没杀过一个好人。裘千仞，你是第二百三十二人！①

这话骂得痛快淋漓、义正词严，但话语中完全没有所谓的"脏话"。甚至，他们连腹诽的念头都没有，看看各家各派的小说即可明白这一点。

第二节　君子不重不威，唯义所之

在很多武侠小说中，侠义道中人确是让人觉得是瞻前顾后的人。但奇儒笔下的大侠，都比较"世俗"，最明显的就是非常能骂人。此处所谓骂，即以恶言加人，斥责他人，如《左传·昭公二十六年》载："冉竖射陈武子，中手，失弓而骂。"② 又《史记·留侯世家》载："汉王辍食吐哺，骂曰：'竖儒，几败而公事！'"③ 其"骂"之意即本书之意。

奇儒《帝王绝学》三部曲的主人公是柳梦狂及他的儿子柳帝王。小说的叙事，中年人以柳梦狂为主，年轻人则以柳帝王为主。柳帝王二十八岁之前一直流浪江湖，以便体验生活。他出入各种场所，了解人情世态，以增长阅历。这些生活体验，自然也包括了世俗社会中的争吵。不仅是他，与他相交而成真正生死不渝的朋友的人，也都具有和他一样的经历，所以，他和他的朋友们都一样能骂人。以下材料均可以看出他们的"德行"：

---

① 金庸. 射雕英雄传. 北京：生活·读书·新知三联书店，1994：1477.

② 杨伯峻. 春秋左传注. 北京：中华书局，1981：1473.

③ 司马迁. 史记. 北京：中华书局，1959：2041.

这下，气可冒向车顶上的宣雨情和楼上啦。于是双手往腰里一叉，破口大骂道："兀那贼子赶车不会瞧路，在这儿挡着爷爷抓贼。"

楼上哼了一哼，回道："偌个胖子，侬啥天吃错药误要来老子面前撒泼？警告你这肥汉子，若不识相点只怕难看的是你。"①

柳大混混觉得过瘾极了。

今天当着人家大门口喝骂着，似乎又回到了以往那种市井无赖的日子。

喝！怎的张口大骂怎的爽得快活，那鸟门子大侠公子形象才真的累人呢。②

"忙个屁！"皮俊觉得人有时不能太固守礼法约束，道："真放你的猪狗牛兔子老虎乌龟十二生肖大屁。哥哥我……"③

楼上与宣雨情及柳帝王配合，以便了解黑魔大帮的阴谋。不想，事情反而为不明真相的七龙社左弓女方所扰，故有上文第一节的误会。那楼上大侠这一顿"怒骂"，虽只有一句话，但其语之粗俗以及他能骂的本色已显。而且他是"要喜便喜，说怒就怒的家伙"（见《帝王绝学》第281页），说明他平素的训练是不少的，这才能做到骂人的"收发自如"。柳帝王则是"怎的张口大骂怎的爽得快活"。皮俊的"忙个屁"也是较为粗俗的话语。当然也可以想象，这些大侠都是一起做事、生活的，彼此之间的交往随意适性，口出这样的粗言也是自然的。

《蝉翼刀》是奇儒的第一部武侠小说。在这部小说中，苏小魂是一号主角，其他重要人物还有俞傲、北斗、唐雷、大悲和尚、潜龙、赵任远。只有唐雷作为一门之主，比较少见其骂，其他人都是不怎么修口德的。主人公苏小魂虽然老成持重，且他的身边还有一位女友——钟玉双，但他也会骂人。俞傲心中眼中唯有刀，总是一副肃杀的样子，连话都少说，不过，偶尔也会骂人。大悲和尚修的是禅

---

①　奇儒. 帝王绝学. 台北：长明出版社，2001：280 - 281.

②　奇儒. 帝王绝学. 台北：长明出版社，2001：480.

③　奇儒. 帝王绝学. 台北：长明出版社，2001：699.

宗，赵任远一肚子委屈，都不擅长骂人。北斗先生为冥王座下四大奸恶杀手之一，"他已两鬓微白，五十年纪，一身青衫随风逍遥"（见《蝉翼刀》第23页）。如此年纪之人，也不修"口德"：

> 北斗道："你怎么知道的？"
> 年轻人道："第二，因为我是苏小魂！"
> 王八蛋。北斗心里已经骂了十万八千声。就是这小子害老子千里迢迢赶来要杀人。呸！连车马费都没有，如果这回杀了你，家里窗前那几朵菊花枯了，看我连坟都给你扒了。北斗还在心里骂，那个苏小魂还真语不惊人死不休。①

潜龙是很率真的浪子，在《蝉翼刀》和《大手印》中是活泼的大侠，如他初次与赵任远在九重十八洞相遇时，心里的想法就很有意思：

> 这小子，我潜龙不把你那只手拗成七八段，我算是白混了。潜龙就要冲出去好好干一架，紧接着又一个念头：如果这小子真的是来自皇宫天子脚下的人物，那可不能闹着玩。所以，潜龙迅速做了一个决定，先笑着脸出去打个哈哈，果真来自天子的脚下，那大家交个朋友算了。如果不是，管你老子是谁，先揍你一顿再说。②

这样的大侠，自然也是能骂的大侠。在九重十八洞中，遇到大悲和尚时，他就骂上了：

> 这又是哪个王八羔子？潜龙没好气地道："你娘你爹姓龟啊——要讲话不会站出来？"③

"王八羔子""你娘你爹姓龟啊"都是市井本色。后来的潜龙粗俗本色仍旧：

---

① 奇儒. 蝉翼刀. 长春：时代文艺出版社，1999：24.
② 奇儒. 蝉翼刀. 长春：时代文艺出版社，1999：36.
③ 奇儒. 蝉翼刀. 长春：时代文艺出版社，1999：45.

"江湖上近日来发生的事你到底知道了多少？"

"有什么鸟事都没有老子让人家追杀来得重要！"

"重要！当然重要！"

"不空大师人在黑色火焰手上，这重不重要？"

"呃……重……重要！可是老子我……"

"我们也抓到了一名黑色火焰的分子，这重要吗？"

"哈——当然、当然——不重要的是龟孙子！"①

"鸟事"在古典小说中比较多见于《水浒传》中李逵等人之口。"老子"，傲慢的自称语，犹今言"你老子"，古时用"乃公"，最早见于刘邦之口，据《史记·郦生陆贾列传》载："陆生时时前说称诗书。高帝骂之曰：'乃公居马上而得之，安事诗书！'"②又《史记·淮南衡山列传》亦载："淮南王乃谓侍者曰：'谁谓乃公勇者？吾安能勇！'"③刘邦与刘安之无赖，其粗俗之语已见。潜龙亦为奸恶杀手，受命诛杀苏小魂，但后亦以心证心而与苏小魂成为生死之交，亦成为匡扶正义的侠士。但大侠也会说出这样的话，而且这样的话在《蝉翼刀》和《大手印》中比比皆是。

在《武出一片天地》中，也有两位大侠是不修"口德"的：

"春风不度玉门关！"黑情人忽然大大叹一口气，道："这句话真他妈的太有道理了。"④

这话奇怪？田花月果然破口大骂了起来，道："谁要在鬼捞子的地方混？要不是五年前打赌输给了一个人，也不会答应出塞。"⑤

黑情人在美女面前说出这样的话，而且"五个月来很少一天不说上十句难听的话"⑥，这需要勇气，毕竟，身边还有一位对他暗生

---

① 奇儒. 大手印. 郑州：中州古籍出版社，1994：181.
② 司马迁. 史记. 北京：中华书局，1959：2699.
③ 司马迁. 史记. 北京：中华书局，1959：3080.
④ 奇儒. 武出一片天地. 呼和浩特：远方出版社，1999：171.
⑤ 奇儒. 武出一片天地. 呼和浩特：远方出版社，1999：173.
⑥ 奇儒. 武出一片天地. 呼和浩特：远方出版社，1999：171.

情愫的女人；再者，他还是冷明慧挑选出来对抗第五剑胆的后人羽红袖的大侠。而田花月则是被冷明慧设计才到塞外生活，同时为大明朝廷收集关外少数民族消息。冷明慧挑中的人，日后都有成为大侠的可能。田花月未必能成为大侠，但他至少是侠义道中人，是"一个年轻而有智慧、热情的好手"（见《武出一片天地》第173页）。从奇儒的小说来看，能得到冷明慧欣赏绝对被视之为一生最大的幸运，心中只有尊敬而绝无怨言。所以，此处他"果然破口大骂"，并不是因为他输了而不得不留在塞外，反而可以说，这是田花月放荡不羁的侠客形象的体现。

奇儒似乎为弥补俞傲一脉传人在性格上过于严肃冷酷的不足，在《凝风天下》中赋予了俞氏后人性格上更活泼的一面——能骂：

> "要不是哥哥我为了求快，内力无法完全贯注，"俞大公子感觉到背脊肌肉紧绷得快抽筋啦，肚子里骂声不绝，"早就让你杨小子半分也动不得。"
>
> ……他奶奶的，哥哥我救不了你啦！俞欢肚里大骂三百回合，蓦底五指上的压力一轻。①

俞傲大侠在苏小魂的朋友中最沉默寡言，想说的话往往在心中眼中意中，一切唯有刀上见功夫；他的儿子俞灵秉承其刀法，亦承其性格，从不肯多说一言一语；但俞傲的孙子、俞灵的儿子俞欢大侠继承了父祖的无上刀法，却还多了几分率真豪爽，"肚子里骂声不绝""肚里大骂三百回合"，可知他的性格已有不同于父祖的一面。

小说家虽出于种种原因而刻意在武侠小说中使江湖中人与六扇门中人没有瓜葛，但武林人作为社会的一分子，他们与官府打交道却是无可回避的。由此，官员也就参与了武林事。在大多数武侠小说中，这些进入江湖中的官员，他的身份意识非常明确，这首先是因为他们内心深处形成的一种自觉的官本位意识，即使身处江湖，也自成一种优越、霸道的气势；其次是因为他们时刻铭记自己的身份，在关键时刻可以动用朝廷的力量来打击包括江湖中人在内的异己力量。由此，他们时时以朝廷中人自居。当然，在言语对话中，

① 奇儒. 凝风天下：第一册. 台北：宝胜国际文化出版社，2003：143.

他们也都是一派官腔，看起来霸道，同时也带着一些文雅的气息和咬文嚼字的意味。在很多武侠小说中我们都可以看到这些情况。

作为官员的条律，可以看看嵇康在《与山巨源绝交书》中，写他不入仕的原因时，所提到的七不堪、二不可：

> ……自唯至熟，有必不堪者七，甚不可者二：卧喜晚起，而当关呼之不置，一不堪也；抱琴行吟，弋钓草野，而吏卒守之，不得妄动，二不堪也；危坐一时，痹不得摇，性复多虱，把搔无已，而当裹以章服，揖拜上官，三不堪也；素不便书，又不喜作书，而人间多事，堆案盈机，不相酬答，则犯教伤义，欲自勉强，则不能久，四不堪也；不喜吊丧，而人道以此为重，已为未见恕者所怨，至欲见中伤者，虽瞿然自责，然性不可化，欲降心顺俗，则诡故不情，亦终不能获无咎无誉，如此，五不堪也；不喜俗人，而当与之共事，或宾客盈坐，鸣声聒耳，嚣尘臭处，千变百伎，在人目前，六不堪也；心不耐烦，而官事鞅掌，机务缠其心，世故繁其虑，七不堪也。又每非汤、武而薄周、孔，在人间不止，此事会显，世教所不容，此甚不可一也；刚肠疾恶，轻肆直言，遇事便发，此甚不可二也。[1]

简单地说，入了官场，就必须遵守很多礼仪、规则。所以，在这个世俗社会中，久而成自然，渐靡使然。这也就是官场中人的"文明"。

奇儒笔下的那些进入武林中的官员，却多了一份市井的率真。赵任远与潜龙在九重十八洞中相遇，他一下子就想到了作为官员时的威风：

> 待会儿不管他是谁，先把那混蛋眼珠子挖出来再说。
> 可不是，想上个月还在天子脚下，有哪个寻常人敢看他一眼？只要他一不高兴，那个人非活活打上三百大板外加吊个十天八天不可。[2]

---

① 戴明扬，校注. 嵇康集校注. 北京：人民文学出版社，1962：119 – 123.
② 奇儒. 蝉翼刀. 长春：时代文艺出版社，1999：35 – 36.

赵任远作为大内侍卫长，本为官府中人，是不是因为入江湖流浪太久了，所以也学得一身江湖"陋习"？

他与俞傲换班而遇到老鬼的攻击时：

> 赵任远看那老鬼凌空而下，不觉骂道："他奶奶的，你就专挑老子接班的时候，就不能晚一炷香时间让俞傲来对付你啊。"①

敌人在制订相关计划时，必定考虑到各种突发情况，也当然有了相当的应对措施；在执行计划进行攻击时，也不会考虑太多的问题。赵任远入江湖本为缉捕苏小魂，但以心证心之后，知道整件事都是野心家的阴谋，于是与苏小魂一起仗义靖武林。此处，他"不觉骂道"，就很有意思：本为义而来，且大侠本当有遇难而上的勇气，当然就不会有怨言憾语。但赵任远这个三十多岁、兼任侍卫长与大侠的人竟会"骂"；而且他的话中，竟让人觉得他有避难的意思，实在是幽默诙谐。

在《大手印》中，赵大侠又有表现：

> 这话不问还好，一问，赵任远可足足骂了一炷香的时间才大大喘一口气。唐雷听了老半天，可没听懂赵任远在说什么。唐雷只好问道："赵兄，你骂什么？"②

一位大侠"足足骂了一炷香"的时间，真是能骂。在奇儒的武侠小说中，赵任远亦是有情有义的大侠，在以后的江湖史中，是时常被后代的武林中人提起的典范人物。所以，他的骂，并不是一种仇恨的怨言，而只是朋友之间的一种戏谑，是一种对生死之交的友情的体现。毕竟，烦恼往往只会向最值得信赖的人倾诉；相反，逢人只说三分话的人，不会向人抱怨，这是因为相交不深。

中国封建社会对女子的言行举止作出的要求更细更多。后汉曹世叔妻班昭，才高德淑，尝作《女诫》七篇，以助内训。其辞曰：

---

① 奇儒. 蝉翼刀. 长春：时代文艺出版社，1999：301.
② 奇儒. 大手印. 郑州：中州古籍出版社，1994：33.

但伤诸女方当适人，而不渐训诲，不闻妇礼，惧失容它门，取耻宗族。吾今疾在沈滞，性命无常，念汝曹如此，每用恫怅。间作《女诫》七章，愿诸女各写一通，庶有补益，裨助汝身。①

其内容包括了卑弱、夫妇、敬慎、妇行、专心、曲从和叔妹七方面，成为古代妇女应当遵从的规范。其中最为人们熟知的是"四德"，即：

一曰妇德，二曰妇言，三曰妇容，四曰妇功。夫云妇德，不必才明绝异也；妇言，不必辩口利辞也；妇容，不必颜色美丽也；妇功，不必工巧过人也。清闲贞静，守节整齐，行己有耻，动静有法，是谓妇德。择辞而说，不道恶语，时然后言，不厌于人，是谓妇言。盥浣尘秽，服饰鲜洁，沐浴以时，身不垢辱，是谓妇容。专心纺绩，不好戏笑，洁齐酒食，以奉宾客，是谓妇功。此四者，女人之大德，而不可乏之者也。然为之甚易，唯在存心耳。古人有言："仁远乎哉？我欲仁，而仁斯至矣。"此之谓也。②

这是对妇女之德、言、容、功四方面作出的要求。在女子言语一栏就有诸多束缚，如出语要精当，不说粗恶之语，适时而言。总之，女子在言语上，必须文雅得体。这些要求不仅影响了班昭的家人，也影响了其后的中国妇女，甚至到了今天，仍是许多女子自觉与不自觉遵循的规范。

在奇儒的武侠小说中，女侠未必都遵循这些俗礼，特别是身处一些非常的场合时，适中的粗语也是有的：

晏梧羽愣了一下，忍不住怒叫喝道："怕死鬼大乌龟！皮俊，你是被扒了皮又丑得可以的北京烤鸭！"

有这种骂人的名词？③

① 范晔. 后汉书. 李贤，等注. 北京：中华书局，1965：2786.
② 范晔. 后汉书. 李贤，等注. 北京：中华书局，1965：2789.
③ 奇儒. 柳帝王. 呼和浩特：远方出版社，2001：91.

晏梧羽责骂皮俊的话，其实不算得粗俗，把人骂成"被扒了皮又丑得可以的北京烤鸭"，算是气愤的话吧！但问题是，这是出自曾经的黑魔大帮帮主卒帅晏蒲衣的女儿之口，而她是有教养的大家闺秀。所以，此时的晏梧羽口出这样的"骂人的名词"，着实有意思。

或许钟玉双的话语更能看出女侠的不同凡响：

可惜，钟玉双不吃这一套，而且，还凶辣得很："老头子——有屁快放！"

向十七愕了一愕，这话打在五十年前就听过了。

他惊愕的是，一个名动天下，号称"天下最具有妇女美德"的女子怎么会说出这种话？①

钟玉双是苏小魂大侠的老婆，号称"天下最具有妇女美德"的女子。事实上，这个称号并非只是苏小魂对她的褒赏，也是她作为一位武林奇女子在行事上的真实写照：急朋友之急，知书识礼，心存苍生，慈悲善良。但诚如向十七所奇怪的，她也能说出"这种话"，即粗俗的话。可见，这位女子也不是一般的女子。

出家人以慈悲为怀，视一切皆空。他们不说谎话，也不说粗俗的话语。奇儒本身是一位弘道的法师，但在他笔下的得道高僧，却不讳"骂"：

大悲和尚哼了一声，道："早个屁！什么大有非常人所能及的气概。你知不知道六臂法王为什么这么说？"

…………

放屁！大悲和尚差点冲口而出；强忍住后冷哼道："他睡得跟猪一样，这点和尚是有不及……"②

大悲和尚在网中大叫道："狗奶奶的臭小子，你可终于来了！"③

① 奇儒. 大手印. 郑州：中州古籍出版社，1994：255.
② 奇儒. 大手印. 郑州：中州古籍出版社，1994：46.
③ 奇儒. 大手印. 郑州：中州古籍出版社，1994：88.

大悲和尚是苏小魂的方外至交，他虽是出家人，却与苏小魂一起奔波江湖，为了武林的安宁、国家的和平，真可谓入世之佛了。"早个屁""他睡得跟猪一样""狗奶奶的臭小子"这些粗俗的话，似乎更应该出自一般市井小民之口，不应该出自大悲和尚这样的得道高僧之口吧？不过，或许也可以理解，因为大悲首先也是一个人，当然具有常人的率直！其次，大明之时，禅宗已为大盛，惠能的六世法孙临济义玄曾说过："你若欲得如法见解，但莫受人惑。向里向外，逢着便杀。逢佛杀佛，逢祖杀祖，……始得解脱。"① 呵佛、骂佛、杀佛、杀祖，这样的行为都能出现，那么，口障之犯又何足道哉？何况，"欺师灭祖"或许更合于禅宗不着相的要义。大悲和尚并不执着于言语的外相，则他的粗口，只是世俗中人的认定而已。在他看来，话语并无粗俗与否的区别，诚如《世说新语·言语》所载："竺法深在简文坐，刘尹问：'道人何以游朱门？'答曰：'君自见其朱门，贫道如游蓬户。'"② 即高僧视一切皆空，又何在乎出入的场所？语言当然也是外相了。

奇儒笔下，随时随地都能骂的大侠很多，如可以骂十万八千声的英雄大侠：

怎么一回事？苏小魂又骂了十万八千声。③

赵任远一愕，暗骂了十万八千句……④

当潜龙一步踏进去的时候，心里已经骂了十万八千声。⑤

杜鹏也没闲着，整整这、弄弄那，只是犹不忘暗中捏了李北羽好几把，只把我们这位李公子搞得十万八千声骂在肚里头！⑥

① 慧然，集. 临济录. 杨曾文，编校. 郑州：中州古籍出版社，2001：22.
② 余嘉锡. 世说新语笺疏. 周祖谟，余淑宜，整理. 北京：中华书局，1993：108.
③ 奇儒. 蝉翼刀. 长春：时代文艺出版社，1999：81.
④ 奇儒. 蝉翼刀. 长春：时代文艺出版社，1999：447.
⑤ 奇儒. 大手印. 郑州：中州古籍出版社，1994：824.
⑥ 奇儒. 快意江湖. 澳门：毅力出版社，1982：173.

骂得相对少的英雄大侠：

韩道肚里骂了一千声……①

怎样？若非六臂法王修养够，且中原的脏话不够朗朗上口，否则早已骂了一屋子。②

第二个，则是骂了十七八声的龙入海。③

苏佛儿肚里直骂了小西天百儿八十声……④

"不骂够本行么？"王王石怒着又开骂了……⑤

"哗啦"好一响，我们柳大胆（柳无生）连叫带骂了三十四个字落入人家早摆好的阵里来。⑥

谈笑的肚子可是已经骂了一千多声。⑦

能破口大骂的英雄大侠：

雨中如果站着两位（夏停云、夏两忘）破口大骂……⑧

"放屁！"方圆破口大骂……⑨

① 奇儒. 帝王绝学. 台北：长明出版社，2001：68.
② 奇儒. 大手印. 郑州：中州古籍出版社，1994：30 - 31.
③ 奇儒. 大悲咒. 珠海：珠海出版社，1999：42.
④ 奇儒. 大悲咒. 珠海：珠海出版社，1999：271.
⑤ 奇儒. 谈笑出刀. 呼和浩特：远方出版社，1999：148.
⑥ 奇儒. 宗师大舞. 台北：长明出版社，2001：239.
⑦ 奇儒. 大侠的刀砍向大侠. 珠海：珠海出版社，1999：32.
⑧ 奇儒. 帝王绝学. 台北：长明出版社，2001：712.
⑨ 奇儒. 武林帝王. 珠海：珠海出版社，1999：434.

"姓苏的小乌龟。"小西天忍不住破口大骂……①

"他奶奶的谈笑……"杜三剑和王王石同时破口大骂……②

邱挤天这厢可哭丧着脸，破口大骂道……③

李大捕头破口大骂道……④

董天下走了，走了不久就闯进来一个英气风发的年轻人（杜禅定）破口大骂……⑤

咱们唐大公子本来想破口大骂，最后还是硬生生忍了下来……⑥

　　这些人中不仅有侠客，也有佛教徒小西天、道教徒邱挤天、公差李吓天等，可以说侠义道中人都不拘外相。
　　奇儒笔下的大侠，不仅能骂，而且还会骂脏话。所谓脏话，本指下流、猥亵的话。当然，奇儒在书中并没有把这些脏话具体写出来，只是在书中提到了大侠的这些"德行"罢了。可以看看以下这些大侠以讲脏话为荣的"德行"：

"很好！"徐峰竹淡淡地一笑，回道："尤其是那位假的枯木神君在临走前一口气骂了一百八十六字不重复的脏话，叫人又惊又叹……"⑦

　　"那位假的枯木神君"是柳帝王的朋友楼上先生，他可以"一口气骂了一百八十六字不重复的脏话"，确是"开天劈地"的壮举。

---

①　奇儒. 大悲咒. 珠海：珠海出版社，1999：183.
②　奇儒. 谈笑出刀. 呼和浩特：远方出版社，1999：248.
③　奇儒. 砍向达摩的一刀. 敦煌：敦煌文艺出版社，1991：61.
④　奇儒. 砍向达摩的一刀. 敦煌：敦煌文艺出版社，1991：400.
⑤　奇儒. 扣剑独笑. 台北：裕泰出版社，1990：355.
⑥　奇儒. 凝风天下：第三册. 台北：宝胜国际文化出版社，2003：98.
⑦　奇儒. 帝王绝学. 台北：长明出版社，2001：212.

最能骂脏话的大侠，更多地出现在《快意江湖》中：

大个头！玉楚天强迫自己维持兄长的尊严，不骂脏话地道："决斗没有命大，只有生死……"①

以高拯自认骂脏话是一流高手，和这位李"找打"比起来真还差上了一大截。

…………

莽玉冷哼道："你是来赌脏话的吗？"②

他奶奶的，这是啥鸟门子狗屁阵！杜鹏已经骂完了所有的脏话，只是依旧冲不出这个铜墙铁壁。③

李北羽咳了一声，向蒋易修掀掀眉；那蒋易修立时骂了一肚子脏话……④

只见，这个姓杜的年轻人突然站了起来，仰天大骂了五百多声脏话，声声如雷，快若闪电，而且用词之妙，用语之流畅，比那迎神庙会上说书的更胜十分不止。⑤

高拯是玉风堂堂主，既是侠义道中人，也是骂中高手。文中提到的四位大侠李北羽、杜鹏、蒋易修和玉楚天是《快意江湖》中的四位年轻人，他们要对抗已变质的黑旗武盟，要以武林人的身份来阻止倭寇入侵，同时要瓦解百里怜雪等人称霸武林的野心。这些大侠虽有此大志，但骂脏话的本事不亚于他们的武技，如"高拯自认骂脏话是一流高手，和这位李'找打'比起来真还差上了一大截"；而玉楚天这个出身高贵的公子，骂人之话"没有李北羽、杜鹏那么顺口，只是耳濡目染久了，也说得上一两百句没问题"（见《快意

① 奇儒. 快意江湖. 澳门：毅力出版社，1982：13.
② 奇儒. 快意江湖. 澳门：毅力出版社，1982：118.
③ 奇儒. 快意江湖. 澳门：毅力出版社，1982：408.
④ 奇儒. 快意江湖. 澳门：毅力出版社，1982：643.
⑤ 奇儒. 快意江湖. 澳门：毅力出版社，1982：935.

江湖》第420页）。杜鹏失去林俪芬之后，绝望异常，后被一老农照料数日；有此一骂，可知他已解开心结，亦可见他口才之高超。

书中写得比较诙谐幽默的是这一段话：

明，神宗万历四十年（西元一六一二年），十一月二日，夜。洛阳城内最轰动的消息是，两位年轻人被活埋于废墟之下半个时辰，竟可安然无恙。

附注：更不可思议的是，这两名年轻人竟然还有精神破口大骂。据说闻者统计，最少骂了六百二十五句。而且，句句不同，字字不重复。

二注：后来经宫内大学士考查，方知这两名年轻人名叫杜鹏、蒋易修，曾在万历三十四年考中同榜进士。果然，由进士骂起脏话来，大大不同凡响！

三注：杜、蒋两位进士所骂的脏话，一夜之间流行于洛阳，男女老少朗朗上口。甚至有人编纂成书，其销售之好，号称自晋朝左思的《三都赋》造成"洛阳纸贵"后，又一次的纸贵风潮。甚至，引起官家干预。其中，最有名的三个字是："哥哥我……"

四注：杜、蒋二进士一律推崇，他们的脏话和一名叫李北羽的进士比起来，简直是小儿科。是以，一夜之间，寻访李进士者，号称有六千三百一十二人之众。①

这是杜鹏和蒋易修被黑旗武盟的骆驼设计埋于废墟之下半个时辰以后，出困时的一段精彩的描写。二人一口气"最少骂了六百二十五句"脏话。在一、二、三、四注中，都说明了这几个年轻人骂脏话的本领非同凡响，特别是李北羽，更是出类拔萃。另外，还应注意，这里还提到三位大侠均为进士，可见这些大侠本是"读书人"，有这些"德行"，真可谓"辱了斯文"。因为我们知道，进士是科举时代殿试及第的人。明清时，举人经会试及格后即可称为进士。有如此高的文化知识，在武技上又是一代宗师，然其人却在某些场合中大骂脏话，考察这些人的一生所为，可以明白，奇儒笔下的大侠并不是古板之人，他们也有世俗的特性。

---

① 奇儒. 快意江湖. 澳门：毅力出版社，1982：296 - 297.

第三节　要对付修罗天堂就是需要他们这种人

是名士自风流。奇儒笔下的侠客行事以唯义所在为标准，抵御外族入侵、维护武林的安宁、成就百姓的安居乐业。在日常生活中，则并不以大侠英雄自居。在他们看来，外在名声反而成为一种负累，"那鸟门子大侠公子形象才真是累人"（见《帝王绝学》第480页），这不仅是柳帝王的切身体会，也是一个真正体验过生活、知道生活真谛、以天下为己任的侠客才有的胸襟。所以，他们在生活中，反而表现出一副游戏红尘的样子，粗言滥语的背后是真名士的风范，正如柳帝王、苏小魂、苏佛儿、李北羽等人有促狭的表情，而眼神却是坚毅澄明一样，真正是形骸放浪而本真不失。

奇儒笔下的大侠之能骂，自是因为他们有此本领，这说明成为大侠也需要多方技能。而且，我们可以想象，这些大侠即使骂脏话，其语也不至于像市井无赖那么不堪入耳，充其量也只是我们今天所说的"国骂"而已。何况，这也是大侠体验生活的另一种途径，只有体验了俗世生活的人才能真正了悟大道；最后，诚如《论语·雍也》所说："唯仁者能好人，能恶人。"[1]唯有仁人，其所爱所恶方显其本性，亦是他爱之深而期之深至于恶其不成的无奈。

唯大英雄真本色。何况，君子固守着一些外在礼仪、道德规范，因而往往有诸多的束缚，反而无法与阴谋、邪恶对抗：

他这一串说了下来可真脸不红气不喘。

"这个人也是所谓的'侠'中人？"黑珍珠讶异地问着白雪莲，叹气道："有如此厚脸皮的？"

"那位柳大公子还不是？"

白大美人娇嗔含笑地瞪了柳大混混的背影，俏艳极了地柔声道："或许就是所谓的放荡不羁吧！"[2]

---

① 朱熹. 四书章句集注. 北京：中华书局，1983：69.

② 奇儒. 柳帝王. 呼和浩特：远方出版社，2001：294.

皮俊看了庸救一眼，嘻嘻两笑有点"不好意思"地得意道："咱家的弟兄们和哥哥我可真利落！"

宣雨情微微一笑，道："夏停云和夏两忘不在这儿，你就不提他们啦！"

皮俊嘿嘿笑了两声，耸肩道："他们虽然也很卖力，但是跟哥哥比起来那可是差了这么……一点点！"

"真是狗改不了吃屎。"晏梧羽在病榻上忍不住笑骂道，"真让人难以相信这副德行竟然可以和修罗天堂对抗！"

"哈哈哈，要对付修罗天堂就是需要他们这种人！"庸救大饮一口酒长笑出声道，"庸某现在可相信把这把注押在你们身上是对的了。"①

而那些浪荡不羁的人，不以英雄自居，不以大侠自命，就像黑情人问飞雪山遗老独赏老人一样："'我不是大侠。'黑情人略略笑道：'你呢？'"行大侠的事，而又不以大侠自居，所以，他们在对付这些坏人的时候，能坚守自己的原则并根据不同的敌人而灵活地选择殊异的方法：可以跟你光明正大地比武较技，也可以下点泻药来捉弄你。

奇儒在小说中刻意描写大侠这些世俗的品性，当是对武侠小说创作的反思。武侠小说向来被人说成"成人的童话"，奇儒在《宗师大舞》的后记中提到，他在电梯里遇到一对夫妇，闲聊时听那对夫妇说武侠小说是"不科学"的，这引起他的思考。也难怪，文学本就有许多虚构的东西，是近乎非功利的唯美作品。而武侠小说更是以"武"速怨，难入大家法眼。但武侠小说既为文学作品中的一类，且风靡古今中外，必有其可观的地方。如许多武侠小说中，侠客的成长史，其实对读者亦是有益的，只不过，读者有先入为主的观感，往往是一竹竿打翻一船人罢了。

奇儒本学数学，又认为武侠小说当具科学，所以，在其作品中，他也努力在虚构的基础上融入更多的科学。他说："到了二十世纪八〇年代的武侠就该有现在武侠的精神。是什么？科学！让我们将文

艺小说里没有的古中国科学加入其中。是的，唯有如此，写的人才有挑战。而更重要的，是看的人才能吸收到新知。武侠，不再是虚无缥缈的东西。"① 回到小说人物中来，什么样的侠客形象才是近于现实的？即科学的？古龙和梁羽生笔下的人物，无论正邪，他们的成才路都难企及。金庸笔下的主人公，他们成才的道路反而有更多的可模仿性，最典型的是郭靖——一个样貌、资质均为最下乘的人，终成一代大侠，是金庸笔下最动人的艺术形象之一，是最值得世人学习的对象：只要努力，终有成为大侠的可能。但即便如此，郭靖这样的人也是最难学习的，因为，世人很难有他这样的运气：天上掉下江南七怪成就了他学武的机缘，马钰和丘处机给他传授了正宗的内功心法，洪七公让他学会了至刚至猛的降龙十八掌，周伯通骗他学了九阴真经和双手互搏，这些都是武艺上的成就。难得的是他这个人所秉持的为人处世的准则——君子：即使与西毒欧阳锋打赌，他都能以诚信待之，况于他人乎？

　　无论是从武技，还是从日常行事上来看，许多武侠小说中的侠客，起点太高，让一般人无法攀附，自然就失去了被模仿的意义。而小说的教育意义也就变得空疏而不切实际了。也就是说，许多武侠小说"不科学"。那么，大侠是不是真的只能景仰？是不是只能生活在另外的江湖世界？是不是只能慕而不可即？或者说，普通人如何才能从这些"成人的童话"中得到有益的启示，从而成就自我？

　　奇儒的创作未尝不是一种创新。他笔下的大侠，有抱负，爱国爱民，为朋友两肋插刀，义之所在不计生死，这是大侠坚持的基本原则，也是他们作为大侠所当具备的品格，是大侠区别于一般人的品质。常人欲成就大英雄、大侠客，就应当具有这些标志。而要实现这些目标，当然需要经过很多努力，甚至如《论语·泰伯》所说的："士不可以不弘毅，任重而道远，仁以为己任，不亦重乎？死而后已，不亦远乎？"② 但是，奇儒笔下的英雄大侠不再是高高在上的神，而是颇具世俗人文关怀的普通人。他们是生活在俗世中的人，

① 奇儒. 宗师大舞. 台北：长明出版社，2001：1125.
② 朱熹. 四书章句集注. 北京：中华书局，1983：104.

也一样会骂人，一样会说脏话。从此，"神垂死""上帝已死""我即如来"，读者从中看到了希望。这就印证了佛家所说的，人人都有佛性智慧，人人皆可成佛的主张。普通人因而对人生充满信心，知道自己亦可成佛，只要正道直行，在大是大非上慧根不绝，亦自是人间王佛。

　　所以，"善人"至美。

第四章 "大吃大嚼"与 "内慧心锦"

——大侠之吃相

《孟子·告子上》谓"食色，性也"，饮食是人维持生命的根本。以此之故，古今学者为饮食作种种设想，甚者造美味佳肴以适物欲。与此相应，又有各种礼仪。随着文明的进步，此种礼仪于人的日常行为多有规箴。

武侠小说本是虚构的，其中的江湖世界对世俗社会的规矩礼仪有所扬弃。很多武侠小说家笔下的大侠，在饮食上的礼仪仍多遵从世俗社会的风雅与风范，但奇儒笔下的大侠，却有另一番江湖世界。此种创新，于新派武侠小说实有贡献。

第一节 上古之人，食饮有节

在谈奇儒武侠小说中大侠的吃相问题前，可以先看看中国古代有关吃食的一些论述。其中最有名的说法就是《论语·乡党》中所记载的一段话：

> 食不厌精，脍不厌细。食饐而餲，鱼馁而肉败，不食。色恶，不食。臭恶，不食。失饪，不食。不时，不食。割不正，不食。不得其酱，不食。肉虽多，不使胜食气。唯酒无量，不及乱。沽酒市脯，不食。不撤姜食，不多食。祭于公，不宿肉。祭肉不出三日。出三日，不食之矣。食不语，寝不言。虽疏食菜羹，瓜祭，必齐如也。①

---

① 朱熹. 四书章句集注. 北京：中华书局，1983：119 - 120.

此处所论饮食的种种规范，以养生为根本出发点，涉及色香味诸端。其中关于饮酒的要求，谓"唯酒无量，不及乱"，朱夫子注曰："酒以为人合欢，故不为量，但以醉为节而不及乱耳。"又引程子注曰："不及乱者，非唯不使乱志，虽血气亦不可使乱，但浃洽而已可也。"① 可知饮酒有节，不可使其乱志与乱气。这是对吃食饮酒的要求。

至于因何作如此讲究，圣人未尝置语。战国时，托名黄帝的《黄帝内经》从医学养生的角度作了理论的阐述。黄帝曾经请教于岐伯，问上古之人为何能寿百岁。岐伯曰："上古之人，其知道者，法于阴阳，和于术数，食饮有节，起居有常，不妄作劳，故能形与神俱，而尽终其天年，度百岁乃去。"② 岐伯认为上古之人养生有方，其中的一方面就是"食饮有节"。所谓节，包括了量的问题，即不能太饱太饥；也有质的问题，不能偏食，即纵其口腹之欲，喜欢的、认为有营养的东西就多吃，反之则弃。事实是，酸苦甘辛咸各入其经，各有其用，所以人必得有所节，才能健康。

至于时人之所以早夭者，自饮食言，岐伯认为："今时之人不然也，以酒为浆。"③ 浆之义，在古代可指汁液、水或其他食物汤汁。古人以为，喝浆或解渴，或补充营养，对人体是有益的。但酒则不然，酒之性，《本草纲目》谓苦、甘、辛、大热、有毒；而烧酒辛、甘、大热、有大毒。故酒不可滥饮，酗则伤身，无益养生。

可知，饮食有节是养生的关键，不可妄为。此外，儒家倡温柔敦厚之教，讲究温文尔雅的君子风度，表现于饮食之外相亦有框设。《礼记·礼运》曰："夫礼之初，始诸饮食。"④ 一语道出饮食是礼仪形成的起点，其意即指，日常饮食的行为，适可见礼仪的种种形式。具体而微的论述，见于《礼记·乡饮酒义》中：

　　乡饮酒之义。主人拜迎宾于庠门之外，入三揖而后至阶，三让而后升，所以致尊让也。盥洗扬觯，所以致絜也。拜至，拜洗，拜

---

① 朱熹. 四书章句集注. 北京：中华书局，1983：120.
② 张志聪. 黄帝内经集注. 方春阳，等点校. 杭州：浙江古籍出版社，2002：1－2.
③ 张志聪. 黄帝内经集注. 方春阳，等点校. 杭州：浙江古籍出版社，2002：2.
④ 孙希旦. 礼记集解. 沈啸寰，王星贤，点校. 北京：中华书局，1989：607.

受,拜送,拜既,所以致敬也。尊让絜敬也者,君子之所以相接也。君子尊让则不争,絜敬则不慢,不慢不争,则远于斗辨矣;不斗辨则无暴乱之祸矣。斯君子所以免于人祸也,故圣人制之以道。①

主人依礼而行,其目的是做到"尊让""不争""不慢""不斗辨",最后达到免祸的和谐之境。《论语·八佾》说:"子曰:'君子无所争,必也射乎!揖让而升,下而饮,其争也君子。'"② 简单来说就是:"礼之用,和为贵。"③ 饮宴之礼亦是为了不争不斗。

饮宴礼仪自是为了维护一种秩序,形成社会规范。因为,在这种仪式下,每个人都遵循既定的规范来行事,不越雷池,所以,在古代社会,饮宴礼仪之设尤见尊卑长幼之序。以《红楼梦》中对贾母初宴林黛玉的描绘,可见这些礼仪的严格:

于是,进入后房门,已有多人在此伺候,见王夫人来了,方安设桌椅。贾珠之妻李氏捧饭,熙凤安箸,王夫人进羹。贾母正面榻上独坐,两边四张空椅,熙凤忙拉了黛玉在左边第一张椅上坐了,黛玉十分推让。贾母笑道:"你舅母你嫂子们不在这里吃饭。你是客,原应如此坐的。"黛玉方告了座,坐了。贾母命王夫人坐了。迎春姊妹三个告了座方上来。迎春便坐右手第一,探春左第二,惜春右第二。旁边丫鬟执着拂尘、漱盂、巾帕。李、凤二人立于案旁布让。外间伺候之媳妇丫鬟虽多,却连一声咳嗽不闻。寂然饭毕,各有丫鬟用小茶盘捧上茶来。当日林如海教女以惜福养身,云饭后务待饭粒咽尽,过一时再吃茶,方不伤脾胃。今黛玉见了这里许多事情不合家中之式,不得不随的,少不得一一改过来,因而接了茶。早见人又捧过漱盂来,黛玉也照样漱了口。盥手毕,又捧上茶来,这方是吃的茶。④

此中所叙,体现了饮宴礼仪的效用。如座次的安排,何者为尊,

① 孙希旦. 礼记集解. 沈啸寰,王星贤,点校. 北京:中华书局,1989:1424.
② 朱熹. 四书章句集注. 北京:中华书局,1983:63.
③ 朱熹. 四书章句集注. 北京:中华书局,1983:51.
④ 曹雪芹,高鹗. 红楼梦. 2版. 北京:人民文学出版社,1996:46-47.

何者为次；而"寂然饭毕"乃循"食不语"之训；"惜福养身"则从中医养生之理。总之，贾母的宴会，正是中国饮宴礼仪的一个缩影。

无论是为了维护社会的秩序，还是出于"惜福养身"，古人都自觉遵循传承几千年的礼仪文化。但是，在今天，许多人或因不了解，或因纵其欲，往往难以依礼而行。暴食暴饮者有之，偏好无节者有之，以致病从口入，寿难至百。

第二节　大吃大嚼，是真名士自风流

在武侠小说中，故事大多以古代社会为背景，人物的行事也大多遵从古代的礼俗。但武侠小说毕竟是今人所写，在重视故事的情节、内容、悬念之余，对饮食的关注往往有所欠缺。至于养生之法，虽从道理上引了儒、释、道三家之义以阐明其理，但对饮食养生之类则关注较少。奇儒之作，出于塑造人物形象的需要，希望通过人物的吃相来表现人物性格。这样虽有悖于儒家宣扬的饮宴礼仪，但亦可谓别出心裁，实为武侠小说创作之一新变，所以，不可不表彰之。唯其理之得失，读者自思耳。

武侠小说中的大侠，往往囿于身份、体面，或者其本性使然，示世人一副淡定、稳重的形象，在饮宴之时，往往表现得很谨慎。这点，只要看金庸、古龙、梁羽生诸人的小说即可了然。奇儒的武侠小说，自谓致敬于金庸，但其中新变之迹已多。其笔下的英雄大侠，有郭靖的诸多优点，但又兼具郭靖所无之底层小民的洒脱，从其饮宴之相可知。

奇儒笔下的大侠非常在意"争"喝酒。所谓争，即不依俗礼的你推我让，而是尽其所能"先干为敬"。他们的原则是：与豪友共饮，无须谦让。这里的豪友，不是指有地位和势力的朋友，而是指豪情奔放之友，即豪迈、不拘小节者。

柳梦狂与闻人独笑这对亦敌亦友的侠士，其喝酒的"奔放"已具这种倾向：

"酒热得刚好！"柳梦狂哈哈大笑，道："你来得刚好！"

闻人独笑二话不说，坐下就喝，先将一壶灌干，道："好酒！"他笑道："就好像好剑一样，令人快意驰骋！"

柳梦狂点头道："赞成！"

他也喝，大口地喝。于是，你一壶我一壶，他们以让这家酒店老板吃惊的速度连灌了二十四壶之多。

"我的奶奶呀！"掌柜的名叫胡大爹，从那天以后逢人便伸舌头叫道，"你相信吗？他奶奶的，那可是二十年的女儿红，老子我开店三十五年就这么一回见人用命搏酒！"①

闻人独笑是仅次于柳梦狂的当世十大名剑之二，他一生的梦想就是光明正大地打败柳梦狂。在这个过程中，为了与柳梦狂公平一战，他甚至与柳梦狂一起对抗蒙古人颠覆大明政权的武林组织——黑色火焰和修罗天堂。闻人独笑在追求术业登臻至境的过程中，与柳梦狂成为知音好友。以上是他第二次遇到秘先生的三个替身之一秘剑道并败敌之后，与柳梦狂喝酒的场景。二人"你一壶我一壶"，"连灌了二十四壶"，"二十年的女儿红"，他们的喝法是"用命搏酒"，这是"争"。当此之时，闻人独笑不用考虑喝酒会导致伤口恶化，因为他信任柳梦狂；而柳梦狂虽然明白他与闻人独笑终有争雄第一的决战，但他作为一代宗师，也自然希望在公平一战之后，了悟自己在剑术上的境界。所以，此时"用命搏酒"，是两人以心证心的自在了然。柳梦狂在闻人独笑未战之前已知结果，是对朋友的技艺有信心；闻人独笑一剑败敌，此情唯柳梦狂可知。这酒是为彼此的欣赏而喝，是为彼此的了悟其心而喝。他们喝得畅快淋漓。

中年人的喝酒，无须言语，反正就是一壶接一壶，其豪情自见。而年轻人无须承担那么多的教化责任，特别是喝酒时，更不用受那么多礼仪的束缚，所以，他们表现得更奔放：

只有李吓天跟人家不一样，道："真他奶奶的！好透顶！"

字说得不少，喝下去的速度也够快。

咱们魏尘绝喝第一口的时候，李大捕头已经干了三杯。

姓董的主人可垮下了脸来啦，道："喂！省着点……"

---

① 奇儒. 柳帝王. 呼和浩特：远方出版社，2001：486.

"干啥？你不是有十来坛？"

"十来坛？东送西送，亲坊邻居手下朋友加起来也只剩得这一坛而已。"

"真的只有一坛？"问的人是魏尘绝。

"当然！"

"那还客气什么？"魏大名刀忽然就加快了速度，简直让李某某望尘莫及。

董断红一愕中大笑了起来，道："好啊！来比酒量！"①

魏、李、董三人来到董断红的马家大院，恰好当时"马家今年酿的十七坛酒，全部是君子香"（见《砍向达摩的一刀》第 690 页）。作为主人，董大盗爷自然得以名酒待客。本来，魏尘绝自天竺修得大禅一刀门的至上心法，更加了悟佛禅精义，自当淡然面对娑婆世界；董断红虽是盗爷，但身为主人，不得不略尽东道之礼；李吓天身为官府中人，"在法律没判定一个人该死以前，李吓天一定不会让他不活下去！"（见《砍向达摩的一刀》第 390 页）他们都有应当表现礼让谦逊的必然理由。但此时，他们都失了礼仪："魏尘绝喝第一口的时候，李大捕头已经干了三杯。""真的只有一坛？……那还客气什么？""好啊！来比酒量！"此时此地，他们不再是大侠，不再是维护法律的正义使者，不再是以盗爷的名义行英雄事的大盗，而是寻常世俗中率真豪爽的汉子。谁的酒量大，谁就能多喝；谁喝得快，谁就能多喝。这是市井中升斗小民的"贪"与"私"，但这不正是大侠不"大"的表现吗？

大侠喝汤也要分出快慢。汤字较早见于《论语·季氏》："见善如不及，见不善如探汤。"② 其意本指沸水、热水，依今日之义，是无色无味的高温之水。至宋时则指食物加水煮出的汁液，此即今日"汤"义。南方人所谓喝汤，喝的就是这个意义上的汤。无论哪种意义，这个"汤"都是热的，特别是我们今天说喝汤，更是喝热汤才有味道。然而，也正因为是热汤，才需要慢喝，换言之，心急喝不了热汤。但奇儒笔下的大侠，并不在意这一点，也不顾及所谓的

---

① 奇儒. 砍向达摩的一刀. 敦煌：敦煌文艺出版社，1991：692 - 693.

② 朱熹. 四书章句集注. 北京：中华书局，1983：173.

"喝相":

> 大舞吃了第六碗后才放下了筷子,满意地嘘出一口气,朝着柏青天笑道:"自己人嘛,客气什么?"
>
> 客气?
>
> 柏大捕头拼命赶、拼命吃,这才勉强喝下第三碗最后一口汤。鲁祖宗呢?不差,也是第六碗吃尽。"可以谈事了。"大舞抹了抹嘴巴,用正经的样子道:"有没有茶解解油?"①

据《神农本草经》载:"人参,味甘,微寒。主补五脏,安精神,定魂魄,止惊悸,除邪气,明目,开心益智。……生山谷。"②他们四人拼命争喝的这个汤就是千年何首乌人参汤,是大补之汤。柏青天与李吓天、伊世静并称天下三大捕头,而且是以"千里侯"的身份入六扇门为官,由此可知其地位之高、身份之重。大舞、鲁祖宗以及柳无生是《宗师大舞》中的三位英雄,是天下第一诸葛冷明慧挑选出来对抗第五剑胆的后人羽红袖的青年侠客。痛快地喝汤,"大舞吃了第六碗后才放下了筷子""柏大捕头拼命赶、拼命吃""鲁祖宗呢?不差,也是第六碗吃尽",无须顾及身份,无须害怕汤热,侯爷、捕头、大侠在此时都只是喝汤的客,谁迟了一点,谁就失去大补的机会。

饮酒、喝汤是这样,吃饭何尝不是这样?大侠们完全没有保持庄雅吃相的意思。名动江湖的谈笑与苏佛儿诸人便是如此:

> "你夸奖,我就不客气啦!"谈大公子笑歪了嘴似的,当头儿便喝茶吃食。
>
> 人家那三个男人见状,齐叫道:"好!大伙儿要面子就得饿死自己!"
>
> 果是稀里哗啦一个比一个快地吃了起来。
>
> 尹小月瞧这模样,愣笑着道:"姐姐,你可是见惯了?"
>
> 那位大美人轻轻一笑,见着过来的小二另外端了盘子,道:"就

---

① 奇儒. 武出一片天地. 呼和浩特:远方出版社,1999:82.

② 吴普,等. 神农本草经. 上海:商务印书馆,1937:12.

是见惯了，所以每回都另外准备自个儿用的。"①

　　谈笑与尹小月初入京师，来了解朝中大臣与外族勾结的事，在顶天楼与苏佛儿、赵抱天、俞灵、龙入海等人相识。初次见面，即以心证心，知道对方是磊落率真的豪爽汉子。无须多言，大家都不客气。看起来，这些大侠的这种吃相并不是一朝一夕形成的，而是"惯犯"。他们比的是吃食的速度，比的是纵情豪放。

　　李吓天与董断红二人，前者是天下第一捕头，愿望是把董断红送入天牢；后者是天下第一大盗（这个大盗是以盗爷的名义诛大奸大恶之徒，所杀之人都是该死之人，只是许多人不了解真相），他的愿望当然是继续从事他的事业。在没有跟李吓天交手之前，不只是天下人对他有误解，就是他的孪生兄弟董九紫也误解了他，甚至要把他送入恶人谷修身养性。但董、李二人最终在妙峰山证心了，一番搏击之后：

　　　　李大捕头忽然叹气了。
　　　　点了人家的穴道，叫人怎么个吃法？
　　　　最简单的是由自己动手，一人一口接着吃。
　　　　"喂！你这个人怎么这样？"
　　　　董断红盯着李吓天放入口中的干粮，叫道："自己吃的比较大块！"
　　　　李吓天可翻眼瞪了他一眼，扯下一大块塞入对方的嘴巴内，哈声道："这样可以让你少说一点话了吧！"
　　　　董断红嚼得可快，三两下吞了，哈哈道："我刚刚在想，真是服了你啦！"
　　　　突然冒出这一句，李吓天赶快撕下一小片丢入董大盗爷的口里。
　　　　"喂！怎么又这么小？"
　　　　"因为这样你才能赞美我呀！"②

　　李吓天与董断红在妙峰山中一战，他以董断红的光明磊落为赌

---

① 奇儒. 谈笑出刀. 呼和浩特：远方出版社，1999：383.
② 奇儒. 砍向达摩的一刀. 敦煌：敦煌文艺出版社，1991：401–402.

注，在最后一式中冒险胜出，取得了官兵捉强盗游戏的胜利。他点了董断红的穴位之后，二人边聊边吃东西。时不时听到董大盗爷的抱怨："喂！你这个人怎么这样？""自己吃的比较大块！""喂！怎么又这么小？"如若是，两人也像公平的比武一样面对食物，恐怕董大盗爷不会那么多话，因为，在说话的那一瞬间，"连老天爷都敢吓"（见《砍向达摩的一刀》第 602 页）的李吓天可不会停住他吃东西的嘴巴。

其他的大侠也是一样的"德行"：

他大舞老兄不客气，鲁祖宗和柳无生当然更不客气。妙的是，那位唐雨田也似半年六个月没吃过东西似的，四人便这般你一筷我一箸地抢着吃起来。

那速度用"风卷残叶"四个字来形容尚且不足，简直可以用"恶形恶状"来说。

没一会儿，一大碗牛肉面连酒带菜在没半句交谈中扫了个精光。①

主人动筷了，我们李公子、杜少爷哪还客气，真干了起来。片刻，那盘最好吃的牛肉已然扫了个精光！②

"放心好啦——"李大公子连灌了六杯后，才嘘一口气道："哥哥我命大得很，保证活到一百零一……"

果真，便使出了"惨不忍睹"的吃相来。

只见是，放着筷子不用，左手抓右手挑的，便此吃得杯盘狼藉，稀里哗啦，满脸汗水、两袖油渍。③

大舞、鲁祖宗、柳无生与上一辈的蜀中唐门掌门人唐雷，"四人便这般你一筷我一箸地抢着吃起来"；李北羽、杜鹏与黑旗武盟盟主宇文真在抢吃中考验对方的心性。这些年轻人可不管你是多前的前

① 奇儒. 宗师大舞. 台北：长明出版社，2001：803 - 804.
② 奇儒. 快意江湖. 澳门：毅力出版社，1982：429.
③ 奇儒. 快意江湖. 澳门：毅力出版社，1982：902.

辈，而前辈们更无须在后辈面前做出一番倚老卖老的假样；甚至，李北羽在佳人面前"使出了'惨不忍睹'的吃相来"，若执着于传统的礼仪，则他们的洒脱何在？

甚至是亦正亦邪的人，也同样具有这种洒脱的风范：

> "有学问！"钟玉双笑道，"可是圣人会肚子饿，死囚也会肚子饿是不是？"
> "对！对极了！"向十七竟然也大口地吃了起来。
> 钟玉双失笑道："你急什么，会饿死啊——"①

向十七的武器被称为"阴山断魂铃"，他也被称为大魔头。其实，谁能明白他这件武器背后动人的爱情故事？何况，从《公羊传》大义来看，有仇不报非君子，他为了爱人而拿起武器对抗张家大户的暴行，又何过之有？所以，你很难说这个人是不是魔头。此时，他奉了冷明慧之令劫得钟玉双和朱馥思，并困之于阴山。但很难想象，他这样一个"坏"人，每日里却是跟钟玉双谈词说诗。有意思的是，他会亲自下厨做好早点，而且听了钟玉双的话后，"竟然也大口地吃了起来"。一般来说，在陌生人面前，人们往往会顾及身份而在行为上有所节制，特别是在吃东西的时候，即使近于饿殍的状态，也要给对方留存一些美好的印象，如古之廉者不受嗟来之食，无非如是。向十七之"急"，是不是因为，此时他已私心把钟玉双当作可倾谈的对象，从而无须装出一副虚伪的假象？

在《谈笑出刀》中，谈笑、杜三剑、王王石遇到沈九醉，大家一起吃饭，结果，"足足吃了半个时辰，我们王大拳头才嘘一气，拍拍肚皮笑道：'总算是吃了五分饱……'"② 半个时辰就是今天的一个小时。以这些英雄豪侠话不停而争吃的个性，半个时辰只吃了五分饱，真可说是海量了。能吃才有力，吃也要比别人能吃。喝酒如此，吃饭何尝不是如此？

---

① 奇儒. 大手印. 郑州：中州古籍出版社，1994：358.
② 奇儒. 谈笑出刀. 呼和浩特：远方出版社，1999：41.

第三节 内慧心锦，唯侠之大者方本色

吃喝的粗鲁，并不意味着他们做事时的随意散漫；相反，放荡不羁的背后，是对生命的尊重，对友情的执着，对武技的追求。柳帝王、楼上、楼下、夏两忘、夏停云、皮俊，苏小魂、俞傲、潜龙、冷默、赵任远、苏佛儿、俞灵、龙入海、冷三楚、赵抱天、李吓天、魏尘绝、董断红、谈笑、杜三剑、王王石、邝寒四、大舞、柳无生、鲁祖宗、黑情人、潘雪楼、羿死奴、李北羽、杜鹏、蒋易修、唐凝风、龚天下、宗王师等，均如是。

修罗天堂的最高统治者是化名应人间的古拉王爷——当今蒙古族内最被看好接替可汗的人选。三十年前，他以玄天五浊木打败前天下十剑，从而压制了中原武林反抗蒙古的势力。重出江湖之时，他命黑色火焰的首脑秘先生进入修罗天堂，并取代由大天人庸救掌管、以陈友谅旧部为主的人间世，欲席卷武林，以实现重新入侵中原的愿望。彼时，秘先生却夺得玄天五浊木，并准备取代应人间以统治武林。

柳帝王等人行走江湖，就是以江湖人的身份扶持大明，并对抗蒙古人留在江湖的势力——黑色火焰和修罗天堂。在大家明白了玄天五浊木即将复原而危害天下武林时：

柳帝王缓缓地站了起来，朝一桌子的人可是十分慎重而严肃地道："在我们的一生里，总是有件天赋的使命！"

"现在，我明白要做、要阻止、要断绝的一件事是什么！"他转身往外走，留下最后一句话，"不论你们要做什么，但是别妨碍我！"

柳帝王的一生可没这么严肃过，谁都知道！所以没有人去阻止他。①

人的一生中，必有上天赋予的庄严使命，在朝这个使命迸发的过程中，你的行事可以出人意表，可以不循常规，但一定要坚守人

① 奇儒. 武林帝王. 珠海：珠海出版社，1999：413.

性中最后的慧根。"柳帝王的一生可没这么严肃过",这是因为他知道自己要做什么:即以己之力阻止玄天五浊木为祸人间。

苏小魂与众人力抗龙莲帮时,幸得僵门主董长命力搏龙莲帮副帮主皇甫秋水,从而扭转局势。众人面对逝去的董长命时,苏小魂代表大家对董长命说:"前辈,你请安息吧!天下间恩恩怨怨,情劫情重,又夫复何言?前辈死仍不屈,晚辈和天下武林共佩!"① 如本章文末所引苏小魂事,可知他也是一个放浪形骸的人。但面对董长命,面对为武林做出牺牲与贡献的武林人物,他说:"晚辈和天下武林共佩!"这就是大侠的本色,这就是英雄的风范。

谈笑因为尹小月要偿还慕容世家的恩情,所以答应离开中原武林半年。二人在华山游观时,适逢皇甫悦广、易骑天比武,谈笑非常专注。"谈笑,你干啥这么认真?""你干啥这么专注?"② 不过是一场比武而已,但是谈笑明白,身为一个习武者,必要从武技的观摩中创新武学,才能成为一代宗师;正如一个读书人一样,他的生命是笔,他必不能弃笔无为。所以,平时嬉笑随心的谈笑,竟看得如此专注,自是君子有所为有所不为了。

而粗言滥语且吃相不佳只是李北羽的表面之相,他同样为了成为武学一代宗师而苦练武功:

> 如是苦练腕力、外关穴直通引丹田气机、扭身;十五日后,他通知外头送入一十八面铜镜来。
>
> ⋯⋯⋯⋯⋯⋯
>
> 李北羽便如此昏天暗地苦练,全然忘了日夜交替。
>
> 往往,自门缝口放进来的食物,竟有达三天三夜未曾动用。③

把羽毛当成武器,本身就是一种前无古人的创举;要使体轻如斯的羽毛随意念而运转,不只靠智慧,还需付出艰苦的尝试。所以,李北羽把打架当饭吃,把自己关在横江居,似老僧入定般思考、体悟。此时,他不再是游戏于市井的不羁浪子,不再是争吃抢喝的本

---

① 奇儒. 蝉翼刀. 长春:时代文艺出版社,1999:463.
② 奇儒. 谈笑出刀. 呼和浩特:远方出版社,1999:198-199.
③ 奇儒. 快意江湖. 澳门:毅力出版社,1982:392-393.

色小民，不再是脏话连篇的骂街无赖。日常的放荡，不正是为了了悟众生，了悟自性？明了智慧，明了慈悲，即为悲悯众生。

或许他们心中都明白，武技之境无限，而成佛之路漫长，各人的成就依其天赋而定；卫国靖武林的责任各不同，人生的原则殊异，但争胜之心不辍，就像他们的口头禅一样，遇到什么人都是"哥哥我"，即自觉以老大自居。所以，即使吃东西，也要在同一层次的人中争得第一。

作为侠士，行侠仗义、习武靖国是他们一生不懈的追求。这个过程其实就是一个修道的过程。人生百年，百年人生，证得人生之道，谈何容易？其中的艰苦非常人可知。本来嘛，要成为人上之人，必具大智慧，又需要大苦难的磨炼。再者，人生苦短，人身难得我已得，何必苦面对众生。谈笑之师忘刀先生、杜三剑之父杜乘风、王王石之父王悬唐三十年前与苏小魂诸人并称东西境的大侠，然而，他们也一样是"童心未泯"走江湖："'咱们三个在他们后辈面前，总得装模作样一番好难过。''可不是……好想出去玩雪球，要不是这三个浑小子和一位姑娘在，咱们可玩着乐了。'"① 蜀中唐门掌门人唐雷说："人生本来又苦又短，何必垂着脸？""就算那个苏小魂到现在还是疯疯癫癫的……"② 苏小魂应是最能代表奇儒心中大侠的形象的，自人生态度而言，苏小魂曾说过："他奶奶的，每次来这儿喝茶就得装出一副君子、一副大侠的样子，真够难过……"③ 所以，正道中的严肃谨慎无须带到现实，人生苦短不必垂着脸，那么，吃喝谈聊，又何必给自己设计那么多的束缚？"嬉皮笑脸走江湖"未尝不是正道之途。

外相上求的是随意适性，而心中眼中意中，唯友情爱情真情永恒，唯悲悯众生之情常在。此为奇儒心中，侠之大者欤？

---

① 奇儒. 谈笑出刀. 呼和浩特：远方出版社，1999：304.
② 奇儒. 宗师大舞. 台北：长明出版社，2001：812.
③ 奇儒. 宗师大舞. 台北：长明出版社，2001：667.

第五章　武学达到最高境界就是本能
——武学之境

　　武侠小说，自然是写武林中人以武艺行走江湖的事相的。因此，武艺必是他们用力措意之所在。但是，许多武侠小说家本身并非习武之人，所以，他们于小说中所叙写之武艺高下，往往以交锋时的成败论之，尽管成败非只关武技之高下。那么，我们不禁要思考，在武侠小说中，武者的武学高低，其臻于何境，方是武学的最高境界呢？

第一节　什么是武学最高境界的究竟

　　武学有没有止境？或者说，武学的最高境界是什么？在一般小说中，武术亦是一门技艺，有巧拙之别。所以，习武者以其天赋禀性和勤学与否而达不同之境。在金庸小说中，郭靖身兼数长，如江南七怪的七种武功、全真教的内功心法、洪七公的降龙十八掌、周伯通的双手互搏和七十二路空明拳、九阴真经，所以在每一次对敌时，他均能运用数种武技周旋变化。阳刚的武功，可达到洪七公的至刚至猛；阴柔的武功，也可达到九阴神功的境界。但这些武功就是此门武学的最高境界了吗？似乎未必。因此张无忌在练习太极剑法时说："这我可全忘了，忘得干干净净的了。"① 而后在《神雕侠侣》中，作者又提出"无剑胜有剑"的思想。前者为大失而后大得的武学修炼之途，后者为武学至境，二者已有启示后学的意义。不过，金庸开创新派武侠小说，对武学至境的思考仅止于此，他以后的创作，对此并没有太多的尝试。

　　司马翎的思考又在金庸之上。"司马翎则首创以精神、意志、气

---

① 金庸. 倚天屠龙记. 北京：生活·读书·新知三联书店，1994：985.

势克敌制胜的武艺美学，揭橥超凡入圣。"① 但他的这种创新，与武学境界有别。司马翎所论精神、意志、气势，乃是人物所表现出来的一种气场，而非人物的武学境界。武学境界当指由人物的武学所达到的最高成就，当其人达到某种境界时，他就能以自己的精神、意志、气势克敌制胜。

古龙开始思考武侠小说的创新，在他的小说中，对人物形象塑造、情节安排、构思、行文、武侠等的思考与尝试，都可见一代宗师的风范，对武学至境的思考也大异于金庸和司马翎。古龙说得很妙："天下最高的武功，是无招式可寻的。因为没有招式，别人也就无法抵御。无招即有招，无招之式更叫对手寒心。"② 所以，李寻欢说"心中却有招"。但问题是，这种"心中却有招"的招如何却敌？在《浣花洗剑录》中，古龙借紫衣侯之口说：

> 我那师兄将剑法全部忘记之后，方自大彻大悟，悟了"剑意"，他竟将心神全部融入了剑中，以意驭剑，随心所欲。虽无一固定的招式，但信手挥来，却无一不是妙到毫巅之妙着，也正因他剑法绝不拘囿于一定之形式，是以别人根本不知该如何抵挡。我虽能使遍天下剑法，但我之所得，不过是剑法之形骸，他之所得，却是剑法之灵魂。我的剑法虽号称天下无双，比起他来实是粪土不如！③

"至此，金庸首创'无剑胜有剑'之说，方得真解，不再流于空谈。"④ 但事实上，在古龙的武侠小说中，以至上妙境的武学却敌的描绘，也还是少了"实证"：即大侠英雄是如何实现"无招杀敌"的？到此一问题的探寻，仍在继续。

对此问题，有没有更深刻的思考来超越？奇儒即然。奇儒的创作也重在挖掘人性中的至善至美，或至陋至丑，但因其思想信仰，故其形之于武侠小说的创作、其对武学境界的思考又别于其他武侠

①　叶洪生，林保淳. 台湾武侠小说发展史. 台北：远流出版事业股份有限公司，2005：518.

②　曹正文. 武侠世界的怪才：古龙小说艺术谈. 上海：学林出版社，1990：47.

③　古龙. 浣花洗剑录. 珠海：珠海出版社，1995：89.

④　叶洪生，林保淳. 台湾武侠小说发展史. 台北：远流出版事业股份有限公司，2005：227.

小说家，对前辈武侠小说家所思考的武学至境，有继承亦有创新。

　　与其他武侠小说家一样，奇儒也认为，作为一门技艺，武学博大精深、没有止境。在《武林帝王》一书中，柳帝王曾说过："三天冥王在当年是杀手一界中最具'思考'天赋的人。虽然他限于本身的资质未能达到'理论'上的境界，但是天下中总有人可以应和的了……武学一道深不可测，唯以心自创不限……"① 可以说，武学与其他技艺一样，并无止境。特别是依据智慧与思考来创新武学，更能实现此技艺的不断翻新、变异。奇儒笔下的大侠或智者都一直在思考创新最上乘的武学，如柳梦狂与其子柳帝王各自创出一套"帝王绝学"，此门绝学能把全身功力集于迎香穴或其他地方，而不是与常人一样集于丹田；潘离儿能把废掉的功力即刻通过天地的磁场重新吸回大部分；黑色火焰的秘先生能改变天地环境以适合他的出手，这是参天造化之术；修罗天堂的神通先生能够练成空无脉，练到空无，目的是"在不用时空，不需时无"，一旦受到攻击，则把经脉全数移往受伤之处做周天调息，瞬间把受伤的部位治愈；兵王五子之吞星公子曾说过："武学之妙，不只造诣深邃，而是更深入于人性、文化、破旧、创新，总成为兵法微处，以一击竟功。"② 既能不断创新而"一击竟功"，则可知武学无境；兵王五子背后的天师柳破天在看了俞欢的出刀之后说："既是'大自在'，则无不可圆融的武学；既是'无相'，则无不可用的兵器；既是'解脱'，则无不可化解的攻击！"③ 由于每个人的天赋各异，往往是一个人只适合某种武术，众人各自在武学一途上，专于其一而取得他人难及之境，但同时，也难于兼善他技，因为这涉及天赋禀性以及后天的努力。

　　但是，武学有没有最高的境界？达到最高境界又是一种什么状态？奇儒借小说中的武林人士之口探讨过这一问题：

　　"什么是武学最高境界的究竟？！"有人曾经问一代大侠苏小魂这个问题。

　　据说，当时这位武林中六十年来第一奇侠没有回答这个问题，

① 奇儒. 武林帝王. 珠海：珠海出版社，1999：190.
② 奇儒. 凝风天下：第三册. 台北：宝胜国际文化出版社，2003：161.
③ 奇儒. 凝风天下：第三册. 台北：宝胜国际文化出版社，2003：262.

只是走向前去，张开了双臂拥抱对方。

——银步川《英雄外记》

原文内容是：

或有问者："天下武学，以何为无上究竟?!"

是时，大侠未着一言，轻步向前，张双臂揽拥对方。

此际温柔如菩萨眷顾众生，更似慈母呵护子女。

在场者，无不动容，顿入微妙沉思，逾一时辰![①]

此有慈悲，有爱护，有眷念，但其中值得注意的是慈母呵护子女时，乃是出于人性的本性本能，意念所动，无须思考。若能应用于创新武学，则如吞星公子以及柳破天所说："'真是惊人，方才俞欢那一刀几乎是无念中本能的反应。''武学达到最高境界就是本能!'"[②] 这是何等的见识！又是何等的智慧！人的一切行为，大多是出于意念的驱使，出于预设，而一旦依意念行事，则必有所企求，此即"争"的另一种方式；此外，在许多小说中，我们往往可以看到，一个人在某种境遇中，使自身的武学达到超越自身天赋的境界，即激发个人的潜能，但既是潜能的激发，则往往又是透支了精气神。而出于本能，则不关意念，或者说，意念与本能已融为一体，如饥食渴饮一样，这往往能形成不可思议的力量。所以，唯有人的本能行为，才是顺应自然之举，其对人的体能、智慧的消耗均在正常的范围之内。

从佛学义理的角度来思考，奇儒认为，出于人的本能，才能达到圆满无漏之境，此即武学的最高境界。

第二节　随意适性是禅境，心有领悟即圆满

习武之人多种多样，其中就有高僧。在大多数武侠小说中，少林寺往往作为江湖侠义道的圣地、天下武艺的正宗。但他们因为宗教的信仰理念，又常常自觉远离江湖世界，静以修身，隐而悟道，

---

① 奇儒. 凝风天下：第三册. 台北：宝胜国际文化出版社，2003：271.

② 奇儒. 凝风天下：第三册. 台北：宝胜国际文化出版社，2003：235.

他们也容易在理论上了悟武学的真谛。但奇儒笔下的高僧，多有入世济度众生的，在行侠仗义、奸恶除奸的实战中，也能领悟武学的至上妙境。

习武本有杀戮，而佛门高僧习武本已有违佛家慈悲为怀之意。林保淳先生说："奇儒将慈悲二字置于武侠之中，颇见抵牾；毕竟，武侠小说最后的裁断，还是一个'武'字；尽管佛家可以'降伏魔怨'之说自解——我不入地狱，谁入地狱！但血腥杀戮之气过浓，还是难免有违清净慈悲之旨。"① 但正如六臂法王所说："以武悟道，何尝非修行法门？"② 把习武当作一种悟道的方式，本身也是实证。这虽是一个难以企及的境界，但能明白这一点，已达上乘之境。大悲和尚本为高僧，依他的为人处世，可知他对此禅悟亦同于六臂法王，所以对武学的理解自然也较常人深刻。他的大悲指心法，即大慈悲，救他人苦之心谓之悲。佛菩萨之悲心广大，故曰大悲。以慈悲济世，身心意行证此道，其武学的修习虽着于相，但因其并未执着于此，所以也能成就武学至境：

　　大悲和尚念经不断，渐竟将满天杀气遗忘于天合之外：始觉《妙法莲华经》经文意境之中，隐隐一线祥和温煦，将本身修为的大悲指心法牵动。

　　瞬时，放下一切之中，反而虚空无尽藏的得到一切！

　　这点成就心境光明，立时把两日来积压的郁气迅速地弃之于心、口、意之外！

　　大悲和尚念一动此，四十四把剑上杀气，皆如祥云妙花，眼中所见已无半点暴戾！

　　…………

　　四十四把剑停了下来，停在大悲和尚前后左右三尺处！并不是他们不想一挺击杀，而是剑上杀气竟游离若无，全然不知如何出手！③

---

① 叶洪生，林保淳. 台湾武侠小说发展史. 台北：远流出版事业股份有限公司，2005：519 - 520.

② 奇儒. 大手印. 郑州：中州古籍出版社，1994：2.

③ 奇儒. 大手印. 郑州：中州古籍出版社，1994：273 - 274.

　　佛的终极关怀是悲悯众生，以智慧渡尽有情，如地藏菩萨所愿："众生度尽，方证菩提，地狱未空，誓不成佛。"以入世之心来救护众生。当时尚未悔悟的冷明慧派出这四十四名手下，要斩除苏小魂的左膀右臂。大悲和尚先是一一闯过孤、独、灭、绝四个鲨群的小组追击，在旧力已尽而新力未生之际，又遭四个鲨群联合攻击。"四十四把剑同时推进，速度并不快，气势却逼人心肺肝脏，大有一击便（能）分解了大悲和尚这身臭皮囊。"① 大悲和尚面对这种肃杀的危机，"便一声仰天长笑，竟坐了下去。对敌临阵，漫天弥地的杀气之中，那大悲和尚竟能怀一抹微笑，垂目放心地念佛诵经起来！"② 这放下，使他的武学之境形成圆满大势，却敌于无形之中。他经过连日自卫搏斗之后，已基本失去抵抗能力，但当他以本能坐下念经时，反而能使"四十四把剑无法动，只因为，谁一动，谁便得灭没于另外四十三把剑积蕴的杀气之下"③，这种情况，与金庸小说《倚天屠龙记》中的乾坤大挪移有相似之处，已是武学的最高境界。

　　奇儒笔下的大侠，虽不入佛门，但他们对佛学的涉猎也是很深的。他们不仅用以指导人生的价值取向，也用来体悟武学的修炼，苏小魂即是如此：

　　便此刻，苏小魂思想起昔日在少林寺外了悟心境；于是全身一松，内劲全去。双目微垂时，全身恍若进入虚无之境。那老人不禁一讶，眼前这年轻人已然是进入虚空之境，竟无可落指之处！

　　老人收指，仰天大笑道："好——好——我李风雪在残生之年还能见得江湖中有此身手之人，当真该浮三大白——"④

　　苏小魂登时明白昔日李风雪为何要试他！立即，他放下一切胜负生死执着，全身放空；任令那冷明冰波动袭来。就在苏小魂放下闭目的一瞬间，耳中传来冷明冰的惨叫。苏小魂一愕，睁眼，只见

　　① 奇儒. 大手印. 郑州：中州古籍出版社，1994：272.
　　② 奇儒. 大手印. 郑州：中州古籍出版社，1994：273.
　　③ 奇儒. 大手印. 郑州：中州古籍出版社，1994：274.
　　④ 奇儒. 蝉翼刀. 长春：时代文艺出版社，1999：622.

那缅刀急速回射入冷明冰的右手掌；冷明冰惨叫一声，便要落入池中。[1]

这两次战斗对苏小魂而言，前者只是武学上的印证，而后者则是生死搏杀。在这两次交锋中，他都陷入了绝境，之所以能摆脱这两个危境，对于前者，苏小魂"全身一松，内劲全去。双目微垂时，全身恍若进入虚无之境"，使李风雪"竟无可落指之处"，因而维持不败的态势；面对后者，"他放下一切胜负生死执着，全身放空；任令那冷明冰波动袭来"，结果是"只见那缅刀急速回射入冷明冰的右手掌；冷明冰惨叫一声"，也就是说，在他放下一切执着时，在武学上的成就无形之中击败了"天下第一武侯"冷明冰。由此而言，苏小魂在武学上已经达到大势至无相般若波罗蜜神功的至上境界，在"无招"中击败对手。

他的儿子苏佛儿亦习其法，但同时又修习大悲和尚的大悲咒之法，并在绝谷中从怪和尚处了悟更深的武学。后来他与修罗大帝阴人麟搏斗时，面临生死，他的武学在此种绝境中达到最圆满的境界：

苏佛儿自己的感受更加深刻得多，明白自己在下一招中必然无所生。刹那，他干脆不动放下！

修罗大帝已然展开最后的杀着！

一片弥天而至的狂杀气机罩下，却是遭阻于无心无意光华一片的天蚕丝。

阴人麟不信，再度一击、又击。而结果相同！

他脸色土灰，想不透为什么苏佛儿竟会在放弃抵抗之时无意中的出手反而远胜于方才的出手？[2]

苏佛儿到了六百三十二招之际发觉自己已落于下风，到了第六百五十一招，苏佛儿则连还手之力也无。也就是说，在此时，他已无力抗衡修罗大帝的击杀。在这种生死关头，苏佛儿"干脆不动放下"，"在放弃抵抗之时无意中的出手反而远胜于方才的出手"，原

①　奇儒. 蝉翼刀. 长春：时代文艺出版社，1999：639.
②　奇儒. 大悲咒. 珠海：珠海出版社，1999：575.

因何在？"正是一切放下，而生我佛大悟！"（见《大悲咒》第575页）我佛之境即如此，而武学之境，何尝不是如此？

　　有些大侠英雄习有相当的佛学之理，或者说，他们都有慧根，但未经实证，所以，其武学仍停留在"欲达未达"之境。一旦遇到生死搏杀，在他人的提示下，反而能瞬时了悟而至武学胜境。所以说，理悟是一回事，证道是一回事，在武学上达到佛家至境又是一回事。理悟相对容易，但在现实中，身体力行去实证所明白的道理，又需要非常的勇气、坚韧的意志和不懈的恒心，这是一种考验。也有人在生死搏杀之时才体悟了武学的至高妙境，诚如冷明慧对朱馥思的忠告："小姑娘——记得一件事！不是生死搏杀，你永远体会不出真正的武学！"① 唯有陷入不劫之境，才能被激发出求生的本能，才能在武学上达到新境。如京十八就很有代表性：

　　京十八一想及此，便明白自己一心复仇，叫那愤怒白滞了自己的空明拳威力！

　　一想及此，京十八不禁仰天长笑，身心一下子进入大悦境界，全然无我京十八，无你庞虎莲的对峙！

　　便值此天机运转，手上只觉一轻，身势在转动间也自灵活无滞。
　　…………

　　京十八本已打得浑然忘我，只觉本身出拳投足上俱是突破以往苦思不解之处；便得端的是得心应手。

　　便此一路下来，直到打中了庞虎莲，方自醒来。②

　　京十八是洞庭湖王，他的信条是："江湖事是江湖事，洞庭湖是洞庭湖。"③ 所以，他不参与江湖事，也不准武林人士干涉其事。但江湖本就是险恶的，他虽然自觉保身，但仍无法避免被卷入武林的风云中。庞虎莲与绿林盟主孙震合谋夺取他的洞庭七十二寨，他也身负重伤。悔过的冷知静弃家抛妻，负友战千里，护送京十八到蒙古求药。在冷知静、苏小魂、六臂法王、潜龙诸人的真情感化下，

---

①　奇儒. 大手印. 郑州：中州古籍出版社，1994：377.
②　奇儒. 大手印. 郑州：中州古籍出版社，1994：557–558.
③　奇儒. 大手印. 郑州：中州古籍出版社，1994：220.

京十八明白了他的责任，誓要重夺洞庭七十二寨，以便对抗绿林、东海狂鲨帮、高丽金天霸的势力。虽然，京十八在大漠求医的过程中，经此生死劫而了悟种种，但一来他的武功——空明拳的精妙深奥本不及庞家三天极门心法；二来心中存有争意，或想在兄弟们面前重塑雄风，或欲得洞庭七十二寨以济武林，所以不免患得患失而入佛家之"相"。因之，与庞虎莲的较量，"越是奋力抵御，却越觉身子重了起来"（见《大手印》第556页）。彼时，苏小魂、大悲和尚、钟玉双大声讲述禅宗公案，就是要京十八明白，不可执着于得失，唯有放下争胜的念头，在武学上才能完全发挥空明拳"空灵光明"的真谛，达到他在武学上的至境。明白了这点，京十八方能打败庞虎莲。

黑情人也是在这种情况下达到武学上的最高成就的：

黑情人大大一叹，道："什么意思是往复无际，动静一源，含众妙而有余？"

他这句话一出，小西天讶异在想，另外一个更讶异的是骑梦隐。

难道这小子也在参悟太史子瑜的最上心法？

"呃！这句话的意思是来来去去不要执着……"小西天大声解释道，"动和静其实是相同的，如果能体会的话，所有的宇宙妙处都在里面。"

不懂！

黑情人一边全力防守，一边快哭出来似的大叫道："他奶奶的，这和武功有什么关系？"

骑梦隐此时冷冷道："去问阎王吧！"

衣袍飞卷更紧，双掌已是蓦地自衣袖里探出，一把扣在黑情人的肩井双穴上。

一出内力已是必死。

众人惊叫，黑情人却笑了。

凌空三弹再出，骑梦隐重重地全身大震。

一口血喷得老高，然后在众人不可置信下重重地跌地仆倒不动。[1]

---

① 奇儒. 武出一片天地. 呼和浩特：远方出版社，1999：630－631.

骑梦隐有很多名字，在不同的时期以不同的人名行事，如修罗大帝、"一神蛊主"阴人麟、龙中龙、向十年；亦传言他有不死之身，他曾败于苏佛儿、黑情人诸人之手，但每死每生；他的武功与苏小魂大侠同出大势至无相般若波罗蜜神功。苏小魂大侠已难打败，如骑梦隐习得多门绝艺，岂不是无敌于天下？黑情人也在想这个问题，所以，他习得石棋老人的无明将军指后，仍没有十足的把握，只在了悟"往复无际，动静一源，含众妙而有余"（见《武出一片天地》第 628 页）这句话之后，才最终击败骑梦隐。"这句话的意思是来来去去不要执着"，唯有如此，黑情人的无明将军指才达圆满无漏的至上之境，从而重创骑梦隐。黑情人在生死搏杀之际被激发了求生的本能，又在此时听到并悟出佛理大智慧，所以，他成了最后的胜利者。

其实，骑梦隐早已经从道理上证悟了此语，所以，他的武功才步入另一境界。但为什么了悟此语的骑梦隐无法打败黑情人，或者说，他的武学为何未能到达圆满无漏之境？其实很简单，他的争心还在。一争即着相，即入魔道。何况，他本身的所作所为已为魔，又如何能达武学至境？

伍还情或许也习佛法，但在武学一境仍未达到上乘，唯当她身临险境时，听到别人谈佛法，她才因此体悟：

……伍还情心中刹那大有顿悟。

"应无所住而生其心"，当年禅定六祖惠能曾为之证悟。

《金刚经》说一切无执无着，所谓众生往往颠倒妄想所以自缚设限！

同等之理，若于武学局限于招法何尝不是如此？

伍还情"心"有领悟，"身"中手上招式刹然合心入无招中。一念不起竟是无意中逼败乔寂灭狼狈坠下。

四下众人喝彩欢呼这才惊醒了伍还情，不禁愣在当场！①

乔寂灭是魔教白长老的首席弟子，奉命到关外秘密训练魔教青年才俊。以他的武功，其实早已跻身江湖绝顶高手之列；魔教总舵

---

① 奇儒. 扣剑独笑. 台北：裕泰出版社，1990：612.

天魔祭坛的秘洞内留下一篇心法偈，共二十句，除了皇甫教主悟到第十五句之外，其余的人最多只悟到第十三句，而乔寂灭在第五天就想通了八句。伍还情虽是杜法华的弟子，然而，以她二十五岁的人生阅历和实战经验，是难与乔寂灭这种顶尖高手抗衡的，更不要说打败对方。但任何事都不能以常理推测，想当然的事往往不一定能得到期待的结果。伍还情在此生死关头，听到李闹佛与杜禅定有关《金刚经》的讨论，正是言者有心，听者亦有意，反而让她"心中刹那大有顿悟"，"一念不起竟是无意中逼败乔寂灭狼狈坠下"。其中的道理，如作者所言："《金刚经》说一切无执无着，所谓众生往往颠倒妄想所以自缚设限！同等之理，若于武学局限于招法何尝不是如此？"伍还情明白了其中的道理，就在这种死地中悟到了杜法华最上乘的武功。

有些英雄大侠，虽然没有修习佛法，但他们因为有天纵之资而具无上智慧，辅以丰富的人生阅历，也同样明白佛家所倡的禅理，并将禅理用于武学的创新，也达其境。如大明建国之初，江湖中十大名剑之一的柳梦狂即已达此境：

"如果一个剑手在出手时不管胜、不论负……"柳梦狂淡淡地道，"把他全心全意的一切放在剑上，为天地人间出手……"

缓缓地吐出一口气，柳大先生继续接道："眼中心中无一切它，便是无败必胜的剑法。"

"柳大先生的意思……只管自己出手？对方的出手是一种阻力，但是只要是'有相'的阻力就是'不空'，不空则'不定'，不定就有空门漏洞！"①

柳梦狂与潘离儿所论，涉及达到武学至境的途径，即"心空、身空、身心皆空、气空循序按部就班的次第进境"（见《武林帝王》第454－455页）。而他们所论的武学最高境界，就是皮俊所期待的"使出绝无缺点漏洞的一剑"（见《武林帝王》第455页），即佛家的圆满无漏。反过来说，未达臻境的剑术，"就是'不空'，不空则'不定'，不定就有空门漏洞！"这是剑术第一高手的习武心得。柳

① 奇儒. 武林帝王. 珠海：珠海出版社，1999：455－456.

梦狂之所以能够做到一招败敌，就在于他在实战中创新武学，能依不同的对手，创出一招没有"空门漏洞"的剑术。所以，他与十大名剑之"浣情"童问叶交手时，"两相交手间俱奇诡妙著以为胜，孰知在最后胜败关头，柳梦狂竟然会弃下一切变化，返璞归真于无识境中"①。"弃下一切变化"即是一切虚空，入于身、气、心、意皆空之境，随意挥洒，败敌于瞬间。

在奇儒的武侠小说中，大侠英雄之所以成为大侠英雄，除了他们具大侠与英雄的品性之外，还有一点也非常特别，就是他们会不停地运用智慧思考，以创新武学，尤其是从实战中总结得失，从而在下一次交手之时有十足的胜算。最有代表性的是柳梦狂："我绝不会用同一种剑法去对付两个人！""我一生中的出手从来没有重复过！"② 这是一种自信，同时也告诉世人，他时刻在思考。所以，楼上、楼下兄弟在第一次败于长白双剑之后，在与长白双剑第二次交手时，经柳梦狂指点后，就能击败天下十剑中的这两把剑。正是因为思考创新，所以他们能够轻易败敌，甚至败同一敌人两次。白先生之于俞傲即是如此：

俞傲有没有败过？不但有，而且还败过两次！

第一次是在巫山之顶，云海缥缈间。俞傲出刀，刀如来自天外；对面站的人是白先生。白先生无招无相，身入虚空之中，如凝如散。俞傲的刀在半空，停住！因为，白先生已经化入宇宙天地之中；似山岳峙立；又似浩瀚沧海。处处是漏洞，而处处又是机锋！俞傲只有收刀长叹！

俞傲第二次失败是在万鹤神木之上，这次对手，还是白先生！白先生坐于神木之顶，手捻念珠，声声佛号如钟。这回，俞傲连拔刀的念头都没有，转身长啸而去。③

面对俞傲的搏杀，白先生"无招无相，身入虚空之中，如凝如散"，"坐于神木之顶，手捻念珠，声声佛号如钟"，他在武学上的

---

① 奇儒. 帝王绝学. 台北：长明出版社，2001：272 - 273.

② 奇儒. 柳帝王. 呼和浩特：远方出版社，2001：43.

③ 奇儒. 蝉翼刀. 长春：时代文艺出版社，1999：15.

成就，已达到了圆满无漏之境，使对手知难而退。此境可为至高无上的武学之境，与兵法所说的"不战而屈人之兵"有类似的地方。

第三节 刀到了"无心"便自然产生"灵动"

但是，要达到圆满无漏的武学境界，对每个人的要求都是不同的，这关乎个人的天赋。一般人所达到的至高境界，在英雄大侠那里恐怕只是常境，即如佛教之分小乘与大乘，分罗汉果位与佛位一样。所以，就一门武学而言，许多大侠能够在生死搏杀时体悟此门武学的高深境界，但仍有高下之别，即臻境各异。如天纵奇禀的羽红袖，可以把背叛她的人用背叛者自己的武功杀死，就是因为她对各门武功均能达到最上乘的境界；羿死奴也可以在初次见面时，就用断红帮舵主彭鹿的独门武功——风雪刀法打败彭鹿。这就是智慧与天赋的问题，也是武学至境与具体招式之间的圆融问题。前两者已易知，至于后者，具体以招式显现则是一技，既是技就有外相，那么，反过来说，如何才能去相而达到无限的至境呢？

法门有二，其一即依佛家所说，舍得放弃。舍得放弃，就是把拥有的一切都舍弃，包括得失荣誉，甚至生命。无牵无挂，反而能成就大武学。当然，这种舍弃，有的人是被迫放弃，因为面对不利之境时，必得舍卒保车。如黑色火焰七名核心成员之一的古元文与闻人独笑比剑，被砍了右手后，反而成就了左手的威力：

古元文意气风发地大笑道："昔年传我'清白的剑'的师父曾经说过，这一门剑法的心法奇特，若是右手废了反而可以将全身气机全倾在左掌上！"

他微微喘了一口气，得意地接道："看来，他所说的果然是不错！"

寻常情况，体内气机必是左右均衡。

因为谁都会考虑到另外一边可能突然的变化和攻击。古元文现在却不需要有此顾忌。

少了两根指头的右臂对他而言已经是不存在，加上他们这门心法奇异之处于今已完全发挥出来。①

　　古元文当然并不希望败于闻人独笑之手，更不愿主动砍了右手以成就左手。但问题是，彼时他根本没有能力护卫他的右手。而他的这门武学就是奇特："若是右手废了反而可以将全身气机全倾在左掌上！"因为，"寻常情况，体内气机必是左右均衡"。古元文虽是被动地舍弃右手，但若没有舍弃，又何来"清白的剑"的至高成就？荀子曾说过："行衢道者不至，事两君者不容。目不能两视而明，耳不能两听而聪。螣蛇无足而飞，鼫鼠五技而穷。"②此亦说明专于其一而成，故舍此而得彼。

　　绿林盟主孙震达到大成之境，也是在"放下"之后实现的：

　　孙震一哼，道："若非如此，老夫昔日岂会被你打入万幻无相洞之中？也是因为那年在无相洞里抱已死之心，能放下一切生机，反而除掉杀机，所以才有大成……"③

　　孙震是绿林盟主，潜龙是正义杀手，两人正是天敌。当年孙震以下三滥的手法把潜龙打入万幻无相洞中，后来他又被潜龙还以其道。不幸的是，二人现在却被篡位为绿林盟主的柳三剑设计逼下泣龙坪。二人相见之时，孙震已失去双腿，再无生理，此时，他明心见性，了悟前尘，与潜龙一笑泯恩仇。舍得放下生机，是连生命都放下了，那么，何事不可成？

　　放下争心，亦同样成就了第五先生在剑胆上的最深境界：

　　"第五剑胆在武功尽废之后，一心已落于无、落于空。却是，无中大用，空里虚藏！"李五指为之浩叹道，"三十年但凭这点灵性，用不着练武已有大成！"④

---

①　奇儒. 柳帝王. 呼和浩特：远方出版社，2001：76.

②　梁启雄. 荀子简释. 北京：中华书局，1983：5.

③　奇儒. 大手印. 郑州：中州古籍出版社，1994：622 - 623.

④　奇儒. 宗师大舞. 台北：长明出版社，2001：983.

　　一点争心未曾舍弃，所以第五先生走火入魔全身功力尽破，这对曾经的天下第一高手而言，是何其悲痛的结局！然而，祸兮福所倚，"一心已落于无、落于空"，反而成就了他"不练而有殊胜成就的心法"（见《宗师大舞》第 983 页）。但是，天下习武者，数十年的苦练，谁又敢、谁又愿？所以，这需要大智慧、大无畏的精神以及持续的毅力。

　　曾经的洛阳四公子之一的慕容春风，何尝不是如此？

　　回剑大胜心法是一门大破大立的激烈心法。

　　你必须将数十年所修的功力毁于一旦，而后再以这套心法来加以重练。

　　一旦完成，殊胜成就更倍数于往常。

　　"晚辈句句实言。"慕容春风似乎明白眼前这老头子是自己唯一也是最后的机会，他用力地说着，"因我是在被仇家废了武功后，才找到那本秘籍。"

　　老头子的眼瞳子亮了起来，精亮得有如火轮。

　　"真的？"他哈哈大笑道，"你真的曾废掉武功？"①

　　为了争得简一梅背上的藏宝秘图，为了称霸武林的野心，慕容春风可以牺牲一切，包括他的未婚妻——尹小月，包括慕容世家。他被习得老鬼无臂刀斩心法的房藏击败并被其取代地位，又被废掉武功，在曾经的慕容世家的后园中："他缩在柴堆中，猛力咳着，额头上的热，反而让一个身子飘飘忽忽了起来。背上，柴堆硬邦邦的有如铁棍，一根根抵着……慕容春风只有默默地打理那些木柴，一堆一捆地搬入了柴房内，他现在唯一能做的，除了活下去还有什么？"② 这样一个废人，若不是他家的下人阿福，把在柴房里捡到的那本"破旧斑驳的书"——《回剑大胜心法》给了他，他说不定早死了。但上苍对于坏人也不一定都只有"惩罚"，对慕容春风亦然。慕容春风在大破之后大立，练成了这种武功，而后又遇到了让他在武学上更具妙境的秘先生。大破大立，先得大破，方能大立。但是

---

　　①　奇儒. 大侠的刀砍向大侠. 珠海：珠海出版社，1999：267 – 268.

　　②　奇儒. 谈笑出刀. 呼和浩特：远方出版社，1999：366 – 367.

有几个人敢于先大破？慕容春风却是不幸中的大幸。

不舍不得，得失之间，需要大智慧、大勇气。理可悟，但证道者少。在奇儒的笔下，唯有一人有此智慧与勇气，此即修罗长老麦火林。虽然此人厕身于黑暗组织——修罗天堂，但对武学的追求，本不分正邪，所以，麦火林敢于主动砍了左臂，装上铜臂：

"原来这个姓麦的左手才见真功夫。"皮俊叹了一口气，道："可不晓得他的左臂是怎么失去的……"

容状元则是自个儿在沉吟道："这条手臂倒是好用。"

"你在说什么呀？"晏梧羽在旁儿笑道，"好生生的，难道你也想砍下右臂来换装一条不成？"

"什么话？"容状元瞪眼道，"哪有这种疯子！"

他们的对话可惹得麦火林冷煞的目光瞪来。干啥了？

"不错，他正是废了自己的右臂来装上这只铜臂。"邝八地缓缓道，"现在，你们可以知道他是怎样的一个人了吧？"①

麦火林是残忍冷酷之人，因为身在这种组织中，没有这种性格就难以生存。舍去一臂以成就其右手的武学，道理与古元文被砍去右手一样，不过前者是主动的，而后者是被动的罢了。但能明白这一点道理的，本身就是见解非凡的人，而能"废了自己的右臂来装上这只铜臂"，又是大无畏者了。

其二，能放下一切即无欲，所以，达成至境的另一法门即无欲。闻人独笑曾经说过："只要心不盲，无欲的剑才是真剑精髓……"②魏尘绝的"刀到了'无心'便自然产生'灵动'"③，李北羽习得离别羽无上心法时"立时无争、无念、无欲！"④剑、刀、羽要达无欲，则心需无欲，无欲则无相，无欲则刚。

在奇儒的小说中，最能说明这点的是老鬼。他与六臂法王的第一次较量，与俞傲的第二、三次比刀，一败再败，至三而胜，他的

---

①　奇儒. 武林帝王. 珠海：珠海出版社，1999：245.

②　奇儒. 帝王绝学. 台北：长明出版社，2001：24.

③　奇儒. 砍向达摩的一刀. 敦煌：敦煌文艺出版社，1991：609.

④　奇儒. 快意江湖. 澳门：毅力出版社，1982：397.

刀法恰恰也是由有欲而至无欲，最终达到刀法的至上境界：

　　六臂法王一笑，道："施主只是落于一个'争'字，否则，老衲还非施主的对手。"
　　老鬼闻言一愕，脸色稍一茫然，杀机不觉减了许多。
　　正此时，窗外劈空一道闪电，似乎惊醒了老鬼。
　　老鬼双瞳一闪，冷喝道："就看这个'争'字如何！"
　　老鬼喝声一落，一道匹链刀光便自由颛萐右袖中激射而出。
　　六臂法王一惊，身子不动平平往后移开；只见那刀扣着一条链子，便直挺追击而来。
　　六臂法王双眉一皱，左肩微垂，便自转了个身；谁知，老鬼那链刀亦随之倒拉回来，跳上半空直劈而下。
　　六臂法王无奈，双臂一指地面，便扬身移开；而那刀"唰"的一声插入地下。
　　同时，六臂法王打坐身势不变地坐上刀柄，和老鬼对望。
　　老鬼一愕，右肩待要使力抽刀而回，那六臂法王笑道："'争'一字，何益？"
　　说完，六臂法王起身，便自往庙外而去。①

　　老鬼初入江湖时，是龙莲帮的副帮主，存有世俗的功名念头，这使他在第一次与俞傲的决斗中败了下来，并且在企图炸死俞傲等人的行动中失去了双臂。此后他苦心修炼刀法，以期打败俞傲。存此一念，就是老鬼在武学上入魔或入佛的关键时刻。他与六臂法王此战，事实上也是败了，诚如法王所说"是落于一个'争'字"。争心一起，则求胜之心盛，自落入相中。是以，他一败于俞傲，再败于六臂法王。
　　老鬼明白了这点，所以，放下称霸武林的野心，不再管龙莲帮的事，甚至走回正途，后来还阻止了绿林盟主柳三剑与倭寇的结盟。他的心中，只想着苦练刀法，甚至为了打败俞傲而保护和挽救俞傲：

　　老鬼一低头，注视俞傲半晌，方悲叹道："这三天我看你们竟然

①　奇儒. 大手印. 郑州：中州古籍出版社，1994：129.

在此镇不走，心里便知有异。想不到——想不到俞傲这……这……小子……竟然……可恨……可恨……"

老鬼双目尽赤，环顾众人道："你们难道救不了他？俞傲是你们的朋友——你们竟能眼睁睁……"

老鬼说着，竟然大哭了起来，号声大恸，闻者动容！①

俞傲与谭要命有了一次生死搏杀，几乎与谭要命同赴黄泉。当时，潜龙、冷默、钟玉双、钟梦双、钟念玉等人各以内功心法轮流为俞傲推宫活血，但都无法挽救俞傲生命的逐渐流逝。而除了这些好朋友的关心之外，还有老鬼的关心。作为刀客的老鬼，能与俞傲一战，堪慰平生。在他的眼中，只有保住俞傲的生命，他才有机会打败对手。所以，他"竟然大哭了起来，号声大恸，闻者动容！"是害怕自己在刀法上没有可以心证的对手？最后，他找到了被冷明慧救治的谭要命，因此保住了俞傲的生命。而带着打败俞傲的想法，老鬼与俞傲的第二战在沙漠中开始了：

两人双马，单臂三刀，已然如电光石火般地接近，交错、出手、分开！

武林刀战史的记载：明宪宗成化七年，四月二十二日正午，老鬼、俞傲第二次决斗于蒙古大漠。两人单臂，号称本史上最奇特的一战！

根据后来俞傲的追述：如果你以为老鬼是个无臂的残废，那就大错特错了！因为，他的刀在无臂上；所以，他是无时无地不有臂！

刀战史后来修订为：老鬼、俞傲二战，是本史最奇特的一战，因为——是千手、千臂、千刀之战！

俞傲的去势未变，依旧狂马扬蹄卷起滚滚黄沙向前而去。

老鬼呢？

双刀已然掉落在马前，凝视俞傲消失于天际黄沙中。

良久，那老鬼才仰天长笑，对天远处大叫："俞傲——我们还会有第三次决战……"②

---

① 奇儒. 大手印. 郑州：中州古籍出版社，1994：396.
② 奇儒. 大手印. 郑州：中州古籍出版社，1994：485.

不得不说，此时老鬼的刀法已臻某种境界，至少，此时的他不再为龙莲帮效命，也不是一个行侠义道而为天下苍生出刀的刀客，他只是为自己在刀法上的成就而出刀，所以说，能达此境已难得。但此战他还是败了，因为，他心中的欲念还在——打败俞傲，正是这个念头，使他有欲，使他着相。既是有欲有相，必计较得失。而事一关于己，则容易患得患失，往往，这就是失败的开始。老鬼亦然，但他释然，因为，还有第三次——那才是真正的一战。

等到第三次对决时，各人的心境已不同。先是老鬼被柳三剑逼下柏山凤翔崖下，他自知已无生机，故把无臂刀斩心法刻于石上；经过人生的起起落落，得失悲喜，其时老鬼心中已无欲无念。而俞傲听说红豆欲为其父老鬼报仇而找上柳三剑，他于情于义都不能不助红豆，所以，先一步到达柏山，亦被柳三剑以下三滥之法逼下凤翔崖，且见到老鬼刀法，心中已有复杂的心思。俞傲经三个时辰休息调心之后，正当烈日中天：

老鬼大笑，俞傲大笑，双双腾空跃起。

瞬间，俞傲以毕生精力挥斩一刀；老鬼亦全身骨骼巨响，颈上双刀带链奔腾，似那恶鬼出关。

一刀，似来自天化之外；双刀，似来自地冥之内，便此刻，双人三刀已交错、盘扎、碰撞、震荡、分开！

武林刀战史，第一千零四十五页：

时——明宪宗成化七年九月初八，午。

人——老鬼，俞傲。

次——第三次决战。

地——柏山凤翔崖下。

第一千零四十六页。评语：

无。

第一千零四十七页。注：

天下无人可评断此一战，是以从缺留"无"一字！

又注：

"天下无人可评断"之意为，无人在刀法上高过他们两人彼时所达到的境！①

---

① 奇儒. 大手印. 郑州：中州古籍出版社，1994：630.

兵法有云，置之死地而后生，那是因为已无退路。老鬼此时，不是考虑有没有退路，更重要的是，他心中已无思无想，无牵无挂。"'是你赢了——'俞傲庄严道，'若非你未出全力，那刀气已然深入俞某心脉……'"① 也是这一战之后，老鬼在狂笑中离开了人世，快意淋漓的一战，是行家对行家的证心之战。没有遗憾，只留下了"天绝地灭"的无臂刀斩心法，成就了后来的房藏，同时也在江湖上留下了老英雄的不老传说。

练成第十一层飞仙大法的第五剑胆，被万夫子认为是天下第一高手。东海一战，他一人力敌苏小魂、钟玉双、六臂法王，尚无败迹。但他始终无法练成第十二层飞仙大法：

钟玉双突然道："他为什么练不到第十二层的飞仙大法？以他的天赋……"

"争！"苏小魂叹道，"心有争，则入于魔！如非可放下之人，又有谁能得道？"②

"心有争，则入于魔！"真是一语中的。此后，第五剑胆退隐武林，但因有"争"心，在苦练武功时，仍是走火入魔，武功全失。唯是心中有欲之故。

想要达到武学的妙境，不仅是大侠英雄，而且连所谓的坏人，也同样需要暂时放下他们的野心，专心于武学的修炼，若能在此一瞬间心中无欲，则修养、武学自成。如前文之修罗大帝被潘雪楼一刀所吓而了悟，又如明冷香：

明冷香长长地吸了一口气，轻轻抚剑笑了，道："原来斩天一十六剑是这般模样……"

"你学到的只是形而不是神……"独孤斩梦淡淡地道："特别是到了第一十七式的变，无心在剑更是奇妙……"

…………

明冷香闭目沉思足足有一炷香之久，忽的是立剑出手，一经舞

①　奇儒. 大手印. 郑州：中州古籍出版社，1994：631.
②　奇儒. 大手印. 郑州：中州古籍出版社，1994：907.

动便有风雷声起。

独孤斩梦脸色为之骤变。①

明冷香一心想要统一关外，进而叩关中原。为了达成此愿，她本与羽公子同谋，可惜羽公子过于骄横而丧命于黑情人、邝寒四、潘雪楼以及羿死奴之手。她转而胁逼独孤斩梦授其斩天十七剑；独孤斩梦估计明冷香不可能达到"无心"的状态，因此，虽在无奈之下，也尽心讲授剑法的精义。但无欲则刚，明冷香一旦明白其中的道理，即能舞出"风雷声起"的一十六剑，可知此时明冷香用剑已达"无心"之境。即已无心，即已无欲。

杀手组织刀斩门门主雷杀也曾经在指点他的第一长老、年轻的萧饮泉习武时说过：

雷杀闭目沉思半晌，道："记得，力之用在于劲、于气、于意、于心、于灵！天者合一，天下莫之能御！唯心中无恨、无怨、无嗔、无痴、无利、无名、无一切无明阿堵，方能达到武学禅境。亦唯如此，出手才能无所不至、无所不摧！"

雷杀倏忽睁开眼又道："唯一切源于'无'始，才能达于一切'有'终！明不明白？"②

此语已至明，唯能达此"无"境，方能成就"武学禅境"。

反过来说，若能达成武学的至高境界，心中必无一切外相。这也成为玉珊儿挽救百里怜雪的信心所在：

玉珊儿敢用命赌，因为，她赌的是"圣剑狂战七十二技"的第十二层心法！

浑然大忘！

"只要练成第十二层心法，心中必然已是无争、无怨、无恨、无恼、无火，无一切外相在心！"③

---

① 奇儒. 武出一片天地. 呼和浩特：远方出版社，1999：501－502.

② 奇儒. 快意江湖. 澳门：毅力出版社，1982：269.

③ 奇儒. 快意江湖. 澳门：毅力出版社，1982：677.

若能"无争、无怨、无恨、无恼、无火，无一切外相在心"，则何欲之有？

"武学一道深不可测，唯以心自创不限"，但是，武学仍缘各人天资以至其境。武学的最高境界，其实就是圆满无漏之境。

不得不说，这是奇儒对武侠、人生的感悟。他所宣扬的这种武学至境，在理论上应该是可以实现的。然而，在实践中，或许还需要一个求证的过程。在现实中，面对争斗搏杀，而放下一切执着，无为而至于有为，恐怕更多的是一种退让，如刘伶被缙绅先生所嫉："尝与俗士相牾，其人攘袂而起，欲必筑之。伶和其色曰：'鸡肋岂足以当尊拳！'其人不觉废然而返。"① 这种退让可以认为是一种修养上的境界，却不是一种折敌的武学之境；而想要实现不执着进而达到圆满无漏的武学至境以却敌，如此中所见柳梦狂、苏小魂、大悲和尚、京十八等人在对敌时，不着于相而却敌，甚至迫杀敌人，似乎是不可思议而难于实现的。如前天下十大名剑方圆所说："但是你面对一个敌人时可还能'空'？"奇儒接着在小说中评论道："这是实话。绝对实实在在的话！面对要杀你的人犹且不举剑不出手，那死的一定是你！"② 前举的这些大侠在武技上达到的至高境界恰恰就是"面对要杀你的人犹且不举剑不出手"，却败敌了。这明显是矛盾的。由此可见，奇儒的这种构想只能在理论上实现，而不能在实战中达成。

所以，在现实中，这种武学之境能否作为一种生活的态度，更值得人们思考。舍得放弃、不执着于得失，心中无恨、无怨、无嗔、无痴、无利、无名、无一切无明阿堵，所有这些，不就是人生应当具有的生活态度吗？若能如是，则不需有武，不需有武学之至境。或许也正是因此，奇儒才觉得武侠凶杀之意太重，有违佛法慈悲之念，故不太愿意继续创作武侠小说，而于1989年建佛乘宗大缘精舍以弘扬佛法，以智慧与慈悲济度众生。

---

① 余嘉锡. 世说新语笺疏. 周祖谟，余淑宜，整理. 北京：中华书局，1993：250.
② 奇儒. 武林帝王. 珠海：珠海出版社，1999：412.

第六章 左史记言，右史记事

——武林之史

武林人行走江湖，有的人不得不亡命江湖，如果可以选择，这些人是不会入江湖的。如云中岳小说中的主人公，他们大多主动或努力地游离于江湖之外。当然也有的人是主动行走江湖的，但动机各不相同，有卫国靖武林的，如金庸小说中的洪七公、奇儒小说中的各位英雄大侠；有行侠仗义、劫富济贫的，这是较多武侠小说所宣扬的侠义道；有争秘籍的，如王度庐、郑证因诸人的小说所描绘的；有以恨为主题而旨在复仇的鬼派小说，如诸葛青云、陈青云的作品；有争夺地盘的，如柳残阳的小说；有以侦探破案为主的，如古龙、温瑞安的小说；还有其他主题的武侠小说。不可否认，有些小说数种主题兼有，如帮派、秘籍、复仇融为一体；或行侠、济贫、卫国都见同书。

问题是，英雄大侠除了具有以上使命之外，还有没有更高的使命？换言之，英雄大侠对于作为他们实现愿望的途径武技，除了以其实现目标之外，还有没有更高的关怀？或者说，武技作为一种传统的文化技艺，要不要对其进行创新？如果武林人士对武技有了自觉的思考，那么，应该以一种什么方式来表彰他们对此种技艺的贡献？这个问题，其实就是所谓的武林史的问题。

第一节 为什么武林中没有记史之人

在许多武侠小说中，小说家对打斗场面的描写有很多，而对各种武功招式的想象也琳琅满目。如《倚天屠龙记》中对张无忌现学太极剑法破敌的叙写，《射雕英雄传》中对降龙十八掌等招式的设计，都是极具巧思的想象。此后，古龙、温瑞安等小说家对此多有发扬光大，或创新取神。

　　但是，很少有小说家会引入武林史官，以书面的方式来记载武学较量的得失成败，并借此以形成武林史。此处所谓武林史，即一批具有卓越的轻功、锐利的观察力以及客观冷静的心性的武林人士，他们专门记录武林中与比武有关的种种事相，从而形成具有前后延续性的武林历史。[1] 在金庸与古龙的小说中，作者都有意形成各自江湖的武林史。金庸的《射雕英雄传》《神雕侠侣》《倚天屠龙记》，叙事的历史背景自南宋之末至大明的建立，如郭靖生于南宋之末，而张无忌则在反抗元朝的过程中建功立业；人物武学的传承亦有相关的师授，如张三丰的武学得益于杨过和郭襄的诸多帮助；帮派的兴衰也有演变的脉络，如丐帮在洪七公时达到极盛，但自黄蓉、耶律齐之后渐衰。古龙的小说中，则以江湖人物的口吻追忆各个时代之前的英雄逸事，如后人对楚留香、沈浪、王怜花、小鱼儿的反复称颂，即是一种武林史的回顾。但是，如读者所见，金庸、古龙诸人在小说中对武林史的建构，是借武林人士的口头传颂来实现的；至于武林人士用文字来记载他们自己的历史，则未见。

　　武林史的形成，固然就是各个时代的武林人士以热血和铁剑创造的历史，他们以自己的身历江湖创造历史。作为小说家，他只要写出一部武林人行走江湖的百相，就完成了对武林史的无言创设。而且除了金庸、古龙两位大家之外，许多作家的小说都是一个自足体，即各部小说都是一个独立的江湖世界，有的小说甚至只有几年的历史。这种写法是较为常见的。

　　武侠小说中的武林人士有没有自觉主动地用笔亲自叙写他们的武林史的？据笔者所见，较少作家有过这样的思考。唯在奇儒的小说中，他设置小说人物自觉以详细描绘比武的各种事相来形成江湖的历史。具体说来，就是在《帝王绝学》中，杨汉立开创的武林史，记载了明朝初年（从闻人独笑与柳梦狂的竞技开始）到明朝末年，各种比武场面的历史，包括了武林门战史、音战史、派战史、掌战史、拳战史、器战史、武林史异人篇、帮战史、赌战史、剑战史等十门历史。在《大手印》中，还提到了部分武林史已经记载到的页码：武林拳战史 937 页，武林器战史 3 122 页，武林刀战史 4 255 页，武林掌战史 4 187 页，武林帮战史 4 622 页，武林剑战史 4 888

---

[1] 此乃奇儒的定义，详见《帝王绝学》系列。

页。这些页码当然不是各自战史的最后页码，因为只要武林的历史不断，那么武林史的记载就会绵延不绝。

武林史的创建，其实缘于有心人的一念之起。杨汉立是"鬼剑"闻人独笑的手下，他最初生发创建武林史的念头，是缘于旁观了"帝王"柳梦狂与闻人独笑的第一次比剑：

> 这一战，必将名留青史，那汉子有此一想，心中不由得一动，暗道："为什么武林中没有记载战史之人？"
> 便此一念，那汉子竟成武林史的第一代史官。①

此战结束之后，闻人独笑大败于柳梦狂之手。他不明白柳梦狂的"帝王绝学"为何能达到一招败敌的胜境，所以，闻人独笑打算以三年的时间隐于山林之中重新研究剑术精髓。临别之前，他看着跟在身边的杨汉立：

> 杨汉立默然，唯陪立于闻人独笑之侧，就如此站了一炷香光景，任令夕沉月升落满江。忽的，闻人独笑突然道："汉立，如果你拥有了万福洞所有的金银财宝，你要如何来用？"
> 杨汉立心中一惊，急道："洞主——你……"
> 闻人独笑脸色一沉，喝道："说……"
> 杨汉立又是一震，半晌方呐呐道："属下……属下想为今后武林立战史记录……"
> "哈哈，好！好！"闻人独笑的眼睛亮了起来，似那东方星辉闪烁，他望向杨汉立沉声道，"就此办。"②

有此一念，武林有史。杨汉立以闻人独笑留下的无数金银财宝创建了"武林史官"这一职位，他成了第一代武林史官。诚如奇儒所说："武侠，本身是有史、有传承着，它并不是盲目的创造！"③这种史、传承不再以小说家作为史官，而是以武林人自己来写自己

---

① 奇儒. 帝王绝学. 台北：长明出版社，2001：34.
② 奇儒. 帝王绝学. 台北：长明出版社，2001：37-38.
③ 奇儒. 帝王绝学. 台北：长明出版社，2001：935.

的历史。

武林史官有独特的着装要求，并有史官所谓"才、识、胆、力"的严格标准：

武林史的史官一律是身着白袍镶滚黑边，同时两袖口则是朱红别透。

白色，代表着心胸雪然；黑色绲边，则是指黑白分明。至于袖口朱红，正代表着朱砂笔记，赤心热忱而不造伪。

这几年来武林史在江湖中已建立起它的地位和尊崇，就是有着一批批轻功卓绝、目光锐利而且不畏艰险的年轻人不断努力地创立着。

杨汉立教给他们的一句话是：记史一诚一真无我无心。这是原则！①

从此江湖上有了武林人士自己秉笔直书的历史。

第二节 记史一诚一真无我无心

在奇儒的武侠小说中，武林史官往往会把某次重要的比武较量记载下来。内容据具体情况，一般包括时间、比武的主角、地点、胜负的结果以及对比武本身的评语等方面。如武林史开始记载的内容就是柳梦狂与闻人独笑第一次比剑的情形：

"帝王一剑，称天霸地！"

"独笑一剑，无生有鬼！"

这是杨汉立在武林剑战史上第一页中的两句评语！

柳帝王以杖为剑，一直很平缓，很自然地配合一寸一寸下落的夕照前进；那杖势，在闻人独笑的眼中化成了融圆无憾的智慧法轮。就如同，那佛堂上的释迦我佛，项后那圈白芒光华，浩瀚、伟大而令人心中只有——敬仰！

---

① 奇儒. 帝王绝学. 台北：长明出版社，2001：667.

闻人独笑的剑乱了，乱在心中的惊叹，对方这一杖势近来，自己手上长剑似乎是多余的。既是多余，留之何用？既无用，唯去、唯除、唯……断！

武林剑战史第一页。

时：元顺帝至正二十六年（注：西元一三六六年）。人：柳帝王、闻人独笑。

地：鹿邑城北侧天霸岭。

胜：柳帝王。

武林剑战史第二页。评语："柳帝王以天地夹于杖势之中，本就虚空大藏，且又同拥无限大力；是以，闻人独笑手上长剑无法制击。因为，虚空本无落处，如何击之？而天地大力所及，又有何物能击？"

同时，这一页亦对两人剑术作评语。

"帝王一剑，称天霸地！"

"独笑一剑，无生有鬼！"①

杨汉立的记载非常全面：时间、地点、人物、结果，又有相关人士对比武双方在剑术成就上的点评，也相当于定评，这属于两个人的比剑情况。当武林中各个时代的剑客比斗登载于武林史中时，前后一贯的武林剑战史就形成了。

有记载大帮派之间斗争的群斗史：

东海狂鲨帮和中原的洞庭湖、绿盟、唐门大对决！这消息不但在东南沿岸轰动，就是中原一地武林亦大大震动。

这一战，武林门战史拒绝登录，因为太复杂。②

有记载为某次战争或事件所打的赌的赌战史：

武林赌战史里，号称是百年来，自元顺帝至正二十七年，明太

① 奇儒. 帝王绝学. 台北：长明出版社，2001：35－36.
② 奇儒. 大手印. 郑州：中州古籍出版社，1994：872.

祖朱元璋和张士诚、方国珍两战，所曾下过最壮阔广大的赌注！[①]

有记载以乐器为武器进行斗争的音战史：

天琴先生缓缓调了一阵气息，才慢慢一寸、一寸地伸出手指捺向那把天下绝品的绿绮琴。
…………
冷明慧至此，脸色一变，伸手自怀中取出一根极为青翠，却已略有剥损的笛子来，大笑道：
"有琴无笛相佐鼓，岂不大煞风景？"
天琴先生十指已快若闪电，琴音爆裂中那冷明慧的声音还传得进来，不禁一愕睁开，将眼先落向那根笛子，淡笑道："绿绮琴，广陵散，天下第一绝！在下劝冷大先生别擅动的好……"
冷明慧仰天长笑道："柯亭笛，三弄曲，千古第一妙！"
天琴先生脸色大变，道："柯亭笛？蔡邕的柯亭笛？"
冷明慧含笑道："不错！正是蔡邕取自柯亭竹椽的柯亭笛，而后传给桓伊……"[②]

此外，还有刀战史、拳战史、暗器之器战史等，由下文的相关引述可知。这些武林史的记载形成了绵延不断的传承史。从大明开国至明末三百多年间，武林人物的争斗比武被一一记录在案。
武林史官尤其重视评语的记录，有当时人的评定：

在武林刀战史上，记录的是引用冷明慧的话！
"俞傲刀如闪电，要命刀如暴雨。所以——当你以为只有一刀的时候，其实他们已经对上了九刀三百五十八种变化。"
刀战史后来又补注了钟念玉的话：
"我知道俞傲被砍一刀时为什么会大笑。因为——我是他的妻子，我知道俞傲被砍那刀时，心里一定大叫：'漂亮！'"[③]

---

① 奇儒. 大手印. 郑州：中州古籍出版社，1994：873.
② 奇儒. 大手印. 郑州：中州古籍出版社，1994：479-480.
③ 奇儒. 大手印. 郑州：中州古籍出版社，1994：386.

冷明慧与钟念玉都是旁观了俞傲与谭要命比刀之后而作了评语。冷明慧的评断是从纯武术的角度来下定语的，因为他了解比刀之人，而且武功修为高深，所以，他的评估比较客观；钟念玉则从比武的效果来下评语，她是俞傲的妻子，所以，她的评语最能使读者了解俞傲比刀之后的心态变化。

有当场观摩而后来追述的：

根据后来俞傲的追述：如果你以为老鬼是个无臂的残废，那就大错特错了！因为，他的刀在无臂上；所以，他是无时无地不有臂！

刀战史后来修订为：老鬼、俞傲二战，是本史最奇特的一战，因为——是千手、千臂、千刀之战！①

这是俞傲与老鬼的第二次比刀，武林史的记载是以俞傲后来的追述为定语的。当事人的评价应是最客观的，对于比武中所有细微变化，刀客的感受都是最真实的。

有后人的评价：

天琴先生和冷明慧这一战，在后世武林史上评价为"千古第一音杀战"！②

这是黑色火焰天琴先生绿绮琴与冷明慧柯亭笛的比拼，虽为乐器的较量，但其实是武功内力、智慧的较量。其时无人能作出评价，所以后人推其为"千古第一音杀战"。

其中的评语也大致可分成两类，第一类为评技艺本身的高下：

武林刀战史，第一千零四十五页：

时——明宪宗成化七年九月初八，午。

人——老鬼，俞傲。

次——第三次决战。

---

① 奇儒. 大手印. 郑州：中州古籍出版社，1994：485.
② 奇儒. 大手印. 郑州：中州古籍出版社，1994：480.

地——柏山凤翔崖下。

第一千零四十六页。评语：

无。

第一千零四十七页。注：

天下无人可评断此一战，是以从缺留"无"一字！

又注：

"天下无人可评断"之意为，无人在刀法上高过他们两人彼时所达到的境界！①

武林刀战史第一千零六十八页：

时——明宪宗成化七年十月九日，晨，破晓时分。

地——霍山决战坪。

人——金天霸、俞傲。

观战人数——两万零二十八名。

次——算第一次。

刀战史第一千零六十九页。注：

昔日嵩山之下只有金天霸出刀，所以未予计入。

刀战史第一千零七十页。评语：

为本史至今为之最成功，亦是最失败的一战。

胜：

俞傲、金天霸。

败：

俞傲、金天霸。②

万历四十一年，六月十五月圆时。武林剑战史上第四千八百八十七页上，记载了李北羽和百里怜雪之战。

"是役也，无论李氏或百里氏，俱已成有宗师雏形。李氏以八羽对百里氏一剑！两人各是自创蹊径，达前人所无的境界。"

第四千八百八十八页的评语是："百里怜雪斩破七羽，剑气击李

①　奇儒. 大手印. 郑州：中州古籍出版社，1994：630.

②　奇儒. 大手印. 郑州：中州古籍出版社，1994：683.

北羽！而百里怜雪亦叫第八支翎羽击身而中！"

"百里怜雪受创于左肩井穴；而手上剑气则留驻于李北羽气海穴上。稍加分力，李北羽必死。是以，该役得胜者，经评为百里怜雪！"①

第二类为评比武策略的得失：

庞虎莲不禁笑意涌上眼中眉梢，这一杀毙冷明慧，庞虎莲三字必永留于武林拳战史！

果然，庞虎莲永留于拳战史上，被誉为"最笨的失败者"！

武林拳战史第九百三十七页。

明宪宗成化七年十二月二十九日夜，冷明慧、庞虎莲一战。

庞虎莲以力败，冷明慧以智胜！

拳战史的评断是以当时在旁观战的苏小魂为记。

"冷大先生以伤残经脉忍受庞虎莲双击，而以正常经脉运行贯注于双腿，毙庞虎莲于立时。其机巧应变，当真前无古人！"

拳战史的结论是——"庞虎莲足堪为本拳史宗师级决斗中，最笨的失败者。"

补注是：

"原因无它，以己之实攻敌之无；而令敌之实攻己之虚，谓之极笨也。故，庞虎莲自本史宗师篇中除名，以其差乃兄庞龙莲多多矣！"②

武林器战史第三千一百二十二页：

时——明神宗万历四十年十月七日，夜。

人——李北羽、葬玉。

地——洛阳雅竹小馆。

胜——李北羽。

评语：引用高拯所说之言——"李北羽之胜，胜于'气'一字；以豪气惊人，以壮气服人。以此气，天下中无人可敌！"

---

① 奇儒. 快意江湖. 澳门：毅力出版社，1982：843–844.

② 奇儒. 大手印. 郑州：中州古籍出版社，1994：752–753.

补注中，引用的是葬玉的话："我出不了手。第五支葬魂玉针已被我在掌中指尖捏碎！而原先射出的四根针，如同反照似地锥痛我的心——"①

武林史所载，其所涉及的比武事相已尽在其中。

第三节　咱们好好痛饮一顿，话尽江湖事

本来，武林史即江湖人的征战、铁血史。武林人士行走江湖本身就以十八般兵器记载着武林史，因为他们是最能说明江湖种种内外相之人。那么，以杨汉立为首的武林人士以笔创立武林史的意义何在？一代代轻功卓越、目光锐利、不畏艰险、秉笔直书的武林史官致力于记载武林史，他们为何甘心献身于这种工作？

在奇儒的武侠小说中，武林史创设的意义是巨大的。记载武林史，可以让武林人为发扬武学而自觉传承武学。如上文提到武林史第一、二页记载柳梦狂与闻人独笑第一次比剑的情况。可以说，这种记载已自足为史，后世学者欲了悟剑法的至上妙境，只需要翻阅杨汉立的武林史，即可了知前人的事业，从而站在巨人的肩膀更上一层。比如李北羽、杜鹏、蒋易修三人在小愁斋中研习兵法战略："集中在一起，只是成了敌人的箭靶子。这点认识，是他们十年来研究兵法战略的心得之一。洛阳小愁斋的十年，他们可一点也没浪费时间；已然将数百年来武林中各项战役研究透彻。"② 显然，对过往战役的研究只能基于武林史的记载，而李北羽诸人恰恰属于有机会读到武林史的那一部分人。

在奇儒的14部武侠小说中，他虽然没有提到柳梦狂之后的武林中人对柳梦狂"帝王绝学"的超越，也没有提到闻人独笑的鬼剑心法传给何人，但是，我们可以想象到，江湖常新，剑术自有传承。其中最详细的叙写，当属俞傲与谭要命一搏之前，他指点谭要命手下的刀客所说的话：

---

① 奇儒. 快意江湖. 澳门：毅力出版社，1982：125.
② 奇儒. 快意江湖. 澳门：毅力出版社，1982：647.

谭要命和俞傲无语。只是轻啜着这风、这茶、这山光水色、这生死决战前的肃杀宁静。

谭要命突然道："有茶无舞，不足以尽兴——"

俞傲淡淡道："偏劳——"

谭要命一笑，双掌一拍，身后一名刀客忽然跃出，到了两人右侧场中一躬抱拳为礼。

俞傲点头，道："请——"

那名刀客不发一言，拉开架式，便自舞起一路刀法来。

刀沉而猛，虎虎中竟能别开生面。

这一路演完，那刀客收刀肃立，竟以学生受教于老师模样！

俞傲淡笑道："稳定一诀，来自心中无念。无念，则无滞……刀要无滞，唯在于闭双眼、合双耳，只用心——"

那刀客闻言，似是沉思半晌，又一抱拳而退！

随即，第二名刀客亦跃出，正如前面一人，同演了另一路刀法！

那端，钟念玉皱眉道："那个谭要命跟俞傲在干什么？"

"传承——"潜龙竟然很有学问地叹道："以心印心，俞傲这小子竟然达到刀禅的小悟境界——"

钟念玉讶道："什么刀禅？"

冷默微叹道："英雄惜英雄，以茶敬豪气！好、好——"

钟梦双沉思半晌，道："为什么？"

冷默道："如果不管所作所为，俞傲和谭要命是不是刀法上顶尖名家？"

"是！"

此时，那第二名刀客已经演练完，又是束手而立。

只听俞傲道："轻灵之诀在于快字。刀要快，需快于他人意念之前。动静本一源，静如水、动如风；不动如山，山浩大而无法一刀砍尽；不静如烟，烟袅小而无法抵御斩断！"

…………

谭要命为了能和俞傲公平一战，所以备茶让俞傲喘息，让俞傲在体力上能调节到高峰！

那又为什么要叫自己的手下演练一番？

这点，潜龙解释道："有两个原因……"

"哪两个原因？"

"第一是为了传承——"潜龙看向场中的俞傲和谭要命，道："两虎相争，必有一伤！甚至，两人玉石俱焚……"

钟念玉脸色一变，颤声道："你……你意思是说……俞傲已经把用刀心法传给那六个人？"

此时，六名刀客皆已演练完毕！

潜龙道："不错！"

"他们吸收了多少？"

"不少——"

"怎么知道？"

"足印！他们每个人出场和退场时的足印大大不同！显然，在成就上已有领会！"[1]

敝帚自珍一向是中国的陋习，如陈思王所说："人人自谓握灵蛇之珠，家家自谓抱荆山之玉。"[2] 而面对生死搏杀的对手时，越是神秘、越是隐藏得深，获胜并生存下来的机会就越大，因为，也许下一战就关乎生死。所以，兵法上一直强调："知己知彼，百战不殆。"然而，谭要命却在决斗之前，让俞傲传承武学于后人，又让俞傲调心，使其达到搏斗的最佳状态，诚如冷默叹道："一把没有精、没有神的刀，怎么能赢？谭要命又怎么会胜败得淋漓尽致……"[3] 谭要命无非是想与俞傲在公平的情况下，真正印证刀法的至高境界。武林史也必定记录了俞傲与谭要命在比刀之前指点刀法的事。

正是因为武林有史，所以，武学才能代代相传。没有门户之见，没有帮派之别，只有各人对武学领悟的智慧分别。在《谈笑出刀》中，尹小月与布香浓订下了三天以后生死搏斗的盟约，彼时，她的武功虽有"玄空大四化"这种高深的心法，但缺少搏击技巧；而布香浓则暗中得到化名向十年的修罗大帝的指点，以速成之法学得金盅化龙大法这种邪功。谈、杜、王三人均不能插手，在如此短的时间里，他们想出了一个挽救的办法——把各自的搏击之术教给尹小月：

---

① 奇儒. 大手印. 郑州：中州古籍出版社，1994：381 - 385.

② 曹植. 曹植集校注. 赵幼文，校注. 北京：人民文学出版社，1984：153.

③ 奇儒. 大手印. 郑州：中州古籍出版社，1994：385.

　　尹小月冰雪聪明，刹那就明白了，说道："你是要把卧刀心法和博技招法传给我？"

　　"不行吗？"谈笑可笑了，道，"夫妻本来就不分，再说，这两日的时间我们相互钻研。我也可以从你那儿多揣摩一些境界。"

　　尹小月心中一股热。

　　谈笑口中虽然这般说，其实还在于全力相授。

　　自来，江湖中门户极严。

　　纵使是兄弟、妻子，若非本门亦不相授武学。

　　这在当时是天经地义的事。①

　　接着是杜三剑：

　　杜三剑迎面，道："小月妹子，哥哥有些事儿想和你讨论……"边说，杜三剑又边往花苑里走去。

　　尹小月在愕然中跟下，问道："什么事这般急？"

　　杜三剑笑着。又故意皱起了眉头道："我爹曾经传授了我六剑击法，却是不甚明白……"

　　尹小月心中一阵感动，还待阻止。

　　人家杜三剑可是以指代剑比画了起来。

　　刹那，就那一根指头便呈气象万千，转眼而过。

　　"这六式你认为怎样？"

　　"妙绝！"

　　"可是有问题！"杜三剑还真认真，比着第一式道，"这一剑由曲池发动转升五海冲虎口，叫做'单凤朝阳'，问题是，手腕为何要把转往外？"

　　手腕稍转，奥妙尽现。

　　尹小月如何不知这位玩剑杜是假借研讨，其实是暗里传授博技之术。②

---

　　① 奇儒. 谈笑出刀. 呼和浩特：远方出版社，1999：534.
　　② 奇儒. 谈笑出刀. 呼和浩特：远方出版社，1999：535–536.

最后是王王石：

一斟了茶便道："你看我这只拳头又大又粗对不对？"

尹小月一愕，抿嘴笑道："是啊！"

忽的，只见王王石的执壶右掌一松，那五指在壶面上跑来跑去，偏偏茶壶没有往下掉。

好巧劲！

"真正的拳……"王王石第一次这么认真，道，"不是用蛮力！"①

尹小月终于明白，谈笑的师父忘刀先生、杜三剑的父亲杜乘风、王王石的父亲王悬唐相交数十年，自然互证武学。所以，他们的弟子也当然会互相印证武学，只不过各有所长而已。之后，谈、杜、王和买命庄大庄主邝寒四在木石寺分别袭击她，让她在生死关头了悟武学，最终击败已经入魔道的布香浓。

武林的历史，就是武学传承史，因为传承是武学中最有意义的事。而比武，不过是这种传承的一个具体而现身说法的形式而已。苏小魂、大悲和尚、俞傲、潜龙、冷默、冷知静、唐雷、赵任远等人是生死之交，武学上的切磋也当是常有之事；他们的后人苏佛儿、小西天、俞灵、龙入海、冷三楚、冷无恨、唐玫、赵抱天等人也一起习武，如《大悲咒》开头就写到大悲和尚把这一干年轻人抓到一起修习大悲咒心法的事。苏小魂指点过谈笑，令谈笑在日后行走江湖中，每遇险境，竟时时忆起苏小魂当日对他的武功的指点。易骑天与皇甫悦广被楚天会设计比武，但他们二人竟以此授教华山观看比武之人。老西秦被简北泉设计去对付房藏，他认为老字世家的老鬼所创的"无臂刀斩"不应由外人来继承，所以，他决心打败房藏。但是，决战过后，他说："不过我还是很安慰，老鬼先人的刀法由你承传……"② 塞外飞雪山遗老石棋老人到处找传人，先遇大悲和尚的传人小西天，但小西天无论如何也不肯停师再拜师；无奈之下，他偶遇小西天的朋友黑情人，所以苦苦追逐，并以创新的凌空三弹

---

① 奇儒. 谈笑出刀. 呼和浩特：远方出版社，1999：536.

② 奇儒. 谈笑出刀. 呼和浩特：远方出版社，1999：593.

能够击败修罗大帝为诱，终于得偿所愿。霸杀拳自从二十五年前武林中"天下第一武侯"冷明冰曾得其中五分奥妙外，近百年来早已绝迹江湖，但后来，米字世家百年奇才米尊习得霸杀拳，之后，此心法又传于叶字世家的总管屠无敌。米字世家年轻一辈中最具武学天分的米凌，独创了武器与暗器二合一、天下兵器排名第四的凌峰断云刀，之后此刀及其心法传于义薄云天的潘雪楼。

武林史所记载的较量，在每个时代都有代表性的人物与比试，他们的成就，往往成为后人企慕或超越的目标。亦唯有如此，才能推动武技的进步。而武林史的意义即在此。

因为有史记录，所以，对武林中人而言，当然就是以能登武林史为荣。书中记录的当然都是大侠英雄的交手，这就激励了许多人对武艺的自觉创新。闻人独笑一生就是为剑而生的，他父亲是巨富，而他曾是万福洞的洞主，享有天下的财富，但是他败于柳梦狂之后的反常表现，真可让人动容：

> 杨汉立几乎不敢置信。以闻人独笑平日行事，从未见他稍有忧愁之貌，何至于一败之后有泪如是？
>
> 良久，那闻人独笑止住了哭泣才仰天长叹道："帝王绝学，为何能臻至此？我闻人独笑手上长剑又为何差之若此？"①

这是一个最纯粹的剑客的疑问和痛苦。同为用剑名家，为何别人能至斯境，而自己思考的智慧差之若是？

但闻人独笑不是普通的江湖人，这次失败之后，他把万福洞所有的金银财宝都交给杨汉立来创建武林史，然后只身在荒野中苦练剑术。五年以后，当宣雨情再一次见到闻人独笑时，闻人独笑已经发生了很大的变化：

> 因为，不知何时江水面上有了一艘木筏。上头，正坐了一位四十来岁的壮汉，只见他一身褴褛，长发随意散落在肩上。
>
> 宣雨情有些讶异。
>
> 那衣服的料子，竟是有金难买的蚕绸金缎。

---

① 奇儒. 帝王绝学. 台北：长明出版社，2001：37.

那汉子的容貌，原先该是叱咤狂傲的英雄本色。

可是，如今在这淡雾的江面中浮来，却是这般的落寞？

宣雨情在这瞬间心中却狂荡起来。

那把剑没变，果然是那把剑！

剑，就是剑，本来就不会变！

会变的，是人。是人的手，是人的心！

如果心死了，那他手上的剑也死了！

如果心又重生了呢？

如果心曾在地狱的火炼中又重新活了过来呢？

那么，他手上的剑会不会是地狱的使者？

闻人独笑的剑以前是地狱的使者。

现在呢？现在是地狱的阎王！①

十大名剑之红玫瑰说："因为，以前的闻人独笑是躲在万福洞中享福，而现在的闻人独笑却是藏在山林中的猛兽！"② 柳梦狂说："闻人兄在这几年的荒野生活着实吃了不少苦了。"③ 奇儒写道："荒野中的生存，无时不是生活在危机和杀劫中。所以，每一次的出剑必杀的气势是自己生存的唯一条件。"④ 一败之后，舍弃一切，在生死搏杀的险境中提高剑术。此后，他在剑道上的成就已堪比柳梦狂。

为了与柳梦狂一战，他不得不分担柳梦狂靖卫武林的责任，一起对抗蒙古人在武林中的江湖组织——黑色火焰和修罗天堂。黑色火焰的秘先生有三个替身，分别是秘剑道、秘丐棍、秘儒刀。秘丐棍死在柳梦狂棍下，秘儒刀败在柳帝王手下，而秘剑道却能创伤闻人独笑，因为，"辛辣的剑势、博大的气魄，一把剑在秘剑道手中舞开来兼具两种迥异的风范"（见《柳帝王》第484页）。

这是两位剑手的第二次相遇，是不期而遇：

柳梦狂笑着，继续走他的路，边道："这里没有我的事，不

① 奇儒. 帝王绝学. 台北：长明出版社，2001：134-135.
② 奇儒. 帝王绝学. 台北：长明出版社，2001：143.
③ 奇儒. 帝王绝学. 台北：长明出版社，2001：668.
④ 奇儒. 帝王绝学. 台北：长明出版社，2001：668.

过……闻人兄……"

他笑了笑，在经过闻人独笑身旁三丈外，呵呵朗声道："柳某人先寻一处好地方温酒了！"

闻人独笑难得的一阵心热，语调仍旧却有一丝快意，道："当然，你也知道我喜欢多少热度的女儿红！"[①]

这是经过第一次搏杀，双方思考了对方的用剑弱点后的一战，也可能是最后一战。这一战的结果如何？当时不期而遇的还有柳梦狂，但他并没有做证人的意思，因为他早已知道结果。柳梦狂绝对不是一个轻视对手的人，他名居天下十剑之首，一代武林宗师，人称"帝王"。但他就是对闻人独笑有信心，他相信经过第一战之后，闻人独笑必定已思考出破杀秘剑道的武学，所以，"柳梦狂的回答是一串长笑，大步子往前走了。气势磅礴，有如天下无可阻、无敢阻、无能阻"。

老鬼则是专心于刀法的修炼，并以打败俞傲为一生职志。从武林刀战史的记载可知，他与俞傲在柏山凤翔崖一战，已败俞傲。彼时，他的无臂刀斩心法已超越了俞家的闪电刀法。

巴山派的宣棋子则是知道了自己在武学上的修炼已达极限，故而退出武林，把武学应用于舞技的创新：

苏佛儿和米小七讪讪一笑，方要发话，那宣棋子又道："两位不须有何言语。那是因为，方才宣某由两位身法中悟出一件事来——"

米小七也近了来，关切道："不知道长悟出什么事理？"

宣棋子和蔼地望了他们一眼，淡笑道："两位在八卦刀阵中相携手的那种身法，直可在舞技中创造出新风典来！"

苏佛儿和米小七互望一眼，两人不禁有些羞赧。宣棋子含笑望着眼前这两小无猜，不禁百有所感地道："贫道自少即对舞艺一技极为有心，而今得见二位偶然间运出，不免触动少年情怀。"

苏佛儿闻言恭敬道："道长此去，可是要钻研新的身段了？"

"哈——苏施主知我——"宣棋子大笑道："正是此意！贫道在武学造诣上已难再有提升，何不用之于舞？"

---

① 　奇儒. 柳帝王. 呼和浩特：远方出版社，2001：484－485.

宣棋子边大笑声中，已然回身而行。只听，这一片竹林响动中，那笑声邈邈不绝！①

宣棋子是巴山派最有成就的两位高手之一，据书中所写："巴山派近四十年来已然很少在江湖上走动。因为，他们在不断钻研一种新的剑击之术。巴山的上一代，牺牲了四十年的时间，每日皓首穷经地研究新的剑术击法；终于，在下一代身上得到回报。巴山壮年一代中，就属'离剑'宣棋子和'震剑'宣天无最有成就。"② 但是，宣棋子如此轻易地退出了武林，弃武从舞，这需要多大的勇气？毕竟，"四十岁，对于一个男人而言正值智慧、修为的巅峰盛年"（见《帝王绝学》第9页）。江湖就是武林人的生命，就是他们一生的归宿，而他竟弃之如敝屣。这一战，虽没有登载于武林史，但是可以想象得到，武林史中必有留名，因为，百年之后，武林中必能记住宣棋子所说的话："贫道在武学造诣上已难再有提升，何不用之于舞？"用之于舞，亦是一种技艺上的增进。何况，后来大舞悟得的《庄子·逍遥游》的武学心法，即为宣棋子所授。可知，武舞二者，本就大道相同。

两百年前俞傲的刀法成为一代经典，但是两百年之后，又为杜鹏所超越：

蒙面人却大笑，大笑的同时出刀！

刀是五两银子的精钢刀，出刀的速度却是如天外奔闪的电光！

五两银子的精钢刀很常见；那闪电更常见！

可是，无论什么兵器使出的速度如闪电的时候，那种感觉是一种奇妙、震撼、讶异和——恐惧！

…………

那个蒙面人是谁？

据武林刀战史上的记载，姓杜名鹏。

杜鹏！

那一战的评语呢？

---

① 奇儒. 大悲咒. 珠海：珠海出版社，1999：35 - 36.
② 奇儒. 大悲咒. 珠海：珠海出版社，1999：34.

刀战史第四千一百一十七页上的结论很简单："杜鹏一刀，足以媲美昔年俞傲！"①

武林刀战史的评语是："杜鹏一刀，足以媲美昔年俞傲！"两百年前，"俞傲一刀，惊鬼泣神"。但当时俞傲已有刀中至尊蝉翼刀在手，而此时杜鹏用的是"五两银子的精钢刀"。武器上已差俞傲甚多，但既能"媲美"前辈，可知在刀法上，杜鹏已经比俞傲更胜一筹。

百里怜雪与李北羽一战，从武林史的记载也可知他们在武技上的创新与进步：

万历四十一年，六月十五月圆时。武林剑战史上第四千八百八十七页上，记载了李北羽和百里怜雪之战。

"是役也，无论李氏或百里氏，俱已成有宗师雏形。李氏以八羽对百里氏一剑！两人各是自创蹊径，达前人所无的境界。"

第四千八百八十八页的评语是："百里怜雪斩破七羽，剑气击李北羽！而百里怜雪亦叫第八支翎羽击身而中！"

"百里怜雪受创于左肩井穴；而手上剑气则留驻于李北羽气海穴上。稍加分力，李北羽必死。是以，该役得胜者，经评为百里怜雪！"②

此为百里怜雪强学圣剑第十二层心法之后，与李北羽之第一战。为达成圣剑至高心法，他不惜杀了空智大师和百破道长，以夺取少林的大还金丹和武当的玉枢洗髓液。他为了武学的上乘至境，为了击败李北羽，"自创蹊径，达前人所无的境界"。人已入魔道，虽然其人其行已不足取，但不得不承认他的努力。

武林中，有的武林人其实根本没有什么宏大的理想，他们不关心国家民族的安危，也不关心武林风云的激荡。或者说，他们的理想更多是钻研武学，即所谓"为艺术而艺术"的一类人，他们一生嗜武，以武为生命。所以，比武是他们印证彼此成就的一种方式，

---

① 奇儒. 快意江湖. 澳门：毅力出版社，1982：202 - 203.
② 奇儒. 快意江湖. 澳门：毅力出版社，1982：843 - 844.

他们在武林史中的意义，就在于创新武艺。公孙子兵就是这样的人：

> 正值眉皱，乾坤堂里头噔噔地跑出了个老头子，一身酸儒味儿，龇牙咧嘴大笑道："真好。老夫今早才刚回来，没半个时辰就有好对手上门来。"
>
> 童问叶看着那人掌中巨剑，挑眉冷肃道："阁下是昆仑山的阿师大剑？"
>
> "哈哈，不错，老夫正是公孙子兵也。"公孙子兵眉开眼笑地道："解堂主稍早才说童大先生今午儿会来，果真不爽约。哈哈，真是神机妙算。"
>
> …………
>
> 谁胜？武林剑战史第一百九十七面。
>
> 浣情名剑剑出于心，心落于缥缈愁绪，是以来不见迹，去不见形。本是，剑击顶峰造诣。
>
> 阿师大剑出于天地，天落于地地承于天，是以起动来回俱见骇然气势。一剑出，以天地心胸何不能容愁绪小事？
>
> 最后一行是：阿师大剑破浣情！①

天下十大名剑之一的童问叶带领黑魔大帮来袭击乾坤堂，本想以他神秘的浣情剑法击败解勉道，进而摧毁乾坤堂，但他忘记了一件事，忽略了一个人。他忘记了他是天下名剑之一，作为剑客，随时随地得接受他人的挑战；他忽略了只身入中原、以证剑术的昆仑名剑"阿师大剑"公孙子兵。公孙子兵一生居于塞外未入中原，但他醉心剑术，并遇到了浣情名剑。二人均为剑中名家，但公孙子兵心无旁骛，所以，"阿师大剑破浣情"。在此之前，公孙子兵还与十大名剑的红玫瑰、柳梦狂印证过武学，而此后，他又与闻人独笑比试剑法，最后一式留而未发，然后返回昆仑山。对他来说，其生命的意义就是印证武学。因此，他的心愿已了，也到了退出武林之时。

苏小魂上砥柱山见冷明慧时，遇到了彼时还处于敌对状态的谭要命，他与谭要命的见面很有意思：

---

① 奇儒. 帝王绝学. 台北：长明出版社，2001：584 – 587.

苏小魂摇头一笑，身旁那个谭要命也笑了起来。

苏小魂道："还不知道兄台贵姓大名？"

谭要命笑道，"我姓谭……"

"谭？"苏小魂苦笑道，"谭要命的谭？"

谭要命笑了，道："还有呢？"

苏小魂叹了一口气道："还有……就是狂鲨之子，血刀主舵，东海海上第一刀的要命郎……"

谭要命点头，道："你知道的不少……可惜……我的目标不是你！"

苏小魂点头，道："俞傲？"

谭要命没有回答，可是他的眼睛光彩已经说得很明白！①

比较幽默的见面，让人感觉不到敌对双方的肃杀气氛。彼时，苏小魂与冷明慧仍未证心，双方仍处在敌对状态。而谭要命虽是冷明慧手下的第一刀客，但他说得很清楚："可惜……我的目标不是你！"因为，苏小魂虽是冷明慧必欲除之的对象，也是当时绝顶高手，但可惜，他的武器是天蚕丝，而不是刀。谭要命认为，不是刀客，即使武功天下第一，也不值得他与之印证刀技。因为，唯有通过行家对行家的认证，才能真正明白刀法的精粹；也只有与刀客淋漓一战，才能印证一名刀客达到武学的境界。这种人才真正是为武学而生、为刀而存在的人。

金天霸千里迢迢从高丽入侵中原，最初虽有问鼎中原之意，但亦是为了印证天霸鬼刀法与俞傲闪电刀法的优劣。金天霸本名金雄，是高丽的"长白天霸王"。因缘得到昔年"宇内三仙"之天池隐者"鬼刀幻手"申屠天下的秘籍，勤练四个月竟能达到精纯境界。金雄傲立于天池之上，对一轮明月仰天长笑，从此改名为金天霸。他初入中原时，鬼刀刀法尚未习成，所以，在少室山下被俞傲不出刀之势逼退，回高丽苦练刀法半年。

此次率领高丽人马入中原，一是与绿林、东海狂鲨帮配合，跃马中原；二是以鬼刀刀法与俞傲一战。他甚至为了与俞傲一战而不顾与绿林之盟——为俞傲之妻钟念玉送上解药，因为，他是刀客。

---

① 奇儒. 大手印. 郑州：中州古籍出版社，1994：232-233.

在高丽人马与大鹰爪帮的酣战中，金天霸与俞傲都没有参与，两人都在调养精神，以期最后一击。而决战的时刻也很快到来了：

晨曦划破天际、星辰、落月、黑间。
第三千刀出！
武林刀战史第一千零六十八页：
时——明宪宗成化七年十月九日，晨，破晓时分。
地——霍山决战坪。
人——金天霸、俞傲。
观战人数——两万零二十八名。
次——算第一次。
刀战史第一千零六十九页。注：
昔日嵩山之下只有金天霸出刀，所以未予计入。
刀战史第一千零七十页。评语：
为本史至今为之最成功，亦是最失败的一战。
胜：
俞傲、金天霸。
败：
俞傲、金天霸。
第三千刀出，出于天地之间，化于天地之外。
俞傲、金天霸的第三千刀并没有砍向对方，而是落向朝至东曦、落向天、落向地。
…………
所以金天霸大笑，对那朗朗晴日大笑，才道一声："不枉此生！"
便即转身，大步迈向鬼刀落处，拔起回鞘。
就此，迎朝阳和风，往北、往长白、往高丽而去！①

金天霸已无遗憾，"对那朗朗晴日大笑，才道一声：'不枉此生！'"此生何为？一位刀客的生命意义何在？就在于与真正的刀客有快意淋漓的一战，在行家与行家的心证中明白刀法的精粹。

一代枭雄，东海狂鲨帮的帮主斋一刀何尝不是如此？在洞庭舰

---

① 奇儒. 大手印. 郑州：中州古籍出版社，1994：683 – 684.

队与狂鲨帮大决战的最后，仍是主将的正面交锋，亦即俞傲、谭要命与斋一刀三位刀客的大决战：

> 三个人都轻落到了甲板上。
> 不动！而动的是，自半空落到甲板上插颤的"击浪"！
> 众人屏息凝视，到底倒下去的会是谁？
> 三大名器、三大高手的决战！
> 蝉翼、夜雾、击浪！
> 谁是胜利者？
> …………
> 在众人屏息中，那斋一刀忽然仰天狂笑，大叫道："斋一刀不枉为剑客一生……"①

来自扶桑的斋一刀当然也希望能够一统中原武林，所以，他重回狂鲨帮后就与绿林结盟。但最后一战中，他被俞傲与谭要命搏杀，最后狂笑而逝，枭雄也自有枭雄的风范。

有的人甚至以行家对自己的认可为最高的荣誉。如前天下十大名剑之康洗心：

> "我中的毒太深了，已经是没救啦——"
> "你这一剑一定可以流传江湖千年。"
> "真的？我……这一剑……很好！"
> "是，非常……完美！"
> "我……一直有个……心愿……想跟当今的柳……梦狂一战……你……你们说……我那一剑跟他……跟他有没有得比？"
> "有，绝对有！我们都相信就算柳大先生在这里他也会同意的……"
> "那好……那好……我……放心了……"声音到后面越来越低、越来越轻。但是，嘴角有笑容！②

---

① 奇儒. 大手印. 郑州：中州古籍出版社，1994：890－891.
② 奇儒. 武林帝王. 珠海：珠海出版社，1999：554.

前天下十大名剑之首康洗心曾被应人间以玄天五浊木打败，退出江湖三十年，重入江湖之后，要扫除修罗天堂。他在三犬镇阻止秘先生利用阴阳口激活玄天五浊木的企图，反而被秘先生的五浊木所伤。但受伤之时，"康洗心使出今生最后一剑也倒了下去。这是拼命的一剑。拼了老命也要尽情脱舞出的一剑"[1]。他一剑斩杀助纣为虐的黄百严、黄天贺，从而为其他侠义之士赢得时间。三十年前，康洗心五浊（怨、恨、嗔、痴、愚）犹存，所以被应人间打败。但是经过三十年的隐遁洗心，功名利禄之心或已淡退，但在武学上的追求仍不辍，他在临死之前的笑容，是他的剑术得到行家认可的欣慰。

黑色火焰的董一妙被打败之后，不但不觉得气馁，反而认为是一种荣耀：

"我可以告诉你萧灵芝确切的地方……"

董一妙的眼瞳子里闪过死亡前最后的一丝光辉，道："但是你必须告诉我……你们如何能活着出一妙林？"

…………

"有两个人……他们比剑……"

柳帝王的眼中充满了敬意，道："从妙峰山的南麓一路激战到北麓，也就是你设阵的那一座林子。"

董一妙用心地在听着，听一件让自己安心的事。

"他们闯了进去，机关与奇门齐动。"宣雨情轻轻一叹中接道，"但是你那座一妙林里所有精心的布置，对他们以及他们的剑来说，只不过是让'游戏'更有趣而已。"

"游戏？"董一妙叫了起来，"他们认为是游戏？"

他大大地喘了一口气，觉得深深地受到侮辱。"那两个人是谁？说这大话的两个人是谁？"看他睁红一双眼珠子，若不是内力全毁大有跑去找人拼命的样子。

"你真的要知道？"柳帝王严肃地道，"是'帝王'柳梦狂和'鬼剑'闻人独笑，他们……够资格吗？"

董一妙一愣，大大地一愣。

---

[1]　奇儒. 武林帝王. 珠海：珠海出版社，1999：554.

然后大笑，大大地笑了。

"够！谁说他们不够资格把一妙林当成游戏？"董一妙狂笑中竟是充满欢喜，道，"哈哈哈！想不到董某人的一座林子，竟然参与了武林上最伟大的一场决战。"①

董一妙在妙峰山上设了奇门遁甲阵，困住了柳帝王、宣雨情、夏两忘、夏停云、皮俊五人，使此五人无计可施而几乎命丧于此阵中。然而一妙林也成为柳梦狂与闻人独笑两大高手试剑的牺牲品，被当作游戏，这让董一妙倍感荣幸。

武林中人行走江湖，有许多身不由己。特别是站在哪一个队列中，是侠客还是坏人，更有无可奈何的选择。武林中，除了权力、荣誉、财富之外，有意义的事还有很多，如对技艺的创新钻研，也是江湖中人的职志。所以，撇开各自的立场，不管他的行为是正义还是邪恶，再来看他对自身技艺的探索，大侠或者枭雄也有相似之处。所以，董一妙至死，也想知道他的一妙林是如何被破掉的，如若只是被无名小卒所破，则他自是死不瞑目了，因为，他毕生的智慧竟如此不算智慧；而听说是为当世两大绝顶高手所破，他"也因此当笑声停止生命停止的时候，脸上犹且充满了高兴和骄傲的神情"（见《柳帝王》第238页）。

有了武林史的记载，武者从比武中或获得实战的经验，或体悟人生的真谛。武林史所记，从不同的角度可以看出成功与失败的教训，这些反而成为后人了知前事的载体，也能引起他们的思考。如谈笑在华山以一刀力敌高丽金镇等五人的五把刀时，想起武林史记载的经验："自古以来是不是有人在生死搏命时，更深一层领略了武学的境界？有！苏小魂、俞傲他们都曾有过，武林也记载了这件事，他心中一阵惊喜。"② 这让他信心大增，从而击败了金镇诸人。

每一个武林人成功的背后，都付出过艰辛的努力。这种努力又往往表现在他们比试之前的调心过程中。江湖中的成败，有许多表现方式，而比武决高下往往是最有效、最直接的一种。决斗中关乎输赢的因素很多，心态却是最重要的一环。因此，无论是正与邪的

---

① 奇儒. 柳帝王. 呼和浩特：远方出版社，2001：237 - 238.
② 奇儒. 谈笑出刀. 呼和浩特：远方出版社，1999：315.

交锋，还是彼此的印证，参与双方都非常重视心态的调整。具体来说就是要摒弃一切外界的干扰，达到身心两忘，全神贯注于当前的决斗，如公孙子兵与闻人独笑之战即是如此：

> 只见，那公孙子兵正不断反复用右手抓起一把沙，捏着，再从五指缝里溜滑了下去。
>
> 每一个动作、举止、时间完全一样。
>
> 就好像是天地间的一部分，原原本本就是做这个动作的。
>
> …………
>
> 闻人独笑的身旁放了许多枯枝，他用左手抓着一把，不断地点、插、刷、刺右臂和右掌。
>
> 他重复做着，直到把地上的枯枝全数断裂销毁为止。
>
> 然后，再抓起一把，又反复做这个动作。
>
> 杨汉立的估计是，连他手上这把算下去，大概已经用了一千三百一十一支。[①]

他们二人在决战之前都重复着某些单调的动作，在如此紧要的关头，他们为什么要这么做？当时旁观的众人都有这样的疑惑，帝王柳梦狂解开了这个疑惑："在提炼精神上的力量。"[②] 公孙子兵与闻人独笑的比剑，说明二人所付出的汗水与智慧达到武学至境的要求。两人均被柳梦狂称为天下十剑，在剑术上已达至他们的天赋、身体、智慧的极限。他们各自思考到了剑术的最高境界，但达成此境所付出的艰辛又各不相同，他们依据各自所处的环境来了悟剑术："闻人兄在这几年的荒野生活着实吃了不少苦了。""荒野中的生存，无时不是生活在危机和杀劫中。所以，每一次的出剑必杀的气势是自己生存的唯一条件。荒野多树，树横生枝。剑出之时，臂上必有树枝戮戮。"[③] 五年的荒野生涯造就了闻人独笑的剑术胜境；"而公孙先生在黄沙昆仑山脉里也该是惨经各种天地变故！""昆仑沙黄绵天，每一步走在其中都与生死连线。必是，多少回仆跌于黄沙之中，

---

① 奇儒. 帝王绝学. 台北：长明出版社，2001：666 – 667.
② 奇儒. 帝王绝学. 台北：长明出版社，2001：668.
③ 奇儒. 帝王绝学. 台北：长明出版社，2001：668.

掌中握着的不再是剑而是沙，每一握，恍如今世已不见明日东曦来。能再生存，唯有一身气势尽散爆于顷刻。"① 黄沙大漠的生死沉浮见证了公孙子兵的武学造诣。若是没有这种了悟，又如何能成就一代剑术名家？此一战之后，江湖不再有公孙名剑，因为，他此生的心愿已了。把打败他的百里长居托付于闻人独笑，从此，公孙名剑真的回到了昆仑山继续做教席先生。但是，他们的成败得失，不正因武林史的记载而留存下来了吗？

李北羽打败兵本幸，"乃是利用人类的盲点。也就是人们常常自以为想当然耳的事，却往往有出奇之处！"② 他与刀斩门杀手葬玉、埋香的暗器之战，武林器战史第三千一百二十二页载其评语："引用高拯所说之言——李北羽之胜，胜于'气'一字；以豪气惊人，以壮气服人。以此气，天下中无人可敌！"③ 这些都是成功的对敌经验，是应当吸引后学的东西。

武林史的记载，可以让后学看到前辈失败的教训。比武较量都会涉及两方，有所以胜者，自然也有所以败者。胜利者固然为后学提供成功的经验，而失败的一方同样会给后学以启示。此中最有代表性的当然是庞虎莲与冷明慧的宗师决斗：

> 庞虎莲不禁笑意涌上眼中眉梢，这一杀毙冷明慧，庞虎莲三字必永留于武林拳战史！
> 果然，庞虎莲永留于拳战史上，被誉为"最笨的失败者"！
> 武林拳战史第九百三十七页。
> 明宪宗成化七年十二月二十九日夜，冷明慧、庞虎莲一战。
> 庞虎莲以力败，冷明慧以智胜！
> 拳战史的评断是以当时在旁观战的苏小魂为记。
> "冷大先生以伤残经脉忍受庞虎莲双击，而以正常经脉运行贯注于双腿，毙庞虎莲于立时。其机巧应变，当真前无古人！"
> 拳战史的结论是——"庞虎莲足堪为本拳史宗师级决斗中，最笨的失败者。"

---

① 奇儒. 帝王绝学. 台北：长明出版社，2001：668－669.
② 奇儒. 快意江湖. 澳门：毅力出版社，1982：379.
③ 奇儒. 快意江湖. 澳门：毅力出版社，1982：125.

补注是：

"原因无它，以己之实攻敌之无；而令敌之实攻己之虚，谓之极笨也。故，庞虎莲自本史宗师篇中除名，以其差乃兄庞龙莲多多矣！"①

在武技的较量中，比武的双方都会运用智慧以尽可能获得胜利。武林人很少会主动认输，特别在占据有利之机时，更不会放弃这样的成名机会。所以，武技的比拼，是创立武林霸业的过程，更是智慧、经验的累积过程。拳战史上这一战，是最有意思的一战。庞虎莲是前龙莲帮帮主庞龙莲的胞弟，习得上乘三天极门心法。交战的冷明慧虽习得军荼利神功，且号称天下第一诸葛，但彼时适闻其独子冷知静被斋一刀的手下无限界所杀，正是心死之际。亦因此，第五剑胆放心地离开，以为庞虎莲之擒杀冷明慧必定易如反掌。"果然，庞虎莲永留于拳战史上，被誉为'最笨的失败者'！"庞氏在武林史上的地位最具讽刺意义："足堪为本拳史宗师级决斗中，最笨的失败者。"在比武中，他并没有从武技的较量中悟得实战的任何经验，或者说，他得到了一个让他死不瞑目的教训。后人从这武林史中，应当明白：智慧才是决定一切的终极因素。

武林史可以让后学看出前辈的心胸风范。在奇儒的武侠小说中，并没有绝对的好人与坏人，二者往往在一定环境中向着对立面转变，最有代表性的就是冷明慧。他在《蝉翼刀》中的所作所为，就是想引外敌入侵中原，以造成中原大乱，而他得以称霸武林；但在《大手印》中，他因苏小魂诸人的感悟，又以自己生平的经历了悟，从而成为歼灭东海狂鲨帮、保卫大明帝国的第一功臣。奇儒的创作理念既如是，故武林人的比武较量，也同样展现了一个武者的心胸风范，具体来说，就是追求光明正大、公平合理的一战，然后了悟得失，如布孤征与潘雪楼之战：

这页最后的记载是："一道血丝自潘雪楼左臂滑出。"

"我输了！"布孤征垂下了刀，双眸愣愣看了刀锋上犹滑垂至尖挑处的血莹，轻轻地抬起头来道，"因为我的刀上有血……"

---

① 奇儒. 大手印. 郑州：中州古籍出版社，1994：752 – 753.

刀上有对手的血的人是输了？
因为心在那一刹那还没有完全离去。
离去天地，离去生死，离去八风。
只剩，慈悲！①

布孤征被天下八骑中欲篡位的萧遗欢设计，而误杀了在关外为大明收集资料的魏迟留，所以，他必须面对魏迟留的朋友潘雪楼——"吃过一次饭的朋友"。布孤征的八骑之任念陵、宗问恨、何添残、柳睛风、宋暖雨、于寻寻、夏斜与潘雪楼一战，布孤征已知对方是光明磊落的汉子，已知自己误杀了魏迟留，但是他还要再证一次。结果是布孤征承自黄泉大侠的刀法对上了潘雪楼承自米字世家一代大侠米凌的凌峰断云刀。此战之后，布孤征唯有"赎罪"，"只剩，慈悲"。刀法的印证，最后，明心见性。所以，武学何尝不是修行的法门？

断红刀法的创始人武断红悟到了此法的精粹没有？在与魏尘绝交手之前，甚至交手之时，武断红努力挥出一刀，以证明"'武学一刀，断天红地'是一句流传了很久的话"（见《砍向达摩的一刀》第471页），甚至以后还要流传：

最后一击！武断红的刀架在了魏尘绝的脖子上。
汗，满满地淌在武断红的脸颊、手心、背脊。但是，被刀架住脖子有一丝血渗出来的人，却是沉着得有如石像。是一尊慈目低垂的观音佛像。"我输了。"武断红的刀插入了地面，却是笑得很愉快："完完全全输了。"他大笑了起来，"大禅一刀，果然天下无双！"武断红的笑声是从心底发出来的。那种快意淋漓的感情，闻者动容。②

武断红曾为八路英雄之首，但利欲熏心。他以报仇的名义杀了赵一胜，追杀魏尘绝，诈死而蚕食天理会、九九大帮的势力，还想统一武林，印证了赵一胜教给魏尘绝的一句话："恐惧，是由于人类心灵里的妒忌。"（见《砍向达摩的一刀》第178页）但到头来，武

① 奇儒. 武出一片天地. 呼和浩特：远方出版社，1999：288.
② 奇儒. 砍向达摩的一刀. 敦煌：敦煌文艺出版社，1991：767－768.

断红落得一败涂地。此时，是他与魏尘绝的一战，以证明断红一刀与大禅一刀，何者方为刀中至上心法？证明"恐惧，是由于人类心灵里的妒忌"这句话是不是赵一胜对他的误评？此一战之后，武断红这个被柏青天称为最大的伪君子的人，彻底明白："大禅一刀，果然天下无双！"他亦得以解脱心锁而重生。

扶桑浪人兵本幸也一样，一战之后获得新生：

喜美子注视这杀父仇人半晌，才吸一口气道："我要你死前告诉我，为什么？"

兵本幸戚然一笑，道："杀人偿命，就这么简单——"

杜鹏叫道："少骗人——都要死了还像死了的鸭子，嘴硬——"

兵本幸轻轻一叹，仰向天道："第一，青龙盟已经被白虎盟并吞……天下之大，已经没有我兵本幸容身之处！"

喜美子讶道："青龙、白虎不是义结金兰？"

"错了——"兵本幸叹道，"以后你遇上了九田一郎，你就会明白他是怎样一个可怕的人……"

喜美子轻一咬唇，道："第二呢？"

"第二……"兵本幸转头注视台上的李北羽一眼，方自回过头来叹道，"我败了……如果不是他手下留情，方才那一支羽梗已然叫我灭命在台上……"①

兵本幸突然出现在玉珊儿的比武招亲大会上，而且打败众多高手，成为最后的四名争胜者之一。他不仅要赢得胜利娶到玉珊儿，同时，也看到了引领中原武林的玉风堂的力量。可以说，作为扶桑浪人，他亦同样有争霸中原武林的野心。但他一败于李北羽之后，心甘情愿让喜美子报父仇，甘心放弃野心。就是这一战，使他明心见性，放下世间的仇杀、恩怨和自己的雄心壮志。

第四节　武侠，本身有史、有传承

　　武林应当有史，因为，武林是武林人创造的历史；武林史的意义，就是记载武林人创建武林的铁血豪情、恩怨情仇、生死谈笑、悲欢离合，使后人在他们的肩膀上再创武林历史。武林后学正是在此基础上完成前辈的遗志、开创武林的新篇章的。但是，如果没有武林史的记载，仅凭不立文字的口头传承，又如何能了知前人的得失？李北羽之所以能创新武学，至少，他借助了武林史的记载来了解很多江湖事：

　　李北羽叹道："听说各帮各派加起来大概有三千零四十九个……这些大概是他们的骨灰了……"

　　玉珊儿吓了一跳，道："你怎么知道？"

　　"谁不知道？"李北羽理直气壮地道，"玉风堂这么有名，武林派战史可记得一清二楚……"

　　玉珊儿点点头，又冷哼道："你道听途说的吧——否则以你的身份怎能看得到武林史？"①

　　所谓"知己知彼，百战不殆"，不知江湖事，如何闯江湖？不知武学的进步，又如何能创新武学？

　　问题是，奇儒这种写法的意义何在？在武侠小说中，这种写法可行否？如前文所述，在金庸与古龙的小说中，作者有构建武林史的意识。但是，这些武林史多以武林人物的口头称颂为主，未能从形式上体现武林史的创建。而且，这种历史大多是作者的武林史，而不是武林人士的武林史。

　　奇儒以武林人士记载比武的形式来写武林史，则不失为一种创新的尝试。他曾经说过："武侠，本身是有史、有传承着，它并不是盲目的创造！"② 如前文所述，各种战史的记载，并不只是出现在某

① 奇儒. 快意江湖. 澳门：毅力出版社，1982：24 - 25.
② 奇儒. 帝王绝学. 台北：长明出版社，2001：935.

一本书中的自足体，而是贯穿于 14 部武侠小说的武林史。具体说来，即上自大明开国，下至大明之末，近 300 年的武林史。由《帝王绝学》中明初的杨汉立创设，记载闻人独笑与柳梦狂的第一战开始，一直到《快意江湖》中李北羽诸人的武林事件，其结束点在何处，尚未可知。

奇儒以武林史的记载为线，叙写各式战史，着重记载个人的比武史。小说中有写门战史、音战史、掌战史、拳战史、器战史、剑战史、派战史、帮战史、赌战史。其中后三者涉及的人物众多，情况复杂，所以，奇儒有时一语略过，如斋一刀率领东海狂鲨帮和中原京十八的洞庭湖、红豆的绿盟、唐雷的唐门大对决，其中虽涉及当时中原与扶桑的大多数武林人物，但作者说："这一战，武林门战史拒绝登录，因为太复杂。"① 而其他六门战史，大都是两个人之间的对决，奇儒则细致认真地叙写，参与的人物、比武的时间、比武的地点，观战的人员及反应，双方的备战情况、心理状态、胜负的机缘，决斗的经验教训、胜负的结果、评语，比武的意义及其在武林史上的地位等要素，在不同的武林史记载中，均视其情况作必要的记载。他所写的这些内容，均是以往武侠小说创作中较少涉及的，或者虽有涉及，但不能如奇儒一样写得淋漓尽致。

他重点写到这些决斗的人物，无论是大侠还是枭雄，为了体验武学的至上妙境而摒弃一切阴谋诡计，为了实现公平一战的愿望所作的种种努力，这些都是在前人基础之上的超越。如闻人独笑与柳梦狂、秘先生、应人间的剑战，俞傲与老鬼、金天霸、谭要命诸人的刀战，冷默与苏小魂的武学印证等。这让读者体会到，武学上的成就印证，本不分好人坏人，因为，他们之所以能取得这样的成就，都付出了艰苦的努力。由此，甚至淡化了正邪之间泾渭分明的界限，好人坏人、正义邪恶都只关人心，与武学的高低无涉。这也就是奇儒创作武侠小说一直努力宣扬的思想之一，而其武侠小说的创新意义也在此。

其实，奇儒在武侠小说中借武林人士来创建武林史，还有更深刻的意义，即思考武侠小说的"史"的意义。所谓史，指的是历史，即求真求科学的历史真实。他说：

---

① 奇儒. 大手印. 郑州：中州古籍出版社，1994：872.

武侠有着客观历史性，它介乎史实、野史和自创小说之间。

而且，中国数千年来有着太多奇怪的东西。

苏东坡曾经碰过飞碟，阿房宫里有九光机。

这些奇怪吗？

不，是人们迷信"科学"而以为别人是"迷信"。

武侠，就是把中国许许多多教科书上所没有的东西应用上来。①

武侠小说"介乎史实、野史和自创小说之间"，则其应当具有此三者的一些特点。武侠小说的娱乐功能比较明显，由此观之，野史中的猎奇探险、自创小说中的虚构编撰自可应用于武侠小说的创作，这两点在许多武侠小说中都是主要的，奇儒的小说当然也不例外。但是，除了云中岳的武侠小说之外（他的小说又太过具有"史实"的味道，似乎混淆了小说与历史真实的界限，可以说是以小说传其考史之得），许多武侠小说也仅止于此，即没有关注武侠小说应当具"史实"的特点。

然则，"史实"的特点又是什么？奇儒说：

到了二十世纪八〇年代的武侠就该有现在武侠的精神。

是什么？

科学！

让我们将文艺小说里没有的古中国科学加入其中。

是的，唯有如此，写的人才有挑战。

而更重要的，是看的人才能吸收到新知。

武侠，不再是虚无缥缈的东西。

如果，你想知道中国在明代已经发现了微积分，比西方大科学家牛顿的发现还早的话。

那么，请看看真正的武侠小说吧！②

由此，或许可以说，所谓"史实"的特点之一就是科学性。

武侠小说写的是中国古人的活动，而古人的史实、科学观念就

---

① 奇儒. 宗师大舞. 台北：长明出版社，2001：1126.

② 奇儒. 宗师大舞. 台北：长明出版社，2001：1126.

是眼见的真实，即所谓"眼见为实"。杨汉立创立的武林史，以他自己的眼见来记载，这是最真实的历史，甚至他已经懂得想要客观真实地记载比武现场，应该排除一切情感的偏见。所以，他在观看闻人独笑与柳梦狂的比剑时，还请了其他史官一起出席：

  杨汉立教给他们的一句话是：记史一诚一真无我无心。这是原则！
  今夜嵩山北峰之战，杨汉立之所以另外带了两名史官来，目的就是要求更客观。
  他怕，对闻人独笑的尊敬而影响了本身的记载！①

  这种记载当然也就比较近于"历史"了。
  "史实"的特点之二是由记史的分工形成的写史传统。据《汉书·艺文志》载："古之王者世有史官。君举必书，所以慎言行，昭法式也。左史记言，右史记事，事为《春秋》，言为《尚书》，帝王靡不同之。"② 其实，中国古代所谓"左史记言，右史记事"的分工并没有那么明确，因为，言事二者必是合二为一的，言以叙事，事以言成，难以分割。所以，此处之意，其实主要还是"君举必书"。古代专设史官，但史官人数应当较多，以记事的类别或尊卑分设左右两职，但其总以记君王的言行举止为职志。
  历史上，君王地位至尊，所以，他的言行举止成为史官记载的主要内容，最后形成一国一君的历史。但在武侠小说中，并没有绝对的武林帝王，因此，也就没有专以一人的言行举止作为记载对象的武林史。武林史的记载，只能视彼时英雄对武林贡献的大小，或其人对武林史的意义而作有选择的记载。《快意江湖》中，玉珊儿质疑李北羽观看武林史，即透露了武林史的查阅权限；同时，也告诉我们，武林史所记，必定不是流水账式的记载，而是视其轻重而别。
  此外，"君举必书"使史官必须随时侍候于皇帝的身边，其实这个要求是不高的。因为在封建社会，除具备雄才大略并身体力行的皇帝以外，大多皇帝都是"长于深宫之中，养于妇人之手"，因此，

① 奇儒. 帝王绝学. 台北：长明出版社，2001：667.
② 班固. 汉书. 北京：中华书局，1962：1715.

史官做到"君举必书"并不困难。但是，武侠小说中的史官要做到这点，则需要轻功卓越、目光锐利、不畏艰险，对各种比武决斗作临场旁观、记载。因此，在奇儒的武侠小说中，就出现了"似是而非"的史官。所谓"似是"，即他们与记载历史的史官职责相同；"而非"即他们不得不在江湖中到处奔波，收集第一手材料。在这个意义上，可以说奇儒创造了武林史官这个职位，并丰富了这些史官的形象。

叶洪生、林保淳两位先生看到了台湾武侠小说衰落的事实，也看到了以奇儒、陆鱼、秦红等人为代表的新派武侠小说家创作的潜力，并对他们寄予厚望，但可惜他们都以种种原因而弃文封笔了。不过，就奇儒来说，他封笔之前的这 14 部武侠小说所体现出来的创新尝试，亦自开创了一片武林的历史。虽有诸种不足，亦可谓瑕不掩瑜矣。

第七章 武学一道深不可测，唯以心自创不限
——习武之路

武侠小说既以武与侠为两端，则侠之事相是必不可少的，而武之相关物事亦然。武侠小说刻画人物形象有多种角度，但总体来说，作者对于以武立命的武士的习武之路的叙写却各不相同。有的人循序渐进，如一般的侠义道中人；有的人走邪门歪道，如一般的邪恶之徒；有的人虽然走的是正道的成功门路，却成功得太容易，如通过药物和奇遇来实现；而邪恶者，有易亦有难。

金庸的小说中有循序渐进的大侠如郭靖，也有速成的如张无忌之习得九阳神功。其他小说中有吃灵物异药突增武力内功的，有师父以内力相传的，有习奇书而得的，这都是速成之法。有此容易之路的主角大多是年轻人。但无论哪一种方法，这些做法都从表面上看有道理，如靠药物增加内力、减少苦练，但实际都缺少一些科学依据。对读者并没有相当的鼓励指导的意义，因此使人觉得没有科学性而受到批评。甚至使年轻人产生幻想，心存侥幸，或期待坐享其成。

古龙早期的小说大多有自己悲苦生活的反映，故其小说主人公遭受苦难的形象亦表现于学武一途。因此之故，这些人物之学武历程亦表现了刻苦的一面。如古龙早期的代表作《孤星传》之裴珏，他接受"冷谷双木"的"限时学习"的挑战，否则将付出惨痛的代价，他甚至表现出对知识的渴求："只要让我享受一天知识，让我能从知识的领域内去重新观察人类的可爱、宇宙的伟大，那么我便可含笑瞑目了。"①

但最能代表古龙新派武侠小说的《武林外史》《绝代双骄》《铁

---

① 古龙. 孤星传. 珠海：珠海出版社，1995：179.

血传奇》《多情剑客无情剑》，以游侠、浪子为主人公，这些人物性格豁达，游戏风尘，重情尚义，武功高强，但已无人知其来历，其如何学成武功更不复为人所知，沈浪、楚留香、胡铁花、李寻欢、阿飞、陆小凤均如是。"这些古龙式武侠新生代有一共同的特色：即年岁甚轻（顶多三十左右），一出场就是高手，甚至是高手中的高手！没有师承门派、苦练绝艺这一套，也不须为了复仇而活。他们大多好酒善饮，意气侃如；又屡破奇案，生死无悔。"① 这种兼具浪子、游侠双重性格的武侠人物，为古龙小说首创；并以此一浪子/游侠之人物典型为基准，添枝加叶，不断复制于以后的作品中。② 可见，古龙对英雄的习武过程也并没有什么兴趣。以此之故，这些大侠的成才路对现实亦无太多启发的意义。

云中岳的小说，虽以明代为背景，且"以'路引'限制了书中人物的行动，无疑有意拉下英雄的身段，让他回归于现实、平常的社会"③。但这些只是从人物行事上说明古代人物与现代人物有相似之处，对于武侠小说人物的习武修炼的描述，仍不足以指明其日常的路途，因此也就不能以小说所叙写的人物获得成功的途径来启示现代读者。因为，武毕竟是武侠小说的躯壳，是达成侠的手段。

此外，云中岳在武侠小说中亦以历史的考信来叙事，似乎亦有引导武侠小说走向真实的努力。"几乎只要一涉及地理，云中岳无不一一核实，信而有征，有意将场景作最细致而忠实的描绘。"④ 这种努力固然是希望把武侠小说的虚构色彩尽量淡化，因为历史所示的客观与真实，给读者的观感即是真实，当历史在想象与虚构的武侠中出现时，客观上就使读者产生认同。由此角度而言，作为成人童话的武侠小说得以被拉回现实，其主人公的一切行事均可使读者感觉可效仿，尤其契合当时人们对现实的身不由己，以及对自己于江

---

① 叶洪生，林保淳. 台湾武侠小说发展史. 台北：远流出版事业股份有限公司，2005：237.

② 叶洪生，林保淳. 台湾武侠小说发展史. 台北：远流出版事业股份有限公司，2005：237.

③ 叶洪生，林保淳. 台湾武侠小说发展史. 台北：远流出版事业股份有限公司，2005：286.

④ 叶洪生，林保淳. 台湾武侠小说发展史. 台北：远流出版事业股份有限公司，2005：289.

湖中感到无奈与逃避的想象。但这种历史的真实，却不能在磨炼意志与成人方面给予读者切实可行的修行法门，或者说，云中岳的武侠小说只是展示了历史的某些真实，给读者一些历史的真实感而已。

台湾较早的武侠小说家陆鱼的《少年行》的主人公李子裔的习武经历迥异于他人拜师学艺的经历，而是凭着机智、坚忍与毅力，或偷或换或买而自学成才。这种学武之法，无疑给了读者许多启示，即可以通过这种方式成才，没有名师的指点亦可略有小成，但这里仍然没有提供更具体的学武法门。因此，对此问题的思考亦仅止于斯。

奇儒笔下的英雄却不一样，这些英雄人物即便是青年才俊，也都是经过半生的努力，于三十岁左右方能有所成，即使是二十岁左右有成就的人，也一定是付出了常人不能付出的艰辛。就算不是英雄人物，其成长也不是靠旁门左道，而是需要付出努力才能获得本领。而在习武法门上，作者亦多方举以易行的理路，以此启示读者。

第一节　"读书破万卷"与"纸上得来终觉浅"

清人章学诚《校雠通义序》曰："校雠之义，盖自刘向父子部次条别，将以辨章学术，考镜源流。非深明于道术精微、群言得失之故者，不足与此。后世部次甲乙，纪录经史者，代有其人，而求能推阐大义，条别学术异同，使人由委溯源，以想见于坟籍之初者，千百之中不十一焉。"[1] 其所叙校雠之义甚明，谓欲以"辨章学术，考镜源流"，即后学者借此可知学术之变迁得失，而可据此创新学术。

武术是技艺，亦为学术之一途，故后之学术，亦可借此以创新之。以此之故，各家各派都有所谓的武学典籍的流传，如少林有《达摩易筋经》之类。但一般的武侠小说，往往把主人公的武学局限于一本古籍，以为把一书之武学精熟，即可称霸江湖。因此，有的武侠小说，其征战争霸，不是为了武林盟主之位，就是为了一本武林秘籍或一件财宝。这种情况在金庸的小说中也比较常见，而尤以柳残阳及陈青云等人的小说为甚。这也是武侠小说创作中最为常见

---

① 章学诚. 文史通义校注. 叶瑛，校注. 北京：中华书局，1985：954.

的模式。

但是，武术作为技艺，在传承的过程中，一方面需要从实战中不断提升创新，去芜存精。另一方面，也要从典籍的记载中学习思考，这样才能使一项技艺常用常新。不然，这项武技就会随时间的流逝而逐渐成为绝艺，特别是一些人敝帚自珍，更容易导致技艺的断层。这在金庸的小说中就有体现了，如丐帮神功降龙十八掌，本为二十八掌，当时帮主萧峰去繁就简，将二十八掌减了十掌，成为降龙十八掌；其后洪七公传于郭靖，到南宋末年，虽继位帮主的耶律齐由岳父郭靖传授而学全，但此后丐帮历任帮主，因根底较浅，最多也只学到十四掌。

武艺的衰亡，其原因不仅与习武者个人天赋有关，亦与其教外别传有关，更与其口耳相传有莫大的关系。任何一项技艺，仅凭口耳相传，其流传总是有极大的局限性的，因为习武者的天赋未必都是最上乘的。而教外别传，因为无法保证一门之内，在任何时期都能找到最佳的传人，所以以典籍的方式记载武艺借以流传，就显得比较重要了。这不仅体现在把本门武艺载入典籍，也表现在武林史官对各派武学的记载。有此一念，自典籍中学习本门及其他门派的武艺就成为可能。当然这其中需要充足的条件，比如学习本门技艺需有一定的天赋，这是一个循序渐进的过程；而学习其他门派的武艺，又需要有机会看到武林史，且能够达到无师自通的境界。

但是能够博览天下典籍，以此了解各家武术得失的人物，在很多小说家笔下并不多见，唯金庸在《天龙八部》中写到的那位不谙武术的王语嫣为能。金庸写得非常精彩：

> 王语嫣道："云州秦家寨，最出名的武功是五虎断门刀，当年秦公望前辈自创这断门刀六十四招后，后人忘了五招，听说只有五十九招传下来。姚寨主，你学会的是几招?"…………
>
> 王语嫣道："书上是这般写的，那多半不错罢？缺了的五招是'白虎跳涧''一啸风生''剪扑自如''雄霸群山'，那第五招嘛，嗯，是'伏象胜狮'，对不对？"
>
> …………
>
> 王语嫣道："嗯，你这是'雷公轰'，阁下想必长于轻功和暗器了。书上说'雷公轰'是四川青城山青城派的独门兵刃，'青'字

九打，'城'字十八破，奇诡难测。阁下多半是复姓司马罢？"

那汉子一直脸色阴沉，听了她这几句话，不禁竦然动容，和他身旁三名副手面面相觑，隔了半晌，才道："姑苏慕容氏于武学一道渊博无比，果真名不虚传。在下司马林。请问姑娘，是否'青'字真有九打，'城'字真有十八破？"

王语嫣道："你这句话问得甚好。我以为'青'字称作十打较妥，铁菩提和铁莲子外形虽似，用法大大不同，可不能混为一谈。至于'城'字的十八破，那'破甲''破盾''破牌'三种招数无甚特异之处，似乎故意拿来凑成十八之数，其实可以取消或者合并，称为十五破或十六破，反而更为精要。"①

此后，她指点包不同诸人对敌，总能克敌制胜，只是诸人限于其功力的深浅而不能达其效耳。

不过，读者也可以看得出，王语嫣是一个没有武功的人，所以，她对武术的理解，都只局限于背诵记忆的阶段，甚至还达不到理悟的境界，更没有实际的练习、对敌的经验。而且她之所以背诵武术，也仅是为了取悦或帮助慕容复而已。因此，她不可能创新武术。

在奇儒的武侠小说中，很多武林人不仅要保卫维护国家不受外敌的入侵，维护武林的正义，而且有一种创新武术的使命。或者也可以这么说，在奇儒的每一部武侠小说中，其中的正义人士，他们殚精竭虑、焚膏继晷的目的是创新武术，以击败入侵的外族，以消除妄图一统武林而为非作歹之人的野心。为了实现这个目标，他们总是不断地努力创新武术，其方法途径就包括博闻各家武术。

博闻，就是广博的见闻，此中有两途可习得，或阅读典籍，或观摩实战。

自书本得来，即与王语嫣通过阅读天下典籍以了解天下武功相似，但王语嫣的目的比较单纯，她不为习武而读书。而奇儒笔下的人物则是有所图的，就是通过阅读典籍来习武，甚至创新武学。

阅读典籍分两种，一是阅读各家典籍，一是阅读武林史。前者最有代表性的当属《蝉翼刀》《大手印》中的钟三小姐钟梦双。钟梦双出身钟字世家，乃苏小魂之妻钟玉双之三姐、冷默之妻。钟家

① 金庸. 天龙八部. 北京：生活·读书·新知三联书店，1994：510-512.

绝地本是武林中最神秘的圣地，钟字世家因当年助大明皇帝立国后，以其功高为皇帝所疑，乃避于广灵。钟梦双之伯黑天使钟伯为钟家当代掌门，而其父钟涛境之后亦继为掌门，这为她遍阅家中藏书提供了条件。钟家四姐妹，武功最高的当是钟玉双，以其天赋习得玛哈噶拉大愤怒心法，而武功最弱的就是钟梦双：

> 钟家四姐妹中，就是钟梦双好由书中观看各家武学差别，所以浏览群籍，对于中原域外的各派门约略有了解。是以，武功虽然是四姐妹中最弱，见识却是最广！①

钟家绝地里有十一万八千三百三十四本藏书，而钟梦双则"好由书中观看各家武学差别"，其当然不只是为了背诵记忆，而是要以这种方式来弥补自己在天赋上的缺陷，也是借这种方式进行日常的修习，从而获得武术上的进一步提升。知己知彼，亦是制敌决胜的先机。

此处尤需注意，钟梦双"好由书中观看各家武学差别"，说明这些典籍并不仅是钟家武学，亦有其他各派武学的记载，如此她才能从中看出差别。若只是浏览钟家历代武功的情形，而没有与其他门派武艺的对比，一者不能知己之得失，二者无法据此有所创新。

除了在习练武术时，通过阅读典籍来获得见识之外，钟梦双还通过阅读医书来习得医术。习武与习医的共通之处就是对人体各种经脉、穴位的准确定位，知其功能，有人据此参练上乘武功，有人因之治病救人，有人借此制敌伤人。而钟梦双正是因为了解医学，所以关键时刻能够据医书所载而救下俞傲的命。

其时俞傲与谭要命比试刀法之后，俞傲受创，但他强忍赶路，以致伤入心脉，命悬一线，最后是钟梦双花了三天三夜，从随身携带的《苦岐黄》的《刀伤篇》中找出治疗之法，又问得谭要命的回力，在冷明慧的治疗下，才挽回俞傲之命。

阅读典籍的第二种，就是阅读武林史。用这种方法可以了解武林的发展历史，知晓各个时代的武林兴衰得失，明了各个时期武术大家的成就贡献以及他们的不足。在奇儒武侠小说中，有武林人物自创之武林史。有此一史，故后之学者，可以据此了解前辈所达到

---

① 奇儒. 大手印. 郑州：中州古籍出版社，1994：113 – 114.

的高度，或其在武学上的得失。如李北羽，他既然能据武林史了解天下各派挑战玉风堂的情况，当然也能据此了解其他有关情况了，因为武林史记载的内容是非常丰富的，印证武学、生死搏杀都被载入其中。通过阅读这些内容了解各家武术的优缺点，正是习得、创新武术的基础。

但武林史却不是一般的江湖中人能得以阅读的。因为武林史记载的内容，涉及各家各派的武术得失、比武双方的强弱，所以，这些典籍为正义之士所阅读，自可光大武林事业，创新武术。如柳梦狂、柳帝王父子二人独创"帝王绝学"，都是在天下武功的基础上进行创新的，诚如柳帝王所说的："天下的武功只要有人会，他就不用了。"也就是要自创武功。但创新一门武术，谈何容易？了解、研究天下武功当然就是基础。而要了解天下武功，观摩现场当然是最好的方式，但这种方式也有不足，只有目光锐利以及极有天分的人才能看出对方的武术得失，从而创新武术，如第五剑胆及羽红袖，对于背叛或不肯还人情债的人，都使人死于其自身门派的武功之下，也就只有第五剑胆及羽红袖才能做到这点了。另一种方式就是阅读武林秘籍，但这些既称为秘籍，就不是外人能看到的，而正义之士也不屑于偷看、偷学别派的武功。

书上的知识亦需在实践中验证方能成为实用的知识经验，特别是武学的修炼，即使是观摩，观摩高手之间的比拼也远比从书本上得到的知识来得实在和有启示。因为，这种比拼，虽不是观者的生死搏杀，却是敌对双方的以命相搏。强者在生存的困境中所激发的机智应变、谋略策划，往往也在无形中给观摩者以身作则的教诲。以此之故，比武，往往不会让太多的人知道，这其中不仅是顾及失败者的颜面，避免武技的优劣被他人研究以提升一击致死的风险，同时也是出于"敝帚自珍"的心态。不可否认，真正的高手比武时，对于同登臻境的同道中人，比武者无须顾忌；而对一般人来说，限于各自的慧根，有时候，这些"下下之人"难以从"上上之人"的比武中得到更多的启发。

然而，话又说回来，在武侠小说中，一些角色既能在小说中成为作者着力关照的人，自然都有立足武林的智慧，也能或多或少参与高手比武的现场。在这种情况下，实地观摩高手比武，往往是这些人提升武艺或创新武术的最好机会。这是奇儒的武侠小说中最为显著的现象。

现场观摩不仅可以提高自己，也可以因己之识而指点旁观的后学者，甚者指点身在其中的对敌者。观察实境，最直接的动机当然是从他人的比试中得到启示，或以此作知彼之需，柳梦狂研究天下武功而独创"帝王绝学"即为其例，此后如柳帝王、苏佛儿、谈笑、李北羽诸人均有此种经历。或作提升自己武学之需，此在奇儒的小说中亦有其自觉为之之例。

如柳帝王观看其父柳梦狂与卒帅晏蒲衣的比试。柳梦狂一生成就无人能测，几无敌手，唯卒帅晏蒲衣差可比拟。但二人行事迥然不同，柳梦狂一生以维护武林的安宁与国家民族的主权为宗旨，而卒帅晏蒲衣却走上了一条争霸武林盟主、以杀戮为生的道路。所以，二人不得不见面。帝王，唯有卒帅可与之争锋；卒帅，亦唯有帝王能与之抗衡：

> 柳帝王全心全意看着他爹和晏蒲衣的出手。
>
> 他大为震撼，因为所有已变化到死角的灵动竟然还可以另起一番境界。这是一种超越了所有武学的典范，甚至是越升过出手的人本身的成就。
>
> 若说，这是一种彼此激励出来的灵性！
>
> 原先达不到，或是设想不到的奇妙之处，此刻他们竟是融会贯通，相抗相生。
>
> 所以，不但是所有的人无法预测最后的变势谁胜谁败，柳帝王相信，就算是爹和晏蒲衣亦没有任何把握掌执。
>
> 而最后变化，终究是在不及念转中发生！①

二十年来最负盛名的两位武林奇才的生死互博，一招定胜负，自然关乎武林大局的走向，所以吸引天下人的关注。而柳帝王还能从中颖悟武学，因为他亦如其父一样，抛弃其父之"帝王绝学"，而另创一套"帝王绝学"。

一套武学的创新要历经种种际遇，付出诸般努力，而其中观摩钻研天下武功自是最有效的途径。所以，柳帝王创出一套"帝王绝

---

① 奇儒. 帝王绝学. 台北：长明出版社，2001：687－688.

学"之后，曾与其父进行印证，连帝王柳梦狂都不能完全蠡测其深浅。但大道无疆，同为宗师帝王，柳帝王在观看其父与卒帅晏蒲衣的搏斗时，"他大为震撼"，可知柳帝王也曾在自创中遇到过相同的瓶颈，也曾为之思索解决之法，他或许也能思考出一些应对之法，如应对马六破的毒药时，他的方法就与柳梦狂的相同。但是有些武学难题却非他所能解决的。而从帝王与卒帅的搏击中，他看到了本是死角的武学又能生出另一番境界。

其显者如谈笑、尹小月看南北大侠之战。易骑天和皇甫悦广两人本来一是南英雄，一是北大侠，但被布楚天的楚天会设计互拼于华山金龙大镇。其时，谈笑答应尹小月一年内不入中原江湖，故双双游于此，适逢两位大侠的比武。谈尹二人亦得以观摩此次比武：

尹小月看得目眩神移，心中大为惊讶，不过还是抱着看戏的心情，待她转头看了谈笑一眼，不禁被他专注的神情吓了一跳。

"谈笑，你干啥这么认真？"她问道。

他没有回答。

尹小月有一丝错愕，摇了摇他，道："喂，你傻了？"

这回谈笑才像是回过神来，说道："什么事？"

问的时候，眼珠子可是连动也没动。

尹小月不禁好笑道："你干啥这么专注？"

谈笑又没有回答，好似一忽儿又陷入了眼前那一战之中，两颗眸子偶尔闪过赞叹、喜悦的光彩。

尹小月略为讶异地再瞧向皇甫悦广和易骑天之战。

这回她可专注地看了，前后约莫看了交手三十来回，可真是领悟到其中的妙处。

原来，无论是皇甫悦广或是易骑天的出手，招式是永远相同的循环。

"风雷一十三击"和"乾坤大八式"两种剑法周而复始，一次又一次地施展披洒。

稍有不同，尹小月看出来的是，每回的角度、运用、气机，乃至于神情都有小小的变化。[1]

---

[1] 奇儒. 谈笑出刀. 呼和浩特：远方出版社，1999：198－199.

在这一次观摩中，谈笑是一下就看出门道了，所以他看得很专注入神，"好似一忽儿又陷入了眼前那一战之中，两颗眸子偶尔闪过赞叹、喜悦的光彩"。很显然，他在观摩的同时也在思考，并且从中看出了两位大侠在剑术上的启示。而尹小月则是抱着看热闹的心情的，所以一开始并没有注意两位大侠的良苦用心。当明白这其中的道理后，她就"明白谈笑的意思。易骑天和皇甫悦广之战有着'教导'的心意，两人的出手、变化，都暗中让观看的人心有所会。只差于资赋多少而学多少而已"①。既有"教导"的意味，则是观者有意以此来提升自己的技业。虽然像谈笑这样的名侠有超一流的师父的指点，但博采众家亦是学武之道。

这其中最有代表性的当是米小七与独孤斩梦观看米风与独孤飞月的比试，而从中得到的启发。米风与独孤飞月分别是米字世家与独孤世家上一代掌门或掌门候选人，都为了修习至上武功而历经不同的际遇。米风入血野林，而独孤飞月则闭关独孤世家。当年他们都是两个世家的佼佼者，但命运殊甚。米风被米字世家掌门米龙送入血野林修习米家绝学并找出绝学中的漏洞，而后又被米尊劫持，几成杀人机器，幸得当代掌门米小七联手苏佛儿将其救出，又被独孤世家当代行走江湖的代表独孤斩梦劫持至独孤世家，遇到了亦敌亦友的独孤飞月。而独孤飞月则基本隐于世家之内修习上乘武功。

米风被带到独孤世家时，已被下了禁制，失去作战的能力。米小七以一次冒险的赌博令独孤飞月答应救治米风并与之决斗，这是米小七逃离独孤世家的唯一机会。三日三夜之后，比试开始，双方各展绝学，如米风施展一套米字世家的"飞雪开春掌""清晓寒风拳"对上独孤飞月的"穿花三十六望掌""残雨还愁拳"。其时米小七以及独孤世家中人都在观摩中各有领悟：

须知，这两套拳法俱是首度出现江湖，堪称开宗立派的武学心法。而今齐齐施展，岂不眩人心神？

尤其，米小七暗中不断予以领会沉着，心知这是义父源自米字世家拳法蜕变而成。

她一叹，眼角中看见独孤斩梦亦为之沉吟深思。看来，他的震

---

① 奇儒. 谈笑出刀. 呼和浩特：远方出版社，1999：200.

撼亦如自己！她心下暗懔，自忖若是在武学造诣上差了独孤斩梦，只怕这一生真要埋在这碧寒宫了。

心中念起，便收敛心神专一注目场中的变化。①

这次比试之后，适逢九重鬼寨入侵，独孤世家毁于一旦，独孤飞月远走塞外，而米风亦在此一战后逝去。所以，二人在武学上的印证，虽各有所得，但终因家毁人亡，而变得如此无意义。但对旁观的米小七而言，其意义则是非凡的。米风说："孩子，去坐着看义父施展我们米字世家的绝学吧。"② 很明显，上代掌门欲以实战来教导米字世家的当代掌门了。而米小七与独孤斩梦分别观看本家最顶尖高手展现武艺，其中的心领神会，自不同于他人，因为二人均是当代掌门，有着与众不同的异禀与机遇，得学本门最深玄的武学。特别是米小七，"心下暗懔，自忖若是在武学造诣上差了独孤斩梦，只怕这一生真要埋在这碧寒宫了"，这更决定了她能否据此在最短的时间里实现武功的质变，从而与米风离开独孤世家。

至于指点旁观者，则是以己之先知先觉而无私指示后学，这需要其人有无上智慧，能看出比武双方的得失，又需要有大公之心，乃能如是。柳梦狂是大明开国之际的武林帝王，他与闻人独笑是当时天下用剑最顶尖的两位高手。闻人独笑与柳梦狂第一次决战后，舍弃他万福洞的一切荣华，潜身荒山野岭，修习武学，以击败柳梦狂为职志。

但在挑战武林帝王之前，他必得先击败柳梦狂曾指出的天下十剑，这样才能有信心和能力来挑战第一剑客柳梦狂，因为他不允许自己在柳梦狂身上有第二次失败。而阿师大剑公孙子兵已先后击败十剑中的玫瑰红剑、浣情名剑，所以，击败阿师大剑是他当下最能证明自己五年荒野历练成果的机会。其时柳梦狂及乾坤堂诸豪杰都在旁观战，柳梦狂曾对公孙子兵与闻人独笑在比试之前的调心行为有精辟的指点：

"他们两个人重复做这个动作。"宣雨情秀眉轻蹙，有些儿困惑

---

① 奇儒. 大悲咒. 珠海：珠海出版社，1999：379.
② 奇儒. 大悲咒. 珠海：珠海出版社，1999：376.

道,"似乎是在提炼精神上的力量?"

"不错。"柳帝王点头应道,"这点可以从他们每重复做一次,而身上的气势就不同于前一回可以看得出来。"

但是,这动作为什么有这种效果?

"闻人兄在这几年的荒野生活着实吃了不少苦了。"柳梦狂淡淡道,"而公孙先生在黄沙昆仑山脉里也该是惨经各种天地变故!"[①]

有人不明白公孙子兵的调心、闻人独笑在决战前折斩枯枝的目的,柳梦狂一句话就解开这个谜:"闻人兄在这几年的荒野生活着实吃了不少苦了。""而公孙先生在黄沙昆仑山脉里也该是惨经各种天地变故!"看似简单的话语和道理,却不是人人能理悟而实证的。或许很多人都明白要在艰难险阻中修炼意志和求生的本能,但其中多数人都不懂得具体的操作技巧与方法,而柳氏父子就告诉我们,在现实中,我们可以为自己人为地创造这样的逆境以达成肉体与意志的升华:到荒野大漠中体验生存,与黄沙枯枝斗,以激发人的生存本能,在这种环境中,才能成就他人所不能。

柳梦狂在慈龙湖一战中,击败前天下十剑的黄山双道,一招斩杀修罗天堂长老冀还西;在石棉坡一战中斩杀光天皇元般若之后,亦身受重伤。彼时修罗天堂众邪侦知他的疗伤之所,第一大修罗应人间率众邪赶到。而闻人独笑为能与柳梦狂公平一战而不得不阻止应人间。柳梦狂则与诸侠一同观战,其中有这样一段对话:

他们已经对峙了六个时辰,但是谁也没出手。

因为谁也没松懈,谁也没露出可以让对方出手的空门。现在,这一战已经变成了耐力和定力的一战。

"这一战,胜负要从哪里分出来?"潘离儿忍不住要问了,"难道就这么耗下去看谁肚子先饿?"

这一说,还真有点肚子咕噜咕噜叫啦。

"定力是武学最基础也是最终的境界。"柳梦狂缓缓道着,"一个高手的定力往往决定最后一式变化的方位、角度、力道……"

"所以一个越有自信的人,他的定力就越够——"柳帝王接着

---

① 奇儒. 帝王绝学. 台北:长明出版社,2001:668.

道，"他已经看穿对手所有的变化，也看穿了对手所有变化后的弱点空门……"①

柳梦狂能成为武林的帝王，当然是因为他的武功能雄霸武林，侠义德行亦为一世楷模。而他自创的武学能一招制敌，且其从不用同一招武术来对敌，这当然是他作为天赋异禀的武学奇才的表现。而在修习武学中，他也有与众不同之处，在他看来，学武最重要也是最基本的就是训练定力，他认为"定力是武学最基础也是最终的境界"，事实也是如此，在临阵对敌时，身处危境而能处惊不乱，当然就能思考设计出最佳的应对险情的办法。这是一方面。

另一方面，柳梦狂之可钦佩，并不只在他自创武学，维护大明政权的安定、武林的平稳与民生的幸福，这些对大多数侠客而言都可以轻易做到，也是他们本应做到的侠义行为。"帝王绝学"，仁义而已，慈悲而已。就武者而言，身历江湖，首先就是要有高超的武艺，而后才能行正道或为所欲为。但每个武者的出身经历、机缘命数千差万别，少数人诸般机缘巧合集于一身，所以能成为大侠中的大侠，或成为枭雄中的枭雄，但更多的人只能成为他们的背景，此或多或少都是缘于其人"武技"之不堪。不能说这些人没有努力过，他们也通过各种各样的方法来改变自己，如《快意江湖》中洛阳八大世家的皮王尘，因缘劫持了刀斩门第一杀手萧饮泉，其目的就是偷学其人之武艺，后在杜鹏的开解下才对自己的武学有信心，重新苦练。之所以要偷学，就是因为武学的传承囿于传统的陋习，创传者敝帚自珍，教外别传。如此说来，本着学术为公的原则，能够以先知先觉指导后知后觉，就让人敬佩了。帝王柳梦狂不仅指示了习武的基础与最高境界，同时也指示了达成臻境之路："为了训练定力，先得从心空、身空、身心皆空、气空循序按部就班的次第进境呢！"② 从心、身、身心到气，这是一个从有形到无形，从肉体到意念的修炼过程。这对一般习武者而言，当然是一种可行而易行的修习理路。

不仅如此，在临阵对敌搏斗中，帝王柳梦狂亦有具体的指点：

---

① 奇儒. 武林帝王. 珠海：珠海出版社，1999：454.
② 奇儒. 武林帝王. 珠海：珠海出版社，1999：454 – 455.

"如果一个剑手在出手时不管胜、不论负……"柳梦狂淡淡地道，"把他全心全意的一切放在剑上，为天地人间出手……"

缓缓地吐出一口气，柳大先生继续接道："眼中心中无一切它，便是无败必胜的剑法。"①

"帝王绝学"是武林中人梦寐以求的武学，是柳梦狂独创的制敌之技，其根本是以仁义慈悲为旨，但非人人能明白的至妙武学，即使是闻人独笑这样的高手，亦需经过体悟柳梦狂的心以及多次观摩柳梦狂的出手并思考之后，才能约略知道"帝王绝学"的真正精髓。但是，柳梦狂这样的武学天才，并不介意把自己的习武心得传授给后学之人，虽然这样做会有巨大的风险，即别人会据此击败他，如赵老金、秘先生等人都曾有过这样的想法和实际的行动。在闻人独笑与应人间的对峙中，柳梦狂在观战时，就把自己对敌的心得教给了潘离儿。彼时潘离儿虽与柳梦狂之子柳帝王尚处在情感的纠缠中，即使有传统之教外别传的戒律，如《谈笑出刀》所言："自来，江湖中门户极严。纵使是兄弟、妻子，若非本门亦不相授武学。这在当时是天经地义的事。"② 但柳梦狂并不忌讳，他明白的提示，使潘离儿这个能够做到把被废掉的武功通过大地马上恢复回来的武学天才，一下就明白了"帝王绝学"的精髓。当然这些话也"字字钻进了闻人独笑和应人间的耳中"（见《武林帝王》第 456 页），这就看各人的智慧领悟了。

在奇儒的武侠小说中，对最终决斗的描绘较多，在他的 14 部小说中，有好几个场面是写到最后单枪匹马的决斗的，无论是侠客还是枭雄，他们都秉持着以一人之武技定胜负的原则，所以双方都在最后以一人之力来解决最终的事端。这个人选，在侠客一方，未必就是书中的第一主人公。他们或为刀客，或为剑士，诸如俞傲与金天霸、老鬼、谭要命、斋一刀的刀，柳梦狂与晏蒲衣、闻人独笑的剑，等等。有人决斗，自然就有围观者，观摩者中，必有希望正义伸张而恶有恶报的，此时，就会有人从中指点迷津。这种指点当然不只是使旁观者受益，临敌者亦可据此达到新的武学境界而败敌于

---

① 奇儒. 武林帝王. 珠海：珠海出版社，1999：455－456.
② 奇儒. 谈笑出刀. 呼和浩特：远方出版社，1999：534.

一瞬。此又以苏小魂等人的行事最为显著。

洞庭湖王京十八掌管的洞庭湖本来有其原则："江湖事是江湖事，洞庭湖是洞庭湖。"（见《大手印》第220页）所以他自觉边缘于武林。不幸的是，在绿林盟主孙震与庞虎莲的设计中，他被庞虎莲篡夺湖王之位，也差点命丧其中。幸得改过的冷知静负友战千里，又得苏小魂诸人相随到蒙古取得玉犀角疗毒，并被护送回来与虎先生一较高下。这不仅关乎京十八个人的荣辱、洞庭湖的兴衰，亦左右着当时武林的格局。一旦京十八失败，洞庭湖与第五剑胆的蒙古势力、金天霸的高丽、柳三剑的绿林、斋一刀的东海狂鲨帮就会齐头并进，霸占中原武林，甚至豪夺大明江山。京十八与庞虎莲一战，事关重大，但其他人又不能插手相助。所以，当京十八陷入困局时，苏小魂即借禅宗教义启发他，使他放下一切，从而反败为胜：

庞虎莲本想到第三百七十六招时擒下京十八以为自己退身之路；而且，眼见将成。

谁知，岸头那端一番狗屁话竟然叫眼前这京十八如获顿悟！

只见京十八手上拳势如前，然而内涵深蕴，便自叫先前雄阔百倍！

庞虎莲越打越惊心，待想跃湖面脱逃已是不及。

只见那京十八一个直拳迎面而来，竟是千方闪躲不过！

京十八本已打得浑然忘我，只觉本身出拳投足上俱是突破以往苦思不解之处，端的是得心应手。

便此一路下来，直到打中了庞虎莲，方自醒来。[1]

庞家三天极门的武学来源于道家的至上心法，而京十八的空明拳虽源于佛学，但二人在武学造诣、天赋上的差别已决定了胜利将逐渐倾向庞虎莲。京十八虽占尽了天时、地利、人和，但是正如六臂法王所说的"庞虎莲哀兵必胜"。果然不出所料，"到了第二百八十招时，京十八越是奋力抵御，却越觉身子重了起来！"[2] 而苏小魂已看出其中的变化，他适时地与大悲和尚、钟玉双以禅宗公案来开

---

① 奇儒. 大手印. 郑州：中州古籍出版社，1994：557 – 558.
② 奇儒. 大手印. 郑州：中州古籍出版社，1994：556.

解京十八，使他放下一切包袱，最终击败庞虎莲。此战之后，当然京十八的武学境界又上一层。

苏小魂的另一次临敌指点，则是指点谈笑击败六府道绿林总护法神太岁的手下：

> "这八个人是小货色！"灰袍老汉一捻须笑道，"是虎头山的八文虎牙，一招可以料理掉吧？"
>
> …………
>
> "这八个人还是用一招解决吧！"
>
> …………
>
> 可不是，最后这两人的模样可怪了。
>
> …………
>
> 他还没吞完口水，灰袍老汉又嘻嘻一笑道："怎样？一招解决了吧？"①

谈笑的敌人是八文虎牙、手执鬼匠吴不知机关盒的八人以及两个胸挂怪蛇的怪人，初次面对八文虎牙，谈笑当然不会失败，但要他用一招败敌，则似乎有相当的难度。而对苏小魂这种高手而言却非难事，所以，在他看来，他能做到的事，谈笑亦可以做得到，差的是信心而已。在这种情况下，他唯有通过这种方式来激发谈笑的潜能，在面对越来越强劲的对手时，均是一招制敌，而谈笑也确实是在这种冒险中，使自己的成就更进一层。在此一战之后，他的武艺无疑亦因其经历而实现质变。毕竟人的经历往往是人生境界提升的关键。

第二节　君子威重学固，友如己者

孔子尝曰："君子不重则不威，学则不固。主忠信。无友不如己者。过则勿惮改。"朱子注"无友"曰："友所以辅仁，不如己，则

---

① 奇儒. 谈笑出刀. 呼和浩特：远方出版社，1999：576－580.

无益而有损。"① 以此之故，郑玄谓："君子之学，以文会友，以友辅仁。独学而无友，则孤陋而寡闻，故思之甚。"② 此古人所以重择友而学也。其意均谓学业进修，需得同好之人切磋而各有提升进步。所谓切磋，即在道德学问方面相互研讨勉励。如《红楼梦》宝玉与秦钟相见，言及并入贾氏家塾就学之事，秦钟因说："业师于去年病故，家父又年纪老迈，残疾在身，公务繁冗，因此尚未议及再延师一事，目下不过在家温习旧课而已。再读书一事，必须有一二知己为伴，时常大家讨论，才能进益。"③ 真明古人之义也。

　　士之学业当需以知己为伴，讨论进益，武士之艺业亦复如是。但是向来武侠小说所写的世界，均是冷酷无情的世界，江湖中人生存，大多以武之高低定其生命之寿夭。独善其身者，毋宁说是游离于江湖之外的江湖闲人，或者是根本就不入此江湖的散人。但是一旦身在其中，他们就得遵守江湖的铁律。所以，武之一技，本来是习以为常的，却又是如此的讳莫如深，每个人都不愿意把自己的所知所觉轻易告诉他人，即使是夫妻、兄弟、朋友，言及武技心法，彼此都有天然的界限。兵法所谓"知己知彼，百战不殆"，不仅指战场上的两军交锋，亦指两人之间的对敌。有此一念，人与人之间，本来可以如文士一般以文会友而变成以武会友，但因着此一私念或此一关乎生存的武技，武士之间更多的是武技之外的豪情，而少了古人所谓如切如磋、如琢如磨的坦然。如郭靖本心未必不肯把九阴真经教予黄蓉，只是道义上不允许，当然黄蓉本来亦视之如敝屣；楚留香可以跟胡铁花同生共死，但其武学之间的切磋，则未见古龙提及。

　　武学上的印证竟变得如此遥不可及，由此，武学因人为的私心而使习武者不自然地被分成了三六九等，即使天赋禀性相似者亦不得不面对上上人与下下人之分的尴尬，"文人相轻"的陋习在武士之间益见彰显。又特别是敌对双方之间，虽古人尝言大道相通，谓智者在更高的层次上可以进行无界的交流切磋，但因彼此的立场，强者，特别是那些邪恶者，往往对敌人斩尽杀绝。所以我们常常看到

　　①　朱熹. 四书章句集注. 北京：中华书局，1983：50.
　　②　阮元，校刻. 十三经注疏. 北京：中华书局，1980：345.
　　③　曹雪芹，高鹗著. 红楼梦. 2 版. 北京：人民文学出版社，1996：112.

这样的情节，某一个人武艺极高，声名极大，但在江湖上却不怎么被人认识。道理很简单，被他打败的人几乎被他杀了，而能够活下来的人又不想去扬说自身的不足。这就是江湖。

奇儒的小说比较重视印证。所谓印证，并不是生死搏杀，这种印证有两种情况，不用兵器的和用兵器的。不用兵器的情形也分两种，一是口头的招式往来，即一人提出一个招式，另一人提出解答之法；二是以拳脚相搏。但无论有无兵器，临敌双方的原则均以点到为止，志在切磋而不在伤人。其目的不止分出胜负，或者说印证的双方更有多种期待。

以印证来考查对方的心性。身在江湖，本就有许多事并不为一般人所能全面了解，而江湖中的传言又往往有人为的添油加醋及无中生有的附会，所以，许多事情就变得离本相越来越远了。特别是一些比较神秘的门派或一些高士，他们并不以求名为上，而是以良心及仁义为依托。

皇甫悦广和易骑天两人本来各自生活在北方和南方，也曾经发誓不离故土，但被楚天会设计而双双火拼于华山：

"皇甫悦广和易骑天到底是朋友还是敌人？"

谈笑拉着尹小月，跟着人潮边走边道："他们两人一个原是北大侠，一个是南英雄，听说后来经过有心人暗中设计而成为敌人……"

"那是一个阴谋？"

"局外人并不了解！"谈笑摇了摇头，接着道，"不过，英雄就是英雄，他们两人在三个多月前第一次交手后，已然认知对方绝对不是阴险小人。"

"所以，由剑相知而变成了好朋友。"①

古人尝言，物出人形，或言为心声，意谓人之所作所为均见其心。即使是两位英雄大侠，本来他们的心性修养已经到了不为外相所动的境界了，但终究是八风大动，而被有心人一步步引导着走向误解。但是，英雄就是英雄，大侠就是大侠，两人"第一次交手后，已然认知对方绝对不是阴险小人"，英雄大侠的行事，总是光明磊落

---

① 奇儒. 谈笑出刀. 呼和浩特：远方出版社，1999：200.

的，他们虽然也贪、嗔、痴，但是心头一点理性的光辉仍在照耀，仁德侠义之心使他们在最初的接触中，自对方的言行中已然印证了其心之坦荡率真。所以，剑的印证是最好的消除误解之法，二人亦因此成为至交好友，后来也一同参与剿灭武林败类向十年的行动，为武林的安宁献出热血生命。

八卦一形门与地狱盟这两个门派，从用名上就很容易让人区分出其褒贬，前者确是江湖中侠义门派，以主持江湖公理和行侠仗义为其旨归。但后者因其"地狱"两字，往往给人一种邪恶恐怖的感觉。其时地狱盟在江湖中的行事，书中没有怎么提到，但是，有此一名，又以其行事之神秘，就更容易引起一般人的误解了。八卦一形门的秦老天门主即是如此：

> 那时地狱盟的作为，武林中人有着大大的误会。
> 包括秦老天。
> 但是他们在泰山之顶激战三天三夜之后，彼此由对方的出手知道对方是个磊落光明的汉子。[1]

秦老天二十五岁独闯地狱盟挑战柳危仇少盟主，当然是希望用釜底抽薪的方式来解决这个门派，因为，江湖武林亦如古代战争一样，擒贼先擒王，斩将搴旗是最佳的败敌之法，所以，秦老天有此一举。

江湖中的误解，大多由于本人不屑于作任何的辩解而成。毕竟行事随心，其中许多秘密之事亦非常人所知，特别是一些枭雄的行事极具隐蔽性，可以欺骗天下人。而一般人评价一个人的好坏，又往往仅限于耳闻或目睹，但恰恰耳闻与目睹都极具欺骗性。此外，自诩为侠义道之人，有时又太过于以道统自任，以为真理在己，无知地把自己当成正义的代表，而想当然地把他人置于邪门歪道，竟不知自己的所作所为无意中有助纣为虐的弊端。所以，他们容不得他人的辩解。二十五岁的秦老天既能为一门之主，自有其智慧与理性，所以单枪匹马为义而赴难，最终印证了柳危仇的心性，二人亦由此成生死至交。

---

① 奇儒. 砍向达摩的一刀. 敦煌：敦煌文艺出版社，1991：6.

　　其实在奇儒的武侠小说中，最能彰显此种理念的莫过于董断红与李吓天二人了。董断红的外号是"阎罗王的爷爷"，"提起董断红，在巨盗巨寇间的名气就如同武断红在八路英雄间的名气一样。一样的名震天下，人人闻之色变"①。而李吓天则是天下三大捕头之一，"李吓天是个年轻人，一个充满英雄气息，却又满是热情和亲切的人。他的一生就像是为了追捕董断红似的，至少他这五年来最精华的人生只为了一件事，缉捕董断红问斩!"② 一个是大盗，一个是捕头，他们的人生注定有非同寻常的交点。但这个交点却是你死我活的相遇，官兵与强盗本来就代表着正义与邪恶。所以，李吓天的职志就是把董断红缉捕至京城，而董断红的理想则是继续自己的"偷盗人生"。

　　两人能成为各自一界的主宰者，必有超人的智慧与能力，李吓天有办案的智慧与武功助其成为京城第一名捕；而董断红也有为盗的智慧与武功助其成为盗界之首。没有智慧，不足以破案与作案，而没有超一流的武功，又不足以擒杀悍徒与保护自己。

　　但这两个人，对各自的对手虽有评估，却又对自己一行没有信心与把握。原因很简单，对手过于强大，似乎已超出自己的能力范围。再者，两人虽然对对方都有过研究，得到了许多相关的资料，但似乎对对方又没有太多的了解，如李吓天与董断红对对方的师承不了解。这是个严重的问题，因为，江湖世界，武功的高低强弱评判生死，同等条件下才考虑其他各种决定胜负的因素。在这么关键的问题上，两人均告阙如。所以，两人对自己所面对的敌人都无必胜的信心。李吓天对于缉捕董盗爷没有把握："是的，这次的对手我一点把握也没有!"③ 而董断红这个令京城第一名捕没有信心的人，对于李吓天又是何种观感呢？"董断红不能不承认，道：'天下三大名捕中，以这位李吓天李老兄最可怕……'"④ 董断红对李吓天的评估，可以说是整个江湖对李吓天的全部印象，也是对李吓天其人战力的最准确的断语。

---

①　奇儒. 砍向达摩的一刀. 敦煌：敦煌文艺出版社，1991：232.
②　奇儒. 砍向达摩的一刀. 敦煌：敦煌文艺出版社，1991：232.
③　奇儒. 砍向达摩的一刀. 敦煌：敦煌文艺出版社，1991：239.
④　奇儒. 砍向达摩的一刀. 敦煌：敦煌文艺出版社，1991：265 – 266.

正是因为各自对这一战没有任何把握，所以，在赶往决战地妙峰山时，才显得如此悲怆。在一个夕斜将尽的黄昏，李吓天把儿子交给自己的小姨子，在"六步笑山"等人的目送下，奔向黑暗与生死未知的妙峰山。此时，心中竟只是想到禅宗达摩西来之意：

风，真的起了。

每天接近申时傍晚，初夏的风便自西方来。

西方来的风，有点温煦的柔和，是送来斜阳的余晖？

或者是李吓天走出宅子门口时，忽然起的一个奇特的念头，或者是西方诸佛的慈悲？①

董断红呢？身边只有卓夫人（黑蝶衣）相随，他行往妙峰山时，竟亦是此境：

"达摩祖师自西域的来意是什么？"董断红停住了骑蹄，挺直着背脊遥望西垂的斜阳，全身热烘烘的，道，"而他离去时，提着一只鞋子，光脚踩踏大地又是为什么？"②

"一个捕头和一名大盗在本质上都是相同的。"（见《砍向达摩的一刀》第265页）董盗爷说过，此情此景，这两位看起来最潇洒、最得意、最风光的人竟是如此的落寞与孤寂，其行事与心境又是如此的相似。奇儒设计此一情节，真是独具慧思③。

与其他武侠小说所谓正邪人物相见，不管事情真相如何，且先猛打甚至杀掉对方不同，李捕头与董盗爷在妙峰山上初一见面，并没有进行生死的搏斗，而是给双方一个对等了解与查明真相的机会。所以，有这样一个画面：

---

① 奇儒. 砍向达摩的一刀. 敦煌：敦煌文艺出版社，1991：361 - 362.

② 奇儒. 砍向达摩的一刀. 敦煌：敦煌文艺出版社，1991：362.

③ 笔者按：网络上有一篇介绍奇儒小说的文章《代表作品赏析——〈砍向达摩的一刀〉》谓："魏尘绝寻找大禅一刀门心法、思考'达摩西来意'；却又让捕头李吓天和大盗董断红在异地、同时想到什么'达摩为什么提着一只鞋子西去'，则看似精彩奇妙，实则弄巧成拙，甚至根本不通。"看来论者尚未能真正理解奇儒的用意。

董断红缓缓地跨下马，注视山腰那一排若隐若现的山洞良久。

良久之后，纵声大笑，道："李吓天，我来了！"

声音回荡盘旋，直绕惊走一山的飞禽。

"他奶奶的！快上来生火！"有一个人在山腰叫了回来道，"这儿风大，想煮个茶待客还真麻烦。"

李吓天的下一句是："喂！顺便带一点枯枝上来，这里的湿气太重，不好燃火……"

李吓天望着眼前这个抱满枯枝一大捆的虬髯汉子，咧嘴笑道："我有铁观音，你的葡萄酒带来了没有？"

"怎么会忘了？"董断红笑道，"尤其像你这么好的朋友在，说什么也要变出来。"①

他们都是各自领域的风云人物，对于江湖也有深刻的体会，所以他们明白传言有真有假，不可尽信。所以，在生死搏杀之前，他们不妨把对方当作朋友，先品茶。而他们两人谈论的问题则是江湖中发生的大事，或佛教中的公案，如魏尘绝之被八路英雄追杀、八路英雄之首武断红装死、宋飞唐血案、达摩回去时为什么提着一只鞋子……很难相信，这是官兵与强盗之间的交流，这是两位在赶往决战地点之前对自己的生死没有把握的人的智慧碰面。

而三壶茶过后，真正的生死搏斗开始。董断红要冲下山去，对方则要在他下山之前制住他。"这是一个简单的游戏。简单到有如官兵抓强盗。不同的是，这是关系到生死的问题。"② 这两天两夜里，除了中间停下来轮流做饭吃和讨论江湖大事之外，他们有三次交手。这三战，测试了二人在武学上的造诣，其实最关键的是最后一战，即水中一战，其实只有一招：

栈道天险。

在两座断崖之间，老旧悬桥在风中和晨曦里摇晃。

恍如早已不堪岁月，却不屈地撑着。

"有你的！"董断红不得不惊叹道，"好地方！"

---

① 奇儒. 砍向达摩的一刀. 敦煌：敦煌文艺出版社，1991：368.

② 奇儒. 砍向达摩的一刀. 敦煌：敦煌文艺出版社，1991：374－375.

李吓天轻轻一笑，耸了耸肩道："请!"

请字一起，双双腾身。

两道身影如鹰而起。

但是落足有如絮棉飘地。

这一战，更较昨日惊险。

两个人赌的不只是武学造诣。

更有的是他们的生命。

以及对对方的信任。

出手已不仅仅是胜败之间的问题。

更有的是死亡。①

他们的信任，怎么可能在短短的两天两夜就建立起来呢? 也许很多人都不相信短时间内能找到自己的知音。很显然，李、董二人正是从对方的出手中看出对方的心，明白对方的行事为人。所以，最后一战，正因为相信对方都能坚守侠义道，他们才能在此险境中，以生命来赌。

古人有"白头如新，倾盖如故"②的说法，奇儒亦曰："知己，有时是在一刹那间决定的!"③ 是不是可以说，李捕头与董盗爷，其实就是那种"一刹那间决定的知己"?

李吓天固然是大侠，因为他有自己的行事原则：

"好吧! 就算你不捞，也没有人送礼啥的，但是……" 阮六步吞了吞口水，疑问道，"总会有一些犯案的奖励吧?"

…………

"谢啦!" 李吓天吃了一大碗，已经再装第二碗了，边笑道，"奖金是不少，可是怎么来怎么去。"④

他收拾着碗筷，起身离去时加了一句，道："法律还没有判决你

---

①　奇儒. 砍向达摩的一刀. 敦煌：敦煌文艺出版社，1991：398.

②　司马迁. 史记. 北京：中华书局，1959：2471.

③　奇儒. 帝王绝学. 台北：长明出版社，2001：755.

④　奇儒. 砍向达摩的一刀. 敦煌：敦煌文艺出版社，1991：287 - 288.

该死以前，谁可以决定一个人就该死了？"①

　　一方面要以热血生命来维护法律的尊严以惩恶除奸，另一方面要以慈悲善良来保证平头百姓的生存权利，不滥刑但也不放任杀戮，这是大侠的心性。那么董断红呢？

　　"但是他们错了。"卓夫人肯定地道，"你只是杀该杀的人，却不会对不该死的人动手。"②

　　"这世界上是不是有一种人，一直说自己是坏人？"何悦珏轻轻问道，"有这种人吗？"
　　"有！"
　　李吓天非常肯定地回道："绝对有这种人。"
　　"为什么？"
　　"因为他们不想成为英雄。"李吓天的解释是，"英雄，是一个非常累人的词句。"③

　　但是如果没有与董断红的三次武技的印证，天下人包括李吓天是不是也会成为天下误解董断红的人中的一个？他也相信这个江湖中有名实不相符的人物，如八路英雄之首的武断红竟是天下大奸，那么天下盗爷，是不是冒着盗爷之名而行大侠之事？跟随董断红作案数月的卓夫人最后发现，"你只是杀该杀的人，却不会对不该死的人动手"。而李吓天或许也是从与盗爷的交手之后，才真正明白"英雄是很痛苦的名称"。所以，不如以这种方式，虽遭天下人误解，但可以为江湖除去大奸大恶，则个人得失荣辱又何足道哉！
　　有的印证不仅能检验人性，同时也能提升自己的人生境界，或者说是重拾信心。因为，唯在此种对敌搏杀中，才能被激发潜能。冷默是冷枫堡最神秘的杀手，他奉堡主冷明慧的命令赶往少林寺暗杀侦知冷明慧通敌卖国秘密的不空大师。但潜伏于少林寺数月，冷

---

　　① 奇儒. 砍向达摩的一刀. 敦煌：敦煌文艺出版社，1991：289.
　　② 奇儒. 砍向达摩的一刀. 敦煌：敦煌文艺出版社，1991：359－360.
　　③ 奇儒. 砍向达摩的一刀. 敦煌：敦煌文艺出版社，1991：360.

默不仅没有完成任务，反而在初入少林时即为不空所觉而化以佛家大法，使冷默反而失去了一个杀手应有的特质。为了重拾信心，冷默与苏小魂有一搏："不错！你知不知道刚刚我为什么不对你下手？因为我需要一个强劲的对手来触动我的潜能。也唯有这样，冷默才能变回原来的冷默。"① 苏小魂也能明白其意："遇沉，唯下猛药。今天你宁可放弃杀我的机会，便是赌下生死，以求自己的再生？"② 一番实际的搏杀之后，二人又在口头上有一番印证：

冷默沉声道："我此时用丐帮打狗棍法对付你，你又将如何？"

苏小魂吸一口气回答道："以丐帮神龙十八掌对付。"

冷默又道："中途我以岳家散手撞你完骨、百会两穴，再出陇西无影门的'无影腿'攻你中极穴！"

苏小魂道："那我便用岳家散手中的锁龙套扣住你右肘外关穴；再以无影门的断魂腿反制你地王会重穴。"

冷默冷笑道："我化掌为指，以峨嵋的摘星剑法取你期门穴。"

苏小魂道："这恐怕你将废了一条腿！"

冷默道："杀了敌人，废了一条腿又如何？"

苏小魂道："只怕未必能杀得了我。"

冷默双目精光一闪道："别逞强。期门重穴受创，神仙难救。"

苏小魂笑道："可惜我曾学过一点点密藏大手印转穴法。"

冷默一呆道："我双手指力依旧可以贯穿你的胸膛。"

苏小魂笑道："你是杀手，杀了我而废了一条腿，那以后还能杀谁？况且当你发现打在我期门穴的刹那，我竟然还有能力反击，恐怕会大出你意料之外。到时是谁先赴黄泉，尚未可知。"

冷默闻言，长吸一口气，叹道："果真是如此！"③

除兵器外，两人分别以点苍、武当、华山、少林、丐帮、岳家散手、无影门、峨嵋、密藏诸家功夫相搏，然后两人喝着青竹状元红诉说彼此的苦楚。

① 奇儒. 蝉翼刀. 长春：时代文艺出版社，1999：234.

② 奇儒. 蝉翼刀. 长春：时代文艺出版社，1999：234.

③ 奇儒. 蝉翼刀. 长春：时代文艺出版社，1999：236.

一个大侠，一个杀手，本就有不同的人生。但苏小魂彼时被龙莲帮设计陷害而被天下人追杀，其女友又被带回钟家绝地且被钟家二老重重阻拦；而冷默只能生活在黑暗之中，有所爱的人却一年不能见一次面。名动天下的大侠与最神秘的杀手，竟有如此多的相似之处。但冷默为了重生，没有杀掉陷入沉思中的苏小魂，二人一翻较量印证，冷默当然找回了杀手的特质，即便如此他也没有再去刺杀不空大师。而且此战之后，他与苏小魂诸人已成好友，加入了维护大明一统和阻止冷明慧通敌卖国的行列。苏小魂亦在此战之后重新调整心态，成功瓦解了龙莲帮一统武林的危机。

其实武学的印证不仅可以检验一个人的心性，提升其境界，对武者而言，印证最重要的目的是以此检测自己在武学上的进境，是许多学武之人了悟武学进境的常见方式，通过他人的全力施为而知自己的得失。在奇儒的武侠小说中，这也是常见的现象。

阿师大剑公孙子兵纯粹为剑术而生，他千里迢迢从塞外入中原就是想找中原第一名剑宣玉星和柳梦狂印证武艺。不幸的是，宣玉星已为黑魔大帮所杀，而彼时柳梦狂亦在天霸岭下一边疗伤一边等萧天地。所以，公孙子兵首遇的是十大名剑中的红玫瑰，在乾坤堂，他们二人以指代剑有一番印证：

> 这厢和红玫瑰双双以指代剑印证着剑术成就，公孙子兵越打越是兴头上心，呵呵笑道："过瘾，过瘾。"
>
> 越笑着，一臂飞舞得便越起劲，只见他掌指化为满天无隙的罩影，如狂潮般的卷向红玫瑰。
>
> 而红玫瑰一头的白发和胡髯则是飞扬怒张，一张脸红得比西去夕阳更加嫣红。
>
> 如此，自夕偏交手印证了三百六十二回，直至月升东起，那公孙子兵收手大笑道："过瘾，过瘾。红老剑上造诣令公孙子兵大开脾胃。"[①]

结果是阿师大剑证明自己数十年的苦练，确实不愧天下十剑之列，所以他有信心挑战后来的"鬼剑"闻人独笑。"过瘾、过瘾。

---

① 奇儒. 帝王绝学. 台北：长明出版社，2001：202.

红老剑上造诣已让公孙子兵大开脾胃。"这显然是旨在印证，为剑术的提升而作的心与心的实证。

帝王柳梦狂在十五岁时行走江湖，当时其剑术已出类拔萃，但为当时天地门门主萧天地所惊讶而击败。当柳梦狂再一次出现在江湖时，已是二十五年之后。帝王柳梦狂因思考武功走火入魔而失去双目，又在搭救宣雨情时在天霸岭天地门总坛养伤五年。他们再一次相遇，竟是在萧家秘室。其时二人有一次武学的印证：

> 萧天地以四指轻轻捏握茶杯放了下去。
>
> 突出直指而划落的，正是中指挺向柳帝王！
>
> "这一手'一柱横天'，柳兄如何看法？"
>
> "好功夫。"柳梦狂淡淡一笑，将茶杯往左肩上方稍动了动，笑道，"'一柱横天'唯有以四尺八寸长短的青锋使来，方是威力万钧！"
>
> 他放下了茶杯，淡淡接道："不过，'泰山顶天'一式里，约莫可以阻挡得住。"
>
> "好。"萧天地点头笑道，"若是中途里以'三问童子'，又如何？"
>
> 柳梦狂赞许似的点点头，道："出神入化。萧门主这手'三问童子'似乎是稍为有过变化？"
>
> "哈哈。"萧天地忽地大声一笑，点头道，"正是。在下将前式的曲池、神藏的气机转由虎口、大涵两穴移换使劲，不知柳兄以为如何？"
>
> "萧门主果然是参透武髓的大家，便是这手变化足可将剑锋前推进三寸。"柳梦狂点头赞许道，"便凭方才萧门主这一路十八手剑法下来，已逼至柳某心口重穴贴身衣胸。"
>
> 萧天地双目精芒一闪，道："难道柳兄没有办法破解吗？"
>
> 柳梦狂淡淡一笑，小啜一口茶道："柳某的下一手变化已是'无可言'，想是萧门主下一手变化亦如此？"
>
> 双双出招，各是一式十九变。
>
> 最后却落入"无可言"的神妙反朴中。
>
> 萧天地抚掌大笑，道："他日有缘或战于泰山之巅，岂不是人生之大快哉？"①

---

① 奇儒. 帝王绝学. 台北：长明出版社，2001：383－384.

看来自二十五年前的较量至今，帝王已有足够能力战胜萧天地，即经过二十五年的思考创新，帝王虽然现在失去双目，且体内气机运行尚有受制之虞，但其时，"帝王绝学"已足以傲视武林。而经过二十五年的潜修，萧天地老而弥坚，面对武林绝学"帝王绝学"，他在此杯茶论交中，也对自己的艺业有足够的信心，所以他大笑道："他日有缘或战于泰山之巅，岂不是人生之大快哉？"帝王以萧天地检验其绝学，而萧门主亦以天下第一武学来考校自己二十五年的苦修。

老鬼与俞傲的三次比刀，其意义亦是如此。老鬼是老字世家在江湖中的代表，他最初隶属于龙莲帮。龙莲帮本是一个志在一统武林的邪恶组织，这个组织后来被苏小魂诸人瓦解，老鬼在龙莲帮时为其作恶而失去双臂，且第一次交手又败于俞傲。老鬼复帮无望，转而追求刀法的上乘境界。所以苦练成无臂刀斩，第二次与俞傲交手于大漠，一招落败。第三次在柏山凤翔崖下，以大死之心，放下一切，最后达到刀法的至高境界，所以一战而胜俞傲，这最能说明印证能提升武学（可参第五章"武学达到最高境界就是本能——武学之境"）。

此外，曾得到"宇内三仙"之申屠天下的刀法的金天霸，领兵入侵中原，其最初本有窥探中原的野心。但一败于俞傲之后，苦练武功又卷土重来，最后在霍山为了与俞傲公平一战，不惜临阵倒戈，与柳三剑的绿林断盟，并且把解药送到大鹰爪帮救治为其手下所伤的俞傲之妻钟念玉，双方剧战正酣，金天霸"虎"地自椅上站起，二人在决战坪上相见：

> 两把刀，一是昔年宇内三仙，"刀法第一"申屠天下的鬼刀；一是昔年制刀名家，剑秀才毕生心血的蝉翼刀！
> 蝉翼如纱、如雾、如诗、如梦！
> 蝉翼为刀，刀锋所过，如丝、如线、如痕、如隐！
> 鬼魅如影、如虚、如魔、如亡！
> 鬼魅为刀，刀锋所斩，如断、如裂、如灭、如毁！①

---

① 奇儒. 大手印. 郑州：中州古籍出版社，1994：677.

此际，两人已使出第两千九百九十九刀！

第三千刀，该是生死胜负分明！①

这第两千九百九十九刀，旨在调心，使意志、力量、技巧在最后一刀时达到最佳的状态，同时，也通过这两千九百九十九刀来找出对方的漏洞与破绽，寻找最佳的出击时机，以期一击败敌。但结果如何？

第三千刀出，出于天地之间，化于天地之外。

俞傲、金天霸的第三千刀并没有砍向对方，而是落向朝至东曦、落向天、落向地。

当鬼刀和蝉翼刀双双由半空中"笃"地定入大地上的同时，俞傲和金天霸的手已紧握住！

两人无言，言尽在眼中！②

一个是得到昔日"宇内三仙"的直传刀法的高手，一个是当时中原武林第一刀客，两千九百九十九刀的印证，结果是"俞傲和金天霸的手已紧握住"，而金天霸则在发出"不枉此生"的感慨之后，拔刀大笑返回高丽。刀客的意义即是如此，此生夫复何求？

武技的印证，其意义必定不只是证心，重要的是一个武士把自己毕生的智慧和思考的成果贡献于武林，推动武艺的进步，为江湖的光大献上热血与智慧。但一个武士，有时一生致力于其事业，却未免忽略了传人的寻找，如闻人独笑、慕容吞天四十之后方娶妻生子，公孙子兵则一生有剑。那么，他们闯荡江湖并创造事业所依赖的武技，又以何种方式传承下去呢？印证！在印证中把武学传承下去。在奇儒的武侠小说中，这一点是非常明显的。

俞傲护送受伤的北斗先生到洛阳，途中为龙莲帮黑水天君的蛊灰亡魂水所伤而砍下右臂，之后苦练左手刀。其时冷默在苏小魂诸人感化下已有归隐之心，但得知俞傲之事，以樵夫面目与俞傲一战，就有传承的意味：

---

① 奇儒. 大手印. 郑州：中州古籍出版社，1994：683.

② 奇儒. 大手印. 郑州：中州古籍出版社，1994：683 - 684.

樵夫也是大喝一声，扬身而起。只是，每接下俞傲一刀便断了一根木柴；那樵夫随即左右手开去，反手不断由背后抽出木柴来挡住这六刀！一时，两人在半空中交手甚是好看。俞傲连连挥动如天外雷电；樵夫则一伸一缩不断由背后取柴，恰如地岳幽魂，全然奇巧诡异，却又不失大家风范。

六刀已过！俞傲复又大喝道："兄台好身法，再试试小弟的风云十八刀！"

话到刀到，那樵夫也朗笑道："小弟久闻俞兄风云十八刀威猛绝伦，正想试试！"

俞傲连连出刀，一面冷笑道："原来你早就知道我便是俞傲！"

那樵夫笑道："若非俞兄，天下还没有像如此威力的刀法。小弟真是开了眼界了。"

俞傲第十八刀一出，樵夫已然没有木柴可挡，只见他一吸气，便直坠下，又翻了两滚，才算避过这致命一刀。只是，衣摆依旧被削了一块。①

其实，俞傲的刀法本已不差，只不过是差一个印证以达臻境而已。冷默的有心出现，正是以他杂学百家而对刀法的理解，使俞傲重获新生。当然，这种印证之中，亦有武学传承的意味，因为，其时俞傲执刀在手全力以搏，而冷默不过以柴为兵印证而已，其手中之柴，"恰如地岳幽魂，全然奇巧诡异，却又不失大家风范"，则其时冷默虽用木柴，但胜过左手执刀的俞傲。

如果说，此二人的印证在武学传承上尚较含蓄的话，那么俞傲与谭要命的印证就最能说明这种传承了。只不过，这种传承出现在二人印证之前的调心阶段。彼时，俞傲和谭要命尚处在敌对的状态下，俞傲等人见到谭要命时，已经与谭要命手下情月组四十四人发生过激烈的搏斗，虽然俞傲没有出刀，但身在彼境，其人心绪必受极大影响。而谭要命为了与俞傲有公平一战，煮茶相待，为的是让俞傲恢复到最佳的状态。品茶期间，谭要命又让手下演练刀法，而俞傲却能明白谭要命的心，对其刀客一一进行点评。而这种点评就是刀法的传承，冷默与潜龙都明白，这是武学的传承。学习者也从

---

① 奇儒. 蝉翼刀. 长春：时代文艺出版社，1999：363 - 364.

俞傲的传授中有了极大的收获，从他们出入场的脚印便看得出来：
"俞傲已经把用刀心法传给那六个人。"（见《大手印》第384页）
这是何等的胸襟！从广义上来说，这也是俞傲和谭要命在刀法上的
印证，因为刀客既然是谭要命的手下，必得谭要命的悉心指点，而
此时演练于刀法名家俞傲之前，被俞傲指出其不足，正是与谭要命
的无形印证。这与江南七怪调教的郭靖与丘处机教导的杨康比试一
样，比武的是郭、杨，而实际较量的却是七怪与丘道长双方的武学
成就、心机、智慧。这种印证本就是武学传承的习常方式。

　　其实，这种情形在潜龙与孙震的身上亦有发生。潜龙是万夫子
座下正义四杀手之一，专门为武林歼恶除奸。而孙震则是绿林盟主，
所以，他的手下多为潜龙所歼灭。这二人可以说是死对头，事实上
也是如此。孙震在天下第一诸葛冷明慧的帮助下设计把潜龙打入万
幻洞，令潜龙受尽折磨。后来潜龙脱困之后又以其人之道还治其身。
而后两人的仇恨因居于不同立场与私人恩怨而变得艰深难解，一直
到孙震的盟主之位被副盟主柳三剑取代且被打下泣龙坪而失去双腿。
其时潜龙与红豆找柳三剑报仇，又为柳三剑与斋二郎所设计中毒且
被打下泣龙坪，为孙震无意中救得。相见于彼时彼境，二人一生恩
怨竟相笑而泯。亦正是在泣龙坪下，他们二人有了一番实在的印证：

　　　　两人已然拆至五百三十六招！
　　　　忽然，那孙震仰天大笑，对那东来晨曦引吭一声，喝道："你都
明白了吗？"
　　　　潜龙收手恭敬道："多蒙指点……"
　　　　潜龙和孙震交手了大半夜，那红豆也看了老半夜！
　　　　这时，终究忍不住冲出来，三两个起落到了潜龙面前嗔道：
"喂——你们到底在搞什么鬼？"
　　　　潜龙一叹，良久才道："孙前辈将'大罗刹手'的心法演练了
一遍给我看……"
　　　　"演练？"红豆冷笑地看着眼前两个汗流浃背的男人道："我看
是比武吧！"
　　　　潜龙苦苦一笑，道："孙前辈由实战中告诉我，如何破那柳三剑
的剑法……"①

---

　　① 奇儒. 大手印. 郑州：中州古籍出版社，1994：627–628.

柳三剑贪心不足，夺得绿林盟主之位后，竟又偷学孙震的大罗刹手心法。而正因这一贪欲，使孙震有了复仇的机会，在这一次机缘凑巧中，他把"如何破那柳三剑的剑法"传授给了潜龙并助潜龙与红豆二人脱困。亦正因这样的际遇，潜龙与红豆再战柳三剑时，方能合二人之力败杀柳三剑。

另外米风与独孤飞月在独孤世家的印证中，本就是希望以这种方式把本家的武学传承下去。因为，其时这两个世家的当代掌门人均身临其境，尤其是米小七脱困之后，技艺亦有质变，其间的因缘虽颇为复杂，但米风的教授自是不可忽略的导助。所以说，印证同时也是武学的传承。

第三节　武学一事，实在是只看有无恒心毅力而已

古人论诗有"温柔敦厚"的要求，小说亦有承担教化的意义。风化更多是在道德上的期待，如为正人君子或以平治天下为己任之类的大志向，有以教导后学；而诸如四大名著及《西厢记》之类，往往因其"诲淫""诲盗"而不为掌权者所喜。

武侠小说亦如是，自古龙之后，始有创作武侠以表一己之情者。古龙曾对武侠小说的创作进行反思：

武侠小说有时的确写得太荒唐无稽，太鲜血淋漓，却忘了只有"人性"才是每本小说中都不能缺少的。

人性并不仅是愤怒、仇恨、悲哀、恐惧，其中也包括了爱与友情、慷慨与侠义、幽默与同情的，我们为什么特别强调其中丑恶的一面呢？
…………
所以武侠小说作者若想提高自己的地位，就得变；若想提高读者的兴趣，也得变。

有人说，应该从"武"变到"侠"，若将这句话说得更明白些，也就是说武侠小说应该多写些光明，少写些黑暗；多写些人性，少写些血。①

---

①　古龙. 欢乐英雄. 珠海：珠海出版社，1995：卷首.

而"爱与友情、慷慨与侠义、幽默与同情"正是人性中的光明。最能代表古龙武侠小说风格的当然是他求变形成自己独特风格而别于金庸的那些小说，以楚留香、李寻欢、萧十一郎、陆小凤诸人为代表，表现其武侠小说的"光明"。

古龙的创作对武侠小说的贡献，无疑是巨大的。不过，正因为在小说主题上的创新追求，特别是古龙抛弃了他早期创作中对英雄习武学艺过程的构思，最能代表他风格的英雄易为浪子，所以，英雄的师承、习武过程反而变得次要而至于无了。

而其他武侠小说家创作时，亦以主题为上，浓墨重笔叙写主人公的事业，其中虽然亦有较多着力于主人公的习武事相的，但都显得较模糊。如郭靖这一最无武学根基之人能习得上乘武功，除了努力、运气之外，金庸对他的习武情形的介绍，亦侧重于反复勤苦一端，余则不措意矣。

奇儒的小说，其实继承古龙的创作理念和技巧较多，诸如人物年龄的设置、浪子大侠的形象之类。但创新亦多，如对于英雄人物的习武成才路，他就反复点明。

为体悟更高的武学而亲自体验对方武学带来的创伤，这是奇儒笔下武者习武路上最常用的一种方式。昔神农尝百草乃知药性，而奇儒的小说也经常提到"死亡，往往是最深刻、最明白的体验"①之语。当然，有的人武艺高超，未必在死亡之后才能体会到高一层的武学心法，他们在受伤之后，已能体悟到某一门武学的真谛所在，了解一门武学所能达到的最高境界。

观音泪是蜀中唐门最有成就的武器，也是江湖百年来暗器中的佼佼者，所以苗疆老字世家的"不生"以及江南十六怀古堂的"飞唐笑天"均不能超越。但是唐门高手只能从观音泪中思考出此种兵器的第三十二种回力，亦因此，唐门第一高手唐笑在面对带有碧血宝衣的老头子时徒叹奈何。

苏小魂结合大势至无相般若波罗蜜神功和对观音泪在体内的感觉而发现了观音泪的第三十三种回力，即大悲回力，从而使这一暗器获得更大的生命力，使观音泪成为名副其实的第一暗器：

---

① 奇儒. 帝王绝学. 台北：长明出版社，2001：329.

不空大师继续说道："那么原因只有一个，那就是苏小魂故意把唐门的暗器留在体内，运用各种方式来揣摩唐家第一暗器高手所发出暗器上的回力。所以他无法继续战斗，同时可以解破唐门所有的暗器力道。"[1]

苏小魂之所以"故意把唐门的暗器留在体内"，原来是想通过肌肉的切身感受以研究观音泪的回力。

大舞被百花门门主文文以"制经倒脉"的手法所伤。这是一种翻血逆天的手法，伤者背上竟有三十六个黑点，而且整个背部肌肉不时抖动着。其时邓摘命用"大摔仙二十一跌"技法来救治，但这种方法必得把伤者摔跌二十一回才能解除伤痛，这需要足够忍耐力来忍受痛苦：

"所以，你的意思是没有收获了？"
"原意是没有，不过倒顺手有所收获。"
"什么？"
"邓摘命的大摔仙二十一跌技法……"
柳大胆乐啦："全学会了？教哥哥……"
"倒不全。"大舞叹了一口气，道，"只会到了十九式，便叫方才告诉过你京丫头剑伤龙丫头的事……"[2]

邓摘命在江湖上可是风尘奇侠，而他的看家本领即"昆仑别门的'大摔仙二十一跌'绝技，尤其是融合了蒙古的摔跤和密藏的手印心法，很有小巧之劲与大开之势"[3]。既是绝技，当然就不是一般人所能习得的。而大舞竟能借此疗伤之机体悟到这套绝技的精髓。其实，以大舞、鲁祖宗、柳无生三人之能，对"制经倒脉"倒不是无能为力。他们只是希望借此受伤的契机来真正感受"大摔仙二十一跌"技法的奥妙而已。而柳无生显然也是知道其中的意味的，所以他才让大舞教之。

---

① 奇儒. 蝉翼刀. 长春：时代文艺出版社，1999：58 – 59.
② 奇儒. 宗师大舞. 台北：长明出版社，2001：377.
③ 奇儒. 宗师大舞. 台北：长明出版社，2001：69.

当然，在奇儒的武侠小说中，也同样宣扬偷学他人武艺之不德，所以董一妙把夏停云兄弟困于一妙林而偷学二人之轻功，是为无良。但需要注意的是，大舞此处之学，并非取此技艺以成立身之本，而是他也与以前柳帝王父子、苏小魂诸人一样，是希望博采百家而自创新学，如柳无生所言："大字世家一百五十年来最少观看过六百二十一出舞，甚至连扶桑的'能剧'，波斯、鞑靼那边的舞亦曾观视过……"① 后来又吃了"火中莲珠"以及"冷魂夺心泉"两种致命之物，都是希望以此突破创新武学时遇到的困境。他最擅长的兵器正是弹珠，如何能保证打出二十二颗弹珠而体内气机不乱，正是他想要解决的问题。

李北羽有一个外号叫李找打，意思是每天都找人打架。但他每打必输，而且总是"鼻青眼肿"还大叫"过瘾、过瘾——真是大丰收——"② 他二十七年的打架生涯，谁也说不清打了多少架：

玉楚天沉思了半晌，突然道："玉凤堂里武林列传中，记载那个李北羽曾打过多少架？"

玉珊儿眼儿一翻，道："那家伙除夕、过年不打，生日、元宵、端午、中秋不打，一年足足打上三百五十九次，从十年前到现在大概也有三千五百九十次……"

"加上闰年是三千五百九十二次！"玉楚天叹口气道，"一个人能打上三千五百九十二次，次次都败还能不死——你看这个人笨不笨？"③

玉凤堂是中原第一侠义门，据其所记是三千五百九十二次。但据当事人所说，实际是"七千一百八十四次"。而他打架就是为了创新武学：

李北羽笑道："从打架偷学了名门各派的招法，只可惜那内功心法不明白——"

---

① 奇儒. 宗师大舞. 台北：长明出版社，2001：709.
② 奇儒. 快意江湖. 澳门：毅力出版社，1982：9.
③ 奇儒. 快意江湖. 澳门：毅力出版社，1982：12 – 13.

　　杜鹏眼珠子一翻，瞪了李北羽一眼道："干什么——你想天下第一啊？"

　　李北羽耸耸肩，灌了一壶茶才道，"错啦——哥哥我不是早说过了么，李某人参研名家招式只是想创造出一种新的武学罢了……"①

诚如玉珊儿所说：

　　"大智隐愚中，至仁藏老庄……"玉珊儿淡淡一笑，道："十年来，你在洛阳故意四处寻人打架，不过是由其中交手经验里，自创一门武学，以达宗师境界……"

　　玉珊儿盯着郎君，嘴角、眼中，俱是笑意。她续道："你放弃进士名位以升仕途之径，便是想用自己天资另辟一条武学之境来，是也不是？"

　　李北羽微笑，眼中已有了一丝感动。②

　　打架正是最能体验敌人技艺的方式，而每一次失败对自己而言更是一种深刻的体验，这对于创新武学的人更有意义。李北羽每次"鼻青眼肿"，是希望在搏击中真实体验每种武学的搏击效果，以便掌握其力度与技艺。因为他创造的新武学离别羽心法，就是用鹰羽作为武器，但因其太轻而难以把握其攻击的效果，要做到收发自如，当然得在实战中博采百家而后有所创新。

　　打破身体的平衡以期达到武学上的最高境界，这也是部分习武者的习武路。在中国人的思想观念里，世间万物都是平衡的，阴阳、能量等无不如此。如自然界的阴阳平衡一样，《周易》即以乾、坤二卦作为入门及基础。《说卦》谓：

　　昔者圣人之作《易》也，幽赞于神明而生蓍，参天两地而倚数，观变于阴阳而立卦，发挥于刚柔而生爻，和顺于道德而理于义，穷理尽性以至于命。

　　昔者圣人之作《易》也，将以顺性命之理。是以立天之道曰阴

---

　　①　奇儒. 快意江湖. 澳门：毅力出版社，1982：14－15.
　　②　奇儒. 快意江湖. 澳门：毅力出版社，1982：598.

与阳，立地之道曰柔与刚，立人之道曰仁与义。兼三才而两之，故《易》六画而成卦。分阴分阳，迭用柔刚，故《易》六位而成章。[①]

依《周易》理，阳极阴生，阴极阳生。但实际二者又并存且相互制衡、相辅相成。无阴则无阳，缺阳则少阴。而人有男女阴阳、事有左右上下之别。

正因如此，人的发展也是讲究平衡的，犹如两条平行的河流。但是人生活于自然社会中，相较于外在生活环境，生命又显得较为脆弱，人身之不全亦为其显者之一端。但这种情况对一般人来说也未必非福，因为祸福界限本就难以划定，如《庄子》一书多叙写身体有缺陷的一类人，而这类人却又是因其身体的不足而在智慧上表现出超人一等的优越。

习武者也是如此。如帝王柳梦狂在创新武学的过程中，试图把全身功力凝于左右迎香穴，他虽创出这种大异常理的武功，但也在这种探索中失去双目。或者可以说，他失去了双目，这又使他的听力和思维更为发达，从而成就他人所不能。

当然，身体的残缺并不是人们刻意追求的行为，更多的是一种无奈。不过，有些人就为了追求更高的武学成就而刻意消除人体的平衡，以使其他方面高人一等。这种情况有点类似于两条平行的河流均匀地流动，令其中一条堵塞而使另一条的流量突然猛涨。这就是一种自残以殉道的行为，比如古元文。

古元文是黑色火焰七名核心成员之一，他初入中原，本欲击败柳梦狂，却被闻人独笑一剑削去右手两根指头。而他赖以成名的剑术亦因此变成废物，这本来是让人极为绝望的事。但古元文的师父曾经跟他说过，若是右手废了反而可以将全身气机倾在左掌上！由此看来，他不仅没有绝望，反而早就做好了心理准备。因为，行走江湖，仅凭稀松平常的武功，固然能成就部分江湖事业，但是要成就大业，则非有超凡的武艺不可。所以，他能在失去右手的这种不平衡中反而把全身的力量转于左手。可见，若能"傲视天下"，两指何足道哉？

其实最突出的例子应是修罗天堂中名列七大长老之一的麦火林。

---

① 阮元，校刻. 十三经注疏. 北京：中华书局，1980：93.

他以前是修罗天堂的光天皇，一向以智谋狠毒著称于修罗天堂。其人之狠毒，体现于他对自身的"改造"：砍下右臂来换装一只铜臂，①"不但装了一条铜臂，甚至连脖子都放进了薄钢板。难怪京走灾的剑刺进去时被阻挡住……"② 麦火林把右手砍掉换成一只带有机关的铜臂，而这个铜片一直延伸到他的右颈。这种改造，自然使他的右手、颈项处于无痛无敌的状态。亦因此之故，他能令前天下十剑的京走灾以及张仙子败于其双拳之下，而自己幸存。

实施这种残忍的行为，需要极大的勇气。虽然在许多武侠小说中，可以看到许多邪恶之徒为达成目的不择手段，诸如一些人以毒功之类的武学行世，但这些武功的学成总有一个过程，是在隐忍与逐渐适应的过程中学成的。而无缘无故就把无病无痛的手臂砍去，学成一项武功，麦火林的确与众不同。他把右手换成铜臂，一方面使其铜臂的威力大增，这是无须多言的。另一方面，他失去右手之后，体内气机、力量的运行则自然集中于左手，则其左手的力量当然也因之大增，可谓一举数得。

其实习武之道众多，但无论是以哪种方式，欲有所成，最基本的都是苦练。在奇儒的小说中，反复言及这一点：

方才这姓陆的女人出手，分明是正宗玄功内力指法，非有二十年以上苦练难得有成!③

这个汉子叫鲁振野，从粗厚的手掌以及十指厚茧可以看出是练外功的好手……④

向十七悠然道："我每年都会去洞庭湖凭吊，一方面便等待武功有所成就! 十年后，我第一次报仇失败。于是又苦练了十年……"⑤

粗犷的外表、满脸的虬髯、如鹰隼般的眼神，又有着一丝玩世

① 奇儒. 武林帝王. 珠海：珠海出版社，1999：245.
② 奇儒. 武林帝王. 珠海：珠海出版社，1999：385.
③ 奇儒. 帝王绝学. 台北：长明出版社，2001：239.
④ 奇儒. 柳帝王. 呼和浩特：远方出版社，2001：238.
⑤ 奇儒. 大手印. 郑州：中州古籍出版社，1994：373.

不恭的神采。

结实老茧的十指，充满暴发的力劲。①

慕容吞天这个人物可是大大有名了。

为了事业，到四十之后方娶妻。

慕容玉楼正是他的独子。

如今已是六十八的年岁，只怕更辣更锐!②

董冷酒只觉得双膝无力，眼前好黑好黑地跪了下去。

这个人的剑实在是太可怕、太可怕，自己这方五个人竟然是如此的不堪一击，好歹每个人也都苦修了四十年以上啊! 不明白，更不甘心。③

陆夫人"苦练"、鲁振野"粗厚的手掌以及十指厚茧"、向十七"又苦练了十年"、董断红"结实老茧的十指"、慕容吞天"四十之后方娶妻"、董冷酒"苦修了四十年以上"。在这些人中，陆夫人、鲁振野、董冷酒属于江湖中的邪恶人物，而向十七、董断红、慕容吞天则可谓侠义道中人。他们有的是一帮之主，有的不过是寻常的底层武士，但既身在江湖，不得不以苦练而求得武艺的精进。

但是，每个习武者都知道业精于勤，问题是勤奋也得有方法，不然就徒劳无功，甚至走上邪路了，这一点在金庸的《射雕英雄传》中最能体现。前者如郭靖在江南七怪的十多年教导中一事无成，但在马钰和丘处机的几次点拨和引导下就进步神速。而后者如铜尸陈玄风、铁尸梅超风学习九阴白骨爪而成一代魔头。这都是方法问题。

那么如何苦练? 即其法安在? 既是苦练，当然就应该反反复复地练，取"水滴石穿"之意。先看《帝王绝学》系列中的天下十剑之一闻人独笑和《蝉翼刀》系列中的俞傲。

闻人独笑本是万福洞洞主，但初遇柳梦狂并为之所击败之后，他"竟对江面号啕大哭"，然后把万福洞的财富并势力交给手下杨汉立以创立武林史官一职，而他则"打算以三年的时间隐于山林之中重新研讨剑术真髓"①。经过五年荒野山林的生活，他在跟公孙子兵的一战中告诉世人，他是如何练成剑术的：

　　闻人独笑的身旁放了许多的枯枝，他用左手抓着一把，不断地点、插、刷、刺右臂和右掌。

　　他重复做着，直到把地上的枯枝全数断裂销毁为止。

　　然后，再抓起一把，又反复做这个动作。

　　杨汉立的估计是，连他手上这把算下去，大概已经用了一千三百一十一支。

　　…………

　　"闻人兄在这几年的荒野生活着实吃了不少苦了。"柳梦狂淡淡道，"而公孙先生在黄沙昆仑山脉里也该是惨经各种天地变故！"

　　一句话，解开了这谜。

　　荒野中的生存，无时不是生活在危机和杀劫中。

　　所以，每一次的出剑必杀的气势是自己生存的唯一条件。荒野多树，树横生枝。

　　剑出之时，臂上必有树枝戮戮。②

　　其实柳梦狂说得很清楚，闻人独笑面对的生活环境是非常恶劣的，在这种艰难的环境下，他面对"树横生枝"，如何出剑而令剑术随意念而动？当然就得反复练习。

　　另外，闻人独笑在准备对敌之前，"他用左手抓着一把，不断地点、插、刷、刺右臂和右掌。""他重复做着""又反复做"，很显然，这是他在荒野中为生存而寻出的最佳调心方式，而这种习惯的形成必是五年内反复尝试与探寻的结果。正是这种反复的磨炼，使他的武艺日臻完善。

　　而俞傲自失去右手之后，苦练左手刀的过程最有启示意义。俞傲的右手刀本已是当时天下第一，但为友情而失去此臂之后，他苦练的左手刀亦无出其右。但其间的过程则更艰辛：

---

① 奇儒. 帝王绝学. 台北：长明出版社，2001：38 - 39.
② 奇儒. 帝王绝学. 台北：长明出版社，2001：667 - 668.

洛阳城外，通往山西的路上，有一片绵延的山势。俞傲已然在此休养了一个多月。对于断去的右臂，他没有一丝后悔。虽然执刀的右手，是他的生命；可是为了朋友，一条手臂又算什么？俞傲缓缓将真气贯注在左手之中，拔刀、入鞘、拔刀、入鞘。

每一次拔刀，便在一棵树干上划一道痕。每天，在每棵树上划上一千条刻痕。一千条痕，一千次拔刀。今天，到了晌午时分俞傲已然划了五百四十九次。他细细审察那些刀痕之间的距离，总算满意地点头。

每条痕迹，一样的距离、一样的深度、一样的长短。俞傲后退，突然一转身，第五百五十刀！①

俞傲的做法很简单，就是反复不停地练习，拔刀、入鞘，每天在树上划一千条刻痕，距离、深度、长短、力道要求达到准确无误。这更见耐心与毅力，但唯有坚持，才能大成。半年之后，俞傲的左手刀亦如其右手刀一样驰骋江湖，甚至胜于往昔。

另外一个最有说服力的例子，当然就是皮王尘。皮字世家本来亦是中原八大世家之一，但自皮王尘之父皮瑾在洞庭湖畔被地狱风使狙杀后，他认为皮字世家的武学毫无可观。所以，只有借助外力。以此之故，皮王尘在机缘凑巧之下，从玉风堂千金玉珊儿手上劫走最神秘的杀手萧饮泉，希望借此改变皮字世家的武学。但他还来不及施行计划，就被众位大侠阻止了，其中杜鹏与众人有一番说辞，令皮王尘对皮字世家的武学重拾信心：

杜鹏淡淡一笑，转向司马舞风道："司马世家的'点波十三拍'似乎在某些时候出手的角度有点困难？"

司马舞风承认，点头道："不错。尤其在半空迎击，反身击打震、乾二方位时，显然有极大的缺憾在……"

"那怎么办？"杜鹏叫道，"这缺点可是会丢命的——"

司马舞风一笑，道："唯一的方法就是苦练，让出手更快一点！"

他又加强语气道："我相信最好和最差的拳法都一样有缺点。只看你练得如何而已……"

---

① 奇儒. 蝉翼刀. 长春：时代文艺出版社，1999：361－362.

　　杜鹏一笑，朝玉楚天道："喂——玉某某——那'迎风十八招'是不是灵巧不够就弄巧反拙啊？"

　　玉楚天脸红了一下，道："是……爹正不断加强我的足下步伐，一直认为我的变化不够，遇敌之时无法临机应变，只怕没几下便叫人撂倒了……"

　　杜鹏"哈"地一笑，道："宇文姑娘呢？你那手'长袖拍面'可俊得很哪——"

　　宇文湘月脸上一红，道："别说啦——叫人家内力好，或是刀快的，只怕连落荒而逃的机会都没有……"

　　杜鹏仰天哈哈大笑，道："哥哥我这大鹏刀一出，人道是可比昔年俞傲。嘿、嘿——谁知道哥哥每一刀劈出，最少有二十六个缺点……"

　　皮王尘的呼吸快了起来。杜鹏所有的问话，只是告诉他一件事。

　　别妄自菲薄。天下，每件事没有一件成功是靠捷径的。真的成功，是不断的砥砺和苦练而已。①

　　司马舞风、玉楚天、宇文湘月在武学上都有独到之处，亦可谓独具匠心，但在他们看来，都有不足。当然，他们也有自知之明。而杜鹏一刀，号称可追两百年前第一刀客俞傲，但"每一刀劈出，最少有二十六个缺点"。所以，"真的成功，是不断的砥砺和苦练而已"。

　　或许，任何一门武学都没有三六九等之别，看习武者的天赋修为而已，寻常武功由高手使出来，其效果显然与一般人不同。因此，自此角度而言，武功的强弱，只在苦学一途付出的汗水多少而已。龙莲帮帮主庞龙莲是打败俞傲的两个人之一，后来他的手下黑水天君又令俞傲失去右手。俞傲不得不苦练左手刀，当他再一次面对庞龙莲时，境界已大不相同：

　　俞傲这一刀，叫庞龙莲也惊异。前两回俞傲和自己交手，当时的武学造诣和今天看来，实在已大有差别。庞龙莲不禁点头道："武

---

　　①　奇儒. 快意江湖. 澳门：毅力出版社，1982：951 - 952.

学一事，实在是只看有无恒心毅力而已。身上残缺，倒是次要的了。"①

所谓"恒心毅力"，当然指的就是俞傲苦练左手刀之事，是对习武者的有益启示。

反复苦练固已指明了门径，但仍不够具体，更具体的做法就是训练定力。因为对习武者来说，"定力是武学最基础也是最终的境界"（见《武林帝王》第454页）。而人们在日常中的任何一种行为、心理、事相，都是训练定力的方式。帝王柳梦狂有一个行为给人印象极为深刻：

流水寺上下十三名和尚的腿都软了。

因为他们已经足足站了两个白天又两个晚上。

现在是第三个白天的开始，山岚风气从四下飞飘而来，清寒冷冽的冬意和今天晚到的阳曦交汇成一片宁静。

流水寺的十三名和尚还是都挺住，只不过没有一个脸上露着笑容。

对面的那个"瞎子"，却是从头到尾三十个时辰里就是那副气定神闲的样子。②

这一节是讲柳梦狂与闻人独笑为了跟秘先生一战而到流水寺作准备，在入寺之前，他与众僧比拼腿力。柳梦狂"从头到尾三十个时辰里就是那副气定神闲的样子"，比的不仅是体力，亦是耐力与毅力的较量，而此数端交织而成的定力，恰恰是一个武士应当具备的最基本素质。但是这种行为，却又显得如此习以为常，并非深不可测、高不可攀。而世人常常以为大道"取其上者得其中"，故往往忽略了日常的修炼。

另外，老鬼虽是龙莲帮副帮主，行事有违武林正义之举，但在习武一途，亦有启示后学者之处：

---

①　奇儒. 蝉翼刀. 长春：时代文艺出版社，1999：449.
②　奇儒. 柳帝王. 呼和浩特：远方出版社，2001：566.

黄土天君应了一声，又道："副座，这大户人家把我们当成奴才使唤，今夜，是否连他们一起做了？"

老鬼沉吟一下，摇头道："算了——被比自己低下的人使唤，算是武学修养上一种心境的磨炼。杀他们，不过是有辱武学的精髓！"①

昔人谓"唾面自干"固是待人处事宽敞心境的体现，与此处心境的磨炼有异曲同工之妙。

一个是武林帝王，一个是后来刀术第一的刀客，他们在武技一途均为一代宗师。而他们指示的习武法门，对武士的苦练当有启发的意味。即苦练者，无非两端，一为日常的砥砺，二是习武环境的选取。

日常的砥砺看似寻常，但其实最是艰难。因为，这是建立在自觉自为的基础之上的，没有外在的约束，全靠内心的克制。这与佛家所谓日常证道一样，最见人的毅力与恒心。

自觉主动放弃优裕、安乐的生活，以此磨炼肉体与精神的意志，这种现象在奇儒的武侠小说中最为常见：

他曾经放弃了万福洞内无以计数的家产，为的是清净自己的心，进入深山中体验野兽求生存的气魄。

所以他相信的是——饿着肚子更容易在厮杀中生存下来。

这是一种原始、野性的生存意念，强悍无比。②

"你在这种天气洗冷水澡？"她掩饰自己升起的情愫，淡淡地问着。

"你不也是？"

"我是在中午，而你是在晚上……"韦大姑娘说着，自己脸红了起来，一转身往外走着道："话说完了！"③

俞傲放声笑了起来，道："多啦——别的没有，吃得最多，保证

① 奇儒. 蝉翼刀. 长春：时代文艺出版社，1999：625.
② 奇儒. 柳帝王. 呼和浩特：远方出版社，2001：43.
③ 奇儒. 柳帝王. 呼和浩特：远方出版社，2001：62.

你没吃过的。"

大悲和尚怀疑道："真的？你什么时候学会烧菜啦？"

俞傲微微一笑，道："炭烤老鼠，清炖蜥蜴，加上点蜈蚣、蜘蛛、毒蛇大烩炒。你们觉得怎样？"①

"你认为把文儿放在天牢里好吗？"何悦珏轻轻叹着。

"很好。"李吓天这回可严肃了，道，"他可以学到很多在私塾里学不到的事情，而且很安全……"②

闻人独笑放弃万福洞数以百万的家产，韦皓雁、柳帝王冬天洗冷水澡③，俞傲吃毒物，李吓天及其儿子都在牢中生活过。除了李吓天之子李全文尚未闯荡江湖之外，以上数人最后都成了一代名侠，而他们的习武之路，就是在这种艰苦的环境中铺开的。

《论语·里仁》谓："士志于道，而耻恶衣恶食者，未足与议也。"④ 斯谓士之成大业者，必得外在恶劣环境的经历有以使之长成也。《孟子·告子下》论承大任之斯人曰："必先苦其心志，劳其筋骨，饿其体肤，空乏其身。"⑤ 这四个要求有三者是自人之肉体而言的。盖成大事者，往往自其肉体承受苦难始也。因此之故，习武者在平时的生活中，亦有主动寻找苦练之法以提升自我之意志者：

闻人独笑笑着，接着笑叫道："那时他就拗上一口傻劲，每天苦练铁头功，再每天去撞那颗石头……"

"结果呢？"

"结果石头被撞裂碎了，他的铁头功也练成啦！"⑥

---

① 奇儒. 蝉翼刀. 长春：时代文艺出版社，1999：375.

② 奇儒. 砍向达摩的一刀. 敦煌：敦煌文艺出版社，1991：312.

③ 笔者按：冬天冷水浴似非养生之道。据《黄帝内经》诸中医经典之理言，古人奉春生、夏长、秋收、冬藏之法，故冬藏为得。可知冷浴于冬，实伤身之甚。然此乃习武者事，或又当别论耳！

④ 朱熹. 四书章句集注. 北京：中华书局，1983：71.

⑤ 朱熹. 四书章句集注. 北京：中华书局，1983：348.

⑥ 奇儒. 柳帝王. 呼和浩特：远方出版社，2001：603.

　　已是过了三更子时，那柳无生方淡淡压抑着道："八手，你记不记得小时候的一个游戏？"

　　他没有等鲁祖宗接口，自顾地接下去道："那时候为了练背脊大回天内力的运行……"

　　"装死。"鲁祖宗眼眶一直是红着的，"横挺直直地躺着，然后……刷的一声像僵尸似的挺立而起！"

　　"你记得谁做的次数最多最快？"

　　"你！因为你为了拿第一，不惜摔得背脊全部瘀血……"

　　"所以，你们从此叫我大胆……"两人沉默了片刻，柳无生的声音又再度响起，"其实，那回拿第一的应该是大舞……"

　　他一叹，自顾补充着："后来，我才晓得他在腰部绑了百斤的铁珠，十个一串挤在肚子前……"

　　这是童年往事。

　　那时，他们不过只是八九年岁的孩童。①

　　悟因是流水寺的住持，当然，彼时他已经"红尘是非不到耳"了，所以对前尘往事亦无甚在心，铁头功对他已没有什么现实的意义了；而大舞却仍在江湖上驰骋，为家国武林事而奔波。不管是出家之悟因，还是入红尘的大舞，不管是"被设计"，还是有意为之，他们都有过一番"伤身"的磨难。撞石头、撞背脊，都是平常而易于操作的习武门路，但是最终成大侠者能有几人？

　　《孟子·告子下》谓"苦其心志"，心即志，即人之精神意志。大德高僧之无畏无惧，唯在视肉体为臭皮囊而求六蕴皆空而后无畏惧也。至于习武者，若能无畏惧，其在武学上的成就又是一境，甚或是武学之至境矣！老鬼亦有言曰："刀之所以劲，全在一个'不怕死'三字之上。"②"不怕死"即是意志上大无畏，对人世间一切忧、喜、苦、乐、利、衰、称、讥不着于心，而武学之妙境自至。

　　然则如何练就这种"不怕死"的品质？于日常生活修炼为一途，而至于习武环境的择取亦有以见智慧也。亦以俞傲为例：

---

①　奇儒. 宗师大舞. 台北：长明出版社，2001：678－679.

②　奇儒. 蝉翼刀. 长春：时代文艺出版社，1999：625.

大悲和尚、潜龙、赵任远找到俞傲时，俞傲正蒙眼站在悬崖旁慢慢用手和双脚往下爬！三人大惊，立即飞身到崖边。赵任远对下叫道："喂，俞傲，你可别想不开啊——"

俞傲在下面回答道："三位等一下，我马上上来。"

俞傲说完，身子还是慢慢往下，没入云海之中。只见一片灰蒙蒙的，连个影子都没有了。

潜龙道："嘿，这俞傲在玩什么把戏？只有一只左手还敢爬这悬崖？真有他的胆大。"

大悲和尚摇头晃脑道："这叫置之死地而后生。"

赵任远笑骂道："和尚，你在掉文啊——什么置之死地而后生？"

大悲干咳了一下，作出威严的样子，道："在这悬崖绝地，俞傲蒙眼单臂下去，目的不外是加强意志力的集中和左臂力道上的锻炼！如果能吻合这自然造化的气机，俞傲的刀法恐怕会更上一层楼！"①

俞傲苦练左手刀，其方法是择取悬崖绝地，以"加强意志力的集中和左臂力道上的锻炼"，借此使出刀时体内气机的运行"吻合这自然造化的气机"，从而使左手刀法"更上一层楼"。

而米字世家心法上的缺陷，亦使掌门人米龙选择绝地来苦练，以解除心法带来的危害。因此，他派米风进入血野林，目的是"借以毒攻毒"，换言之，米家心法本身的缺陷必须借助血野林之"毒"以攻之。那么血野林又有何毒？

血野林，这个组织，江湖上除了米字世家以外绝对没有人知道。

那是一个专门管辖米字世家中十恶不赦的罪人之处。每一个入林的人，必须戴上"血红石"雕铸的戒指。

这种戒指药、毒相生，终生不得离指。否则，便是当场毒暴而亡！

当然，血野林中人也不能离开那片林子！②

米风后被米尊救出，进入独孤世家之后被解了毒。而在血野林

---

① 奇儒. 蝉翼刀. 长春：时代文艺出版社，1999：372 - 373.

② 奇儒. 大悲咒. 珠海：珠海出版社，1999：55.

苦练多年使他成为米字世家第一高手，而此中因缘，自然与血野林这种艰苦的环境有必然的联系。

此外，南宫川在天马赌房"十年来他虽然是居于奴仆之位，却是在此'隐于市'修习着南宫世家的一门心法"①，羿死奴"曾经跟阿万师父有过一年整的时间在荒野中追杀目标"②，各申舒在十天里，"每天找到狼群就不顾死活地赤手空拳地上去干了"③，其法亦与俞傲于悬崖旁求"置之死地而后生"之理同。

第四节　四十岁——男人智慧、修为的巅峰盛年

人之生老必有其自然法则，不可违逆，各个阶段的发展诚如《黄帝内经》所言：

> 丈夫八岁，肾气实，发长齿更。二八，肾气盛，天癸至，精气溢泻，阴阳和，故能有子。三八，肾气平均，筋骨劲强，故真牙生而长极。四八，筋骨隆盛，肌肉满壮。五八，肾气衰，发堕齿槁。六八，阳气衰竭于上，面焦，发鬓颁白。七八，肝气衰，筋不能动，天癸竭，精少，肾脏衰，形体皆极。八八，则齿发去。④

男人一生的精力至三十岁左右达到最高，之后逐渐下降；但是，从一个人的心智来说，则需要一个较长的过程才能成熟，与人的年龄特征成正比，越老经验就越多。二者结合，最佳的交点或许正是在三四十岁左右。

许多武侠小说家喜欢把小说的主人公写得很年轻，让他们在十几岁到二十一二岁就具有绝世的武功与早熟的人生经验与阅历。如金庸笔下的郭靖、张无忌、杨过、令狐冲等人，年纪大多在此区间。陈青云笔下的主人公亦然，罗俊峰、宫仇、朱昶、杨志宗等皆是二

---

① 奇儒. 宗师大舞. 台北：长明出版社，2001：1001.
② 奇儒. 武出一片天地. 呼和浩特：远方出版社，1999：304.
③ 奇儒. 大侠的刀砍向大侠. 珠海：珠海出版社，1999：519.
④ 张志聪. 黄帝内经集注. 方春阳，等点校. 杭州：浙江古籍出版社，2002：4-5.

十岁左右的年纪。"云中岳的小说人物，偏好写年约二十二三岁，思虑、智慧已成熟，但情感却易于冲动的精实壮硕小伙子；自重自信，历经磨难而不失其勇悍特色。"①

正因为这些年轻人太过年轻，无论是社会阅历还是人生经验都非常缺乏，不足以从人生的历练中习得或思考出至上的武功，所以，为了情节的需要，就得设计一些巧遇来成就这些主人公在武技上的突破了。或得到一本秘籍，如张无忌从白猿腹中得到《九阳真经》；或得到高人的指点，如郭靖之得马钰、丘处机、洪七公等人的传授；或得到上古助长功力的神物，如陈青云小说中的人物就是如此。这些情节的设置，就是为了化解主人公太过年轻的尴尬，而这显然是有悖于常理的。再者，这些巧遇有时会给读者一种错觉，以为一个武士的成才靠的都是运气。

古龙自小说创作的中期开始，就从这一方面开始思考创新。"古龙式武侠新生代有一共同的特色：即年岁甚轻（顶多三十左右），一出场就是高手，甚至是高手中的高手！没有师承门派、苦练绝艺这一套，也不须为了复仇而活。他们大多好酒善饮，意气侃如；又屡破奇案，生死无悔。"②楚留香、李寻欢、陆小凤诸人作为新的小说人物形象，其创新的意义是多方面的。但此处我们更要关注这些人成为武林风云的掌控者时，其年纪已不复二十岁左右，而是三十岁左右。《黄帝内经》提到"四八，筋骨隆盛，肌肉满壮"，而"五八，肾气衰，发堕齿槁"，正可说明古龙诸人的创作已考虑到人的成长的自然规律，因此更符合人的认知过程。

作为武林中人，一般小说对英雄人物的成长都写得不尽相同，有的人是走邪门歪道，有的人是循序渐进，有的人虽然走的是正道的成功门路，却成功得太容易，如通过药物和奇遇来实现。

在武侠小说中，一般会出现三种类型的武林人士——正、邪、不正不邪。这些人的行事与为人各依其人生信仰，或遵循其道德意念。他们行走江湖的动机亦各不相同，正义之士志在靖国安武林，

①　叶洪生，林保淳. 台湾武侠小说发展史. 台北：远流出版事业股份有限公司，2005：280.

②　叶洪生，林保淳. 台湾武侠小说发展史. 台北：远流出版事业股份有限公司，2005：237.

维护社会的稳定，保证人民生活的安定。邪恶之人则以一己之欲之实现为终极目标，其手段与方法可谓各尽其能，不计后果。不正不邪之人则似乎没有具体的人生追求，或者说他们的追求就是随遇而安。

这三类人虽有此种明显的区别，但他们习武的情况则大致可作两种区分，即正宗的武功学习，其过程据人的身心正常发展，循序渐进，而这也往往需要一个较长的过程。所以，一般的武侠小说不得不设置一些奇遇的情节，或得古籍，或得奇药，或遇明师等，其目的就是弥补主人公年龄过小而武学提早成熟的不足。而邪恶之徒往往取捷径，多有违反人自身发展的自然规律之处，其武功往往在实际施展时带有明显的邪恶表征。这些人往往可以通过非常规的方式来实现武学的质变，所以，他们也容易消除作为年轻人而有艰深武学的矛盾。当然，邪恶之徒也有很多是在三四十岁之后才达到其武学的至高之境的。

奇儒的武侠小说，其主人公大多在三十岁左右，这个年龄最为常见的是正义之士：

这位韩大总管约莫三十出头……①

柳帝王往脸上一抹，露出了一张三十岁左右的面容，神情尽是得意而顽皮。②

皮俊二十岁掌权，至今五年来最少发过三百五十二次誓……③

苏小魂，三十岁。④

大悲和尚当然明白这个道理，所以三十年前他还是风流倜傥的少年郎时就落发为僧。⑤

---

① 奇儒. 帝王绝学. 台北：长明出版社，2001：66.
② 奇儒. 帝王绝学. 台北：长明出版社，2001：214.
③ 奇儒. 帝王绝学. 台北：长明出版社，2001：694.
④ 奇儒. 蝉翼刀. 长春：时代文艺出版社，1999：15.
⑤ 奇儒. 蝉翼刀. 长春：时代文艺出版社，1999：38.

潜龙一向的原则是回答得愈快愈好，虽然他才二十六七。①

那名汉子（冷默），不过只是三十岁左右……②

最后进来的那位姓大名舞的年轻人，约莫二十六七……③

柳无生这小子字婴儿，号大胆。小时候住在隔壁啦，因为一起偷人家果子被追打成生死之交。相处十年后，十八岁那年同考上举人就分道扬镳啦。④

鲁八手晃了过来，他可不是一般厨子或屠夫那等肥油胖子，而是生得秀气文雅的近三旬文士打扮。⑤

（魏尘绝）只有二十八九左右。⑥

因为董断红对"阎罗王的爷爷"这个外号满意极了。
虽然他的年纪不大，只是三十出头而已。⑦

花月楼的主人叫田花月，年轻得不到三十岁。⑧

在王王石的背后，有一个三十年岁左右的汉子（李吓天）踱了出来。⑨

（赵抱天）以三十年纪能登至此，不可谓不是极大殊宠。⑩

---

① 奇儒. 蝉翼刀. 长春：时代文艺出版社，1999：45 - 46.
② 奇儒. 蝉翼刀. 长春：时代文艺出版社，1999：585.
③ 奇儒. 宗师大舞. 台北：长明出版社，2001：6.
④ 奇儒. 宗师大舞. 台北：长明出版社，2001：130.
⑤ 奇儒. 宗师大舞. 台北：长明出版社，2001：211.
⑥ 奇儒. 砍向达摩的一刀. 敦煌：敦煌文艺出版社，1991：112.
⑦ 奇儒. 砍向达摩的一刀. 敦煌：敦煌文艺出版社，1991：253.
⑧ 奇儒. 武出一片天地. 呼和浩特：远方出版社，1999：172.
⑨ 奇儒. 大侠的刀砍向大侠. 珠海：珠海出版社，1999：46.
⑩ 奇儒. 大侠的刀砍向大侠. 珠海：珠海出版社，1999：155.

　　"姓单，叫单扣剑（李闹佛）！一个不到三十岁的年轻人！"①

　　以俞欢的年纪，二十五岁能进入典语中前四十名，已是十分难得。②

　　此外，《帝王绝学》中的夏停云、夏两忘、楼上、楼下，《谈笑出刀》中的谈笑、杜三剑、王王石、邝寒四，《武出一片天地》中的黑情人、潘雪楼，《大悲咒》中的苏佛儿、龙入海、俞灵、小西天、冷三楚，《砍向达摩的一刀》中的李吓天、魏尘绝等，这些人都在二十六至三十岁之间。他们都是在这个年龄段里，学到了至上的武学，或者说，即使他们有名师，但亦需到一定的年龄才能习得绝学。其中柳帝王、夏两忘、夏停云、皮俊诸人间接得到柳梦狂的传授；谈笑之师为忘刀先生；杜三剑之师为其父杜乘风；王王石之师为其父王悬唐；苏佛儿、龙入海、俞灵、小西天、冷三楚诸人之师则为其父辈苏小魂诸人；李吓天之师为其父李五指；魏尘绝之师为赵一胜。他们虽有名师的指点，但毕竟要经过岁月的磨炼。

　　英雄如是，坏人亦复如是。不管是一般的坏人还是枭雄，他们即使可以借助歪门邪径达成武学，亦需经过长时间的苦练，如此才能成为武林中有头有脸的人物：

　　老赢的年纪并不大，不过是三十岁左右……③

　　他（百魂）不过是三十左右，一身成就已在星岳派弟子中数一数二。④

　　池畔东首的花丛小石道上，则有一名约莫三十年岁的男子（羽公子）……⑤

---

①　奇儒. 扣剑独笑. 台北：裕泰出版社，1990：106.
②　奇儒. 凝风天下：第一册. 台北：宝胜国际文化出版社，2003：12.
③　奇儒. 大手印. 郑州：中州古籍出版社，1994：213.
④　奇儒. 宗师大舞. 台北：长明出版社，2001：232.
⑤　奇儒. 宗师大舞. 台北：长明出版社，2001：567.

（江流水和史无情）两个只有三十出头的汉子，却是绿林道上鼎鼎大名的巨盗。①

（蒲焰）很年轻，只有二十六七而已。②

秦西见是个三十出头的壮汉……③

盛八月是个全身皮肤通红就像被八月的秋阳晒烫了似的三十左右的汉子……
…………

这次回答的人是陆法眼，只不过是二十四五年岁，但是一身的气势相当的迫人。④

唐凝风唐大公子很清楚地将宗王师上下打量了一遍。
年纪和自己差不多，二十七八岁……⑤

老实能以二十二岁就登上老字世家的四大掌柜之一，这在"老家"已经是破天荒的大事。
十年来，证明老字世家近百高龄的老奶奶眼光独到!⑥

这是个不到三十岁的年轻人（兵王五子之离魂），俊挺深邃的面庞，有着这种年纪所没有的沉稳内敛。⑦

这些人的年纪也是在三十左右，正是最不怕死的年龄，思想又过了莽撞时期。大多数人已有独立思考与抉择的能力，又有强壮的体魄来支撑其实现理想。所以，不管一派之掌门，还是一门中最得

---

① 奇儒. 砍向达摩的一刀. 敦煌：敦煌文艺出版社，1991：75.
② 奇儒. 砍向达摩的一刀. 敦煌：敦煌文艺出版社，1991：439.
③ 奇儒. 武出一片天地. 呼和浩特：远方出版社，1999：616.
④ 奇儒. 扣剑独笑. 台北：裕泰出版社，1990：152.
⑤ 奇儒. 凝风天下：第一册. 台北：宝胜国际文化出版社，2003：55.
⑥ 奇儒. 凝风天下：第一册. 台北：宝胜国际文化出版社，2003：99.
⑦ 奇儒. 凝风天下：第三册. 台北：宝胜国际文化出版社，2003：24.

力的干将，或是大盗，或是杀手，都是如此。

那些所谓不正不邪的人物，他们有高强的武艺，但年龄亦多在三十左右。冬七寒本是黑色火焰大喜圣殿十八长老里最神秘的"逍遥大喜"，此人随心所至行遍天下，除了秘先生之外不接受任何人的命令，也不见任何人。他是黑色火焰七名核心成员包括秘先生在内的总护法。他的年纪，据吴花花回忆冬七寒之弟冬叶寒之身世时，叹道："二十几年来老夫就带那个孩子游览中原各地，直到有一夜……是八年前吧？朱元璋和陈友谅的兵变冲散了我们两地。"① 据此可知，冬七寒其时亦只是三十岁。此外，以下两位亦如是：

　　那就是当二十七年前那个夜里，他抱着羿雕唯一的儿子时，做出这一生中唯一一次的"反常"决定。"这个孩子是武林的光荣！"阿万看着围绕在身旁的手，扬眉道，"他将会有一个奇特的名字和一身可怕的武功，全天下都会因为他而记得他爹是怎样的一个人！"②

　　"萧饮泉？"卫九凤脸色一变，道，"人称'虎儿'的萧饮泉？"
　　玉满楼苦笑点头！
　　卫九凤轻叹，道："年三十，十岁被雷杀发现以前据说是由房山的白额猛虎所养大；天生异禀，武功造诣不明，亦未有登录暗杀记载……"③

　　二十七岁的羿死奴此时已是百八龙的龙头，三十岁的萧饮泉是刀斩门八长老之首。萧羿二人本来都是最神秘的杀手，但他们二人与冬七寒，后来都在侠义之士的感化下，由邪返正，成为侠义道中人。他们身居原职时，其组织则多不为正义人士所认可，就是在这种环境中，他们亦以这种年纪达成至高武艺。但不管他们是正还是邪，他们的行事大多据自己的意愿，而不是因事情本身的善恶。

此外，还有一些人物，虽不是书中的主人公，但他们为一时武林风云主宰者，其年纪亦仅在三十五到四十五之间，如下所示：

---

① 奇儒. 武林帝王. 珠海：珠海出版社，1999：196.
② 奇儒. 武出一片天地. 呼和浩特：远方出版社，1999：47.
③ 奇儒. 快意江湖. 澳门：毅力出版社，1982：208.

"独笑鬼剑的闻人独笑？"柳帝王双眉微微一挑，笑道，"闻人兄，你我生于同年，今日之会可是有缘得很。"①

开心禅师笑道："小和尚一住少林四十年，想不到江湖中竟然有人认得我？"②

江湖上没有人不知道有解勉道这一号人物。
因为，他是天下最大帮派乾坤堂的堂主。
胖嘟嘟的身材，和蔼可亲的笑容以及风趣的谈吐，不到四十岁的人能创立这么大的势力，必有过人之处。③

柏青天正站在池子旁，一夏池水映着他这张国字脸。
已是四旬近五十的年岁，正是男人智慧和体力融合在最成熟的时候。④

"那是一个四旬左右的麻衣汉子……"朱雀皱起了双眉道，"属下怀疑他是不是传说中老字世家近二十年来最孤傲的'麻衣'老行。"⑤

老实从鼻孔喷出一口气，哼道："一眼便看出绝杀老怪（兵王五子之绝杀）身中八十九种奇毒相生相克……嘿、嘿，说不定那家伙年岁不过四十而已——"⑥

因为，这里的主人，虽然不到四十年岁，却是鼎鼎大名"吞尽苍生烦恼泪，星布天穹伴人归"的吞星公子！⑦

① 奇儒. 帝王绝学. 台北：长明出版社，2001：23.
② 奇儒. 帝王绝学. 台北：长明出版社，2001：297.
③ 奇儒. 柳帝王. 呼和浩特：远方出版社，2001：429.
④ 奇儒. 砍向达摩的一刀. 敦煌：敦煌文艺出版社，1991：337-338.
⑤ 奇儒. 大侠的刀砍向大侠. 珠海：珠海出版社，1999：95.
⑥ 奇儒. 凝风天下：第二册. 台北：宝胜国际文化出版社，2003：131.
⑦ 奇儒. 凝风天下：第二册. 台北：宝胜国际文化出版社，2003：347.

前七杀手之贺波子、前天下十剑之吾尔空年、乾坤堂堂主解勉道、少林高僧不空大师、天下三大捕头之一柏青天、八卦一形门鄱阳湖舵主布飞、董断红马家大院的总管马快意、京城八大公子之首康有古，这些是白道侠士；而叶字世家新一代主人叶老豹、红衣教的教主邵顶天、武断红的得力手下郝困难、老字世家近二十年来最孤傲的"麻衣"老行、兵王五子之绝杀和吞星公子，则是黑道枭雄。他们的年龄均在四十左右，诚如小说所言："四十岁，对于一个男人而言正值智慧、修为的巅峰盛年。"① "四旬近五十的年岁，正是男人智慧和体力融合在最成熟的时候。"

当然，也有豪杰之士，把建功立业的年龄推得更后的：

"哈哈哈，易兄何必气馁？"沈京飞高声长笑，意气风发道，"五十盛年，正好是留名青史的时候！"②

慕容吞天这个人物可是大大有名了。
为了事业，到四十之后方娶妻。③

四十岁之后，江湖世界虽仍是他们的天下，但在武侠小说中，主人公不可能以他们为主角，而是年轻人的天下了。

在《谈笑出刀》中，洛阳四公子之宇文磐有一位神秘的杀手叫蜈蚣，在他接受宇文磐的命令来刺杀简一梅时，曾说了一句话："我倒想看看属于男人世界的武林，这些女人凭什么插足？"④ 在武侠小说中，大多数女人的命运亦如现实生活中的一样，她们仍然受到男权社会的压力。虽然她们亦行走江湖，相对于世俗社会中的大多数女子，她们有较多的自由，不受太多的束缚，比如年龄上，她们不必以十五六岁作为一个节点来决定自己的人生。但实际上，在许多武侠小说中，女子的命运大致与世俗社会的女子相同，即其结婚年龄亦以十五六岁为限，或行事以此为界。要么十五六岁之前未婚而

---

① 奇儒. 帝王绝学. 台北：长明出版社，2001：9.
② 奇儒. 武林帝王. 珠海：珠海出版社，1999：23.
③ 奇儒. 砍向达摩的一刀. 敦煌：敦煌文艺出版社，1991：419.
④ 奇儒. 谈笑出刀. 呼和浩特：远方出版社，1999：347.

行走江湖，要么十五六岁之后已婚而入江湖，此在许多小说中可见。

　　然在奇儒的武侠小说中，青年女子虽亦有世俗的诸多束缚，但其行走江湖的年龄可与《黄帝内经》的这段话相印证：

　　女子七岁，肾气盛，齿更发长。二七，而天癸至，任脉通，太冲脉盛，月事以时下，故有子。三七，肾气平均，故真牙生而长极。四七，筋骨坚，发长极，身体盛壮。五七，阳明脉衰，面始焦，发始堕。六七，三阳脉衰于上，面皆焦，发始白。七七，任脉虚，太冲脉衰少，天癸竭，地道不通，故形坏而无子也。①

　　女子三七、四七为其生理与心理智慧成熟之时，但在武侠小说中，仍遵循二七行事，女子多以十四五岁即结婚生子，或行走江湖，相比《黄帝内经》所述，则似是生理与心智未成熟之时。金庸的小说亦不例外，如黄蓉、小龙女、王语嫣等人均如是，她们有的武功顶尖，有的没有武功，但相似处都是年纪轻轻。

　　而奇儒的武侠小说，女子则异于是。能够在江湖上行走的未婚女子，必在双十以上、三十以下。略举数人如下：

　　（萧灵芝）想着，自己年已双十又八，十年世外宫中生活，哪里有机会见识得倾心异性？更别说像柳梦狂这般傲世之才！②

　　（韦皓雁）这绝世美女瞧起来二十五六年龄，风华气韵当真逼得男人窒息，想来是韦瘦渔的爱妾。③

　　"她们今年是双十年华……"倪不生用不着别人问，倒是先道了，"火焰双虹据说是秘先生的一对宝贝女儿。"④

　　苏小魂偷瞄了一下，铜镜里的钟玉双。双十佳人……⑤

---

①　张志聪. 黄帝内经集注. 方春阳，等点校. 杭州：浙江古籍出版社，2002：4.
②　奇儒. 帝王绝学. 台北：长明出版社，2001：226.
③　奇儒. 柳帝王. 呼和浩特：远方出版社，2001：53.
④　奇儒. 柳帝王. 呼和浩特：远方出版社，2001：323.
⑤　奇儒. 蝉翼刀. 长春：时代文艺出版社，1999：19.

一个是唐羽仙……至今，她也才不过二十岁而已……①

宫追夫（宁心公主）道："小妹双十又二。姊姊呢？"
钟梦双笑道："姊姊痴长了六岁。"②

他转向尹小月看了一眼，淡淡道："好个后花园里双幽会，嘿！慕容世家白教了你二十三年的礼数了。"说着，转身大步往前头而去。③

女人（黑蝶衣）的年纪不大，约莫只有二十六七而已……④

二十岁而已，却已是亭亭玉立得令人目瞪口呆。
…………
这位大小姐一出现，当即有人轻呼道："宣洛神大小姐！"⑤

特别是阎霜霜一个双十年华的姑娘能舞出如此曼妙精绝的武学造诣来……⑥

宣雨情、萧鸿蒙、天下第一杀手皇甫风曲、火焰双虹、钟玉双、赵夫人（组织中的称呼）、宁心公主、单文雪、龙小印、文洛神、文文、梅问冬、蓝掬梦、简一梅、李猜枚、间间木喜美子、那群，以上这些皆为未婚女子，都是一时武林风云的弄潮儿，她们的年龄均在二十到三十之间。

此外，还有一些在书中未明确指明，实际年龄均在二十至三十之间的奇女子，如《柳帝王》中的潘离儿、倪不生、童媚火、白雪莲、黑珍珠，《大悲咒》中的米小七，《宗师大舞》中的京天灵，《谈笑出刀》中的布香浓，《砍向达摩的一刀》中的章儿铃、何悦

---

① 奇儒. 蝉翼刀. 长春：时代文艺出版社，1999：92.
② 奇儒. 大手印. 郑州：中州古籍出版社，1994：45.
③ 奇儒. 谈笑出刀. 呼和浩特：远方出版社，1999：122-123.
④ 奇儒. 砍向达摩的一刀. 敦煌：敦煌文艺出版社，1991：154.
⑤ 奇儒. 大侠的刀砍向大侠. 珠海：珠海出版社，1999：10-11.
⑥ 奇儒. 大侠的刀砍向大侠. 珠海：珠海出版社，1999：454.

珏，《武出一片天地》中的杨雪红、冷无恨、唐羽铃，《扣剑独笑》中的伍还情、楚月，《快意江湖》中的林俪芬、玉珊儿，《凝风天下》中的藏雪儿、藏雅儿、足利贝姬、龙征、鼎冷世。

武侠小说因以古代社会为背景，与现实有较大的距离，由此招致一部分读者的批评与拒斥。而主人公年纪轻轻就以奇遇习得使其成为人上人的武技，显得不可思议，这又更容易使批评家产生厌弃的心态。例如柳残阳的小说因过于为黑道张目而在批评家中引起争议，云中岳因以精严的历史考察写武侠小说而不为大多数读者所接受。

第五节　以武悟道，何尝非修行法门

刘勰云：“凡操千曲而后晓声，观千剑而后识器。”① 此谓知行结合，又特别强调日常的体验对理解事物的作用，即《大学》所谓格物而致知也。

佛家讲究证道，即不但要参悟理障，生成圆满无漏的智慧，而且强调在世俗社会中体悟佛道，即后来禅宗所谓平常即道，或道在溺中。

武技是一项技艺，武者尝言“拳怕少壮”“拳不离手”，总是强调一个人年轻时的执着练习，使其熟能生巧。

然则，武技的升华与提升，除观摩前辈一途之外，自身日常的历练，亦是悟出武道的方法之一。在奇儒的武侠小说中，他提到六臂法王“以武悟道”。佛道艰深，本来，唯静方能入定，以见智慧，但法王却偏偏以动悟道，他正是有感于其师弟噶噜札在半年前的中原之行中与中原大侠苏小魂的一次交手经历，了悟密藏至上真谛而有此一念：“六臂法王微笑，道：‘以武悟道，何尝非修行法门？’”② “以武悟道”乃是修行法门，其实就是希望在江湖的历练中体验道。

武侠小说，以武争雄天下，可以说，武技是武士立足江湖的基

---

① 刘勰. 文心雕龙义证. 詹锳，义证. 上海：上海古籍出版社，1989：1850 - 1853.

② 奇儒. 大手印. 郑州：中州古籍出版社，1994：2 - 3.

础，亦是他们实现终极理想的最基本的条件之一。所以，成为武学宗师，一代人杰，必要习得绝艺。而人生的各种体验亦是他们在江湖中生存下去的法宝，同时也是他们增进武技的方式。

能从江湖获得的知识有很多，每个人了解得越多，他生存下去的机会自然就越大。在《柳帝王》中，田不时随秘先生的高徒、文可状元武可宗师、叶家百年第一奇才叶叶红来京城，却遇到柳梦狂。他竟然不知帝王柳梦狂与闻人独笑，被打败之后，他静静地听二人的一番对话："他发觉从这两个的口中说出来的话，每一个字都是一个武林中人如何在江湖生存下去的金科玉律。"① 这些都是游历中所获得的人生经验，但只是其一。

游历可以使人获得很多生存技能，但在很多武侠小说中，作者并没有刻意叙述或许是觉得理在事中，事毕而理现。而在奇儒的武侠小说中，则比较强调阅历对武士成长的影响，这包括人生的方方面面。

以赌博来体验江湖，即其中重要的一项。所谓赌，谓用财物作注比输赢，泛指比胜负、争输赢。有主动刻意的行为，亦有被逼无奈或迫不得已的落寞。前者是一种主动挑战自身智力与体力的行为，而后者则是一种寄希望于奇迹的行为。无论哪一种行为，都需人生经验的累积。在奇儒的小说中，时常出现无奈之赌。当然，这种赌大多是侠义道中人在面对现实无能为力时所表现出来的一种挣扎，存希望于万一：

> 冷知静曾对叶记车行肯将车子租给他，而且，还派了个驾车的好手犹豫。
>
> 只是，无奈处，唯赌！
>
> ⋯⋯⋯⋯⋯
>
> 冷知静沉思了片刻，道："只有蒙古的玉犀角可以吸出京总寨主的毒⋯⋯"
>
> 冷知静看了叶本中一眼，一咬牙，解下身上的冷无恨道："无恨就只有交给你了⋯⋯"
>
> 叶本中讶道："你⋯⋯"

---

① 奇儒. 柳帝王. 呼和浩特：远方出版社，2001：100.

冷知静惨笑道："京总寨主命在旦夕，冷某唯有顾义！"①

冷知静本来是冷枫堡的少堡主，但自冷枫堡破后，以其父曾勾结外邦叛国而为武林所弃，后得唐羽仙所感化而归于正途。其时，他护送洞庭湖王京十八至蒙古求药，但因为冷知静曾经的所作所为尚未被一般的武林人士所理解，故为天下人追杀。彼时负友战千里，他不得不赌。他唯有护送京十八，而抛下初生的女儿。

钟玉双与苏小魂兵分两路，一送冷知静之女入钟家绝地，一护冷知静入蒙古。钟玉双这路颇多周折，因其时冷知静之父冷明慧别有一番心思，在钟玉双的路上设置重重障碍，使她遇到了绿林盟主柳三剑。连日奔波与搏杀，钟玉双唯有赌：

钟玉双大喝，双剑如自天外而来卷向柳三剑！
柳三剑不动，淡笑道：
"多日奔波，加上穴道被制过久，你——不用多费力气——！"
纵然是此，只是，无奈处，唯赌！
双剑已至，柳三剑倏忽出手。②

此亦是无可奈何的挣扎。柳梦狂说，比武搏斗，五成机会能赢，一成的机会也能赢，关键是努力争取那万分之一的机会。所以，钟玉双亦唯有赌。

在众多无奈的赌中，或许这一次的最让人觉得悲怆：救俞傲。俞傲，人如其名之傲。他与谭要命比刀，一战之后，强忍受创之身而延误了救治的时机，被发现时，已是气息奄奄，甚至他的对手老鬼都无法接受这种生命的消逝："老鬼双目尽赤环顾众人道：'你们难道救不了他？俞傲是你们的朋友……你们竟能眼睁睁……'老鬼说着，竟然大哭了起来，号声大恸，闻者动容！"③ 在众人的努力下，最后做出了最艰难的选择：

---

①　奇儒. 大手印. 郑州：中州古籍出版社，1994：221–224.
②　奇儒. 大手印. 郑州：中州古籍出版社，1994：293.
③　奇儒. 大手印. 郑州：中州古籍出版社，1994：396.

　　冷明慧讶道："钟姑娘真的要试？三天若无冷枫木，只怕俞傲将要爆血而死，面目全非……请三思……"

　　每个人，都看向钟念玉。

　　钟念玉轻叹，道："既死，又何须计较遗容？"

　　声音说得淡，便是心到死，言轻无波！

　　钟玉双沉重地站起来；至此，无奈处，唯赌！①

　　救治俞傲之法，需要极冷极热两物，冷明慧身上的大还丹为极热之物，而极冷之物，则需要千里之外冷枫堡的冷枫木一尺。钟玉双身上有苏小魂所赠的冷枫木，但尚欠五分，奈何？难道一代大侠，一代刀客，毕生守卫武林安宁、维护国家稳定、张扬武道正义的俞傲，就这样在群侠努力与天命的抗争过程中，逐渐消逝吗？"至此，无奈处，唯赌！"

　　另一种赌，则是主动为求名求利的，当然，有的人只是为了以赌来体验人生。毕竟，赌博本身虽是碰运气，但也能体现一种智慧。特别是在武侠小说中，运气只不过是一种谦虚的说法而已，因为，江湖不讲运气，一切的所谓运气，都是以实力为后盾的，运气所关怀者，汗水与智慧耳。诚如各申舒所言："运气？武学一道哪有运气？……第一次你赢我或许是运气，第二次赢我就是实力。"②

　　百里长居是帝王柳梦狂所谓的天下十剑之一，他久居塞外，以喜乐双剑名列十剑，在击败了同居塞外的阿师大剑之后，隐然已成为存者之首。这是因为柳梦狂眼睛已瞎，而田原力乃扶桑名剑，红玫瑰败于阿师大剑后已归隐，浣情名剑童问叶败亡于阿师大剑公孙子兵。但百里长居极少行走中原，又是神秘的黑魔大帮的总护法，故难为武林人士所知。

　　剑客有剑客的江湖命，无论他们如何收敛自己的行藏，命运必然使他们参与武林事，此所谓身在江湖而不得不然的铁律，试剑即其人生：

　　百里长居挑了挑眉，注视着那张宣纸一眼，道："我那位'同

---

　　①　奇儒. 大手印. 郑州：中州古籍出版社，1994：402 – 403.

　　②　奇儒. 大侠的刀砍向大侠. 珠海：珠海出版社，1999：521.

宗’的赔率又是多少？”

“一比二。”

“嘿、嘿……原来如此。这么说大家看好闻人独笑必胜了？”

“这倒是很难说的。”杜石摇头道，“一般赌须有着看名气下注的习惯，胜负之间往往依名时的情况不同而有所差异。”

百里长居双眼一亮，道：“怎么说？”

杜石一笑，解释道：“如果在今天一天之内百里长居有了什么惊人之举，自然会增加许多人的签注。”[1]

百里长居虽是大剑客，却只为数人所知。居于高人的自矜，大侠不会随便咬舌评价天下人。但有的人虽身有高耀的光环，仍欲更进一步。百里长居决战前的“惊人之举”有两种，赌即其一：

百里长居从好汉赌坊出来的时候，早已轰动了整半片京师里的大小赌徒。

从一两银子变成百万两银子不过是半个时辰。[2]

能够在一个时辰之内，以一两银子赢得百万两银子，其举已惊人。当然，百里长居以这种方式来成名，并不是他的最终目的，调心也。

这一战，就是剑客的一生，没有再来一次的机会，所以，对剑客而言，只有赢，才有生存下去的权利。喜乐双剑，有绝对的实力，闻人独笑亦不得不思考如何以单剑破双剑。从理论上讲，双剑必有其天然的优点，当然，唯有经过不懈的努力与谨慎周密的安排才能使其达到至境。调心的目的是使自己在比试中，尽可能展现智慧与体力的完美结合，而方法可以有多种，以武可以悟道，闹中未尝不可以取静。赌博，在展示智慧的同时，也就是使身空、心空、身心皆空、气空的过程。

但是，百里长居却是失败的。奇儒小说中反复出现的一句话是：

---

① 奇儒. 帝王绝学. 台北：长明出版社，2001：826 - 827.

② 奇儒. 帝王绝学. 台北：长明出版社，2001：834.

"天下事，优点和缺点总是并存的！"① 成于赌，败于赌。使百里长居成名于决战前的是一两银子成百万两银子的赌，而败于赌中原武林的"不过如此"，同为天下十剑的昆仑双剑说："百里长居之败，败于太过自信骄妄。""昨日他在京师内连斩了数名高手，加上他少历于中原武林便以为中土武林中人不过如此。"② 人生变幻如是，赌字一门，在武林中能表现智慧，但何人能长赢？

老赢是苗疆老字世家的当代主人。上一代老字世家在江湖中的代表有老头子、老师、老鬼，老头子死于入侵蜀中唐门时，老师已走火入魔，唯余一个失去双手的老鬼。所以，光大老字世家以及为上代向唐门复仇的重任就在这个老赢身上。为何叫老赢？有原因：

> 老赢的年纪并不大，不过是三十岁左右；可是，正如其名，从小就是光大老字世家的希望人物。
> 当他从小会赌开始，不过四岁；就从四岁到三十岁，二十六年间，大小战役、赌钱、嫖妓、喝酒，加起来没一千次也有九百九十九！
> 果然老赢，至今尚未败过！③

这个人的可怕在于，他做任何一件事，都有绝对赢的把握，战役、赌钱、嫖妓、喝酒，即所谓人生诸欲尽在掌握中，了解了人情世态，便明白处事的机变技巧。

老赢带领老字世家由苗疆八万四千名苗人中挑选出来的一百人向唐门问罪，与唐门由六千七百名唐家武者中挑选出来的一百人，就这样对上了：

> 老赢冲着唐雷一笑，道："无论怎样，唐家老太太总是武林中值得敬仰的人物。所以——我们先祭拜了唐老太太再谈。怎样？"
> …………
> 老赢等老字世家的人都祭拜完了，才朝唐雷一笑，道："一个时

---

① 奇儒. 大手印. 郑州：中州古籍出版社，1994：811.
② 奇儒. 帝王绝学. 台北：长明出版社，2001：893.
③ 奇儒. 大手印. 郑州：中州古籍出版社，1994：213.

辰后，破唐门！"

…………

老赢原先以为这一时辰的时间等待，可以令唐门焦躁、不安、分离。现在，已是大错！

老赢跨前一步，唐雷也跨前一步，唐雷身后，百名唐门汉子也跨前一步。

老赢立刻感受到一股排山倒海的力量迎面而来！①

这仗几乎无可避免，亦几乎无人能解其困，即使当时苏小魂与大悲和尚都身临其境。老赢不可能在此时退缩，这不仅关乎老赢的声誉，更涉及老字世家能否在江湖上立足的问题。所以，这也是一个赌，只不过，这次双方都赌上了各自一百多条人命和一个家族的命运及江湖地位而已。赌胜的一方，必将在江湖上拥有更高的地位，失败的一方则将被江湖淘汰，这是无法避免的。可以说，老赢和唐雷各自都是骑虎难下、退无可退的了，只有一赌定胜负。

当然，结局是双方都有一个完美的结果，因为出现了一个能解此困的人：

老鬼很稳、很猛地走到两军之间！

老赢惊喜交集，还来不及请安，那老鬼已然大叫："滚回去！老家的人都是汉子，自己的事自己料理！"

…………

老赢无话，眼中也露出钦佩感激的眼光；方才那一战战起，必是势无可退；不退，老家一百零一条命必葬于此。

老赢一叹，和唐雷注视半晌，一拱手，回身，率老家百名汉子而离！②

老赢至少没有输，他"惊喜交集"，唐雷何尝不为老鬼消弭此劫而"露出钦佩感激的眼光"？

老赢之所以能老赢，可用唐雷的一句话来概括："那是因为攻心

---

① 奇儒. 大手印. 郑州：中州古籍出版社，1994：214-216.
② 奇儒. 大手印. 郑州：中州古籍出版社，1994：217-218.

术实在太高明!"① 心,本就是智慧与烦恼的源泉,人生事,终归一心,攻心,本就是成事最有效的方法。老赢之所以屡赢不败,心使然,智慧使然。

谈笑是《谈笑出刀》和《大侠的刀砍向大侠》中的主人公,他的一生就是要阻止简一梅总领的六府道绿林与赵古风为首的朝廷权宦勾结引外邦推翻大明的阴谋,同时阻止蒙古贵族第五剑胆的传人羽红袖对中原武林的激荡。

谈笑一生打赌没有输过,或许在他看来,他的一生就是赌过来的。只不过,他的赌都是建立在自己的能力与智慧之上的而已,而且他的能力与智慧使他的每一次赌都能转化成切实的成功。诚如他为了揭开奸宦刘瑾的阴谋而与神通赌坊阎千手的较量一样,第一关掷骰子比大小、第二关猜棋子、第三关定时聚蚂蚁、第四关以一敌四打牌、第五关猜美人图,每一关都是各见智慧,甚至事涉生死的,但谈笑都顺利过关了。

赌博,在武侠小说中并不是游手好闲的无聊消遣,其间所展现的心思、计谋、策略、才识、胆力,都是修炼的法门。而大道相通,这些活动亦有助于武士对武学的深入思考。何况其中的很多赌博本身就是武技的较量,是内力激发使然,如百里长居两点通吃,必是借助其内力使他人失去制胜的机会;谈笑的赌从第三关起,就是跟人比拼内力和心思的;老赢的赌更是赤裸裸的武功较量。

琴棋书画与赌博一样,亦属技艺,只不过,前者为更多的文人雅士所喜而成为雅事而已,而赌博以其大多涉及财物,且于一般人以运气为定,所以略显庸俗。但其实二者亦往往结合在一起,赌是方式,琴棋书画是内容,这使二者变得情趣盎然。在许多武侠小说中亦多有叙写。如《天龙八部》中写围棋的较量,《倚天屠龙记》开头写谢逊与张翠山书法的赌博均如是。奇儒小说中提到卒帅晏蒲衣以此作为历练江湖、增加人生阅历的方式,为其以后创立黑魔大帮成就大事奠定了基础:

　　卒帅,统天下之卒,为武林之帅!
　　"卒帅"晏蒲衣就如同他的尊称那么神秘,是卒亦帅。

---

　　① 奇儒. 大手印. 郑州:中州古籍出版社,1994:214.

听说，他曾经在长江流域上一行三年和沿岸渔民打鱼为生，亦有说，曾经在大都京城里摆下琴棋书画艺剑骑，连续六个月没有人可以在任何一项与之相较。[①]

在《帝王绝学》中，柳梦狂是武林第一剑客，自创大异武学理路的"帝王绝学"，江湖人称帝王。他一生中唯一的失败就是在十五岁时败于当时的天地门门主、三十多岁的萧天地。自重出江湖之后，已无敌手。而武林中堪与帝王颉颃者，唯卒帅而已。

晏蒲衣的行止更为独特，在长江沿岸为渔民，半年内摆下七艺挑战天下，后又消失于江湖二十年。

对平常武林人而言，精于其一已足以笑傲于江湖，即使如帝王柳梦狂，亦未必于琴棋书画诸艺并擅，他授业宣雨情，亦常言"术业有专攻"。而卒帅晏蒲衣自然明白此中道理，此理既明，而能众业臻妙，自是其天赋异禀且精于勤了。以此之故，他亦能创设此黑魔大帮，亦是唯一能与柳梦狂争锋之剑士。

另一种隐蔽的赌博，可泛化为游历江湖，即体验江湖的生活。其时，武士并不以目前的建功立业为旨归，而是了解这个生存的天地，为以后的成大事作更多的准备。因其时心智、武技尚未成为左右江湖风云的资本，所以，此时的游历亦带有较大的风险，往往一事不慎，性命难保。此以柳帝王为例。

柳帝王是武林帝王柳梦狂的独子，也是一个武学奇才，抛弃其父自创的"帝王绝学"而自己又创出一套深不可测的"帝王绝学"。他一开始就表现出创新武学的热情，所以游历江湖当然也是他增进见闻以助于创艺的途径：

皮俊打了个寒战，缓缓道："你记不记得我们是几岁的时候进去的？"

"十岁！"柳帝王可记得一清二楚，道："十八年前。"

"那真是一场噩梦！"皮俊看着下面那两个人、一个鬼静静地望来，叹气道："他们在等我们下去！"

宣雨情这时忍不住插口道："你们进去过'修罗天堂'！在十八

---

① 奇儒. 帝王绝学. 台北：长明出版社，2001：368-369.

年前就碰上过'鬼'了?"

"是!"柳帝王沉重地苦笑一声,眸子中的恐惧更深了几分,道:"在真正进入修罗天堂以前,最后一关守住'人间世'的就是'鬼',那时……"①

"误打误撞的——"柳帝王耸耸肩回道,"那时我们四个在各处流浪体验种种天下江湖事。结果被生死林的'世间使'误以为我们也有身仇家恨带了进来,足足混了一年才有机会出去——"②

柳梦狂曾说过:"定力是武学最基础也是最终的境界。"(见《武林帝王》第454页)而定力的训练方式有很多,如百里长居以赌博的方式来调心。而对于年轻人而言,游走江湖,体验种种天下江湖事,亦是定力训练的途径。十八年前,柳帝王他们十岁,就被"世间使"误抓入修罗天堂,在生死林训练。这个地方基本上是有入无出的,恍如地狱。但另一方面,能从此地出来的人必具他人不能有的异能,因为,"能从里面出来的人一定有极大的定力,非常非常超乎人类极限之上的定力!"(见《柳帝王》第125-126页)

柳帝王及其朋友武功卓绝,他自创的"帝王绝学",不遑少让于其父的帝王绝学;柳梦狂谓楼上、楼下"易容变声之术已冠绝天下"③;"夏停云的轻功妙绝,已可称为天下第一。夏两忘的闪躲之术,亦足夸赞宇内无出"④;而皮俊自然亦与柳帝王不分伯仲。他们之所以成为人中龙凤,除了有帝王柳梦狂的指点,重要的是他们有异于常人的天赋与自觉创新的意愿,在江湖游历中增长见闻与训练定力。十岁的少年与"鬼"共舞,这使他们在以后的江湖岁月中可以从容应对各种困境。而有了这种定力为基础,他们自然能够在危险中被激发潜能,或从容发挥其本能。而本能,正是武学之至境。

阴森恐怖的生死林是训练定力的环境,妓院何尝不是如此。昔年佛陀普度众生,曾经化身为各色人等,以度化冥顽不灵者。这对

---

① 奇儒. 柳帝王. 呼和浩特:远方出版社,2001:127-128.

② 奇儒. 武林帝王. 珠海:珠海出版社,1999:547.

③ 奇儒. 帝王绝学. 台北:长明出版社,2001:421.

④ 奇儒. 帝王绝学. 台北:长明出版社,2001:837.

佛陀当然也是一种心灵的考验。柳帝王是天下混帮的头头，是一个正义的维护者，是侠之大者，对邪恶深恶痛绝。但正如冷明慧教导李吓天一样，要想办好案件，必得首先懂得恶人为恶的心思与方式。柳帝王既明此理，也有体验，其混迹妓院便是一例。有此经验，他才能面对欲界的诱惑：

　　"因为柳哥哥我在'混'的时候……"柳帝王说着，竟然有点脸红起来，道："我曾经去过二十大城的四十四间最大青楼内晃过……"

　　他的脸色正经起来，瞧着沈蝶影发白的表情，道："柳某在这四十四间青楼内'守身如玉'，但可也是见过了天下所有名妓所能做出最令人心动、疑惑的表情。"①

　　柳帝王面对天魔无极门门主沈蝶影时能够保持灵台不灭，是因为，"见过了天下所有名妓所能做出最令人心动、疑惑的表情"。人在面对诱惑时，其理智往往不得不与欲望作搏斗，二者的胜负决定其事的成败，如六臂法王面对九十魔母的色诱，他以高超的定力守着灵台不失而败敌。但出家人本就四大皆空，而常人则六根未净，他们要达到八风不动，自然需要专门的强化训练，因为定力是一种人为的、理智的行为，而欲望则是一种本能。可以简一梅为反例。

　　《谈笑出刀》中天下第一名妓、守身如玉的简一梅，是六府道绿林的总领。天下人皆以为她只是一个不谙武功的女子，但其父简北泉及谈笑诸人均知她"武功深得可怕"。她守着游云楼二十多年，亦是见尽天下各色男人的表情及心思。以此之故，她能搅动武林，若非深爱谈笑，天下武林已然大乱。

　　赌博关乎体力，亦关乎智慧，此两者的结合，或可曰即为定力。而定力正是武学的基础与最终境界。

　　帝王柳梦狂与卒帅晏蒲衣一战之后，为金品名刀所伤，于天霸岭下接受萧灵芝的治疗。萧天地的天地门因与黑魔大帮联手而面临再次解散的危局，他希望女儿能把帝王一身功力转于己身，以重霸江湖。但萧灵芝却希望其父在失去武功之后退隐江湖，以颐养天年。

---

　　①　奇儒. 柳帝王. 呼和浩特：远方出版社，2001：12.

所以，循着常理转换的结果是萧天地一身功力治好了帝王的内伤，而萧天地却成为一个废人。帝王与之有一段话如是说：

> 柳梦狂一叹，伸手握住萧天地道："萧门主，一生功名何为？柳某名动江湖，人称'帝王'也瞎了眼，晏蒲衣驰震武林，人称'卒帅'也死不得其所。再看看天下十大名剑，如今尚剩得谁？"
>
> 这一串话，萧天地似乎沉默了下来。
>
> "就看七龙社而言，左弓帮主今日如何？"柳梦狂一叹道，"郭竹箭名动天下又如何？人生一遭，尤其江湖中人难有天年终老。"
>
> 萧天地冷冷一哼，道："那你呢？为什么不退出江湖？"
>
> "柳某正有此意！"
>
> "什么？"
>
> "萧门主，今日之江湖已非我们的天下！"柳梦狂一叹，道："柳某如能有灵芝姑娘常相伴于左右，此生何求？"①

　　每一个人来到世间，都不会只想着平安无事、无所作为地度过人生几十年的光阴，尤其是在封建社会，士人被灌输的理念是要修身、齐家、治国、平天下。而要平治天下，即便是道家者流，亦需要在功成之后才考虑身退。武侠小说以古代社会为背景，江湖世界亦属社会，武士亦首先是士。他们不需要似文士一样以笔描绘人世蓝图，而是用刀剑在江湖中创建一方世界。不管文士还是武士，都有期待平治天下之志，所以，文之死谏，武之死战，都是江湖的铁律。柳梦狂之退出江湖，对他来说，原因很简单："柳某如能有灵芝姑娘常相伴于左右，此生何求？""况且，我已不配有'帝王'之名。""闻人独笑的剑已在柳某之上！"②只有这样的大智之士，身历江湖数十年，才明白江湖的无奈与平静生活的可贵："董天下哼哼了两声，道：'你们都还是毛头小子，不知道我们这种老江湖对平凡的生活是多么羡慕。'"③

　　的确，老江湖对平凡生活充满艳羡之心，但毛头小子却不甘于

---

①　奇儒. 帝王绝学. 台北：长明出版社，2001：914－915.
②　奇儒. 帝王绝学. 台北：长明出版社，2001：915－916.
③　奇儒. 扣剑独笑. 台北：裕泰出版社，1990：465.

平凡生活，他们必得创立自己的功业。而建功立业的过程，亦是一种实在的历练，这种历练无疑对于年轻人武技的提升有着更直接的帮助。因为实践才能检验其理念的正确与否。

侠客之成才，因受着侠的约束，旁门左道不可为，所以，从行事中积累经验，训练定力，正是一条可行而又必须的途径。修罗天堂的阎如来就从中获得足够多的人生经验。

修罗天堂是一个奇怪的组织，修罗、天堂、人间世鼎足而立，相互只有"横"的联盟而没有"纵"的附属关系。修罗以蒙古人为主，天堂以女真人为主，人间世则以陈友谅旧部为主，三部的最高领导者为此三部轮流执政的人担任，其时为修罗的应人间理事，是为天地人第一大修罗。修罗下设一位冥大帝、十长老、十大鬼王、刽子手等，以下还有各个部门的负责人；天堂则对应下设一位光天皇、十长老、十大龙王、刽子手等。阎如来是当世的冥大帝，其人行事大异常人：

> 潘离儿瞅了他一眼继续道："他的确不是普通人。最少，六年前就曾上少林在罗汉院十八长老面前把他们的眉毛全给剃了回来。"
> ⋯⋯⋯⋯⋯⋯
> "五年前则在蒙古皇帝托欢特穆尔避走开平时尤且于千军万马中取走了自成吉思汗先祖传下来的天神宝刀⋯⋯"
> ⋯⋯⋯⋯⋯⋯
> "三年前的冬夜又有了他的传说⋯⋯"潘离儿轻轻一皱眉，道："据说是在极西的波斯那个国度参加了一场战争，而且帮忙帖木儿帝国的兴起⋯⋯"
> ⋯⋯⋯⋯⋯⋯
> "去年，朱元璋派兵攻下和林后进杀扩廓。"潘离儿轻哼道，"这一战之所以无法攻胜，据说又是这位阎如来的关系！"[1]

冥大帝是修罗的最高掌控者，直接对第一大修罗负责，可想而知，要成为冥大帝或光天皇，必然要做出惊人的事业，行不寻常之路。把少林罗汉院十八长老的眉毛剃掉、于千军万马中取走托欢特

---

① 奇儒. 武林帝王. 珠海：珠海出版社，1999：19 – 21.

穆尔手中的天神宝刀、帮助帖木儿帝国兴起、阻止朱元璋在和林的杀戮。以一个人的力量，而能行如此功业，必非常人，需具备卓绝的智慧、缜密的心思、运筹帷幄的能力，此外，还要有绝顶的武功。这都是阎如来成功的条件，这些无不关乎人之定力。

李吓天年纪不大，却是天下三大捕头中最让恶人害怕的一位，不仅在于"法律还没判决一个人该死以前，他不能抢在判决以前就杀了那个人"（见《砍向达摩的一刀》第 250 页），而且在于他办案的智慧以及他的武功。但是这样一个年轻人是如何练成的？天下盗爷董断红有一个评估：

> （李吓天）"三十岁，师承不明，二十二岁时由鲁东百香县六扇门发迹。"董断红的声音跟眼睛一样在发亮，道："三年内，鲁东一带没有半个盗贼……"
>
> 卓夫人轻轻笑了，道："所以那时有一句歌谣'鲁东一吓天，吓破恶人胆'。"
>
> "五年前被调派到京城，第一年便破了六件大案……"
>
> "的确是不错的家伙，可以和长安柏青天、金陵伊世静媲美……"
>
> "第二年又破了京城三大奇案，皇帝老子特别给了面"天下捕头"的金牌。"[1]

他自鲁东至京城，八年间与长安侯爷柏青天、金陵伊世静并称天下三大名捕，又"以这位李吓天李老兄最可怕"（见《砍向达摩的一刀》第 265 页）。看看他办案时，都有过一些什么情况，就可以了解他的成长了：

> 你可以在"大寒"这种鬼捞子天气的三更夜里窝在"闹花楼"的后巷试试看。
>
> …………
>
> "这小伙子不错！"简笑山点了点头，眼眸里有一分欣赏道，"大寒三更夜里能耗住两个时辰，武林中已经不太常见。"[2]

---

① 奇儒. 砍向达摩的一刀. 敦煌：敦煌文艺出版社，1991：265.

② 奇儒. 砍向达摩的一刀. 敦煌：敦煌文艺出版社，1991：233 – 235.

董断红叹气道："什么地方不好，报了一个长满这种东西的地方。"

他不喜欢苇草是有理由的。

"因为在六年前哥哥我去偷排帮老大手上那颗叫作'汉魂'的戒指时，一路被追杀、追杀、追杀……"

董大盗爷也有很惨的时候！

"最后在长江畔的苇草丛内足足躲了五天五夜，每天吃草根过日子，才算活着回去。"

李大捕头哼道："你以为只有你恨这东西？哥哥我有一次为了追'雪煞'连火君，可是在这草里头蹲了三天三夜，硬是熬到他出来透气。"①

三更半夜在冰天雪地中耗两个时辰、在苇草丛内蹲了三天三夜，都是这些人江湖生活中的一部分，董断红是"阎罗王的爷爷"，李吓天"连老天爷都敢吓"，他们都是这样走过来的。他们二人曾在妙峰山有过三战，最后一战仅一招，一招定胜负。在此之前，他们通过旷野与水战来探测对方的机敏反应，设计应敌之策。成败只在定力如何耳。

其他英雄豪侠的人生亦大多如此：

有关俞傲的传说太多了。长白山顶怒斩雪七幺子、大漠狂沙力劈魔火神君，甚至在黄海巨涛里把恶名昭彰的白魔巨鲨给杀了煮来吃。而且，只有一刀！②

"耶摩明？"六臂法王惊叹道，"四岁入少林，二十赴天竺，四十学成归，当今少林戒律院住持的耶摩明大师？"③

有关这个人（黎无名）的传说太多了，大小二十七次战役依旧

---

① 奇儒. 砍向达摩的一刀. 敦煌：敦煌文艺出版社，1991：543－544.

② 奇儒. 蝉翼刀. 长春：时代文艺出版社，1999：14.

③ 奇儒. 大手印. 郑州：中州古籍出版社，1994：150.

能活下来的人实在是不简单的。①

　　她（文文）是个很美很美的女人。而且，更重要的是，这小女人从她十岁就接掌"百花门"至今，十五年来百花门已然形成江湖上极大的势力！②

　　黑情人好像是属于后面那种人。
　　至少他出道一年多以来，到目前二十一战还活得好好。③

　　"喜乐双剑，谈笑惊世"一向是江湖中很可怕的两个人、两把剑（宋暖雨、于寻寻）。
　　…………
　　事实证明是，两千多个日子里，前后二十八次的行动，三十六个目标没有一个人还活着。④

　　天运会的第一个十年，只有布孤征一个人。
　　孤独地踏在征途上，斩杀过六十二位大奸大恶。
　　他本来叫布飞衣。
　　为了纪念这十年，他给自己取了个新名字布孤征。
　　第二个十年，他创立了以天下八骑为首的庞大组织。
　　传承中，他的出手减少了。
　　这十年，他只杀过最棘手的二十二个人。
　　前后八十四条人命没有一个不是该死的。
　　包括三天前第八十四个萧遗欢。⑤

　　刀客俞傲、高僧耶摩明、普通侠客黎无名、一门之主文文及布孤征、剑客黑情人和喜乐双剑，不管他们在武林的地位如何，也不管他们擅长何种兵器，相同的地方是，他们在江湖中有作为，均在

———————————

①　奇儒. 宗师大舞. 台北：长明出版社，2001：25.
②　奇儒. 宗师大舞. 台北：长明出版社，2001：105.
③　奇儒. 武出一片天地. 呼和浩特：远方出版社，1999：2.
④　奇儒. 武出一片天地. 呼和浩特：远方出版社，1999：257－258.
⑤　奇儒. 武出一片天地. 呼和浩特：远方出版社，1999：285－286.

征战中生存下来了。而在一个以武为生的世界里，武艺的不断改进创新必是他们日常的重要任务。

坏人之所以坏，不仅体现在其行事上，其成长随其武艺的增进，也有与侠客不同的地方，甚者表现出邪恶的一面。如屡死屡生的修罗大帝，在江湖上有过向十年、龙中龙、骑梦隐、一神蛊主诸名号，每一个名号就是一门绝世邪功的标示，如金蛊化龙大法、清音神功等，无一不是武林巨大的祸害。但邪功的练成亦非一朝一夕之功，虽可取径邪门旁道，但终究亦需人生的经验累积，诚如向十年以布香浓为实验后说的："失败了！唉！还是不可能以数个月的时间来代替二十年的功力……"① 恶人的修成亦是一个日积月累的过程。

金庸小说中的明教，有波斯总教与中土明教之别。在奇儒的小说中为红衣教，其教主即为邵顶天。邵顶天的成长之路与侠客相同，只不过，侠客以除恶为业，而邵顶天则以灭侠为职耳。天下三大捕头之一李吓天初次遇到邵顶天时，有如下评估：

"名字起得不错。"李吓天笑了起来，指着前面一十五个排开的人中，唯一坐在一张大红槐椅上的中年汉子嘿嘿道，"二十九岁登上教主之位，三十二岁能进洞庭七十二寨，三十八岁在关外长白山脉训练了八千精兵回到中原成立四十个分舵……"

"你知道的可不少！"董断红笑道，"还有呢？"

"三年前砍了南疆四骑、小别山双老；两年前独闯雁荡山，连破九关一十七案；去年嘛……"

李大捕头一笑，接道："潜伏未出，据说是为了练一门'飘红刀法'？"

最后这句，邵顶天的双目猛地一睁，嘿道："不愧是天下捕头，连这档子事你也知道！"②

可以说，如果邵顶天走的是侠客之路，他现在必是名动天下的大侠了。因为有自古邪不胜正的天理在，所以，即使他练了"飘红刀法"，在武学上亦属旁门左道而难登武学臻境，亦难逃天理昭彰在

①　奇儒. 谈笑出刀. 呼和浩特：远方出版社，1999：546.

②　奇儒. 砍向达摩的一刀. 敦煌：敦煌文艺出版社，1991：443-444.

他身上的报应。但他经过几十年的实战而累积经验，凭其武艺登上中土红衣教教主之位，可知他也付出了很多的努力。

其他枭雄亦无不如是：

"你老哥叫吴声是不是？"李大捕头可如数家珍了，"三年前在江湖中排名前十三大恶第七？"

名捕不愧是名捕，说下来就是一大串了："前前后后十八年里干了三十九件血案，一百七十二条人命，其中包括点苍派、少林派、飞凤派、河东康字家、阴山车记号大户、六剑君子……妈呀！真行哪！"①

枯木的怪剑有着神妙的功用，其中最特别的，是可以以横展四伸的锋刃挟扣对方的兵器。

对于这一战，他有绝对的信心在第三手的时候刺毙对方。因为，自从进入组织到现在总共一十九战，从来没有一次失手过。②

柏青天一抚颔下短须，哼哼冷笑道："羽公子在江湖传言中最是'善变'，一生二十年中最少有七八种身份……"

其中最为武林所震异的是"险王"尔先生。险王一生行险，而且是刀锋上用脖子滑过的险。③

江湖历练自然给人增进诸多的经验，这些经验不仅对江湖事业大有裨益，于武士的武——创新武学亦是不可言说的助力。无论是赌博，还是建功立业的过程，人生所行的种种，对武者而言，都是一种人生态度和处事方式的修习，其中的定力，就是习武中最关键的因素。定力表现于临事时的心怀，其强弱往往决定其事之成败。

---

① 奇儒. 砍向达摩的一刀. 敦煌：敦煌文艺出版社，1991：747.
② 奇儒. 宗师大舞. 台北：长明出版社，2001：685.
③ 奇儒. 武出一片天地. 呼和浩特：远方出版社，1999：110.

第六节　武学一道深不可测，唯以心自创不限

子曰："学而不思则罔，思而不学则殆。"① 孔子强调学与思的并重，说明要学思结合，方有所得。《武林帝王》中宿命老人曾对皮俊说道："武学一道说它深不可测、不可止境是没错的。但是，学武之人最重要的在这个——'心'一字上!"② 武学虽是一门技艺，但与其他技艺一样，同样是无止境的。而习得技艺，需要付出汗水与努力，同时也要思考揣摩，这正应了孔夫子所说的"学而不思则罔"，亦如宿命老人所说的，要用心来体会，即思考。

其实武林中的每个人，日常都会对自己的武艺进行思考改进，如此才能让技艺更进一层。而每一门武学本身都不是完美的，即任何事都必有其优点与缺点，其优点可以光大之，但其缺点则必须抛弃之，或通过其他方法来消除。所以俞傲经常说，刀法唯快无解，其意即是若慢必有漏洞。但快当然也有问题，只不过是因为他们能够很好地弥补这些漏洞而已。

在奇儒的武侠小说中，也比较强调对自身武学的思考改进。即发现自身武学之不足，而想办法来弥补。这里最有代表性的是米字世家的米尊对米家绝学的思考。

米家绝学是有漏洞的，所以其时米家掌门人米龙才派米风入血野林苦学，思考破解之法。而米风的"清晓寒风拳"，"恍若来自无明无意之中，倏忽间一个变化便由奇门角度而入。这种大违一般武学正宗的拳法，正是他十年来在血野林中苦思而得"③。但他其实也没有完全找出米家绝学的漏洞，此有待下一代能人米尊，他传说是"百年来米字世家中最聪明的人"（见《大悲咒》第 390 – 391 页），才明白其中的道理：

米尊仰首一笑，冷肃道："这件事，早在二十年前我就发觉了，

米字世家的内功心法虽然神妙得可以令练习之人一步登天，但是……"

"但是怎样？"米小七的心往下沉，隐约之间她已然猜到了一点轮廓。

米尊叹了一口气，沉沉道："修为到了某种层次之后，当一个人体内气机超过了他本身的天赋，只怕会做出许多出人意表的事——"他冷诮地接道："你有没有想过，为什么本家中顶尖高手先后犯下大错，一个个进了血野林？"

米小七大惊，因为米尊说的是事实！只听得他续道："当我把这件事告诉米龙时，哼、哼，这老夫子死不认错本家心法违背了天机运行，反而对米某施以家法并冠以惑众背祖之罪！"

…………

米尊冷笑，道："不错，我是用了别的法子。唯一补救的方法，就是和独孤世家合作——"

米小七一惊："为什么？"

米尊冷冷望了米小七一眼，像是可怜极了她。"因为我们的祖先暗中将'天地情谱'的心法融入本门武学之中——"米尊哼道："偏偏，心法中上卷在独孤世家——"①

米家绝学"这条旁门蹊径"可以让人迅速成为顶尖高手，但也有极大的问题，所以米家专门有一个关押重犯的血野林，其中都是米字世家中武技高超而又罪大恶极之人，诸如米藏、米卧、米长木、米无忌、米艳等。而米小七亦感受到身受重伤时体内有一股气机直冲脑门，使人失却心神而为祸。无他，绝学有漏洞。

这个漏洞是米家先人好大喜功，把"天地情谱"心法融入米家绝学的后果，但其上卷心法又藏于独孤世家。米尊思考的应对之法是与独孤世家合作，本来想借此练得上卷心法，但时不我待，他自己已感觉到这种漏洞带来的祸害，因此才有其他邪恶行径：

米小七此刻想起了米风之言，大声问道："可是，你知道米老太爷经常去血野林的，是不是？"

---

① 奇儒. 大悲咒. 珠海：珠海出版社，1999：389－390.

米尊勉强张开了双眼，却仅成一丝横展。他喘了一口气，点头狂笑了两声："是……我知道……他后来也明……白我说的没错……"米尊的声音越来越低："所以……派米风……到血野林……练功……其实有一种目的……是想借……以毒攻……毒……"

米小七讶道："你说什么？"

米尊拼上最后一口气，吃力道："米龙……也犯上了米字世家心……法的大错……他……发觉不……对……所以……他是故意……让我下……手……为了……补偿……"[1]

米尊不得已盗取少林寺的小还金丹，目的是想以少林正宗药物的功力结合心法来破除体内的阴影。这是他对本家武学漏洞思考之后的应对之策，看起来他是成功的，因为米家掌门米龙的龙虎双卫米长木和米卧对他表示认可，而米龙以死作补偿，说明他的思考弥补了米字世家武学心法的漏洞。只是米字世家的守旧势力大多故步自封，未能接纳米尊而已。米龙、米风这些人也已经觉察到了本家心法存在的问题，但居于他们的立场，也没有办法寻找出弥补的方法，直到米家百年最具智慧的米尊，才不惜被视为叛逆之人，并付出生命的代价完成了本门心法的拾遗补阙。其功过是非已难言说[2]。

沈九醉是六府道绿林总护法，但他本来是巴山剑道弟子，他就是发现了巴山剑术有漏洞才脱离巴山剑道的：

沈九醉在五旬之年脱离巴山剑道迄今一十五年，只因他认为巴山剑术有太多的漏洞。

但是他提创的改革不为巴山掌门玉长子所接受，于是遁走于江湖，自创出了九醉十指剑。

天下只闻其锋而未见其利。

一十五年来总共出手四次。

斩东北"金刀"蒙化骐，破江西"连环剑"东啸虎，挑大漠"鹰十三爪"札克骑力。

---

① 奇儒. 大悲咒. 珠海：珠海出版社，1999：391-392.

② 可参第一章"信则有，不信则无——异兆思想"米尊事。

　　这三人，武林公认的武学大家。①

　　江湖上低估对手就是高估自己，也就是没有发现自己武技上的漏洞，其结果就是死，这是江湖的铁律。沈九醉消弭了巴山剑术的漏洞之后，思考有所创新，自创出九醉十指剑，而后能斩杀三位"武林公认的武学大家"，这是他在原有的基础上更上一层楼。

　　大禅一刀心法亦有漏洞。赵一胜在临终前一直对他唯一的徒弟魏尘绝说，自己这一死是为了赎罪：

　　"二十三年前我率人灭了武字世家……"
　　…………
　　"七百年来，本门心法已失，所以才会有二十三年前武字世家的大杀戮！"
　　嫉妒，是因为别人对你的恐惧。
　　二十三年前，赵一胜是不是也嫉妒过武断红？②

　　赵一胜之武学需要"大悲和尚和俞傲联手"才能"创伤"，说明他的武技已属顶尖，但其武学亦有极大的漏洞，即他本人虽艺高而德亏。但这个武德之亏显然是这一门武学心法的漏洞造成的。这种情形与米字世家亦有相似之处，亦是武技达到一定程度，超出个人天赋时带来的问题。

　　被创伤之后，赵一胜以十五年的时间来思考大禅一刀心法的漏洞，认为其法虽承禅宗之法，但已着相。他仍找不到解决的办法，只能请大悲和尚代为指点魏尘绝：

　　"贵门是个非常特别的门派。"大悲和尚的眼中有着赞赏，也有着惋惜，道："天下从来没有一个门派在经历数百年中未出过一个叛门恶徒。"
　　但是，大禅一刀门却是唯一的大例外。
　　"禅在心，在自性了悟。"大悲和尚缓缓道，"佛法可说，佛性

　　① 奇儒. 谈笑出刀. 呼和浩特：远方出版社，1999：5.
　　② 奇儒. 砍向达摩的一刀. 敦煌：敦煌文艺出版社，1991：7-8.

皆俱，但是，大悟自性却不是他人可教。"

魏尘绝全身大为震动，骇然道："大师之意，莫非指我们墨守成规？"

"何止墨守成规？"大悲和尚嘿道，"简直是迂腐外相，有刀之术而无刀之法。"①

不过，大悲和尚虽是佛门弟子，却不是大禅一刀门的弟子，所以他只能从佛禅的角度对此作理论上的提示，真正弥补此种心法的漏洞，还得魏尘绝去完成。

而大悲和尚对魏尘绝的提示是："须自了悟。"但如何了悟，却难以言说，这其中的原因比较复杂，一者大悲和尚并未习大禅一刀心法，自是不能代他了悟。二是禅门讲究个人自性了悟，好比吃饭睡觉之事，旁人不能替代。所以，魏尘绝为了思考如何弥补本门心法的漏洞，而有天竺一行。在恒河畔，他向当地高僧追寻大禅一刀心法，在研习佛法的过程中，他终于找到了大禅一刀心法漏洞的弥补之法：

"你没有'学'到什么特别的东西。"那位僧侣依旧是笑着，"但是，你看到了自己的智慧、自己的慈悲。在佛门中，智慧和慈悲是两项最好的兵器……"因为，只有智慧和慈悲可以感化任何人、任何事。魏尘绝大步走出来时，他相信他已经懂得这个意思。达摩在前，一刀砍下。

砍向达摩的一刀，必须用智慧和仁慈。

因为，所有的外相都是魔，不管是达摩、圣人、巨盗、乞丐都有佛性，佛性是需要智慧和慈悲来引渡的。②

魏尘绝的天竺之行中，其实当地高僧并没有在武学心法上对他有什么指导，因为，他们根本不懂中国的武功。但这些高僧的言传身教却使魏尘绝了悟了自性：智慧与慈悲。所以，再一次遇到武断红的断红刀法时，魏尘绝修弥漏洞之后的大禅一刀大破断红一刀。

① 奇儒. 砍向达摩的一刀. 敦煌：敦煌文艺出版社，1991：205.
② 奇儒. 砍向达摩的一刀. 敦煌：敦煌文艺出版社，1991：766-767.

"武断红的刀插入了地面，（他）却是笑得很愉快：'完完全全输了。'他大笑了起来：'大禅一刀，果然天下无双！'"① 赵一胜之所以有恶行，是因为他未曾真正了悟自性，未曾了悟大禅一刀门的心法，所以才有武字世家的灭门惨案。魏尘绝在刀法之中注入智慧与慈悲，所以他不仅打败了武断红，而且使对方心悦诚服。所以，大禅一刀门的武学心法，因有智慧和慈悲而弥补了其漏洞，脱胎换骨，获得新生。

一生以剑术的精益求精为旨归的闻人独笑已先后击败了天下十剑中的公孙子兵、百里长居，而童问叶已败亡，红玫瑰已归隐，所以，他认为江湖中值得出手的对手就只有柳梦狂了。但因为是第二次挑战帝王，他不允许自己失败，所以，他一直等到艺登臻境才出手。有此一念，他需要其他重量级的对手来检验他的武艺。又因为他不想别人击败柳梦狂，所以所有挑战帝王的人，都得先过他这一关。古元文就是他试剑的一个很好的对手。

古元文是蒙古人在江湖中的组织——黑色火焰七名核心成员之一。他初入中原，首要的任务当然就是打败中原武林的精神领袖柳梦狂。彼时，闻人独笑就请帝王把这个对手让给他，并承诺要用柳梦狂的帝王剑法来击败古元文。本来，他以为这是件简单的事：

"这一剑其实很简单……"
闻人独笑的瞳孔里闪过一丝光彩，道："怎么对付天品金刀就怎么对付'清白的剑'！"
"是吗？"
柳梦狂反问一句，淡淡地笑着。
"我绝不会用同一种剑法去对付两个人！"柳梦狂淡淡一笑，转身面向京师城门，道："而且我一生中的出手从来没有重复过！"②

帝王一生不用同一种剑法对敌，所以，闻人独笑陷入了沉思。数日思考之后，他竟无意中明白了柳梦狂的用剑之心：

① 奇儒. 砍向达摩的一刀. 敦煌：敦煌文艺出版社，1991：767－768.
② 奇儒. 柳帝王. 呼和浩特：远方出版社，2001：42－43.

　　"真是令人吃惊！"沈蝶影叹了一口气道，"不愧是一家宗师，是非恩怨分明得很……"

　　她的这句话却是引起闻人独笑极大的震动。是非恩怨分明！

　　这就是"帝王的心"？用来破解"清白的剑"的"帝王的心"。①

　　帝王的心，即是非恩怨分明，也即仁义。其实，经过这数天的思考，闻人独笑并没有在武艺上有更大的进步，只是在认识上有了转变而已，但正是这点认识使他击败了古元文。

　　对武学的思考，最主要的还是对原有武学的创新。在奇儒的武侠小说中，这不仅是对自己原有武学的创新，也是对整个时代原有武学水平的推进与改革。在《帝王绝学》系列中，他让柳梦狂父子各自创造了一套不同的"帝王绝学"：

　　而柳梦狂又是早研究过了天下武学，然后才自创一门路数来。②

　　她的"帝王绝学"可和郎君柳帝王的"帝王绝学"不同，因为"帝王"柳梦狂前无古人地自创了一门武学，偏偏他儿子将这堪称武林珍宝的绝学视为废物，而自己也创出了一门武学来。③

　　柳帝王自创的"帝王绝学"和"帝王"柳梦狂的"帝王绝学"都是武林中最神秘精妙的武学。

　　虽然他们是父子，却各自创出一门武功来，而且各自领悟到那种殊胜的境界。④

　　从"研究""领悟"可见，他们的武艺自是经过他们对天下武术的得失的排比与思考之后才能有所创新的，那么多人在江湖中行走，也有很多人极具天赋，为什么"帝王绝学"面对天下武学可以做到一招制敌？就是因为他们思考过天下武学的缺点并有应对之

---

① 奇儒. 柳帝王. 呼和浩特：远方出版社，2001：44.
② 奇儒. 帝王绝学. 台北：长明出版社，2001：115.
③ 奇儒. 柳帝王. 呼和浩特：远方出版社，2001：5.
④ 奇儒. 柳帝王. 呼和浩特：远方出版社，2001：92.

策。如：

> 昔日，柳帝王以天纵英赋，认为天下学武之人将气机置源于丹田之中未免可笑。要知，内力源处若无法随时更移，那丹田一破只怕终生无法学武。所以，三十年来他不断探索身上各处要穴，并试着将全身真元四下停留。直到十年前，一次不慎走火入魔，而且坏了双目——①

丹田凝气是常理，一般武士均聚气于丹田，不需要付出太多的努力就能凝聚于斯。但此处却也是容易遭到攻击受创之所在，而且也容易成为检测一个人习武与否的根据。柳氏父子大异常理的武学，自然可以避免许多想当然的攻击，亦可收获出奇制胜的效果。

当然不只是柳氏父子有这种自觉思考创新武学的意愿并能有殊胜成就，有的人在思考上还更具天分，在武学上的创新亦更有独特之处。如修罗天堂那位神通先生即是如此。此人原是修罗天堂的第一大修罗，但被应人间篡位之后，他只能化身为长老潜伏其中，伺机重夺第一大修罗之位。而他思考创新的这门武功，几乎可以认为是前无古人、后无来者的：

> 宣雨情说："更奇异的一点是，这人似乎是无论受了什么重创皆能在弹指间复原……"
> "想不到，真想不到。"庸救的神情闪过好异的几个变化，大大叹出一口气道，"他竟然练了'空无脉'——"
> "空无脉?"柳帝王皱眉道，"这又是什么玩意儿?"
> "是他自创的绝学……"
> 庸救有些嗒然若失地道："记得五年前于总坛一次会面中他曾经对老夫的医术提出一个问题：人身是不是可以将经脉练到空无的地步?"
> "练到空无，目的是在不用时空，不需时无。"
> 庸救缓缓而沉重地道："但是，有用有需时则将全身经脉集中于那一处上。"

---

① 奇儒. 帝王绝学. 台北：长明出版社，2001：51.

"他的意思是把经脉全数移往那小小的地方而后在那一处做周天调息？"柳帝王惊叹道，"如是疗伤，那速度真是加快十数倍以上！"

庸救苦笑地点了点头，道："柳公子所说的半点不错。只是，这番见解有者已稀，能达此境者自古未有。"①

"空无脉"这门武功似乎比"帝王绝学"尤胜几分，它能让人受伤的部位瞬间复原，换言之，人不会有受伤之虞。而且"练到空无，目的是在不用时空，不需时无""有用有需时则将全身经脉集中于那一处上"。前者可以让人无法测试一个人的武学深浅，后者则可以在攻击时集中全身力量一击而奏效。这使人不担心被攻击，而一旦予以反击又能稳操胜券。但此门武艺之艰深，非常人所能了解思考，诚如庸救所说："这番见解有者已稀，能达此境者自古未有。"

不过，这门武功也是有缺点的，毕竟这有悖于人的生理与自然运行的规律。所以神通先生三番五次把柳帝王劫来，正是希望借"帝王绝学"来蠡测破解之法。而柳帝王当然亦希望在这种闻所未闻的武学创新中探寻心得：

柳大公子嘻嘻一笑，道："如果你的定力足够，那么并不需要把全身经脉归位再重新运行培养气柱，而后再萎缩经脉……真是太麻烦了。"
…………
神通先生当下可是兴奋地道了："愿闻其详！"

"只要你的定力够，将那团经脉移往脚底……"柳帝王微笑道，"让它们在脚底掌成周天循环来吸取大地之气，那可是快多了！"
…………
"吸取大地之气？"神通先生忍不住沉吟思索了起来！
…………
"老夫不明白你所谓的大地之气是何指？"

"哥哥我也不太明白——"柳帝王耸耸肩道，"不过我可以告诉你，如果一个人的定力修为真的够，的确是可以借大地的气机来调

① 奇儒. 武林帝王. 珠海：珠海出版社，1999：294-295.

养人体内的经脉气机的。信不信由你了！"①

　　这两位武学奇才亦同样在思考解决空无脉出现的问题，神通先生数十年的思考未果，但柳帝王却从潘离儿的身上得到启示：以足够的定力修为把受伤经脉移往脚底，使之与大地成循环。实际是吸收大地之气，即地场之力。可见，神通先生若能以柳帝王提供的思路来弥补其漏洞，则其武学必可更进一步。只是他后来被秘先生在无意中击杀，使他的思考戛然而止，殊为可惜。而从神通先生的言语中可知，第一大修罗应人间已基本练成了空无脉，他在此门武学上的思考已走在众人之前了。

　　潘离儿也是一个极具思考天赋的女子。柳帝王之所以能够给神通先生提出解决之法，正得益于其时与他关系暧昧的潘离儿在武学上的创新。彼时，潘离儿还是黑色火焰七名核心成员之一，但为了报复宣寒波，欲杀宣寒波之女宣雨情，故被柳帝王废去武功。不过，她很快又恢复了武功：

　　潘大美人一笑，昂了昂首喘出一口气道："他们有特殊的内功心法可以治愈经脉创伤，我当然也有能力把你认为'废掉'的武功找回来……"

　　你说咱们柳大公子能不讶吗？

　　"你不明白是吗？"潘离儿咯咯一笑，道："当你倾我的内力废掉武功时，有没有想过那些由双掌流泄出来的气机我的双脚可以收回来，虽然会损失了一半左右……"

　　但是只要奇经八脉没有毁，不用多久又可以补回来。②

　　这在武学上确实是匪夷所思，但既然在理论上可以实现，那些聪明绝顶的人当然能通过尝试与思考使之成为可能。偏偏潘离儿就具备了这样的条件，当然也就没有什么不可能的了。

　　中国哲学极重视实践而轻空想，所以孔子主张言行合一，王阳明也主张知行合一，而佛家更重视理悟之后的实证。在许多武侠小

　　①　奇儒. 武林帝王. 珠海：珠海出版社，1999：330-331.
　　②　奇儒. 柳帝王. 呼和浩特：远方出版社，2001：582.

说中，也往往体现了这种思想，即江湖人物武艺的高低，都是他们实际执行能力的体现。但在奇儒的武侠小说中，却出现了一些限于自身的天赋，没有实际的却敌能力，但极具思考天赋的怪人。他们在武技的思考上，能够依各人的天赋而设计出相应的武技，极富后世因材施教的意味，三天冥王即其一。

三天冥王是一个身体有诸多残缺的人，不过，他的这种不足并非先天的，而是后天人为造成的：

洞里这个老头笑了，他的名字是"三天冥王"，那张黑和干瘪的面庞在少掉一只眼和一只耳朵后特别诡异。更诡异的是左右手的手掌各只剩下一根小指。

阮豪卿知道，那个曾经砍掉这个老头眼睛、耳朵、手指的女人叫云夫人，留下两根小指的目的是——羞辱！①

独眼独耳，只剩两根手指，对一般人来说，能生存下去就是奇迹，但三天冥王不但生存了下去，还能以他的智慧思考，培养了四名杀手界最有成就的杀手：阮豪卿、冬叶寒、百风凤、赵不丢。

当然，这些杀手是不是真正的一流杀手，唯有行家的评估才最有说服力：

"在杀手一界中一个极神秘的人物——"容状元淡淡笑着，回道，"他是个天才，虽然本身的武功并不是顶尖，但是所构思的杀技无疑是我们这一界的经典！"

…………

"他是受了先天体质的限制，所以无法练成极上至妙的杀技！"容状元郑重地道，"但是，他的头脑绝对能想出不可思议的训练方法！"②

柳大公子沉吟了片刻，忽地一笑道："三天冥王在当年是杀手一界中最具'思考'天赋的人。虽然他限于本身的资质未能达到'理

---

① 奇儒. 武林帝王. 珠海：珠海出版社，1999：32.
② 奇儒. 武林帝王. 珠海：珠海出版社，1999：101－102.

论'上的境界，但是天下中总有人可以应和的了……"顿了顿口气之后，他挑眉道："武学一道深不可测，唯以心自创不限……"①

　　容状元被江湖人称为"杀手状元"，柳帝王不是杀手，但他对杀手有评价："头脑清晰、体力足够以及双手稳定、忍耐力够这四大重点。"② 身为杀手的"死亡天使"之白雪莲道："简直是行家话。"③他们二人对三天冥王的评判，只在"思考"上，认为他是最具"思考"天赋的人，只是其人因身体的残缺而不能达成杀手至高成就而已。

　　兵王五子，羽墨先生为统领，另有追日、吞星、离魂、绝杀。这五个人是蒙古人留在中原江湖的组织，各具绝艺，"武林典诰"榜上排名第三的阎灵"也挡不住人家（兵王离魂）一招"④，老字世家在江湖上的代表老实说："兵王一脉向来是观察'目标'武功心法、出招路数，而后针对对方弱点，一击而杀！"⑤ 但对中原武林人来说，可怕的并不是此五人，而是这五人背后的智者——兵王天师。俞傲之孙俞欢说："真正可怕的敌人不是兵王五子，而是兵王天师！"⑥ 然而这个兵王天师是何许人呢？他正是破烟山庄庄主柳破烟的胞弟柳破天：

　　柳破天的头特别大，头顶只剩下一些稀疏的毛发；四肢完全萎缩，只有右手拇指、食指两根指头可以动。干瘦的身体，似乎连气也喘不过来。

　　不过，他那双眼睛却是光耀逼人，深邃幽远中像是可以洞察天地人间一切事。

　　破烟山庄之所以这么快名列江湖八大名庄之一，柳破烟的武学造诣之所以突破层层障碍屡出创新，最大秘密就是他背后有一颗绝

---

①　奇儒. 武林帝王. 珠海：珠海出版社，1999：190.
②　奇儒. 柳帝王. 呼和浩特：远方出版社，2001：259.
③　奇儒. 柳帝王. 呼和浩特：远方出版社，2001：259.
④　奇儒. 凝风天下：第三册. 台北：宝胜国际文化出版社，2003：237.
⑤　奇儒. 凝风天下：第二册. 台北：宝胜国际文化出版社，2003：207.
⑥　奇儒. 凝风天下：第三册. 台北：宝胜国际文化出版社，2003：239.

顶的脑袋——柳破天！①

三天的时间，柳破天那颗贯通古今武学理路的脑袋，已经帮这位破烟山庄胞兄庄主想出一套创新武学。②

这是个天生的畸形人，但是这个人却有一双"光耀逼人""可以洞察天地人间一切事"的眼睛。上天虽然给了他这般不幸，却以智慧作补偿。柳破天在武学思考上得到上天的眷顾，破烟山庄屹立于江湖，正是得益于他聪明绝顶的脑袋。而人所不知的是，柳破天正是兵王五子背后的天师、智者：

老四掌柜十分有把握："兵王一脉如此神秘，屡战皆胜攻无不克，这背后一定有个顶尖的军师！"
将帅天下，孤王难行。
"兵王五子武功卓绝，特别是羽墨天赋异禀气度恢宏！"老实可是十分老实地分析，"但是他的心思所想十分广大，必然无法照顾另外四人如何以己之长破敌之短！"
所以，在他们的背后一定有个人，或是有个组织，专门研究天下武学，而且能够非常迅速找出破绽。③

老实说得不错，柳破天就是"专门研究天下武学，而且能够非常迅速找出破绽"的顶尖的军师。他的存在正是破烟山庄与兵王五子存在的依据。他曾指点过兵王吞星、追日如何击败俞欢的闪电刀法："要打败俞家刀法并不难……只要俞欢愤怒，闪电刀就不是救人的刀！"因为，"俞家刀法真正的精髓……并不会是因为'敌人'而出，而是因为'救人'而出刀?!"④ 俞公子的俞家刀法虽未能追步其祖、父，但他本人已据其艺业荣登"武林典诰"榜前十，则自非泛泛。而柳破天仅据叙述即可瞬间思考出应对之法，不愧是最有智

①　奇儒. 凝风天下：第一册. 台北：宝胜国际文化出版社，2003：111.
②　奇儒. 凝风天下：第一册. 台北：宝胜国际文化出版社，2003：180.
③　奇儒. 凝风天下：第二册. 台北：宝胜国际文化出版社，2003：207.
④　奇儒. 凝风天下：第三册. 台北：宝胜国际文化出版社，2003：221.

慧的头脑。

实际上，兵王天师不是只有柳破天一个人，而是一个代号，本是蒙古人在江湖中的神秘组织——黑色火焰刻意培养的智囊，其中的成员并不只有一人：

> 欧阳梦香的双颊在风雪中泛着红晕，衬托出白皙的面庞几乎有一抹圣洁的灵气，令人不敢放眼直视。她柔声中清晰回答着："兵王五子的武功之所以能不断突破升越，极可能和一个人有关！"
>
> 老字世家四掌柜那两截短眉扬了两下，静待对方接下去："传说蒙古'黑色火焰'这个组织，在天下间寻找智慧顶尖的孩童，从小加以训练广阅群籍。他们不一定真有学武，却能融会贯通人身气脉理络，总汇百家武学奥秘。"
>
> 真是惊人创举，是为武林有传以来未曾闻、未曾有。
>
> 老实全身一阵紧绷，自己想都没有想过以这种方式来整理天下百家武学，再由其中开创新局。
>
> "其中最顶尖的几名孩童，则交由一名神秘人物特训。"①

黑色火焰希望借此创新武学，思考出"一击而杀"的武技，因而广选异材；而这些孩童本身极具异禀，更具思考天赋，柳破天正是这些孩童出现在江湖中的代表。因为这个智珠的重要意义，所以，兵王五子不管遇到什么情况，都必誓死保卫柳破天：

> "这个人，只要有任何的危险……"当年，羽墨先生带着兵王一脉指天发誓："赴汤蹈火，刀山油锅，纵使牺牲我们五人的性命，也要保护他的安全！"
>
> 纵使羽墨先生没有要他们发誓，他们五个人也绝对会用生命保护这个人。
>
> 因为，他们的武学就是透过这位奇才得以无止境地提升。而在任何重创破功之时，也只有这个人可以救回他们，并且使他们更精进境！②

---

① 奇儒. 凝风天下：第三册. 台北：宝胜国际文化出版社，2003：21-22.
② 奇儒. 凝风天下：第三册. 台北：宝胜国际文化出版社，2003：113.

柳破天对武学的思考创新，正是兵王一脉傲视武林的凭借，而兵王五子不过是天师智慧的执行者而已。

当然，在武士的习武路上，欲学成至上武功，有多种途径，但其中最重要的就是经过实战的洗礼。冷明慧曾对初入江湖的朱馥思说过："小姑娘——记得一件事！不是生死搏杀，你永远体会不出真正的武学！"[①] 这当然是最能实现武学质变的好方法，因为死亡是最真实的体验，人在求生本能的驱使下才能被激发其潜能，从而达到武学至境。此外，欲得上乘武功，又要舍得放下，此点于古元文、麦火林诸人身上已有体现。

第七节 武侠应该有人性、有新的资讯传递

2006 年 11 月，李善单（奇儒的法名）的绘画作品在台北长流画廊举行首展，长流美术馆馆长黄承志特为其画展写序，大意谓：台湾当代艺术家中，李善单是少数具有创新精神的画家之一，他独创的法界图腾，糅合佛教经典中的事迹及内容，不同于一般传统宗教画和唐卡，他用独特的表现方法和画法，甚至用自己独创的工具作画，更重要的是他有源源不断的新想法，因此一直有新的题材及新的画法出现，从法界图腾、禅净系列、如是观、金刚经卅二法、心经系列、浪漫系列、如来王系列，直到新近完成的红尘及人生系列，皆表现出独特的巧思和哲理，颇耐人寻味，有些则发人深省，有励志、劝善、上进、乐观、积极、圆满之正面意义。奇儒为佛乘宗传人，故其绘画取材于佛教故事，本是常情。但如黄承志所谓之创新，实是其特色。而且，不仅表现于绘画，其武侠小说创作亦在继承金庸、古龙诸人的基础上有以创新，而习武一端亦可谓创新之一。

"武侠"因为武与侠二事而用于命名一类小说，其远者始于古之游侠，近则脱胎于明清时期的公案与侠义小说，又同具教化的意义。但其重视武与侠的倾向，又使新派武侠小说迥异于旧派小说。在标题、章节、人物形象的塑造、写法的引用、结构的安排、悬念的设

---

① 奇儒. 大手印. 郑州：中州古籍出版社，1994：377.

置等方面都有很大的不同。而在教化一端，虽亦宣扬为善、为国之类的"大我"关怀，但自古龙之后，许多新派武侠小说中爱情、友谊、情义诸"小我"的期待已逐渐成为小说的创新期待。这无疑使武侠小说有了一些回归现实或接近现实的可能。

但是，武侠小说写古代社会的武与侠，写武士以武功横行于彼时社会，这又与现代社会格格不入。而以武为依归，有的武侠小说更宣扬血淋淋的场景与赤裸裸的武力搏斗，这反而强化了读者对暴力的负面感受。再者，武之一技，又非一般人可以习得，即使习得，亦不可能如古之侠客一般为所欲为（即便是行侠之事），所以，武侠小说未免给人过分虚构的感觉。即如古龙大侠，亦有无奈之语："我们虽然不敢奢望别人将我们的武侠小说看成文学，至少总希望别人能将它看成'小说'，也和别的小说有同样的地位，同样能振奋人心，同样能激起人心的共鸣。"① 连"小说"的资格都争不到，那么这种文体存在的意义何在？它创作出来的作品如何能引起读者的共鸣？

金庸与古龙的创作，在爱、友谊、人性诸方面或许已使武侠获得了一定的地位，故其时武侠小说（包括改编自金庸、古龙诸人的武侠电影、电视剧）为人们所热爱，但究竟能否实现古龙的期待，此又是一公案。且自黄易、温瑞安诸人之后，武侠小说已逐渐出现创作上的瓶颈，武侠的生存发展因之面临困境。后起的作家以诸种因缘已对武侠小说创作不生贪嗔之念。这是不是仍是老生常谈的问题：武侠小说毕竟只是成人的童话，而这种童话太过于虚幻而失去了读者的青睐？

当然，有的小说家，对此问题作自觉的思考，努力使武侠小说的童话性减弱，使之具有更多的"科学色彩"，奇儒即其一。奇儒对习武者的成才之路作了多方面的思考，使之更具现实感，亦使常人对武技变得不再陌生。或许他的创作未必能改变武侠小说仍不是"小说"的尴尬，但毕竟是一种全新的创作尝试，亦使武侠小说更具现实的基因。至少，从武士的成才路，可以看出他的小说在虚构上仍有许多"历史的真实"，如上黄承志所言，奇儒的武侠小说同样具有"励志、劝善、上进、乐观、积极、圆满之正面意义"。

---

① 古龙. 欢乐英雄. 珠海：珠海出版社，1995：卷首.

首先，欲达成一术，人们必须从对传统的继承中获得站在高人肩膀的机会，还需要一个艰苦的修炼过程，才能在人生的某个阶段有所成。武艺亦如其他技艺一样，也有一个累积和传承的过程。从原始社会人与自然的搏斗中形成的技能，逐渐演变成一套集人类体力、智慧为一的武功，其间必有多代人的努力尝试。而代代传承之中，有不立文字的口头传承，亦有形之于文字的典籍流传。所以，一如学业之成需借助书籍一样，武艺的学习与创新亦需要首先从典籍的记载中了解其授受的脉络，知前人的得失，然后才能扬长避短或选择适合自身的武艺。平江不肖生、金庸诸人固已重视对武学典籍的学习，但他们仅是重视一家一派的习得。在书籍中博采众家的构思，因武侠本身"教外别传"的需要，两位作者往往未尝措意于小说人物通过博学武林秘籍以习武或创新武学。而奇儒的意义，或即正在于此。中国对典籍的重视尤胜他国，如有清一代所编之四库，其书籍之多，亦足以"出则汗牛马，入则充栋宇"。而自南宋以来，科举考试一以四书五经为准，使明清之后学风大变，学者"束书不观，游谈无根"。但总体上，社会仍以学者之博学为荣，学者亦自觉"以一不知为人生最大耻辱"。诚如是，则武士之如文士自书籍习艺而成大材，此又可行而当行者。此对照于当今社会，读书亦不可谓无用。

而苦练又是成才的基础，对此金庸、云中岳、柳残阳、陈青云诸人均有较多着墨。如郭靖最无武学根基而终成大侠，除了运气机缘之外，就是苦练成就的。但是，至于日常与习武时的苦练门路，诸位作家又以"主题先行"而无暇顾及，即如郭靖之苦学，亦仅涉及其反复研修、死记硬背之类而已。奇儒则相对比较明确而又作刻意且反复的指示。诸如饮食粗劣、在荒野山林习武、甘为奴仆、于悬崖峭壁训练定力、冬天冷浴、长久站立、撞击石头。在饮食上，对习武者来说，要改变其粗劣并不是难事。在武侠小说中，武功本来就是他们改变地位的基本依据，而一般饮食的改善亦自非难事。在奇儒的小说中，大侠虽是浪子，但他们并不是穷光蛋，董断红是天下大盗姑不待言，如柳帝王一样的"混混"也有进账丰厚的酒楼，而皮俊随身都带有四五十万两银票。但他们习武时亦以日常苦修作为砥砺的方式，如柳帝王十岁即在江湖上游荡体验生活，这也是放弃安稳生活的表现，而楼上兄弟、夏停云兄弟、苏小魂诸人均愿生活于自然，虽美其名曰"亲近自然"，这亦是放弃优渥生活的表现。又如长久站立，这种看似寻常的行为，却是习武者训练定力的方式，对于常人而言亦是一种养生的方法。文明社会，人们久坐的机会远大于久站，但久坐带来的诸多问题又往往会加速人体病变。人之衰老往往自手脚始，久站久行正是通过手脚经络在站立与行走中贯通血液、气机，使人体形成流动循环的自足体，从而保持人体气脉的畅通，益寿延年。再者，久站能训练一个人在这种平常的压迫中保持耐心与淡定，这也正是成大事业的基础。

其次，中国人的医学观念决定了人们对生长发育的心理期待，而多子多福的观念又鼓励古人早婚早生。《黄帝内经》对男女生长年龄的描绘本就是合乎这种需要的。以此之故，我们在武侠小说中看到少年英雄多在十五六岁到二十岁之间、生理心理尚未成熟之时，而不以男子在体力、智慧结合最完美的四十岁为主。而女子虽在江湖中的地位大不如男子，但其存在亦以貌美为上，且又以传统的婚育年龄十五岁为常而非以女子最美的二十七八为多。如陈青云的小说主人公多以二十岁为主，他们修习武功多缘于奇遇，先是主人公家破人亡，受尽折磨而坠入深谷，从而或得古籍一朝练成武艺，或得奇珍异果而功力大增，或遇名师指点而成高手。这些成长方式是许多武侠小说的写作模式，虽小异而实大同。

当然，这样的武侠小说必有许多不科学的地方，因为他们的成才之路都缺乏现实的依据。因此，小说的背景虽发生在古代，读者可以不计较其年代的遥远，但必思考其达成的途径。而这些小说宣扬的理念——靠机缘巧合在短时间内获得成功并持续下去的成才方式——实在是只能在虚构的小说中出现。

以三十岁而能统领江湖，这点是古龙的创新。可以说，他对这个问题的思考是他对武侠小说创作的一大贡献，其意义是非凡的。年纪设定在三十岁左右，亦是符合自然与人类发展、认识的规律的，奇儒则光而大之。

奇儒在此方面对古龙的超越，并不只在袭用其三十岁、浪子的英雄形象。奇儒曾言及他最初创作《蝉翼刀》并拍成电视剧连播，但有人因之对他说武侠小说"不科学"。这对他的影响极大，而后他在创作中刻意引入"科学"的成分①。武士的习武成才路亦正是这种"科学"的体现。这些人的成才，作者赋予其具体的习武过程，他们经过学习典籍、思考、游历、印证、苦练这个过程才达到至境。而这个过程又需要一个较长的时间，一个人自四五岁开始拜师、学艺到艺成下山，必得以十几二十年的光阴为依据，此非一朝一夕能习成。因为习武不但讲究天赋缘分，更讲究长时间的磨炼，这正遵循了人体生长发育、人类认识认知规律而循序渐进的科学过程。这显然不同于古龙对楚留香诸人的拜师学艺过程的"忽略"。

　　武侠小说虽号为成人的童话，但这种童话既然是成人的，除了娱乐以及休闲之外，未必没有给能思考的成人以思考人生的机会。若是没有思考的余地，则小说的存在就变得多余了。奇儒说："武侠应该是有深度的文学作品，里面应该有人性、有新的资讯传递。而不是快刀一挥，敌人的人头落地。"② 又说："武侠，本身是有史、有传承着，它并不是盲目的创造！"③ 那么武侠小说"新的资讯传递"是什么？要传承的是什么？或许，英雄的成长过程，其道理对大多数人而言皆耳熟，但在其他虚构的武侠小说中，又显得如此稀少，能传递出科学的"资讯"者更少。此或许即是奇儒在武侠小说中的尝试带给人们的启迪。"武侠，不再是虚无缥缈的东西。"④ 有此一念，武侠小说人物的成长史，给人们的模仿借鉴提供许多切实可行的理路。武侠小说不再是虚幻得不着边际的童话，它能使读者在面对现实的无奈时，借以解忧除闷且获得一些改变自身的星光。阅读武侠，不再是无聊无益的行为。而奇儒的武侠小说，亦使这种文学或可实现古龙对"武侠小说成'小说'"的期待。

　　最后，重视思考的智慧。佛教义谛，一言以蔽之，无非智慧与慈悲两端，"你看到了自己的智慧、自己的慈悲。在佛门中，智慧和慈悲是两项最好的兵器……"⑤ 佛禅顿渐之修，亦唯见自性自我的慈悲与智慧，故奇儒的武侠小说亦由此两端入手构架。唯慈悲，故

---

①　奇儒. 宗师大舞. 台北：长明出版社，2001：1124. 笔者按：奇儒在武侠小说中引入科学的情节较多，比如磁场、以盐腐化钢铁之类，读者自可体会。

②　奇儒. 宗师大舞. 台北：长明出版社，2001：1125.

③　奇儒. 帝王绝学. 台北：长明出版社，2001：935.

④　奇儒. 宗师大舞. 台北：长明出版社，2001：1125.

⑤　奇儒. 砍向达摩的一刀. 敦煌：敦煌文艺出版社，1991：766–767.

大侠只有救人或纾难而没有杀人；唯智慧，故大侠能创新武学而光大武林史。

奇儒的英雄大侠比较重视通过思考来创新武学。思考是运用智慧进行分析、综合、推理、判断的思维活动。柳梦狂父子各自创出一套"帝王绝学"，而这两套绝学虽都传予后人，但后人亦不是固守不变的。如柳帝王的另一个化身"杨逃"亦有一套不同于柳帝王的武学，柳帝王的"帝王绝学"辗转传予柳无生，而"杨逃"的"帝王绝学"则传予杨雪红。又原创于米字世家米尊的霸杀拳传予叶字世家总管屠无敌，而后又被百八龙组织龙头羿死奴创新成威力强大的"霸杀指拳"。至于神通先生的空无脉、三天冥王的杀技、柳破天的思考，在武学上都开创了一个新时代。

那么这些人为何极具思考能力？智慧，奇儒的小说里反复出现和强调的就是这个词。柳帝王父子是大明建国初期最有智慧的代表；而冷明慧号称天下第一诸葛，是大明中期武林百年第一智者；此后如冷明慧的接班人夏侯风扬亦极具智慧。而其他大侠亦然。在小说中，奇儒不仅强调一个人的年龄要处于其巅峰时期，同时更强调个人智慧天赋，二者相交的节点就是所谓的成熟。冷明慧曾经指点李吓天说："'无论办案或者搏斗，记住胜败的关键在这里！'那老人指指脑袋，很简单的两个字：'智慧！'"① 谈笑在大内皇宫看了三天三夜，把天下各王府、将宅建构图上的千间房子全记住了。而谈笑、杜三剑、王王石三人相互学到彼此武术的精髓仅需一个时辰，尹小月说："难怪武林中称呼你们是'玉石双拳杜三剑，谈笑天下人俱知'！""因为，他们的实力不只是武功卓绝。更因为他们都非常的聪明。聪明到一出手便可以揣摩对方的武功，而且看出漏洞空门。"② 因为这些人非常有智慧，故能激扬武林风云。

任何一门技艺都要力求创新才能有长久存在的可能。自武侠小说创作而言，固然需要创新才有生命力，这道理当为每个武侠小说创作者所知。但是在小说中，有的小说家虽然已经注意到了一门武艺的创新，或创造一门新艺，诸如张三丰为张翠山独创的"银钩铁划"，黄药师有"碧海潮生曲""落英神剑"，洪七公为黄蓉新创的

---

① 奇儒. 砍向达摩的一刀. 敦煌：敦煌文艺出版社，1991：435.

② 奇儒. 谈笑出刀. 呼和浩特：远方出版社，1999：537.

"逍遥游掌法"等。但即如金庸笔下的人物，其实对武艺的创新尚未有自觉的意识，黄药师虽具天分与闲情，但他的精力似乎更多放在其他无谓的斗智与斗力上，至于自身的武艺，不过是在自己原有的技艺上使之更炉火纯青而已。而一部《九阴真经》已贯穿了南宋之末至大明之初的百年历史，此后另一部《九阳神功》又横贯大明时代。洪七公传下来的降龙十八掌已逐渐失传于丐帮；黄药师的绝学因后人的天赋不够而罕有传承者；欧阳锋虽以杨过为义子，但其独创的西域绝学及后来倒练《九阴真经》而成的武学亦未传予杨过；段王爷的一阳指未能传于"渔樵耕读"四人，而传于王重阳之后，亦随王重阳深埋地底。在金庸的武侠世界里，自江湖历史而言，在数十年间或近百年间，新出武艺几乎没有。以此而论，可以说，金庸小说中的武侠人物在创新武艺方面是最无贡献的，后来者多是"啃老族"，不但不能创新，反而受人性中敝帚自珍观念的影响而使各项绝艺的传承链条断绝了。

最能代表古龙小说成就与风格的作品中，主人公皆为浪子。他们一出现即身怀天下第一的武功，而他们的职志亦不在研修武学，所以，他们亦不关心这些问题。

奇儒于小说中宣扬佛法之慈悲与智慧，无疑有借此弘法之宏愿。但不管读者对佛法的理解深刻与否，皈依与否，若能从小说中体悟自性之慈悲与智慧，亦是人生修养的高深境界。况且，慈悲与智慧未必仅来自佛禅，若能了悟，亦是世人自武侠小说中的收益。

第八章　他们却是糅合了各种兵器至上的优点

——兵器谱

　　以奇儒为笔名创作武侠小说，作者本已暗示了大异寻常的期许。奇儒以创新为职志，其 14 部小说所述大侠的形象、武学之境、爱情、习武之路诸端，创造了崭新的江湖世界。至于兵器，诸如天蚕丝、卧刀、观音泪，亦迥异于百晓生所记，故不得不有以表彰。

第一节　武艺一十八而弓居第一

　　战争是交战双方综合实力在战场上的体现，而军事装备中的兵器，又是其中决定胜负的关键因素。中国古代，战争频繁，大规模的战争自远古时代、炎黄之世已有，其中武器的运用，则风雨雷电、草木山川，无所不用其极。而个体的打斗搏击，不仅创造出了各种各样的武术功夫，同时也使冷兵器的种类由木棍石头之类的天然兵器过渡到人造的刀枪剑斧。

　　中国古代文献中经常出现所谓"十八般武艺"或"十八般兵器"的说法。南宋人华岳说："臣闻军器三十有六，而弓为称首，武艺一十八，而弓为第一。"① 这些军器不唯可用于大规模的群斗，也适用于个体的搏击。武艺之十又八，则已首提到后世所谓"十八般武艺"，其具体的名目，则在《水浒传》第二回有载：矛、锤、弓、弩、铳、鞭、锏、剑、链、挝、斧、钺、戈、戟、牌、棒、枪、杈。明人谢肇淛在其所著的《五杂俎》中记载明英宗选拔武将的十八种武艺，则有弓、弩、枪、刀、剑、矛、盾、斧、钺、戟、鞭、锏、

---

　　① 华岳. 翠微南征录北征录合集. 马君骅，点校. 合肥：黄山书社，1993：235.

挝、殳、叉、钯、绵绳套索、白打。① 白打非武术，则实有十七种。而所谓武艺则以兵器来代指，实际也说明了这十七般武艺就是十七种兵器。至清褚人获《坚瓠集》所载十八种兵器，其武艺已全部演化成兵器，分别是矛、锤、弓、弩、铳、鞭、锏、剑、链、挝、斧、钺、戈、戟、牌、棒、枪、杈。十八般兵器也就是十八般武艺，反之亦然。

武侠小说脱胎于中国古代的侠义公案小说，同时也承载了此类小说的诸多元素。武侠小说发生的江湖世界在古代，人物的言行举止、行事规范、生活习惯本就是古代的，只不过这些人物生活在一个以武技来解决问题的江湖世界而已。江湖，本就是以武艺解决纷争的世界，而有了争斗和搏击，自然就有武艺的延伸物——兵器。中国古代文献中所提到的十八般武艺，未必全为武侠小说所继承，十八般兵器当然也不可能一一显现在小说中，甚至很多武侠小说中的兵器无非就是常见的刀枪棍棒而已。因为，对于大多数武侠小说家而言，表达他们对社会人生的看法仍是首要之务，武侠小说不过是一个载体而已，小说中的兵器又能承载多大的道统呢？以此之故，平江不肖生也好，还珠楼主也好，这些武侠小说先驱，其笔下江湖人物所用兵器都较多承袭了传统十八般兵器的路数，甚至于新派武侠小说大家金庸亦然。

金庸笔下的大侠或枭雄，或一般江湖人物，所用兵器都较为常见，诸如洪七公的棒、黄药师的箫、王重阳的拂尘，其他人所用的无非是刀剑之类的常规武器，甚者如张无忌、郭靖等人则弃兵器而以掌见长。

在新派武侠小说的发展史上，金庸、古龙、梁羽生并称，但若从兵器创新的角度而言，则不能不首推古龙。古龙在小说中写到了很多兵器，如"天机老人"孙老头的如意棒、上官金虹的龙凤双环、李寻欢的飞刀、郭嵩阳的铁剑、吕凤先的银戟、西门柔的蛇鞭、诸葛刚的金刚铁拐、丁鹏和柳若松的圆月弯刀、白天羽和傅红雪的白氏神刀、一点红与西门吹雪的乌鞘长剑、金九龄的大铁锥，其他还有长生剑、碧玉刀、多情环、离别钩、霸王枪、流星锤、判官笔。暗器方面则有沈浪的吓人针、萧泪血的一口箱子、公孙大娘的绣花

---

① 谢肇淛. 五杂组. 郭熙途，校点. 沈阳：辽宁教育出版社，2001：102.

针，其他还有孔雀翎、情人箭、飞镖、神钉、袖箭、怪石、五芒珠、毒蒺藜等。这些兵器虽大多承续传统十八般兵器的刀剑钩枪，但已有创新，如吓人针、孔雀翎、情人箭等。当然，古龙于兵器虽有创新，然毕竟是旨在宣扬其武学思想。所以，什么兵器在手不重要，重要的是何人所用，用时的心态如何耳！诚如李寻欢所说："兵器的好坏并没有关系，主要的是看用兵器的是什么人。"① 也因此，古龙从日本武侠小说家柴田炼三郎处偷师学艺，在其小说中营造决战场景气氛及人物心理变化对搏杀胜负的影响，甚至连打斗场面都简略不写而只重结果，使兵器纯粹成为一种玩具。如孔雀翎，只要谁一说身上有孔雀翎，对手就不战而逃，高立因为有了孔雀翎，就能鼓起勇气，置对手于死地。古龙通过小说又说明了一个道理：真正的兵器不是这几种，而是人的微笑、自信心、诚实、快意恩仇、谦逊。总之，人的力量才是最神奇、最奥秘的兵器，既是如此，手中用什么兵器又有什么关系呢？

但古龙的创新毕竟是对武侠小说有贡献的，特别是给兵器注入人性，这实在是一种有益的尝试。只是，此后的小说家，多不能赋予兵器更多的新意，不唯兵器无常新，以兵器的创新来导引武技的创新，更少有作家加以关注。

唯奇儒以创新为职志，于兵器一途，对古龙之志有所光大。据网络资料，林保淳先生说："早年的奇儒，在武侠小说中开创了一些新颖别致的武器，如天蚕丝、蝉翼刀等，均颇见巧思，而唐门暗器'观音泪'更是精心结撰。"其实，又何止此三种武器！奇儒的兵器谱，隐然自有一番江湖浩荡的心事。

在古龙小说《多情剑客无情剑》中，百晓生编写《兵器谱》，定兵器排名。奇儒小说也有兵器谱，唯其谱乃见于书中大侠之口传耳。书中写道：

> 三百年来兵器排名，"天蚕丝"第一。
> "帝王天机七弄魔"排名第二。
> 往下则是"卧刀"排名第三，"凌峰断云刀"排名第四。
> 人称天下"四大神兵"。

---

① 古龙. 风云第一刀. 珠海：珠海出版社，1995：34.

直到两百年后的李北羽所用的鹰翎成为第五为止，前后五百年没有可以取代的。[①]

一般来说，每种兵器都有其独特的构造，这也决定了此种兵器所具有的异于常规的、独特的杀伤力。若移作他用，其效果自然失色很多，如拿剑来砍杀，显然不如刀斧来得方便有效；反之亦然。但奇儒笔下的五大神兵，因其非具单一功用，而是一兵兼具数种兵器之用，自然大异于一般兵器，这实在是奇儒在兵器创新上的思考。不仅这五大神兵如此，在奇儒的武侠小说中，即使是刀剑棍棒，也非寻常所见，而是有所创新。

第二节　小魂一引，西方如来——天蚕丝

一般江湖人物常用的冷兵器就是所谓的十八般兵器，因为这些兵器易见易得，是武学入门的基本兵器。奇儒的武侠小说亦大致如此，所不同者，他笔下的兵器，或创新于传统，或兵器之名虽循旧但其实已创新，或兵器名实虽旧但其武学已有所创新。总之，作者都作了别出心裁的设定。笔者据兵器特点以及依传统兵器的常例，表彰如下。

奇儒第一部武侠小说《蝉翼刀》及续集《大手印》《大悲咒》中有两位主人公，即苏小魂及其子苏佛儿。苏小魂从来没有杀过人，他的武功是用来救人的。让他出手，只有两个目的——救人、救己。他的武器是密密卷在手上的天蚕丝。天蚕丝，其锋如刀，其柔似水；其利穿甲，其舞如蝶。

在小说中，作为武器的天蚕丝自然是能够临敌搏击的。在奇儒的武侠小说中，天蚕丝具备一般兵器所具有的攻击的功能，在搏斗时发挥了一般兵器的作用：

苏小魂的天蚕丝瞬间像是由俞傲的刀背上生出来一样，迅速往苏小魂的袖中收入。俞傲只觉得掌中一紧，刀势如飞，如大鹏展翅

①　奇儒. 砍向达摩的一刀. 敦煌：敦煌文艺出版社，1991：27-28.

将去。俞傲心中一惊，指上加力，略收！就这么千钧一发之际，刀锋已过，青丝如雪。①

苏小魂出手，天蚕丝早已套上褚东星的脖子。

褚东星觉得颈子一紧，双手回招，一捉蚕丝，再来个大翻身，破窗！褚东星真的想骂了，因为他身上已被那条阴魂不散的天蚕丝招呼了好几下，每一下，几乎都打得他本身气机运转散失。②

楚老五满屋子兵器中，随手抓起来的是一把月牙戟。月牙戟在这瞬间好像是充满了生命，一下子舞出条青龙翻腾不已直卷苏小魂四大穴。天蚕丝此时则在双方的空间中，化成朵朵青莲。龙入青莲而来，却似逐渐被锁于浅滩之中，愈行愈弱。③

天蚕丝却不退，依旧如水波浮，越拉越长！

丝波上，六颗相思豆不断旋转向前，每经一个波峰，便自停了一下。如此一线，端是好看无比！

…………

六颗红豆到了第五十七个波峰时终于后继无力，纷纷掉到地上，恰如情人相思泪！红豆落地，没土无踪！④

面对俞傲的刀、褚东星的拳、楚老五的月牙戟、红豆的暗器红豆，苏小魂都能以天蚕丝从容应付。

一种寻常兵器在高人手中，往往有超越兵器本身特点的妙用，这就是武侠小说中常说的"摘叶伤人"之意。天蚕丝作为柔软的兵器，固然能发挥这种兵器的一般特点，但因苏小魂的武功心法是源自藏密深处的大势至无相般若波罗蜜神功，所以此种兵器又不局限于作一般缠困打斗之用。在苏小魂手中，天蚕丝亦可化作"丝棍"：

---

① 奇儒. 蝉翼刀. 长春：时代文艺出版社，1999：16.
② 奇儒. 蝉翼刀. 长春：时代文艺出版社，1999：108–109.
③ 奇儒. 蝉翼刀. 长春：时代文艺出版社，1999：124.
④ 奇儒. 大手印. 郑州：中州古籍出版社，1994：427.

钟玉双一笑，飘身上了天蚕丝，滑向顶端。顶端，正是这天罗地网的中心圆位置。①

天下间，有谁能在这五丈之外救得了京十八的匕首？
有！只有一个人，只有那个人的兵器可以到五丈外！②

苏小魂用力挺直天蚕丝，让六臂法王、大悲和尚、冷明慧、唐雷扣住。
……………
此时，苏小魂手上天蚕丝不但越来越急如风转，也越放越远。
……………
钟玉双心头一痛、一骇，正想帮忙，只见苏小魂似乎用尽力量往上摔脱而去！
便此时，六臂法王、大悲和尚、冷明慧、唐雷等四人，已然冲出水面往那第五先生和富享受的主舟而去。③

化柔软的天蚕丝为坚硬的"丝棍"，使钟玉双如行走在钢丝上直达天罗地网的中心位置以解救被困的大悲和尚；亦可在五丈之外阻止欲以匕首自杀的京十八；甚至可以把六臂法王等人从水中送到另一艘船上以避免众人因不习水性而被淹的下场。

天蚕丝具有柔韧性，这种特点也让它具有另外一种功用，即切割：

苏小魂看看锁住大悲和尚和赵任远的镣铟，叹口气道："我一个人大概没办法，可能需要借助各位的力量。"

苏小魂出手，天蚕丝往壁上镣铟割去。唐笑、唐雷、潜龙、北斗，分别运起内力，注入天蚕丝之中。④

---

① 奇儒. 大手印. 郑州：中州古籍出版社，1994：91.
② 奇儒. 大手印. 郑州：中州古籍出版社，1994：337.
③ 奇儒. 大手印. 郑州：中州古籍出版社，1994：815.
④ 奇儒. 蝉翼刀. 长春：时代文艺出版社，1999：276.

大悲和尚和赵任远被龙莲帮的老鬼困于僵尸门的水牢内，苏小魂诸人解救时，就须借用天蚕丝来切割镣铐。天蚕丝被注入内力之后，锋利如刀，因此能发挥这种效用。

天蚕丝的这般妙用，在一般武侠小说中都可见到，如一些小说中出现的以绸缎、绳子为武器的，都与天蚕丝异曲同工。可见奇儒在创新天蚕丝时，亦承续了传统兵器的一些特点。但是，天蚕丝本身柔软的特点，在奇儒笔下生出许多妙用，如结成网状的保护圈，或御敌，或困敌：

苏小魂暗暗缓缓，将天蚕丝形成四个圈，各自护住四面，将烟抗在圈外，不得再向前进。遭此，一方面要抵制诵经传来的气机；另一方面，又得在内劲上相较量前后左右的烟。半炷香的时间，在天蚕丝圈外的烟已然越来越浓，浓成顽石直击天蚕丝的设壁。①

苏小魂一笑，天蚕丝自腕浮起，自在前面造成祥云层层，揽住了鸠槃荼的攻击！②

斋二郎连使两套忍术后，便立即往霍山方向要跃去。
谁知，前方四颗树枝间竟然有了老大一个蜘蛛网！
那斋二郎不由失声道："好大的蜘蛛网！"
"不是蜘蛛网——"身后，苏小魂笑道，"是蚕丝网！"③

苏小魂为入钟家绝地而通过无心堂时，被钟家长老以焚烟困住，他把天蚕丝化作四个圈来隔离焚困的侵袭；又以天蚕丝化作祥云对抗鸠槃荼的攻击；也曾使天蚕丝化作丝网来困住扶桑刀客斋二郎。

中国古代虽也有诸多科学发明，但录音技术尚未为古人所知。武侠小说以古代社会为背景，录音技术当然也不会出现于一般的武侠小说中。但奇儒于武侠小说中融入当代科学，借天蚕丝柔软波动的特性，而使之具有录音的功能：

---

① 奇儒. 蝉翼刀. 长春：时代文艺出版社，1999：376.
② 奇儒. 大手印. 郑州：中州古籍出版社，1994：469.
③ 奇儒. 大手印. 郑州：中州古籍出版社，1994：652 - 653.

苏小魂苦笑，道："还好，天蚕丝的心法中，可以随气机的波动，而自成不同的波纹出现。经由这些波纹，约略可以知道别人在说什么……"

赵任远道，"苏兄是指'天地视听'神功？"

"不是！"苏小魂道，"天地视听是在用的人醒的时候。而那时，我已经昏了过去！"

可怕！竟然可以将别人说的话录下来；这个世间果真有这种功夫？

…………

苏小魂苦笑一声，又道："后来，我由波纹中约略知道他们当时的对话。"①

衡山搏技大会由蒙古贵族成立的江湖组织黑色火焰所举办，旨在考校、狙杀中原武林十年间的侠义领袖，以阻止中原武林对抗蒙古的统治。他们的活动非常隐蔽，以十年为潜伏周期而显身于江湖，邀约中原最负盛名的大侠较技，一决生死。这是苏小魂参加衡山搏技大会时，为解开这个组织的神秘面纱而做的努力，他根据天蚕丝的特点，辅以武学心法而记录了第五剑胆等黑色火焰成员的对话，为日后对抗此组织留下宝贵的资料。

天蚕丝以波动的方式录音，即如水波一般，在震动中留下记录。而水波因其流动特性，又有传递物件的功能。天蚕丝也是如此，不仅能录音，也能传递声音，如今天的电话一样，只不过是天蚕丝以有形的物品为媒介，而电话则以无形的声波为媒介而已：

苏小魂远远地躲在柴房旁的树顶上，专心地听着。

…………

然后，借着蚕丝的震动，传出屋内的对话……

优点和缺点并存！苏小魂便是利用褚东星说话时产生的杀机波动而明了了对话的内容。②

① 奇儒. 大手印. 郑州：中州古籍出版社，1994：102－103.
② 奇儒. 蝉翼刀. 长春：时代文艺出版社，1999：103－104.

苏小魂之所以要跟踪皇甫秋水，乃是用他恃以自傲的"千里传音"神功。利用对方谈话的震动，由天蚕丝传入耳中。[①]

众人眼光不禁投到地道去，只不知，潜龙和黄土天君决战的结果如何了？

赵任远皱眉道："潜龙这小子怎么这么久还没出来。苏兄，你就用天蚕丝的'天地视听'神功看看他们在干啥。"

苏小魂也皱眉，点头道："好——"说完，右手一扬，一线天蚕丝便落入洞口之中。[②]

江湖世界正是因为有许多不为人知的秘密而显得诡谲难测，也因此而生发许多动荡不安，因为其时并没有后世一般的通信设备和窃听工具，所以武侠小说中往往不得不设置"卧底"这一角色，深入敌方内部探听消息，以提前部署应对的策略；或者安排轻功卓越、敏捷机智的人物来完成任务。奇儒的小说也不例外地袭用了这些套路。此外，就是赋予兵器更多的现代技术，去延伸兵器的功用。天蚕丝之录音功能即如是。他偷听褚东星、皇甫秋水诸人的内部秘密，探听潜龙与黄土天君决斗的结果，都是借天蚕丝的"天地视听"功能来实现的。而天蚕丝之所以能传递声音，也是因其受到外界的波动而产生回应。

天蚕丝不仅能传送无形的声音，也能传递压力。苏小魂通过天蚕丝把从外界受到的压力消解：

苏小魂受着迎面而来，似乎永无止息的气流，暗自以大势至无相般若波罗蜜神功相抗。另一方面，则以天蚕丝的气机牵引，将对方的力道以"无我"的心法不执不着地疏导流露。

…………

钟伯脸现讶异道："你这小子似乎不差！只不过，太好强词夺理，花言巧语。"暗中，一股气机迫向苏小魂的少海穴。显然，他已发觉苏小魂是借着讲话的牵引，将受到的压力转由手肘，经手腕的

---

① 奇儒. 蝉翼刀. 长春：时代文艺出版社，1999：412 –413.
② 奇儒. 蝉翼刀. 长春：时代文艺出版社，1999：631 –632.

天蚕丝递失的。①

　　钟玉双代表钟字世家行走武林，与苏小魂相识相守，一年期满而未能按时返回。钟字世家两位长老钟伯和钟涛境入江湖带她回去时，以"乾坤双生"考校苏小魂心性。苏小魂即以大势至无相般若波罗蜜神功相抗，而借天蚕丝的气机牵引，"将受到的压力转由手肘，经手腕的天蚕丝递失"。这种原理，也是将天蚕丝如水传物的特点应用于武学的表现。

　　天蚕丝作为软兵器，在苏小魂手中，又可化作一种乐器，用以演奏音乐：

　　苏小魂说完，竟自场中坐下，右手连动。只见袖中天蚕丝暴出，插入地上一折再折，竟成了一面丝弦，有长有短，斜斜而下。苏小魂朗笑，道："小生且为各位佳人奏一曲《广陵散》！"

　　苏小魂说完，便以大势至无相般若波罗蜜神功的心法，十指连动，奏出一片祥和之声来。②

　　庞龙莲在正式向江湖昭告龙莲帮的开帮大会上，为了使当时江湖豪杰屈服，而用武力逼迫，其中一项就是让十名妙龄女子以十笙同奏天魔传音之乐，使群侠压力剧增。其时，破尘道长的"三清真音"、大悲和尚的狮子吼、钟念玉的"千里传心"箫法均无法抵御，苏小魂乃以天蚕丝化琴击毁十笙，最终扭转局势。

　　将天蚕丝化琴奏乐，相对来说还比较容易，只要武功高强，当然能做得到。但天蚕丝的妙用尚不止于此，在苏小魂手中，它又能如变魔术一样，化出如诗如画的景物：

　　赵任远显然改变了一见到苏小魂就出手的想法。因为那个头特别大的和尚带他到"极乐世界"后，他看到苏小魂正在玩把戏。而令人感到可恶的是那个叫潜龙的小子，竟然左手端着酒杯，右手高举在招呼他。而且是很大声很高兴的样子。潜龙道："快来啊，赵大

　　① 奇儒. 蝉翼刀. 长春：时代文艺出版社，1999：192.
　　② 奇儒. 蝉翼刀. 长春：时代文艺出版社，1999：458.

人，我保证你没看过这么精彩的好戏。"

可不是，一条细细的丝线在半空中不但可以变出山峦流水，阁楼舞榭，还有人物花草，诩诩而行。上面竟然还有蝴蝶飞来飞去呢！①

这是苏小魂被龙莲帮的楚老五设计陷害而入于九重十八洞时，为消除追缉他的潜龙和赵任远的误解而表演的艺术。不仅如此，天蚕丝尚有更神奇的变化：

苏小魂一笑，竟玩弄起天蚕丝来，边道："小弟来玩个戏法调剂调剂这无聊的夜晚，可好？"
…………
只见苏小魂手上的天蚕丝突然间便化出了江南歌台舞榭的风光来。七八个仕女，各自神态不同，还有蝴蝶、花丛绕其间。甚至，那是什么花你都可以看得明明白白。
苏小魂一笑，将手腕一振，只见天蚕丝变成一名少妇漫步在花园之中；而那花园的花，全是一模一样。潜龙当先叫了起来，道："这是君子花！"
苏小魂一笑，手又一抖，只见那少妇弯身撷了一朵花上来。这回，是赵任远叫了："那是牡丹！"
苏小魂又笑，手再一振，那少妇手中的花又变。立即，有人开始猜测了。"玫瑰""菊花""剑兰""芙蓉"……苏小魂越变越快，众人情绪也越来越高昂。他们已然完全投入其中，为苏小魂在天蚕丝上的绝技所倾醉！众人争答到高潮，忽然，苏小魂朗笑一声；那天蚕丝在半空中竟自变化成了"晚安"两字。②

这是在沙漠上，为了让潜龙等人得到足够的休息时间，苏小魂以天蚕丝变戏法以吸引敌人的注意力。此时天蚕丝化出了江南歌台舞榭的风光、神态各异的仕女、漫步花园中的少妇、蝴蝶、花朵、"晚安"两字。天蚕丝似乎变成了一支画笔，可以描摹一切人间

---

① 奇儒. 蝉翼刀. 长春：时代文艺出版社，1999：48 – 49.
② 奇儒. 蝉翼刀. 长春：时代文艺出版社，1999：546.

美景。

火圣一君有一门秘术——金针移穴，将细如麦芒的针打入太阳穴，针随全身气机而动，哪里运气针便去到哪里。他配合老字世家的老头子入侵蜀中唐门，对蜀中唐门老太太及掌门唐笑施以此术，从而控制了唐门。苏小魂用天蚕丝来搜寻入穴之针：

> 唐笑这下真正笑了！只要老祖宗没事，他唐笑死了又怎样？现在，他看见苏小魂的天蚕丝已经由他的太阳穴进入，随着气机开始搜寻那枚害死人的金针。唐笑真的安心了，双眼一闭，竟呼呼大睡！[1]

依据这个原理，天蚕丝还可以进入人体穴位内部，移动穴位的位置，以达到欺敌的效果：

> 苏小魂无奈道："好吧！简单一点说，我是用一种内功的气机，经由天蚕丝进入他们的体内，将他们二位的穴道稍为离偏了三寸！虽然只有一顿饭的功效，不过也够了。你说是不是？"[2]

武侠小说中移动穴位的写法也常见，但一般都是武艺高强的人据自身内力转移穴位，很少借助外力。而苏小魂竟能用气机通过天蚕丝使俞傲和北斗的"穴道稍为离偏了三寸"，这实在是一种武器使用的大胆构想。

天蚕丝既然能够入穴搜针、移动穴位，那么进入未知的险境以探测情况自然不在话下：

> 苏佛儿心中虽急，但灵台一点光辉跳动。当下，便于沉喝一声里将天蚕丝自袖中缓缓飘出。
> 他这厢像是明白了解困之法，只是任令腕中蚕丝往前递出。每每遇到了铜鼎，则是"叮"的一响一震，便自绕了个弯又往前去。
> ············

---

① 奇儒. 蝉翼刀. 长春：时代文艺出版社，1999：81.
② 奇儒. 蝉翼刀. 长春：时代文艺出版社，1999：123.

而苏佛儿干脆席地而坐，任令天蚕丝往前引去。

…………

只见一炷香后，那天蚕丝已碰到了一物，竟能轻轻地将之推动。

苏佛儿这端指尖可觉，乃四下试了一下。当即，明白天蚕丝已出了阵外，碰及外头的椅子。

他这利用指尖的感觉就如人在黑暗中眼睛无用，却是能以手以掌代眼摸索。

他朗笑一声，当即立起循着天蚕丝所行之途前前后后地走动着。须臾，已然踏出了阵势之外。①

苏佛儿与米小七同入苗疆缉捕修罗大帝，在阴府别门遇困于蛊阵，苏佛儿即以天蚕丝导引而破蛊阵。此种情形正与入穴搜物相似。

最后还有一种妙用，即以天蚕丝作火熠子照明。天蚕丝本是易燃之物，遇火即着，作者竟能别出心裁而作巧思：

六臂法王闻言，脸色一变方自发话，却惊见那快乐舫一瞬间灯火全灭，立时，惊叫之声四起。

灯火一灭的瞬间，苏小魂已经感受到数股杀机涌自四方而来，苏小魂一愕，腕上天蚕丝连绕两匝。

同时，左手火熠子重点，立时六个火熠子已立于内圈天蚕丝上。

……

话声一落，苏小魂天蚕丝上的火熠子一下便灭掉五个，只剩得一盏忽左、忽右，到处乱跑；这下，天蚕丝的妙处可就全部显了出来。

一番指东打西，左拐右折，分明是熠火往那端去了，谁知自己在这厢被打？②

黑色火焰的首脑第五剑胆，一直想以武学称霸中原武林，以襄助蒙古重新入主中原，在江南快乐舫上精心设计，使各路人马相聚于此，企图打败苏小魂诸人。因为第五剑胆有针对性地根据苏小魂

---

① 奇儒. 大悲咒. 珠海：珠海出版社，1999：513.
② 奇儒. 大手印. 郑州：中州古籍出版社，1994：808–810.

诸人的武学心法和兵器特点而设计了克敌之策，苏小魂不得不熄灭灯火以摆脱困境，为了便于杀敌，便在天蚕丝上点上火熠子作照明之用。

第三节　女孩儿家用剑便俗了，且用这扇子

在武侠小说中，扇子作为兵器比较常见，男女正邪都可以用，因为用扇显得比较儒雅。这种兵器固然也可以用于搏击，但在小说中，多以点穴为其大用。古龙小说中的花无缺、金庸小说中的欧阳克，都是手拿扇子的高人。但小说家充其量也就考虑到了以扇杀敌的单一功能。奇儒在他的 14 部小说中，有 4 部小说的女主人公是用扇的。《帝王绝学》系列中的宣雨情和《砍向达摩的一刀》中章儿铃所用的帝王七巧弄魔扇，此扇与传统的扇子有相似之处，即具有扇的形式特点，但同时又有别于传统的扇子，这主要体现在搏斗时的用法上。

帝王七巧弄魔扇是帝王柳梦狂在世外宫用黑檀木花了四年时间为宣雨情制作的兵器。这种檀木坚硬无比，又檀香醉人，且能克制世间五浊污毒。柳梦狂抛弃武学规范而独创"帝王绝学"，他曾说过："我绝不会用同一种剑法去对付两个人！""而且我一生中的出手从来没有重复过！"（见《柳帝王》第 43 页）"那'帝王'柳梦狂就凭他的才智，四年内足以创出一套武学来，更何况精心雕铸这把扇子！"（见《帝王绝学》第 158 页）果不其然，"'帝王七巧弄魔扇'可以有七种极为精巧的变化，几乎已经涵盖了对付各种武学的可能"[1]。书中并没有一一指明是哪七种变化，但还是约略能看出此扇的特点的。

既是一把扇，扇的一般用法肯定是具有的，那便是点穴。以扇点穴是武侠小说中最常见的扇子用法。宣雨情初入江湖，第一战就以扇点住了黑魔大帮外围杀手枯木神君：

　　宣雨情轻皱眉，只见眼前这中年文士的出手果然快！快得在倏

---

　　① 奇儒. 柳帝王. 呼和浩特：远方出版社，2001：348.

忽间，已然控制自己身上六处穴道。

她心中轻哼一声，身子往上拔起，同时手上黑檀扇已急速拍出。

…………

宣雨情娇笑，手上运起帝王绝学的心法。只见那扇上布面"啪"地展飞，又立时捆索一束！

这还未完，那十一支扇骨竟能联结并立，立时较原先枯木神君估计的长了十一倍。

直似一把利剑，已连打身上一十六处大穴！

"好妙扇！"柳帝王大叫，看着枯木神君不敢置信地跌坐在地上。

宣雨情一笑，手上用劲一抖，只见扇布又由枯木神君捆绑的双腕上收了回来。

依旧，是风雅神秘的一把扇子！①

扇面展飞又捆束，十一支扇骨并立而长了十一倍，最后点了敌人的穴位。这是扇子在小说中最常见的用法。

黑檀扇的特异之处在于，其虽由扇面和十一支扇骨组成，但扇面、扇骨的结合却不是固定不变的，而是可以视对敌情况作各种滑动变化。这与传统的扇子由扇面、扇骨稳定不变的组合不同：

宣雨情秀眉一抬，忽然间发现了师父柳梦狂之所以叫她用扇而不用剑之理。

因为，人最多只有两只手。

两只手，最多只能握住两柄剑！

有没有谁，可以用一只手握住十一柄剑的？

十一柄剑握在一只手上会是什么样子？

宣雨情方将"帝王绝学"的心法催动，那扇面便自跳开，立时，便只剩扇骨在手。

扇骨，是十一支！

十一支扇骨如剑！剑是十一，迎向的是双剑合击！②

---

① 奇儒. 帝王绝学. 台北：长明出版社，2001：157 – 158.

② 奇儒. 帝王绝学. 台北：长明出版社，2001：96.

　　显然，扇面是可以跳开而使"十一支扇骨"化作十一柄剑的，由此可以想象得到，此时扇面是相当于隐藏起来了，只留下了十一支散开的扇骨。

　　扇子又可据具体情况而化为剑：

　　秘先生挑眉沉喝，将欲出手的气机转于双足暴退，先机略失，顶上三人又急又猛压迫而至。万般不得已，秘大先生唯有双袖掸出一片气机相抗。

　　两相交撞。

　　夏停云和夏两忘只觉得胸口沉重的被一闷棍击中般，他们可是拼了老命来挡秘先生这一击。

　　为的是，"帝王七巧弄魔扇"其中的一项变化。

　　黑檀扇在刹那化成一道细长而劲锐的尺剑，点迫向秘先生的心口重穴。①

　　"黑檀扇在刹那化成一道细长而劲锐的尺剑"，扇与剑有相当大的不同，扇的招式以点击为主，特点是轻灵柔美。剑尖锐而扁平，其招式是以挑、劈、砍、撩、格、截、刺、压、挂等为主，其特点是刚柔相济、收放自如、飘洒轻快、矫健优美，正如拳谚所形容的"剑似飞凤"，由此可知其妙。扇化作剑就意味着武学心法的变化和对敌策略的改变，成尺剑就是把扇当剑用。

　　正因为扇骨不固定，而是可以上下滑动变化，所以，黑檀扇又可化作棍：

　　宣雨情将黑檀扇一展，冷冷道："使用这种邪法，天下武林人人得而诛之！"

　　颜呼法王冷喝向前大步："小女娃，太不自量力！"

　　便见是他的双掌如山岳般拍下，宣雨情冷冷一笑黑檀扇横扫而出。使用的是第五种变化！

　　但见这扇一扫，蓦地有一半的扇骨往前递伸。②

---

① 奇儒. 柳帝王. 呼和浩特：远方出版社，2001：518–519.
② 奇儒. 武林帝王. 珠海：珠海出版社，1999：491.

"一半的扇骨往前递伸",这样扇骨变成两倍长的短棍,其用法也就与棍相同了。

黑檀扇作为扇子,在对敌时,旨在点穴,这是此种兵器的常见用法。然而,帝王柳梦狂以四年时间制造出来的兵器,正如他思考天下武功的得失之后创造了"帝王绝学"一样,就算是看起来没有什么异常的扇子,在他的设计里,也会有独特的地方。扇子能点住敌人的穴位,那也应该考虑到自己被别人以更高的内功心法点穴时的应对策略。黑檀扇果然有所顾及,这是特别针对萧家的"大梵天心法"而设计的:

> "你……怎么可能解得开大梵天心法的制穴手法?"萧游云不信,打死也要弄明白。
>
> "你想知道?"
>
> 萧游云的确是非常想知道。除了他本身想了解为何败之外,便是担心这回他爹到天霸岭下找柳梦狂是不是也会遇上相同的事。
>
> 宣雨情掌中黑檀扇轻落,拍点了萧游云四处穴道后,淡淡道:"帝王七巧弄魔扇的七种功能变化中,其中一种便是专门为萧家的武学心法而设计的。"
>
> 萧游云脸色大变,恍若叫人在半夜熟睡时用力刺扎了一针。
>
> "方才你的出手是点制震荡了我的十三处穴道。"宣雨情笑道,"只不过,这黑檀扇下面的一十三支扇骨受到回力的激荡,又解了开来。"①

大梵天心法的特点是有可怕的回荡震魄之力,"就算是你能移穴三寸亦为之所制"(见《帝王绝学》第847页),这正是萧游云得意之处。但柳梦狂在十五岁时被年近四十的萧天地所败,必定思考反制克敌之法,黑檀扇就是利用大梵天心法强烈的回荡震魄之力来化解被点制的穴道的。这是柳梦狂的巧思对改良兵器的贡献。

此外,帝王七巧弄魔扇还针对群攻作了创新。江湖虽有铁律,但很多时候都是以利益为第一的,特别是邪恶之辈,为达成目的不择手段,群攻就显得很普遍。一把扇子如何应对这种复杂的场面,

---

① 奇儒. 帝王绝学. 台北:长明出版社,2001:848-849.

帝王七巧弄魔扇也有独特的设计：在同一个招式里，扇子可以快速地"上下左右攻击"（见《柳帝王》第三节）。

帝王七巧弄魔扇在奇儒的兵器谱中排名第二，书中对此兵器的妙用构思还略显单薄。但此扇与其他武侠小说中的扇已有本质的区别，它"糅合了各种兵器至上的优点"（见《砍向达摩的一刀》第一章），诸如点穴、解穴、化棍、化剑、对付群攻，后四种变化都赋予扇子一种新的生命力，显示了作者的创新思想。

第四节　卧刀千里总关情

谈笑手中的卧刀的确是奇儒武侠小说中最有创意的兵器之一，在兵器谱中排名第三，想来自是因为它是硬兵器。而且虽然谈笑及他的两位好友杜三剑、王王石三人一生不杀人，但卧刀毕竟是刀，天然具有极浓的杀意。相较于天蚕丝和帝王七巧弄魔扇的儒雅，不得不屈居第三。

卧刀之名本就独特，而独特名字的背后有着绵长久远的历史以及深厚的文化底蕴：

布好玩重重地摔到了门槛，犹不能置信地朝里面看着，他的两臂似废，嗒然垂在那儿。

但是他的目光并不是看着王王石，而是谈笑。

谈笑手上的那把"刀"。

卧刀！

谈笑的刀赫然是源自达摩大师直传至六祖惠能禅宗第一心法的卧刀。

布好玩的眼中充满了恐惧，这把刀的心法在经过八百多年后已经成为传说的一部分。[1]

禅宗远祖达摩，其心法是以口耳相传的，这本身就充满了神秘的色彩，特别是江湖门派注重秘技自珍，这种神兵利器不遇强者高

① 奇儒. 谈笑出刀. 呼和浩特：远方出版社，1999：18.

手又不轻易出刀，如此，谁又能知江湖有此一种兵器呢？"这把刀的心法在经过八百多年后已经成为传说的一部分"，心法如是，刀何尝不是如此？因此，即使如布好玩这样的老江湖，在面对卧刀时，也仍然惊异若失。

江湖传说，"谈笑出刀，天下无兵"，意思是只要谈笑的卧刀施展开来，天下没有任何一种兵器能够阻挡得了。谈笑的武功——大自在心观无相波罗蜜神功——原本就能媲美苏小魂大侠的大势至无相般若波罗蜜神功，这让他在面对天下高手时可以从容应对。而卧刀在这种心法的催动下，可以变化出无数种可能。

卧刀的锋芒被收敛时，其实并不是刀，而是突破刀的常态，变成镯环套在腕上：

> 他看着谈笑手上那把又细又长的刀，刹那在人家的手指上纷纷落落，声声交响似大珠小珠落玉盘。
> 硬是脆耳好听。
> 一眨眼儿，人家的"刀"又变成了手环套在腕上。
> 就是那右腕上的两个镯环，竟是卧刀的本身。①

这种刀在形态上就与日常所见由固定的刀刃、刀柄组合而成的刀大异，也因之具有更多的可变性，其对敌时，可据敌情作出无数种相应的变化：

> 谈笑手中扇形的卧刀瞬间化成一线呈弧，有若一道彩虹划空横劈。
> 这一刀，早已突破所有"刀"所能达到的极致范围。
> 天下没有一把刀的刀身是弧形似虹。
> 天下也没有一把刀在划动破空的时候，可以上下飘动迎风乘起。
> 天下更没有一把刀可以随时改变形状大小，在每个不同的角度，与每个不同的气机对抗时自然变化。
> 谈笑的"刀"做得到。
> 卧刀，并不是你想象中的那种刀。

---

① 奇儒. 谈笑出刀. 呼和浩特：远方出版社，1999：18.

　　因为，卧刀的意思是，把刀的死结藏密不见，而显露的，则是刀的真正精魂。

　　卧刀的心法，是把"刀"的神髓突破于这种兵器天生的限制之外。

　　所以，卧刀不是一把刀。

　　卧刀是千千万万把刀每一片段的组合。①

　　却是，谈大公子犹能对着伊人一笑，翻身腾空中右腕一振，在刹那光芒一串串流转中，忽地掌中有刀。

　　刀泓小洒，已是两道划虹而下。

　　卧刀！

　　只有卧刀可以随时组合成各种刀形，甚至变成两把刀在掌。②

　　谈笑一抖卧刀，将十数条已软绵绵的毒蛇扔了出去，左臂抱起蓉儿，右掌将卧刀变化成一把最最正常的刀。

　　…………

　　很平淡的一刀，却在谈笑舞动的时候变成了千百把刀同时旋舞着，每一个转动，总会响起一种奇怪的声音。

　　…………

　　明明是一把再普通不过的"刀"，却是和"金刚修罗"蛇口交撞的刹那，似乎变化了那么一点点。

　　不是长点、宽点、缩点、窄点，就是缺了口，像剪子，如扇开，似棍撞。③

　　之所以说卧刀是刀，是因为它本来就是刀，"可以随时组合成各种刀形，甚至变成两把刀"，"卧刀变化成一把最最正常的刀"，其具有刀的特点，用法也是刀的用法。但卧刀又不是一般形态的刀，"它可以在主人判断对方武学路数时'变化'成不同形式的刀"④。

---

①　奇儒. 谈笑出刀. 呼和浩特：远方出版社，1999：27.
②　奇儒. 谈笑出刀. 呼和浩特：远方出版社，1999：122.
③　奇儒. 谈笑出刀. 呼和浩特：远方出版社，1999：241－242.
④　奇儒. 大侠的刀砍向大侠. 珠海：珠海出版社，1999：137.

卧刀不仅突破了刀的形态，其特异之处尤在可据交战时的复杂情况而变化成无限可能的兵器，如化成扇子：

　　谈笑和杜三剑两个耸了耸肩，一个自袖中落出三段剑身搭扎，一个则是自腕中脱落千机环一抖化刀。
　　杜三剑的剑既长又狭，寒气自天地来。
　　谈笑的刀呢？
　　半弧划圆在掌中握，看来倒像是一把扇子。[①]

卧刀化成前端下垂的长棍：

　　卧刀在众人讶异不信中，自凌空回廊而来。
　　谁都不知道谈笑这么做的目的在哪里，但是谈笑他自己知道。
　　因为他看见了光芒一闪，自尹小月的背后来。
　　因为，午时刚过的太阳在天顶正中反耀毒针。
　　卧刀已旋展到最长。这长度出乎每个人的意料。
　　它竟然可以达到一丈又半。
　　“叮”的好清脆的一响，卧刀最前面三节钢片垂下，正好贴在尹大小姐那一弧绝美天下的颈背。
　　也正好贴住那根螺旋毒针的针尖。[②]

又可化作“九曲桥般弯弯扭扭”的棍：

　　谈笑却是如入无人之境，连眨眼也没有，一抹刀泓已指在宗天尧的脖子上。
　　然后，才是“叮叮叮”的一串响。
　　谈笑的“刀”好像是九曲桥般弯弯扭扭，每一个折处正好挡住了一个人出手。
　　卧刀上面，最少有六个人用六种兵器砍着。[③]

---

①　奇儒. 谈笑出刀. 呼和浩特：远方出版社，1999：24.
②　奇儒. 谈笑出刀. 呼和浩特：远方出版社，1999：141 - 142.
③　奇儒. 谈笑出刀. 呼和浩特：远方出版社，1999：210.

此处又似乎化作"十来圈的圆索":

谈笑一"嘿",右腕抖动间卧刀已转成十来圈的圆索套出,相当巧妙地将来袭的四颗蛇头锁紧,同时一舞掌中卧刀横扫,展缩间复将那些周扰昂首的毒虫全套个实。①

化作"前头还折了个直角"的铁尺:

谈笑在百险中回身一刀,这一刀,可是会拉长卧刀变成铁尺一线似的,前头还折了个直角,同时挡住四剑所攻。②

"卧刀是千千万万把刀每一片段的组合",既是一种组合,就不是固定不变的,当然也不可能仅化作刀,而是化扇、化棍、化索、化尺,兼具多种冷兵器的特点。而这些不同的兵器也具有不同的用法,在搏击中,自然就具有多种获胜的可能。

武术家们常用"刀如猛虎"来形容刀的勇猛剽悍,雄健有力。大刀属于长兵器,俗云"大刀看刃",就是在用刃上,做到劈、抹、撩、斩、刺、压、挂、格等功夫。刀之用,有执单刀与双刀之别,有所谓"单刀看手,双刀看走",所以单刀讲求劈、砍、刺、撩、抹、拦、截等刀式;而双刀则讲究两手用力均匀,刀式清楚,步点灵活,上下协调,以显出"叶里藏花,双蝶飞舞"的姿态。但天下的刀,不管其形状及用法如何,劈、砍、刺、撩、抹、拦、截,在克敌制胜之时,总以伤敌为上,所以才要"刀如猛虎"。卧刀当然也具有这些特点,但因谈笑、杜三剑、王王石一生不杀人,所以卧刀虽可刚猛如虎,却并不旨在杀敌,亦因此之故,卧刀又比一般的刀多了另一种用法,即点穴:

卧刀化作一道桥,一片片的钢片分成三十六个角度而去,刹那全贴满在黑修罗前身三十六处穴道上。

谈笑出刀!

---

① 奇儒. 谈笑出刀. 呼和浩特:远方出版社,1999:240.
② 奇儒. 谈笑出刀. 呼和浩特:远方出版社,1999:244.

"这招叫作'满天风云'！"谈笑叹气地爬上石棺，站到黑修罗惊怒的面孔前蹲下道："我想，天下没有一把刀可以变成一片片半寸宽半寸长的钢片，用贴的方式打到人家的穴道上，所以……"①

他方是微微惊愕，身旁尹小月可有同是女人的反应，轻轻一哼道："你就点了人家几处穴道后把刀收回来吧！"

这话可是半讲理半带着不悦。

谈笑"嘻嘻"一笑，哪有不照办的道理？只见他迅速地挑动了刀尖，在宗天尧前胸点了数下，又收回，入袖。

一串"叮咚叮咚"的，好悦耳。②

在其他武侠小说中，的确没有见过用刀来点穴的，因刀是一种锐利的兵器，即使是最顶尖的高手，也很难掌握其力度而做到仅是点穴。卧刀之所以能做到，是因为这把刀由钢片组合而成，且这些钢片的组合并不是稳固的，而是可以在内力的催动下变化成各种兵器，化扇、化棍、化尺都可以做到点穴而不伤人。

江湖传言"谈笑出刀，天下无兵"，因为，"天下任何一种兵器，在谈笑掌中卧刀的面前，绝对没有必胜的优先来克制它"③。这不仅因为谈笑的武学心法独步天下，而且他的兵器构造独特、变化多端。

第五节　凌峰断云刀不愧是十年来最奇特的兵器

苏佛儿第一次看到米字世家一代奇才米凌的凌峰断云刀时，曾无限感慨地说："好，真是好！阁下的发明创新算是把凌峰断云刀留名武林史了！"④ 苏佛儿承自其父的天蚕丝是奇儒三百年江湖世界中，兵器谱中排名第一的兵器，自第一代传人乔韶伊到苏佛儿，已有一百多年的传承史。而凌峰断云刀却是江湖最富创新的武器之一，

---

①　奇儒. 谈笑出刀. 呼和浩特：远方出版社，1999：165.

②　奇儒. 谈笑出刀. 呼和浩特：远方出版社，1999：211.

③　奇儒. 谈笑出刀. 呼和浩特：远方出版社，1999：242.

④　奇儒. 大悲咒. 珠海：珠海出版社，1999：225.

于兵器谱中排名第四，居天蚕丝、帝王七巧弄魔扇、卧刀之后。

此刀与谈笑的卧刀虽同为刀，也变化多端，但凌峰断云刀又有其特异之处：

此刻的米凌，已然不知从哪里冒出一把奇形诡异的扁刀来。这刀不但不长不短，恰好和米凌的手臂相当，而且中间正好吻合米凌的肘处可以弯曲。

米藏当然也注意到，这又扁又狭的刀身，竟然有许多大小不同不规则形状的破洞。

米凌将这把刀平举横于双眉，淡淡道："在下正是米凌——米藏公，你老人家看这像什么？"

一刹那，刀身和眉峰恍若成了两座山峰和四下飘移的浮云。[1]

这把扁狭的刀与手肘弯曲处相吻合，而且刀身有许多不规则的破洞，这显然与那些常见的扁平锐利的刀不一样。此外，刀身平举横于双眉，"刀身和眉峰恍若成了两座山峰和四下飘移的浮云"，这显然极具美感，这种新奇的现象甚至可以让敌人产生一瞬间的疑惑，这一走神对敌人来说往往是致命的。因此可以说，这种刀人合一产生的美感天然就具有欺敌的效果。

不仅如此，此刀之异尤在其结构：

"凌峰断云刀不愧是十年来最奇特的兵器！"夏斜的眼中就如同他的话一般充满了钦佩，道："因为它让人们看到刀身都是'缺洞'，却不会去想到'刀'其实是由许多碎钢片所'组合'……"

每一片钢片都有它固定的位置。

所以刀还是刀的样子。

但是当钢片索系在刀柄的机栝弹开时，这把刀已经变成了二十四片暗器，有二十四种不同的气机，有二十四路不同的回力，从二十四个不同的方向扑向敌人。[2]

---

①　奇儒. 大悲咒. 珠海：珠海出版社，1999：203.

②　奇儒. 武出一片天地. 呼和浩特：远方出版社，1999：265.

这把刀由"许多碎钢片'组合'",中间以钢片索和机栝联结,因之有刀的外相,又兼具暗器的特点。

一种兵器若具独特的构造,则必定具有超越常规兵器的特殊用途。凌峰断云刀上的破洞也必有异乎寻常的作用:

> 潘雪楼的刀砍上了骑梦隐的衣袍。
>
> 好有力的砍中,却是弹了两弹。
>
> 这种感觉就像是砍到了鼓饱气的厚皮球似的。
>
> 气机自刀身递来,震动了手腕。
>
> 骑梦隐大笑道:"断手!"
>
> 潘雪楼虎口手腕一阵火热,却是掌中的刀有它奇妙之处。
>
> 这把由十数块钢片组合成的凌峰断云刀有许多的缺洞,每一个缺洞都具有消除敌人气机震力的效果。[1]

骑梦隐有无数的别名,如修罗大帝、阴人麟、向十年、龙中龙,此人有过无数次死而复生的经历,每一次都被认为已经死去,又在数年之后重现江湖,造成无数杀劫。因为,只要他的心脉不断,他就有重生的可能。骑梦隐曾一人对抗当时江湖上苏小魂一辈之后的传人,诸如苏佛儿、俞灵、龙入海、小西天、董九紫、黑情人、邝寒四、羿死奴、潘雪楼等一干大侠,但尤能从容淡定,一如二十年前第五剑胆一人力敌苏小魂诸人一样。但凌峰断云刀以十数块钢片组合形成的缺洞,因其中空而具有消除气机震力的效果,这减轻了持刀的难度,掌刀者也因此获得更多的对敌先机。可以说,正是因为有此独特的兵器在手,潘雪楼才可以躲过这雷霆一击。

不仅如此,凌峰断云刀其实有两把。平举于双眉之间的那一把是用于搏击对敌的暗器,还有一把更神秘的倚藏于米凌左袖左掌中:

> 凌峰断云刀有两把!
>
> 一把堪称暗器绝品,另一把则是断魂葬命绝品。米凌右臂所执置于眉间的,是暗器的那把!而真正杀着毙命的,则是倚藏于左袖

---

① 奇儒. 武出一片天地. 呼和浩特:远方出版社,1999:515.

左掌中的真正致命的凌峰断云刀！①

在奇儒的武侠小说中，以慈悲济世是大侠秉持的传统，佛家珍惜人身难得，所以不重杀戮。凌峰断云刀作为一种霸气十足的兵器而能名列兵器谱第四之位，显然是因为江湖世界更看重此种兵器创新的意义，或者说是对米凌的贡献的纪念。凌峰断云刀以钢片组合形成的破洞，已足以使此刀异于常见刀枪。而隐藏于左袖左掌中的那把刀，才是真正致命的：

因为，凌峰断云刀有两把！

米凌现在手上的这把凌峰断云刀是他自创的，是用来作为暗器之用。

只见，当刀锋碰及他身体的瞬间，刀面上每个缺口就如同散出的烟火，各自成了锋锐不规则的暗器！

每一片刀面，有着不同的回力、不同的方向。

简单地说，这把凌峰断云刀，本身即是由四十六片暗器所组成！

苏佛儿的快乐丝只能阻止米凌杀人，却不能阻止他伤人。

不过一刹那晃眼，四十六片刀面暗器已全数打在那六名执"兰花轰天炮"的汉子身上。

这些锋锐刀面又快又诡，有的尚在他们两臂间打了一转才退出来。

最惊人的，是所有的刀面又飞回到米凌的刀柄上，自然而然地又组回了刀状！所有的人全凝住了气息。太妙了，这暗器无论是使用的心法或是功能，绝对可以排上天下前五名！②

作为暗器的凌峰断云刀，"由四十六片暗器所组成"，每一片刀面上也都有缺口，"最惊人的，是所有的刀面又飞回到米凌的刀柄上，自然而然地又组回了刀状！"这些特点，都使此刀极具杀伤力，因为常人一般都被用来搏击的刀所惑，而忽略了作为暗器的那一把刀。

---

①　奇儒. 大悲咒. 珠海：珠海出版社，1999：520.

②　奇儒. 大悲咒. 珠海：珠海出版社，1999：224 - 225.

卧刀与凌峰断云刀是奇儒兵器谱上前五的创新，但纵观整个港台武侠小说的创作史，这两把刀都堪称创新典范。因为它们看起来虽是单一的兵器，却集合了众多兵器的功能。单就兵器而言，它们已经使主人在对敌中取得先机。而对一个高手而言，获得先机就已经成功了大半。

第六节　奇儒，将如他的名字之"奇"，为武侠小说打开新的局面

武侠小说研究大家林保淳先生曾经说过："奇儒，将如他的名字之'奇'，为武侠小说打开新的局面！"（据网络资料）林先生此语其实是从奇儒以佛学精义开创武侠小说新格局而言的。但既以奇儒为名，其创作在诸多方面已大有新奇，于兵器一途已大异于前辈。然则，奇儒此种创作，于武侠小说的意义何在？第一是创新，第二是使武侠小说具有更多真实的元素。

创新，第一是在兵器上的创新。抛开传统，寻求创新，这是奇儒一以贯之的理念。天蚕丝、红玉双剑、观音泪，正是他创作的第一部武侠小说《蝉翼刀》中的兵器。天蚕丝、蝉翼刀已如前文所述，蜀中唐门的观音泪也是一大创新。

观音泪是蜀中"唐家近三十年来制造出来最好的暗器"[①]。在传统的武侠小说中，蜀中唐门本以用毒为上，奇儒却撇开传统，使唐门以暗器、机关、火药争雄江湖。暗器就以观音泪为代表。这种暗器的名称本身就非常新颖，观音乃佛家菩萨，本无情无欲，但因利生念切，悲悯众生而有泪，所以此种暗器在江湖中有一种传说："观音有泪，泪众生苦。"其制作的材料也大异于寻常："观音泪是用珍珠为壳磨成，如泪珠泣落。一方圆润、一方尖锥，细细小小，如佳人梨雨。""这玩意最少有三十二种回力激发，里面含有七种毒性相克。"[②] 其施用者必具大慈悲之心，因为这种暗器的制作本源于《大智度论》："菩萨我法二执已亡，见思诸惑永断，乃能护四念而无失，

---

①　奇儒. 蝉翼刀. 长春：时代文艺出版社，1999：73.
②　奇儒. 蝉翼刀. 长春：时代文艺出版社，1999：41.

历八风而不动。惟以利生念切，报恩意重，恒心为第九种风所摇撼耳。八风者，忧喜苦乐利衰称讥是也；第九种风者，慈悲是也。"① 因此之故，这种兵器也只是伤人但不杀人："中此毒器者全身无力，若此生不再使用内力，则可保长寿。"②

在奇儒的其他小说中，还有许多创新的兵器未入兵器谱，如第五剑胆之剑胆："用缅铁之精，配以苗疆瘴火，并用云母玉石打造而成。""似剑非剑，似铁非铁！而且尚可任意拗曲，更像缅刀之物……一入手，又变成了鸽蛋形状。"③ 杜三剑的三才剑："三段剑身搭扎""既长又狭"④ "剑身可以在剑柄上前后两头跑"⑤。此外，米字世家的凤眼、冷明冰的鞭刀、唐迎风的头发、杨岩的破铜刀，都可视为不同寻常的兵器。

第二是武学心法的创新。此又分两造，一是有新兵器而后有新武学。武器其实是人身的延伸，是武功的施展途径。为了达成武士的更多愿望，创新的兵器又促使武者自觉创新其武学心法，此不仅确保其立于常胜不败之地，又推动了江湖武艺的日常创新。武林帝王柳梦狂曾说过："巴山老人每一根棍成，就是一门创新的武学成就！"⑥ 一件新兵器的出现就是一门新武学的形成。天蚕丝、蝉翼刀和红玉双剑都可谓创新的兵器，其背后的武学心法各异。但这些武学心法都不是恒常不变的：

钟家二老见钟玉双儿女情态，大笑了起来。钟伯道："好。伯父告诉你！那蝉翼刀是以'三天极门'为最高层次，可说是若达到十二层则可至心刀合一的境界。"

"那……那天蚕丝呢？"钟玉双红着脸问道。

钟伯道："自从两百年前太史子瑜由刀悟道，以至于死后。当时乔韶伊前辈返回所住的小屋内，也开始钻研佛学心境。两百年来，历四代主人皆未出现江湖。"钟伯似是沉思，又似回忆道，"苏小魂

① 奇儒. 蝉翼刀. 长春：时代文艺出版社，1999：28.
② 奇儒. 蝉翼刀. 长春：时代文艺出版社，1999：41.
③ 奇儒. 大手印. 郑州：中州古籍出版社，1994：279.
④ 奇儒. 谈笑出刀. 呼和浩特：远方出版社，1999：25.
⑤ 奇儒. 谈笑出刀. 呼和浩特：远方出版社，1999：376.
⑥ 奇儒. 柳帝王. 呼和浩特：远方出版社，2001：420.

手上天蚕丝心法显然已较两百年前更有进境。其中隐隐有藏密的渊源。这点，虽然伯父和他交过手，可是尚不知如何真确。"

钟玉双笑道："那这三种心法共同的是什么？"

钟伯沉思后，一笑道："共同的，它们原始的根源是庄子心法。不过，这两百年来经后人的精进研究，可能已分别参透了些佛学义理。"

钟玉双道："红玉双剑的心法也有吗？"

"当然！"钟伯傲然一笑道，"帝王绝学已经不只是庄子心法中的'应帝王'而已。其中更加入了'玛哈噶拉'的心法。"

"玛哈噶拉？玛哈噶拉是什么？"钟玉双讶异道。

"大破邪、大破无明心！"钟伯眼中洋溢一片虔诚道："除一切恶的玛哈噶拉，正是藏密最尊大威力的佛。"①

蝉翼刀以三天极门心法为最高层次，红玉双剑本源于"应帝王"的"帝王绝学"，天蚕丝亦由庄子心法。但传承到苏小魂诸人时，这些武学心法都出现了新变："它们原始的根源是庄子心法。不过，这两百年来经后人的精进研究，可能已分别参透了些佛学义理。"天蚕丝"显然已较两百年前更有进境。其中隐隐有藏密的渊源"，红玉双剑则加入了大破邪、大破无明心的玛哈噶拉心法。蝉翼刀心法虽未知如何，但必有佛禅渗透其中。

苏小魂手中的天蚕丝圆融了藏密义理，其创新的武学心法即大势至无相般若波罗蜜神功。苏佛儿传承其父的天蚕丝，同时也习得了其中的武学心法，但这一心法有了许多的变化。据《大悲咒》所写，苏小魂、俞傲、潜龙、赵任远、大悲和尚、唐雷、冷知静、钟玉双、红豆诸人的后代，如苏佛儿、俞灵、龙入海、赵抱天、小西天、唐玫、冷无恨等人，虽各有所长，但在武学的修习过程中，彼此之间都互通有无。苏佛儿不但习得其父之学，亦同样修习大悲和尚的武学心法大悲咒，而且正是得益于此种心法，他能达成和超越大势至无相般若波罗蜜神功的最高境界："'大悲师父之所以抓了我们几个去念经拜佛，目的是想沉住我们的心性——'苏佛儿恍然有悟中，兴奋道，'唯有不生不灭，才能将大势至无相般若波罗蜜神功

---

① 奇儒. 蝉翼刀. 长春：时代文艺出版社，1999：293 – 294.

的精髓展现出来！'"① 自武学心法而言，苏佛儿在天蚕丝上的贡献已经超越了其父。可见，天蚕丝第一代主人乔韶伊借《庄子》而研究创新的心法，至苏小魂据藏密义理创新的大势至无相般若波罗蜜神功，再至苏佛儿融合大悲咒心法，三百多年的弃旧图新，终于使这种兵器及武学大放异彩于江湖："大自在心观无相波罗蜜神功之所以没有大势至无相般若波罗蜜神功那么有名。因为，大势至神功传入了中原，而且历代出现了像苏小魂、苏佛儿那些名重天下武林的大侠。"② 学以人传之意正在此。

传自达摩大师而至六祖惠能前后有八百年的卧刀心法，即大自在心观无相波罗蜜神功，在武林中籍籍无名。忘刀先生以此心法达忘刀之境，堪与东境名扬天下的俞傲大侠相捋。又有扬名于江湖的一代俊杰谈笑，故卧刀心法渐传于江湖。但卧刀无心门传至谈笑时，其实只剩得忘刀先生和谈笑两人而已。由此可知，此门武学心法，若无新变，则必随时势的变换而渐趋消失：

"后来大自在心观无相波罗蜜神功曾经分成南北两派。"阎霜霜边回忆边道，"南派由葱岭经由西藏传于塞外，北派则或有或无地由蒙古传于关外。"

…………

"原来如此！"谈笑沉吟道，"连我师父尚且以为大自在神功只有我们这一门直传，原来另有南北之分！"

自古以来密法相传是"口口相传，不立语言文字"，加上它的神秘不显，是以传承之间彼此常常不识。

"大自在心观无相波罗蜜神功之所以会分成南北两宗，或许是各人的见识不同吧？"谈笑思索着道，"就像禅宗在六祖惠能和神秀间分成南北两宗，观音法门也分成内观、外观之差。"

阎霜霜轻巧一点头，道："这也正是先师的用意，希望大自在无相波罗蜜神功能由我们间相互印证而进入另外一种境界！"③

---

① 奇儒. 大悲咒. 珠海：珠海出版社，1999：360.
② 奇儒. 大侠的刀砍向大侠. 珠海：珠海出版社，1999：379.
③ 奇儒. 大侠的刀砍向大侠. 珠海：珠海出版社，1999：379 – 380.

忘刀先生都不知其武学心法有南北之别，当然也就无法达成其"无刀"的最高境界了。而北地神尼的用意，正是希望阎霜霜与谈笑"相互印证而进入另外一种境界"，其实即创新目前的大自在心观无相波罗蜜神功心法。二人此后果然不负所望，融会了此种心法之后，他们才稍稍能与第五剑胆的传人、武学天才羽红袖相抗。谈笑手中的卧刀与该内功心法相得益彰。

蜀中唐门新创的暗器观音泪，在唐门老太太和唐笑手中，仅具三十二种回力气机，因此被老字世家的老头子借碧血宝衣所破，致唐门几毁于一瞬。但苏小魂以肉身承受观音泪之击，以其内功心法重新体悟了观音泪的另一种回力，于是有了唐笑与老头子的公平一战：

老头子冷笑，迎上去。突然，他觉得有些似曾相识！对了，这正是昨夜苏小魂用来对付丁家兄弟的方法！老头子只觉全身一震，碧血宝衣竟被观音泪的回力穿破！

第三十三种回力！

当苏小魂由天蚕丝的绝学中领悟出观音泪绝不只有三十二种回力时，唐笑简直不敢信。事实，现在证明了，观音泪，第三十三种回力——大悲回力！①

大悲回力应是苏小魂受启发于好友大悲和尚的大悲指力，而此种回力已大不同于观音泪本身的武学心法，亦因此能穿破碧血宝衣而重创老头子。

第五剑胆的武功被天下第一诸葛冷明慧喻为武林第一，甚至超越了以前"我绝不会用同一种剑法去对付两个人""而且我一生中的出手从来没有重复过"（见《柳帝王》第43页）的帝王柳梦狂。其手中剑胆曾经力战苏小魂诸人而不落下风。他的剑胆心法，已达第十一层飞仙大法的境界，而这正得益于黑色火焰其他成员的舍命相助，如武状元"天地一巴掌"、墨游"百花剑王"、酒狂"水火同源"、追月老人"追月无形剑"、天琴先生"天下第一绝"、阎罗爷"必杀拳"。在面对苏小魂的天蚕丝、钟玉双的红玉双剑、六臂法王

---

① 奇儒. 蝉翼刀. 长春：时代文艺出版社，1999：82.

的大手印时，他一人施展七门绝学，"如黑色火焰七人同攻"①。唯其有争心而不能使剑胆达到第十二层境界而已。

二是武器虽旧但心法却新。创新的兵器固然推动了武学的创新，但江湖虽大，却未必人人都能创新兵器。奇儒笔下的江湖武士，他们手中的兵器也有很多是寻常的刀枪剑棍，所不同的是，他们创新了武学心法，使这种兵器重新焕发了生命力。如《快意江湖》中，杜鹏的刀就是寻常的兵器，但其刀法修为已有诸多创新。

杜鹏常用的兵器是大鹏刀，"刀身是镂着一只扬翅昂首的大鹏鸟。翅顶和鹏嘴交汇于刀锋；那鹏的两爪张开，正是成为刀锷"②，此刀却没有特异之处，于刀中一界，它没有蝉翼刀的锋利、卧刀的变化、凌峰断云刀的霸气。但是，杜鹏的刀法已堪与俞傲一刀媲美：

杜鹏一刀，可堪俞傲！

俞傲，百年来第一快刀。

杜鹏这一刀不是"快"一个字来形容，而是两个字来说明正恰当。

死亡！

大鹏刀，便是专门吃闪电的刀。③

这把普通的大鹏刀已是当时第一快刀。

大鹏刀承自百里长居的"大鹏拳"拳谱。两百五十年以前，被当时的帝王柳梦狂称为天下十剑之一的"喜乐双剑"百里长居，在与"鬼剑"闻人独笑一战之后败亡，但他在决战之前，在好汉赌坊的那天夜里给了杜石一本"大鹏拳"的拳谱，不料成就了两百五十年之后的一代大侠杜鹏。但是，"大鹏拳"毕竟是一本拳谱，由拳法到刀法的运用，其间当然要经过漫长的试验和改进。而作为初创的刀法，也必然具有许多不足：

---

① 奇儒. 大手印. 郑州：中州古籍出版社，1994：880.
② 奇儒. 快意江湖. 澳门：毅力出版社，1982：287.
③ 奇儒. 快意江湖. 澳门：毅力出版社，1982：694 – 695.

李北羽叫道："你这辈子第一次比试是跟谁打的？"

"李大侠你啊——"杜鹏叹道。

"好！"李北羽道，"你那鸟师门的大鸟拳那时候怎样？"

"什么大鸟拳，是大鹏拳……"杜鹏喘了一口气才叹道，"普普通通……"

"什么普普通通——你那鸟拳简直是糟透了——"李北羽叹道，"十年来差不多每天哥哥我从外面偷学了东西回来和你研究，你看看你现在那什么鸟拳怎样？"

杜鹏苦笑，一耸肩道："快要可以和七大门派掌门人一样……"①

大鹏刀法正是在无数次的临敌搏杀中得以进步、改良甚至创新的，其中必定融合了李北羽二十七年"七千一百八十四次"打架所得的经验，李北羽还借由其中的交手经验自创离别羽无上心法。所以，兵器虽旧而武学常新，乃能成为一代宗师。

大禅一刀门的赵一胜交给徒弟魏尘绝的刀也很普通，甚至"原先是用象牙做的剑鞘，隐约间也有了一斑一斑的黄蕴"②。赵一胜以此刀闯荡江湖，最后被俞傲和大悲和尚联手击败。大禅一刀门由七百八十四年前奚永明所开设，但在数百年的传承中，其刀法已出现许多漏洞，甚至入了魔道。③魏尘绝远赴天竺，欲从佛教的发源地重新找回大禅一刀心法的真谛。那么从天竺回来的魏尘绝，他的刀是怎么样的？

魏尘绝的刀呢？是一片浩瀚的大地，无垠无际的承受者。

有时，又像是洋洋连天的大海，接受四面八方来的河流。

更有的时候，会让人有一种错觉。错觉是，刀，拿刀的手，控制手的人，是一个入定的老僧。老僧的心中只有佛，只有慈悲，只有了悟。老僧可以接受任何人世间的侮辱、诋毁、赞誉、膜拜。但是，这些并没有差别。

---

①　奇儒. 快意江湖. 澳门：毅力出版社，1982：15.

②　奇儒. 砍向达摩的一刀. 敦煌：敦煌文艺出版社，1991：11.

③　奇儒. 砍向达摩的一刀. 敦煌：敦煌文艺出版社，1991：205.

"忧喜苦乐利衰称讥"这人世间八种"毒"已经不在老僧的心中，也不在魏尘绝的刀法中。①

这种刀法的成就，使他能够打败"武学一刀，断天红地"的武断红，也让他的一刀能够给羽红袖带来相当的顾忌。魏尘绝的大刀本身没有改变，但是刀的主人，在心性上已到了佛的境界，有了慈悲，其刀法也由原来赵一胜时的魔道入于佛道，实现质的升华。

以寻常兵器而创新武学的情形还有以下诸人。帝王柳梦狂，他手中的兵器就是一根拐杖，因其"撇弃天下武学一路。自研立创出一门成就来"②，故被闻人独笑列为一生要击败的唯一剑客。作为万福洞洞主时的闻人独笑，他的"鬼剑"初败于内创未愈的柳梦狂，竟失声痛哭，仰天长叹："帝王绝学，为何能臻至此？我闻人独笑手上长剑又为何差之若此？"③ 此后，他放弃万福洞所有荣华，在荒野山林中苦练五年，后来得帝王的提示，终使天下十剑之一的百里长居连拔剑的机会都没有就被斩杀，被柳梦狂赞曰"闻人名剑的剑上成就已超出柳某之上"④。此外，大舞以弹珠为兵器，习《庄子·大宗师》心法而击败第五剑胆的另一个徒弟羽公子；洛阳四公子之一的慕容春风被废武功之后，因缘巧合，以碾碧剑学"回剑大胜心法"而具宗师气象。

奇儒武侠小说的真实元素，用他的话来说就是所谓的科学。天蚕丝所具有的录音、传音功能正是作者尝试把现代科学写入武侠小说的表现。

此外，现代人创作的武侠小说本来就是虚构的，其故事发生在古代社会，又使这种虚构变得更具随意性，因此，许多武侠小说写得不通人情，不合规律。奇儒以创新兵器、武学为契机，希望改变这种格局。在他笔下，不管是英雄侠士，还是邪魔外道，要练成绝世武功，必须循序渐进、坚持苦学。此中最具代表性的就是兵器谱

---

① 奇儒. 砍向达摩的一刀. 敦煌：敦煌文艺出版社，1991：767.
② 奇儒. 帝王绝学. 台北：长明出版社，2001：464.
③ 奇儒. 帝王绝学. 台北：长明出版社，2001：37.
④ 奇儒. 帝王绝学. 台北：长明出版社，2001：902.

中名列第五神兵的李北羽苦练的离别羽心法。

相对前述四大神兵，离别羽其实是寻常兵器。它是鹰的羽毛，本无特别之处，之所以能列入五大神兵，或许在于它的败敌效果：

> 张瞎子沉声道："可怕的不是这支茎梗……是那散毫——"
>
> 每个人聆听张瞎子的判断！
>
> 张瞎子长吸一口气，道："那羽毫竟如浓雾，使此一瞬间，你觉得无法预测那藏于背后的茎梗攻往哪个方向……"
>
> 吴昊刚脸色变了数变，方颤声道："不……不只这样……"
>
> 葬玉一抬眉道："还有什么？"
>
> "美！"吴昊刚身子抖了起来，"那毫毛散开的美，有如……有如……"
>
> "有如什么？"三个人同声急问！
>
> "有如……"吴昊刚眼中带着迷惘和恐惧道，"有如……情人脱下最后一袭轻纱……"
>
> 情人脱下最后一袭轻纱的时候，除了眼醉、人醉、心醉，你还会想到什么事？
>
> 如果那时候有死亡，你是不是甘心就死？①

当人瞬间处于困境中时，往往会奋力一搏以寻找生机，但若是渐次走向困境，则往往因无法判断其中的艰险而不愿、不能自拔。其道理正如温水煮青蛙一样。离别羽与一般兵器给人带来的万念俱灰的绝望感不同，当羽毛散开之时，展现在眼前的竟是一种令人目不暇接的美："有如……情人脱下最后一袭轻纱……"此时唯有"眼醉、人醉、心醉"。因其太美，而人人皆有来自本能而无法遏制的渴望，又使人乐于追逐这种美而不能自拔、欲罢不能。临敌时若处于这种状态，其结果只有死。所以被离别羽击中的每一个人都有相同的感觉，即由陶醉而渐次进入迷惘、恐惧状态，最后灭亡。

离别羽因其轻柔而产生的朦胧意境，可以使敌人"美死"，但以

---

① 奇儒. 快意江湖. 澳门：毅力出版社，1982：101.

鹰翎作为兵器，又使习武者难以控制其回力变化，诚如李北羽所言："我原先的意思是要射向吴老小子的腿，怎么知道会穿到他的手去……""如果那个人功力深厚，只怕半途那羽梗就得断——另外，如果有人用上大移转神功之类的气机引导，这离别羽只怕成了废物！"① 对于如何习得离别羽心法，与其他武侠小说设置主人公遇名师教授、由他们以内力输送、使用宝物、吃奇药等情节不同，奇儒的情节设置更趋于客观现实，具科学意义：

> 李北羽注视一篓、一篓的翎羽，长长叹了一口气。
>
> 初入横江居，原是想将"离别羽"的心法更进一层。尤其那日和兵本幸一战，犹是叫那双刀割了两道血口子。
>
> 显然，是羽梗上的爆发力尚不足以抵挡对方的刀势！
>
> 如果，出手的人，刀再快一点、再猛一点，只怕躺下的便是李北羽他！所以，他必须再突破才可以，尤其是羽梗接触物体时瞬间爆发、回转出来的力量，更要加强！
>
> 如是苦练腕力、外关穴直通引丹田气机、扭身；十五日后，他通知外头送入一十八面铜镜来。
>
> …………
>
> 李北羽便如此昏天暗地苦练，全然忘了日夜交替。
>
> 往往，自门缝口放进来的食物，竟有达三天三夜未曾动用。
>
> …………
>
> 蓦地，李北羽大喝，已扬起右手翎羽，便要出手！
>
> 值此一刹那，天地间传来轰然大响，无尽无藏，绵绵直震人心。同瞬间，李北羽心神一忘，翎羽自随扬起之势奔出，羽毫散，散如浓雾。
>
> 羽梗呢？
>
> 李北羽狂笑地冲出横江居到了庭园。②

经过七千多次打架而得到的实战经验，将近二十天的闭门苦思

---

①　奇儒. 快意江湖. 澳门：毅力出版社，1982：102–103.

②　奇儒. 快意江湖. 澳门：毅力出版社，1982：392–395.

苦练，就是说明要知行合一，理悟与证道并用。

苏佛儿未明大悲心法时，被禁用天蚕丝；大舞从宣棋子处习得《庄子·大宗师》心法后，"最少可以打出二十四颗（弹珠）没伤"（见《宗师大舞》第 892 页）；明冷香虽得羽公子教授武学，但她亦要偷学三百年前帝王柳梦狂和卒帅晏蒲衣的武学心法，才能使用相距三寸三就能伤人的天品金刀。这些人的所作所为，都体现了奇儒在小说中引入科学的意愿。

附录：奇儒小说中的名言

《帝王绝学》

四十岁，对于一个男人而言正值智慧、修为的巅峰盛年。（一）①

心中一点欲念还在，便叫天理毁了慧根。（一）

男人，总有该坚持的原则，然而，也该有远大的眼光！（一）

天下，一个真正的男人可不愿比他的女人差。（二）

两人相爱，不一定能在一起。（二）

因为，真正的爱是将痛苦留给自己。（二）

只要人还活着，赌局是一直在开；所以，有一天你会翻本的。问题是，那一天来到时，你准备好了没有！（二）

那把剑没变，果然是那把剑！
剑，就是剑，本来就不会变！
会变的，是人。是人的手，是人的心！
如果心死了，那他手上的剑也死了！
如果心又重生了呢？

---

① "（一）"指原著中的第一章。这里表示所录的话语出现在奇儒小说《帝王绝学》的第一章中。以下类推。

如果心曾在地狱的火炼中又重新活了过来呢？

那么，他手上的剑会不会是地狱的使者？（三）

天下事，本有许多可解、不可解，何必忧愁？（三）

英雄，自古便是美人爱慕倾心的对象。（四）

一个人，在接近成功的时候往往掉以轻心。

因为他认为，既然已经费了这么多的心血，那么在成功之前一步的时候就可以准备好好享受。

而往往，世间成败在此！（四）

心唯心，心伤唯心愈，心伤的情悸唯心愈以空灵。（五）

至爱相伴双双，却是不敢不生离。

只因，爱至至深处，不忍叫心中眼中意中念中那一个人有所痛苦。

若眼睁见所爱逝，不如心中留着一影希望，活下去。（九）

五成把握可以胜，一成把握一样可以胜。（十）

因为，天下事优点和缺点都一定同时存在。（十四）

柳梦狂一叹，伸手握住萧天地道："萧门主，一生功名何为？柳某名动江湖，人称'帝王'也瞎了眼，晏蒲衣驰震武林，人称'卒师'也死不得其所。再看看天下十大名剑，如今尚剩得谁？"

这一串话，萧天地似乎沉默了下来。

"就看七龙社而言，左弓帮主今日如何？"柳梦狂一叹，"郭竹箭名动天下又如何？人生一遭，尤其江湖中人难有天年终老。"

萧天地冷冷一哼，道："那你呢？为什么不退出江湖？"

"柳某正有此意！"（十五）

终究是人的本性中，自己快乐得意的时候，偶尔也不会想扫人家的兴。就是穷凶极恶的人也会有这个时候。（十五）

《柳帝王》

天地的运行，自然造化的神妙很容易让两个无关的人，或者两件无关的事情变成密不可分。（一）

他们都是名侠人物，就像放浪不羁也还是侠。
侠有侠的道理，有侠的行为。
更有侠的原则！（一）

那就是退出江湖的意思。
对他们正值四十壮年而言，这未免有点残酷。
但是，对于死亡而言，这又是大大的仁慈了。
人世间不是有许多这样的事吗？两害相权取其轻。（五）

心存一善念，老天爷不会亏待你！（六）

一把没有爱的剑可能达到接近"无"的境界，但是……
但是永远到达不了"神"的境界。（八）

一个二十八岁的女人能登上那个位置，在他们的想法只认为是运气，但是潘离儿现在却告诉了一件事，天下的事没有运气，只有实力造出来的气势。（十三）

智慧和菩萨的心是没有分年龄的。（十四）

好坏善恶有时是没有一定的标准。
其实大部分的判断都是个人凭着对方对自己有利有害的角度去观察，又有谁真正用"智慧"去思索？（十五）

可不是，有谁会知道自己在做的每一件事会通往哪里？
或许你"以为"的事，往往变成了"不敢置信"。（十七）

破绽是可以自己设计，也可以由对手来设计。（二十一）

与一位同赴生死的好友翻脸，若是有情人岂有不被无情事所伤感？既是无情事，又如何不叫人喟叹？（二十二）

江湖啊江湖，既是多情又忒是无情的世界！（二十二）

愤怒！特别是压抑的愤怒是一件极可运用的力量！（二十四）

盲目的激情本来就是人类的悲哀之一！

群众的力量虽大，但是身为人类来看，这不是一件很令人感伤的事吗！

或许人类在愤怒时道德和教育培养出来的灵性已被最原始的兽性所吞没了吧！（二十四）

《武林帝王》

男人的友谊有时候是很奇妙的，特别是在武林中；生死仇敌有可能变成生死之交，相同的生死之交也可能有一天是要了你的命的人！（一）

五十盛年，正好是留名青史的时候！（一）

一件有十二成胜算的事又何必给对手万分之一的机会？（四）

武学一道深不可测，唯以心自创不限……（八）

你不是个客气的人才对。干！（十）

风雅见风范，古意藏傲骨。（十三）

吾尔名剑是退而不休隐而仍观！（十三）

在我们的一生里，总是有件天赋的使命！（十六）

一个认为自己已经没有机会的人才是真的没有机会。天下没有绝对的事，所以只要自己不放弃就算万分之一也是个机会！（十七）

《蝉翼刀》

锦衣美食，尽是磨人杀器，万万不可沉迷其中。（五）

天下之事，未得结果以前尚难料定是福是祸。而此三年别离，正是可以考验你们两人是否诚心相爱，就此说来，岂非是福？（六）

遇沉，唯下猛药。今天你宁可放弃杀我的机会，便是赌下生死，以求自己的再生？（七）

一个人能随时明白另一个人的心境，这种朋友实在难得。（七）

武学一事，实在是只看有无恒心毅力而已。身上残缺，倒是次要的了。（十二）

天下间恩恩怨怨，情劫情重，又夫复何言？前辈死仍不屈，晚辈和天下武林共佩！（十二）

还诸天地，久远生死流浪劫。一切情爱怨恩，俱叫花魂香葬！此一去，但愿黄泉路上不再有生有死有笑有泪。忧喜苦乐利衰称讥俱成灰！（十二）

冷明慧一叹，轻抚冷知静的头，道："爹有时心里也会想，争了这半生的名利，所为何由？而今，已是骑虎难下，若是爹有所不测，你便自归隐到山林之中，莫再有与世争逐……"（十四）

被比自己低下的人使唤，算是武学修养上一种心境的磨炼。（十五）

《大手印》

天下事，耳闻有一半是假的！（二）

阴谋常存于不合理之中！（四）

能得平安，便真是福啊！（四）

大师身动心止。（四）

太晚的意思，在江湖中就是死！（四）

一个女人最少要懂得一件事，那就是别让自己所爱的男人因为自己而赢、因为自己而输！

她懂！

所以，她必须勉强自己；可是，又有谁能眼看着自己心爱的人处于生死边缘时，而完全无动于衷？

又有谁，能在自己心爱的人面前处于生死之际，而完全无动于衷？（五）

（冷知静）他是多想做个平凡的人，有平凡的妻子、平凡的孩子！就是这点平凡，却是遥远不可得！（五）

只是，无奈处，唯赌！（五）

人，如果把什么事全都计算进去，一辈子不会有空闲的时候！人生，至死不休！（五）

江湖上的消息，往往是去青楼之中传得最多、最可靠。

这毋宁说是人类的悲哀，经常，许多内心的话不会告诉家里的老婆，却会告诉青楼的妓女。

另一个悲哀是，人往往喜欢炫耀。尤其当一个男人想征服一个女人时，便如雄赳赳的公鸡：把冠顶得极高，把颈子拉得老长，然后大大长长叫一声！（七）

女人，是男人所需要的众多事情之一；但是权势，却是男人所需要的大部分！（七）

不是生死搏杀，你永远体会不出真正的武学！（七）

粉红骷髅最是杀人利器！（七）

得意忘形，是成败之间的桥梁。（九）

天下任何事那是优缺点并存，看你如何做而已……（十二）

"朋友"两字，本来就是生死谈笑……（十三）

陷敌于迷惑，自有空隙可乘！
攻心，自古以来即是兵家的上法。（十五）

人总是在事情发生以后才后悔。（十五）

心有争，则入于魔！如非可放下之人，又有谁能得道？（十六）

真正的男人，都有该当去承担属于自己的任务！（十六）

《大悲咒》

当朝红人又如何，总不如放身江湖来的逍遥。（一）

一个人，到了功成名就之时，竟能不忘少年情怀，舍弃了一切世俗名利。

这种人，非有至情至性，更以何言？（一）

这是不太可能的事。不过，人却不能因为不可能而不去做；否则，世界又怎么会有惊天之举？（四）

人若想独傲于天地，难免要忍得下心来。（五）

天下最可怕的两种力量便是爱跟恨！（七）

但是，可笑的事情还是得试一试。
因为，这世上如果你一开始便认输了，那活着还有什么意思？（八）

人类的悲哀之一，就是很多事往往事后才明白自己在当时是多么的傻。（八）

人总有错，只见其心如何。（九）

天下事有错无错，便只在一个心中方寸。（十一）

一切的成功，在于自信和把握。
而一切的失败，也在于太过自信和太过有把握。（十一）

因为，心意相通，灵犀一点，唯有真情所至。（十一）

《宗师大舞》

人，在重大事情之前总是戒慎小心，却往往在小事细节上忽略，也因为如此，所以特别令别人容易掌握！
所以世界上有英雄，他以心来待人。
所以世界上有枭雄，他以谋来待人。（一）

　　要把有害的种子除掉就必须给它们施肥，待一颗颗冒出头，再连根拔掉！（一）

　　他没想到的一件事是，成名的不一定是活人，有时，人死得很惨一样会成为众人的话题！（一）

　　职位爬得越高，通常会有两种情况。一个是人会更忙，忙得连上茅坑的时候也在办事。另一种呢？就是闲，闲得吃饭都会一粒一粒数着吃。（一）

　　大胆也有大胆的做法。因为，大胆的意思是如何大胆活下去，而不是大胆地送死！（二）

　　恐惧，自古以来便是最容易控制的手段之一！（三）

　　人世间，往往了解自己最多的反而是敌人！（七）

　　不合常理的事，往往背后都有着看不见的目的。（七）

　　但是人类的悲哀，就是常常太过于神化了传说。（八）

　　智已开则技可搏。万事俱能溯到一个根源则大有成就可为。（九）

　　自古，战事本来就是最花钱的游戏。（十）

　　智慧，永远可以比剑做到更多的事！（十）

　　一个不会以为是自己武功太高强的缘故的人，绝对是心思非常细密的人。（十）

　　在武林中，如果你对敌人了解得不够，往往结果只有一个：死！（十二）

一个自视极高的人一向是认为天下无不可行的路。（十二）

人生本来又苦又短，何必垂着脸？（十四）

情一字，除了缘之外，人世间又有何物可解？（十七）

武，可以为力、为暴；亦可以为侠、为悟。
自来，即有人因武而大彻大悟。（十九）

《武出一片天地》

反正一天都是十二个时辰，笑也是过，哭也是过。（四）

人的一生可能只有一次机会脱离苦海，别浪费！（五）

每天都是十二个时辰，但是，每十二个时辰都会发生令你想象不到的事情。（八）

人类的悲哀之一就是独吞结果却噎死了自己。（八）

有时死人"说"的事情会比活人多得多。（十二）

女人在某些时候特别容易受到感动。
尤其是在苦难的时候。（十二）

看热闹原本就是人类最大的毛病之一。（十三）

武是用来做一些有意义的事，而不是用来杀人。（十四）

真正的刀客，迎着晨曦第一道阳光最是快意过瘾！（十四）

一个不会爱惜别人心血制造出来的东西的人，一辈子不会是英

雄，也不能成大事。（十四）

一个人向一个不敢杀的人出手，万分之一的机会成功成真，那个人必然需要喘息，需要平复心情的激动。（十四）

当得意、恐惧和激动同时存在的时候，往往是一个人犯下大错的时候。

这是人类常有的悲哀。

因为犯了这个大错的人就得死。（十四）

毅力并不代表成功。（十八）

的确，小看天下人的下场只有失败和死亡。（十九）

人生中最难堪的是自己手上的东西被抢走。

而权力又是其中最令人恼怒的一件。（十九）

因为人类再如何假装也装不出真正的悲哀。

这种极深的悲哀已经到"世间无我，我无世间"的地步。（十九）

因为羡慕，因为羡慕产生的嫉妒。（二十七）

《谈笑出刀》

有些人忽然地冒出来，成为叱咤风云的人物；有些人忽然地消失，自此再也没有人听到有关他的事情。

江湖的命，就是河面水泡！（三）

人太漂亮，有时会疏忽了许多事情。

包括武功在内。（四）

江湖中日日生死搏杀，经验往往是胜败一线中不可或缺的一点。
（五）

为什么男人看到漂亮的女人，常常会以为她的肚子里没有什么
东西？（五）

但是，气势恢宏、谈笑自若的风范，正是自古以来成大业者所
必备的条件。（五）

只要命留着，什么事都可能发生，也可能改变！（五）

人的一生可以去竞争很多事，不过，原则永远是原则！（五）

权力是男人最想得到的东西。
这也是一件很奇怪的事。
财富看得到、用得着，得到后可以享受着许多人花了一辈子追
求的东西。
名誉也可以看得见，看见许多人的钦佩、尊敬，甚至于有名声
的随便一个字、一件用过的东西，都可以卖出很高的价钱。
千帆匆匆为何事？
名？利？
但是权力却是一种看不见、摸不到的东西。
它不像财富，也不像名声可以那么快就引起直接的回报，男人
还是最喜欢它。
因为只有权力可决定一个人的生死。
甚至历史的走动。
是的，权力就是这样一种无形的力量，当它达到顶尖时，天下
皆我臣民。（八）

一个只要爱情、正义、朋友，却不要权力的男人，到底算不算
是个男人？（八）

爱、正义、朋友，这才是一个女人心中最需要的男人。偏偏自

己明白，也知道有这样一个人，却不属于自己。（八）

自信是一件好事。

可是太过自信而让自己陷于绝境，绝对不是聪明的事，更不是聪明的人。（九）

权势难道是上天只付给男人的东西？（九）

虽然杀生并不是一件好事。

不过，有时为了千万生灵，又不得不这么做下去！（十）

人是不是常常这样？

明明可以站得好好时，故意站不稳。

等到有一日想站稳了，却又站不直？（十）

女人也有女人的执着。

你知不知道当一个女人不顾一切爱你的时候，天地没有一种力量可以阻挡。（十一）

很多时候，表相归表相，本质归本质。（十二）

明知居心叵测，却无力相阻。

不但无力相阻，说不定还要明里暗中相助。（十三）

这是不是人类的悲哀之一？

本来认为很可怕、很有力量的人，但是在命运中来不及施展威风就这样灭亡。（十四）

人生自来名利生死所系，如果那点正义能守住，便不枉！（十四）

人嘛，一向就是这样子。

当每个人都以你的意思为意思时，你免不了就自以为是神气起

来。（十四）

因为每个人有每个人交朋友的方式。
有些人认为你吃我喝，一顿又一顿地请是朋友。
但是有些人平素守着自己的原则，却在生死关头时会替你卖命。
感情本来就是很奇妙的东西。（十六）

《大侠的刀砍向大侠》

江湖的事往往是你不否认就是默认！（一）

赌，本来就是杀人的无形！（七）

自己一向珍视的东西一旦非脱手不可，自然是希望找一个有同样爱心的人来珍视它们。（八）

人的一生机缘有时候很难说的，不是吗？
好人在极为困顿的时候，常有异人相助。
但是一般人眼中的"坏人"有时不也很有运气？
只要是人，只要你还活着。
总有一天你会找到运气，或者说运气会找到你！（十）

很多事情就是因为晚了一步而后悔莫及。（十二）

如果一个人能将生死置之度外，他们的笑声一定特别的神气，那是一种千万人吾往矣的勇气。（十三）

英雄死在天地间总比死在床上光彩得多。（十四）

一个人的武学造诣能达到那种成就，他最少说话算话。（十八）

一个有智慧的女人在权力斗争中一定比男人冷酷，这是福努赤

坚信不疑的事。（十八）

第一次你赢我或许是运气，第二次赢我就是实力。（二十）

一个人一旦没有把握的时候，不是往往把最珍贵、最重要的法宝拿出来？为的是求得一线生机。（二十一）

这个世界上，不到最后谁知道谁才是最聪明的人。（二十一）

一个真正的男人如果有心，不会守不住自己的原则！（二十一）

《砍向达摩的一刀》

嫉妒，是因为别人对你的恐惧。（一）

英雄和英雄歃血为兄弟，本来就是令人心情扬奋的事。
但是英雄和英雄联手出击，是不是就代表一定是在行使正义？（一）

终究每个人今夜都是为了卫道除魔，英雄又何必计较于一个"名"字？（一）

英雄有时也有不得已的顾忌。
因为英雄也是人，而且是众人注目的人。（二）

男人的自信，岂不也是让女人沉醉的理由之一？（三）

世间只有亲情对一个将死的老人，是最珍贵的宝物。（十）

当你有一天对手越来越少时，便会了解高峰顶上的孤寂。（十）

英雄，是一个非常累人的词句。（十一）

如果你是英雄，在人们的面前就必须有英雄的样子。

英雄不能大口豪饮后，随便找个地方小解。

英雄也不能上妓楼、赌坊纵情声色享大乐。

英雄，更不能犯错。

无论是多么鸡毛鸟屎的小事，只要有人知道一定大大地渲染、大大地传开。

好像变成了不可思议的怪物，让人家指指点点。（十一）

因为英雄有太多的事要去做。

所以，他们没有自己的时间，没有自己的生活。

甚至没有自己的生命。（十一）

英雄是很痛苦的名称。（十一）

禅的大悟是自性自我的追求，没有任何人可以帮助你，或者是可以教你的事啊！（十一）

月，只有半圆。

是不是如同生死一般，各占了一半？（十九）

越是在成功之前，就越需小心谨慎。（二十）

眼睛看到的事物是会变的。……只有用心去看的事物才是永恒不变的。（二十）

《扣剑独笑》

人类之所以恐惧，是因为面对未知时不知道会对自己有多大的威胁。（一）

只要是人就有感情。

感情不分善恶，所以有很多杀人如麻的大盗特别孝顺母亲，也有许多干尽坏事恶贯满盈的巨寇特别疼爱子女。

因为爱是最真实的——甚至超越了时空。（二）

江湖的事，谁也不知道明天又会有什么变化。

但是，今天的事做好，明天你就多了一番胜算。

纵观世间细想从来，何尝不都是如此？（七）

这世界上的事往往很讽刺。

你认为你在吃人结果往往变成了人家的猎物。

同样的道理，你认为你是在逃命的时候，也许是人家合着手掌正在祷告你不要出现在他面前。（七）

英雄相见，用不着客套。（十二）

君子两别不在相见……只贵在彼此心意！（十八）

《快意江湖》

人，总是在自以为是中栽个老大跟头！（一）

不合常理的事，背后一定有阴谋！（一）

名门世家哪堪得市井之乐？（一）

没有朋友的人，唯一拥有的便是寂寞！（一）

好奇！是人类最大的弱点！（二）

人类会恐惧，是由于面对未知？（二）

不，你不会，绝不会想到情人脱下最后一袭轻纱的时候，死亡由情人的背后穿出来吻你！

人类亘古以来一个最大的悲哀，就是——
爱与死！（二）

这些人，年岁约莫五十左右，正是武功、心智、体力配合最微妙的时期。（七）

因为，人类的悲哀之一，就是忽略平凡！（九）

天下，有多少人知道自己忙碌一生争的是什么？
千帆过江，唯名、利二字而已！（十）

人在愤怒的时候会犯下连自己也无法原谅的错误。（十）

因为，有些过错是永远也不能弥补的！（十一）

我以生命来赌你成为一代宗师的人格。（十一）

人，只要能无后顾之忧，拼起来便特别卖劲！（十三）

心既伤，伤至深处；唯情可愈。
友情，也是人间至情中的一种！（十五）

至情中人，如果情死，那会怎样？（十五）

天下没有绝对的事，所以，除非人死了，否则一定不要放弃希望。（十五）

别妄自菲薄。天下，每件事没有一件成功是靠捷径的。真的成功，是不断的砥砺和苦练而已。（十六）

《凝风天下》

江湖有江湖自己的规矩！

武林中人，名誉往往重于性命。（一）

不正常的背后，往往都有正常的道理。
只不过，这事不能说出来罢了！（三）

有时，时间可以证明一切。
有时，时间也可以掩盖真相！（五）

好奇，往往是女人喜欢一个男人的开始！（六）

有时，英雄相惜，不分敌友。
有时，一个可敬的对手比一个可信任的朋友还难找！（六）

人，潜意识中都想知道一件事——如果有一天自己输在某个人手上，他一定要随时能想起对方所有的细节。
因为没有人喜欢输得不明不白！（六）

大道归依，千变回宗。无论人为如何设计变化，终究是运用天地运行之理。
一个循乎天地大道之人，无不可行之处，无不可出之处，亦无不可至之处！（六）

女人，有时输给自己所喜欢的男人，反而是种安心！（六）

默契，有时不一定只存在朋友之间。有时敌人和自己更是相知！（九）

往往，人在棋逢对手时，才能将自己推向极限、超越极限！（九）

不管对方是敌是友，永远要记得他的优点！
如果是朋友，那就可以成为知己。
如果是敌人，那更是保命的秘法。（十）

人，有时也是挺奇怪的动物。

有时生死相搏的两人，当他们与世隔绝时，反而成了好朋友。

因为，天地中就剩下他们相依为命。

因为，孤独是更令人恐惧的敌人！

无论是爱或仇恨，都是支持一个人活下去的动力！（十一）

世界上，本来就有许多事，你是真心为对方好，却又无法说得出来。（十二）

往往，一个在愤怒的人，如果被人投以关怀的眼神，他会更生气。

因为自尊！

愤怒是为了维持自尊，而在努力的维持中，别人的同情会令自己深受伤害，以为被人可怜。（十二）

江湖中失败并不可耻。因为，本来胜负就是兵家常事！

但是，在失败中不能凭自己意志力再站起来的人，他不仅输掉战斗，更输掉了名誉和自尊。（十三）

有时候随机应变，也是一项精密的计划。（十三）

金铁干戈动天地，男儿豪气惊人间。天下事，不挂生死，不碍名利，什么不成?!（十三）

人的一生总有选择——纵使是最坏最不得已的决定，也是一种选择。（十三）

有时，朋友比亲人还亲。

老天常常会补偿人间因缘，纵使没有血缘，但是自古以来多少生死与共相知相惜的人物，他们的情义光耀汗青！（十三）

众生有心改过，为诸佛菩萨庇佑；众生有心行德，更为诸佛菩萨赞叹。如今舍得，舍而后得；过往虽有种种过，来日仍可种种德；娑婆虽多误自性，净土却从娑婆生。（十五）

怨恨之深，有时反而是相惜挂念。

有时，值得自己怨恨的人，不正是最欣赏的人?!（十五）

武学之妙，不只造诣深邃，而是更深入于人性、文化、破旧、创新，总成为兵法微处，以一击竟功。（十六）

一个能这么快放下名利的人，心中一定有着更高理想的坚持!

如果一个人的内心精神所在，能够超越世俗名闻利养；那么，这个人内在那股力量，必然也远较世间凡俗要大得多!（十七）

人生之中，有很多的不得已。

但是，所谓的"身不由己"，十个有十个不是为了名，就是为了利、为了权势。

所以，"不得已"常常只是为名为利的借口。

很少人能摒除于此，特别是摒除名利权势!（十七）

爱情是心甘情愿，而且是满心欢喜地可以去牺牲一切。（十七）

只有不懂真正感情的人，才会以名利来计算人生的价值，以名利来当作人生的一切。（十七）

在决定之前的煎熬，不就是一种心智锻炼的修行?!（十八）

江湖中，有多少恩怨；当然，这中间有更多的秘密。

掌握住生死大事的秘密，就好像护身符，有时可以拿来交换作为保命之用。

当然，知道越多的秘密，也是越危险。

因为，人家也可能为了防守秘密而杀人灭口。（二十四）

参考文献

［1］阮元，校刻. 十三经注疏. 北京：中华书局，1980.

［2］杨伯峻. 春秋左传注. 北京：中华书局，1981.

［3］孙希旦. 礼记集解. 沈啸寰，王星贤，点校. 北京：中华书局，1989.

［4］许慎. 说文解字注. 段玉裁，注. 上海：上海古籍出版社，1981.

［5］徐元诰. 国语集解. 修订本. 北京：中华书局，2002.

［6］郭庆藩. 庄子集释. 王孝鱼，点校. 北京：中华书局，1961.

［7］朱熹. 四书章句集注. 北京：中华书局，1983.

［8］梁启雄. 荀子简释. 北京：中华书局，1983.

［9］司马迁. 史记. 北京：中华书局，1959.

［10］班固. 汉书. 北京：中华书局，1962.

［11］陈立. 白虎通疏证. 吴则虞，点校. 北京：中华书局，1994.

［12］范晔. 后汉书. 李贤，等注. 北京：中华书局，1965.

［13］萧子显. 南齐书. 北京：中华书局，1972.

［14］曹植. 曹植集校注. 赵幼文，校注. 北京：人民文学出版社，1984.

［15］戴明扬，校注. 嵇康集校注. 北京：人民文学出版社，1962.

［16］刘勰. 文心雕龙义证. 詹锳，义证. 上海：上海古籍出版社，1989.

［17］余嘉锡. 世说新语笺疏. 周祖谟，余淑宜，整理. 北京：中华书局，1983.

［18］王利器. 颜氏家训集解. 增补本. 北京：中华书局，1993.

［19］华岳. 翠微南征录北征录合集. 马君骅，点校. 合肥：黄山书社，1993.

［20］唐圭璋，编纂. 全宋词. 北京：中华书局，1999.

［21］谢肇淛. 五杂组. 郭熙途，校点. 沈阳：辽宁教育出版社，2001.

［22］王引之. 经义述闻. 南京：江苏古籍出版社，2000.

［23］章学诚. 文史通义校注. 叶瑛，校注. 北京：中华书局，1985.

［24］张志聪. 黄帝内经集注. 方春阳，等点校. 杭州：浙江古籍出版社，2002.

［25］吴普等. 神农本草经. 上海：商务印书馆，1937.

［26］逯钦立，辑校. 先秦汉魏晋南北朝诗. 北京：中华书局，1983.

［27］曹雪芹，高鹗. 红楼梦. 2 版. 北京：人民文学出版社，1996.

［28］慧然，集. 临济录. 杨曾文，编校. 郑州：中州古籍出版社，2001.

［29］奇儒. 帝王绝学. 台北：长明出版社，2001.

［30］奇儒. 柳帝王. 呼和浩特：远方出版社，2001.

［31］奇儒. 武林帝王. 珠海：珠海出版社，1999.

［32］奇儒. 蝉翼刀. 长春：时代文艺出版社，1999.

［33］奇儒. 大手印. 郑州：中州古籍出版社，1994.

［34］奇儒. 大悲咒. 珠海：珠海出版社，1999.

［35］奇儒. 宗师大舞. 台北：长明出版社，2001.

［36］奇儒. 谈笑出刀. 呼和浩特：远方出版社，1999.

［37］奇儒. 砍向达摩的一刀. 敦煌：敦煌文艺出版社，1991.

［38］奇儒. 武出一片天地. 呼和浩特：远方出版社，1999.

［39］奇儒. 大侠的刀砍向大侠. 珠海：珠海出版社，1999.

［40］奇儒. 快意江湖. 澳门：毅力出版社，1982.

［41］奇儒. 扣剑独笑. 台北：裕泰出版社，1990.

［42］奇儒. 凝风天下. 台北：宝胜国际文化出版社，2003.

［43］古龙. 风云第一刀. 珠海：珠海出版社，1995.

［44］古龙. 欢乐英雄. 珠海：珠海出版社，1995.

［45］古龙. 孤星传. 珠海：珠海出版社，1995.

［46］古龙. 浣花洗剑录. 珠海：珠海出版社，1995.

［47］金庸. 天龙八部. 北京：生活·读书·新知三联书

店，1994.

[48] 金庸. 倚天屠龙记. 北京：生活·读书·新知三联书店，1994.

[49] 金庸. 射雕英雄传. 北京：生活·读书·新知三联书店，1994.

[50] 曹正文. 武侠世界的怪才：古龙小说艺术谈. 上海：学林出版社，1990.

[51] 段清波. 刀枪剑戟十八般：中国古代兵器. 成都：四川教育出版社，1998.

[52] 陈山. 中国武侠史. 上海：上海三联书店，1992.

[53] 汪涌豪. 中国游侠史. 上海：复旦大学出版社，2001.

[54] 陈平原. 千古文人侠客梦：武侠小说类型研究. 北京：人民文学出版社，1992.

[55] 叶洪生. 天下第一奇书：《蜀山剑侠传》探秘. 上海：学林出版社，2002.

[56] 叶洪生，林保淳. 台湾武侠小说发展史. 台北：远流出版事业股份有限公司，2005.

[57] 董国跃. 武侠文化. 北京：中国经济出版社，1995.

[58] 陈墨. 孤独之侠：金庸小说论. 上海：上海三联书店，1999.

[59] 陈墨. 新武侠二十家. 北京：文化艺术出版社，1992.

[60] 陈墨. 众生之相：金庸小说人物谈. 上海：上海三联书店，2001.

[61] 张文华. 酒香·书香·美人香：古龙及其笔下的江湖人生. 北京：中华工商联合出版社，1999.

[62] 李玉萍. 新派武侠小说研究. 北京：地质出版社，2005.

[63] 罗立群. 中国武侠小说史. 沈阳：辽宁人民出版社，1990.

[64] 袁良骏. 武侠小说指掌图. 北京：新华出版社，2003.

[65] 宣森钟. 剑气飘香：中国武侠小说鉴赏. 南宁：广西人民出版社，1992.

[66] 李军辉. 中国武侠小说的梳理及文化思想研究. 郑州：河南人民出版社，2012.

后　记

　　小学时，当然不知有所谓武侠小说。能读的书不过语文、数学教材。

　　到了初中，就开始知道有这种成人的童话了。于是读这种书的热情也伴随着学习教材的枯燥无味而产生。试想，那时，正是大力宣扬"读书改变命运"的年代，如若不经过苦读，又怎能改变自己的人生？

　　然则，此理都是旁观者能明能清的。彼时，若我者流，又怎能想得到那么深刻的道理？所以，往往是，应该要读好的书反而没有读好，而那些所谓的闲书，倒是成了上课时、下课后背着老师、家长争相传阅的"正经"书。不过，偷书而看，不正是人人值得回忆的童年有趣往事之一吗？

　　买过四五块钱一套的武侠小说，也买过几毛钱一本的。低声下气求人借书阅读的经历也有，与人易书而观的情况最常出现，甚至于，不交换则不能看到更多武侠小说。有的小说，读了上册，若干年之后，才读下册，或反之；或只读了中册，从此不知有上下，或反之；读了他的上册，又读另一个他的下册，或反之。一本小说出现在同学中时，总得数着号来排队，排了日期数指头，看哪天是读期；有的时候，有的同学"不小心忘记"了，也只能了然。在课堂上，老师天南地北地讲课；课桌下，我们是小说翻得快，想象着与古人一样行走江湖、打抱不平的也有。被老师缴过完整不完整的书，甚至，诱惑得老师也借严管之名，行无偿强读我们的小说之实，而翻我们的箱、倒我们的柜的情况也有。

　　高中忙于学习和跑步，无暇读闲书。何况，学校也没有那么多武侠小说可看。唯有高考结束，在学校等成绩时，请同学到她父母单位的图书室借过一部来看；在学校外面的书摊也租过几次。但彼时的情况，现在已经无迹可寻矣！想来，彼时，人生命运定于他人之手，读武侠小说，又哪里有驰骋江湖的快意？

　　到现在，印象仍然深刻的是，阅读武侠小说让我学到了许多语文书上没有的、老师忘了讲的内容。因此，高考一役，涉险过关。而且，这也算是我最后走入语文（中文）学科的一个机缘吧！

大学毕业之前，诸事都在有奈无奈之中尘埃落定。不知是喜欢一刀斩下、一了百了的快意；还是喜欢看年轻人经离奇遭遇终能成就心中大愿的快慰。总之，毕业之前，竟把鬼派武侠小说之陈青云的作品看了个精光。图书馆有的，借来看了；周围的小说出租书店，都已光顾；有一些在初中时看过的，也都温习了一两次。真可以跟当时宿舍的那位读完古大侠小说的高人相视而笑了。

工作的时候，闲来无事，除了看电影、电视，就是瞎读。高中时，看过古龙的"楚留香系列"，而对于古大侠有重要意义的"小李探花系列"，则未能一读。彼时，恰好遇到可以上网下载电子书，于是，粗粗地读了一些古大侠的小说，顺带把其他武侠小说家的作品也读了一些。而寒暑假回家，书架上金庸的几部作品就成了我反复翻阅的娱乐书了。

读硕士之前的一年，无心做什么事，仿佛又回到了大学毕业之前的无序、无聊状态，看小说也就成了消磨时光的方式。不过，彼时，奇儒的作品则取代了金庸、古龙、梁羽生诸人的小说，成为我每个晚上睡觉前的娱乐书。

对书中引用的一些诗词名句，因我读书有限之故，反觉新鲜而过目难忘。诸如引《大智度论》的这段话："菩萨我法二执已亡，见思诸惑永断，乃能护四念而无失，历八风而不动。惟以利生念切，报恩意重，恒心为第九种风所摇撼耳。八风者，忧喜苦乐利衰称讥是也；第九种风者，慈悲是也。"又如元人吴莱的诗句："小榻琴心展，长缨剑胆舒。"（《岁晚恍然有怀》）又如小山词《少年游·离多最是》："离多最是，东西流水，终解两相逢。浅情终似，行云无定，犹到梦魂中。可怜人意，薄于云水，佳会更难重。细想从来，断肠多处，不与者番同。"

而印象最为深刻的，或许还是奇儒的那些名言妙语吧！诸如：

四十岁，对于一个男人而言正值智慧、修为的巅峰盛年。（《帝王绝学》）

五十盛年，正好是留名青史的时候！（《武林帝王》）

风雅见风范，古意藏傲骨。（《武林帝王》）

在我们的一生里，总是有件天赋的使命！（《武林帝王》）

还诸天地，久远生死流浪劫。一切情爱怨恩，俱叫花魂香葬！此一去，但愿黄泉路上不再有生有死有笑有泪。忧喜苦乐利衰称讥俱成灰！(《蝉翼刀》)

被比自己低下的人使唤，算是武学修养上一种心境的磨炼。(《蝉翼刀》)

天下事，耳闻有一半是假的！(《大手印》)

大师身动心止。(《大手印》)

人若想独傲于天地，难免要忍得下心来。(《大悲咒》)

真正的刀客，迎着晨曦第一道阳光最是快意过瘾！(《武出一片天地》)

世界上，本来就有许多事，你是真心为对方好，却又无法说得出来。(《凝风天下》)

有时候随机应变，也是一项精密的计划。(《凝风天下》)

当一个人的人生到达某种境界时，或许就能对某些智者的寻常语录有某些意会吧！

其实，《柳帝王》中有一个情节，让我最难忘却：

流水寺上下十三名和尚的腿都软了。

因为他们已经足足站了两个白天又两个晚上。

现在是第三个白天的开始，山岚风气从四下飞飘而来，清寒冷冽的冬意和今天晚到的阳曦交汇成一片宁静。

流水寺的十三名和尚还是都挺住，只不过没有一个脸上露着笑容。

对面的那个"瞎子"，却是从头到尾三十个时辰里就是那副气定神闲的样子。

这一节是讲帝王柳梦狂与闻人独笑为了跟秘先生一战而到流水寺作准备。入寺前，他以这种方式来开悟流水寺众僧如何训练定力。在第一次阅读这个情节时，我就记下来，并且在后来的生活中，常常以"那个'瞎子'"的作为来验证"理悟容易证道难"这句话的义理，更以此来激励自己的人生修行。

直到现在，无论身处何方，时在何时；也无论是风雨，还是暑寒。十多年的光景，就在这种成人的童话里，被挥霍了。细细想来，彼时的悲欢离合、忧愁苦乐，都借奇儒武侠小说中所宣扬的种种来洗涤荡滤了。

学术为公器，文学以载道。酱瓿之议，未足以轻弃；街谈巷说，亦自有可采。但是，纵使声名显赫的学者、教授留下研究新派武侠小说的力作，甚至高校里以武侠小说申请硕、博学位的也大有人在，但对我来说，武侠小说终究只是一时之好，甚者，只是童年生活回忆的一部分而已！

匆匆地留下这些文字，不过是想当成一种纪念。纪念那段人生中，曾经留下的蹒跚脚印，曾经品尝过的酸苦甘甜。

逸哥来到新的学校，每天都开开心心上学去了。棋哥经过半个学期的适应，也喜欢上幼儿园了。

2020 年 11 月 23 日改定于桂林尧山之畔